AGATHA CHRISTIE COMPLETE COLLECTION

THE ADVENTURE OF THE CHRISTMAS PUDDING

AGATHA CHRISTIE COMPLETE COLLECTION

THE ADVENTURE OF THE CHRISTMAS PUDDING

크리스마스 푸딩의 모험 애거서 크리스티 단편집 | 김유미 · 박민정 옮김

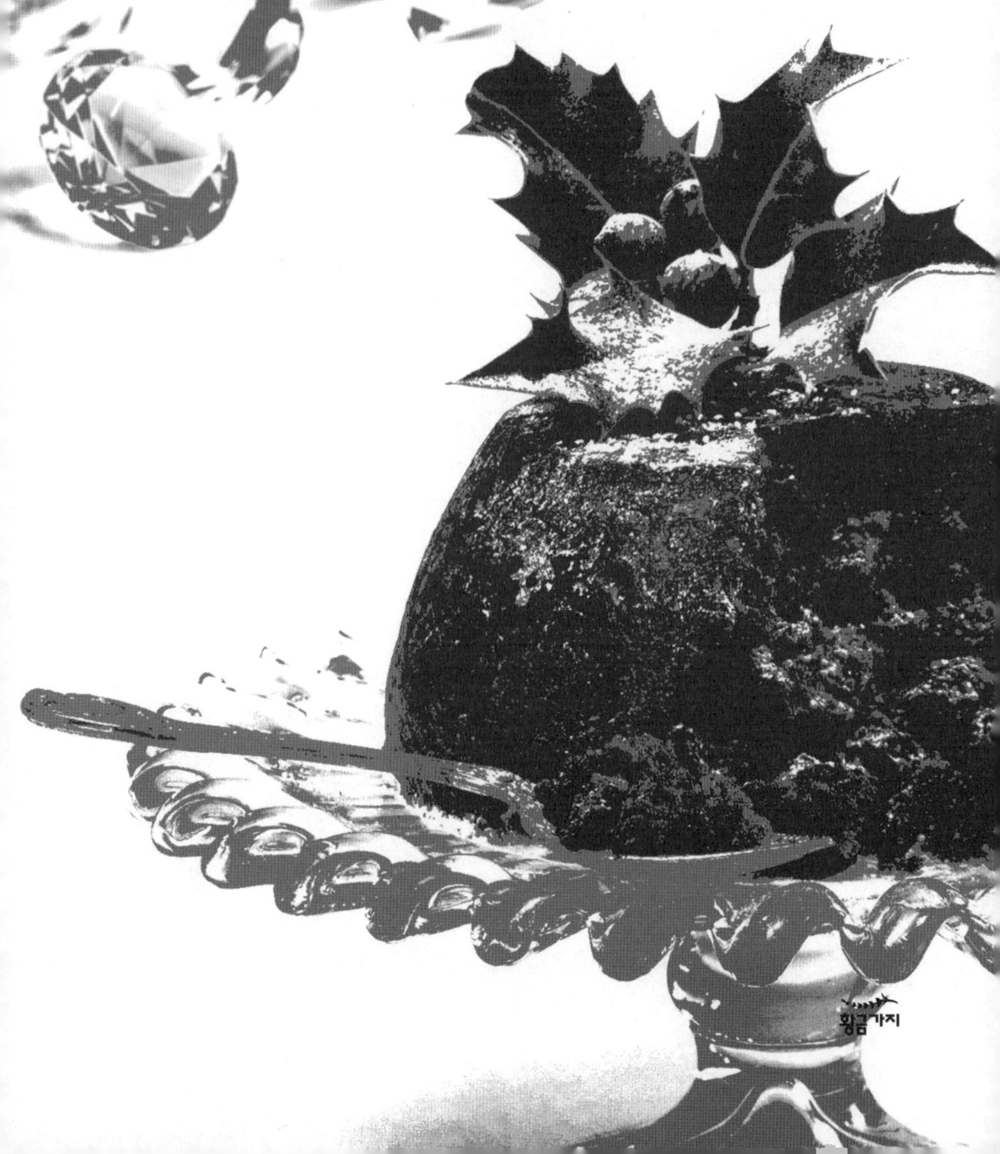

황금가지

SHORT STORY COLLECTION 2
by Agatha Christie

Agatha Christie Short Story Collection 2 © 2015 Agatha Christie Limited.
The Adventures of the Christmas Pudding © 1960 Agatha Christie Limited.
Problem at Pollensa Bay © 1991 Agatha Christie Limited.
Miss Marple's Final Cases © 1979 Agatha Christie Limited.
All rights reserved.

AGATHA CHRISTIE, POIROT, MISS MARPLE and
the Agatha Christie Signature are registered trade marks of
Agatha Christie Limited in the UK and/or elsewhere.
All rights reserved.

Korean Translation Copyright © Minumin 2015

Korean translation edition is published by arrangement with
Agatha Christie Limited through Shinwon Agency.

이 책의 한국어판 저작권은 신원 에이전시를 통해
Agatha Christie Limited와 독점 계약한 ㈜민음인에 있습니다.

저작권법에 의해 한국 내에서 보호를 받는 저작물이므로 무단 전재와 무단 복제를 금합니다.

정식 한국어 판 출간에 부쳐

나는 한국에서 우리 할머니의 작품을 정식으로 출간한다는 소식을 듣고 무척 기뻤다. 할머니가 1920년부터 1970년 무렵까지 오랜 세월에 걸쳐 집필한 작품들은 21세기인 지금 읽어도 신선하고 재미있다. 등장 인물들이 워낙 자연스러워서 요즘 사람들과 다를 바 없고 이들이 등장하는 상황과 장소가 전 세계 사람들의 애정과 향수를 자극하기 때문이다. 한국 독자들은 이번에 새로 나온 정식 한국어 판을 통해 그 동안 접하지 못했던 애거서 크리스티의 일부 작품들을 읽을 수 있을 것이다. 덕분에 한국에 새로운 세대의 애거서 크리스티 팬들이 탄생할지도 모르겠다는 생각을 하면 가슴이 벅차다.

애거서 크리스티는 대표적인 두 명의 주인공으로 기억되는 작가이다. 14권의 작품에 등장하는 마플 양은 영국의 작은 시골 마을에서 평온한 나날을 보내며 뜨개질과 수다로 소일하는 미혼의 할머니이지만, 놀라운 기억력과 날카로운 두뇌 회전으로 주변에서 벌어진 살인 사건을 해결한다.

그리고 마플 양과 상반되는 성격을 지닌 에르퀼 푸아로는 자신만만하고 콧수염을 포함한 자신의 외모와 벨기에라는 국적에 대한 자부심이 상당하다. 그는 이집트와 이라크를 비롯한 세계 각지에서 수수께끼를 해결하며 『오리엔트 특급 살인 Murder On The Orient Express』, 『나일 강의 죽음 Death On The Nile』, 『애크로이드 살인 사건 The Murder Of Roger Ackroyd』 등 애거서 크리스티의 여러 대표작에 모습을 드러낸다.

황금가지의 대담하고 참신한 표지와 전반적인 디자인 덕분에 작품의 성격이 잘 살아난 것 같아 기쁘다. 또한 한국 독자들이 할머니의 원작이 지닌 참된 묘미를 느낄 수 있도록 충실한 번역을 위해 애써 준 점도 높이 사고 싶다.

할머니의 작품이 20세기의 그 어떤 작가들보다 많이 팔리고 있는 이유는 나이와 국적에 상관없이 읽을 수 있는 재미와 감동을 갖추었기 때문이다. 모쪼록 한국 독자들도 황금가지에서 선보이는 애거서 크리스티 작품들을 즐겁게 감상하기를 바란다.

매튜 프리처드
애거서 크리스티의 손자
ACL 이사장

차례

정식 한국어 판 출간에 부쳐 ——— 5
크리스마스 푸딩의 모험 ——— 9
그린쇼의 저택 ——— 90
약자 ——— 133
꿈 ——— 238
노란 아이리스 ——— 282
두 번째 종소리 ——— 311
성역 ——— 353
마플 양의 이야기 ——— 388
스페인 궤짝의 미스터리 ——— 403

크리스마스 푸딩의 모험

"매우 유감스러운 일입니다만……."

에르퀼 푸아로가 말을 꺼냈다.

그러나 그의 말은 거기서 중단되었다. 무례한 태도는 아니었다. 그의 말을 반박하려는 게 아니라 완곡하면서도 설득력 있게 자기 생각에 동조하게 하려는 것 같았다.

"그렇게 단칼에 거절하지 마십시오, 푸아로 씨. 이건 국가의 중대사입니다. 선생님께서 협조해 주신다면 상부에서도 무척 감사하게 여길 겁니다."

"말씀은 더없이 감사합니다만……."

에르퀼 푸아로는 손을 내저었다.

"부탁하신 일을 받아들일 수 없습니다. 이런 시기에는……."

제스먼드 씨는 다시 그의 말을 가로막았다.

"벌써 크리스마스 시즌이네요."

그는 좀처럼 물러서지 않을 기세였다.

"영국의 시골에서 보내는 고풍스러운 크리스마스! 멋지지 않습니까?"

에르퀼 푸아로는 순간 몸서리를 쳤다. 이 시기의 영국 시골은 그에게 전혀 매력적인 곳이 아니었다.

"아주 옛날식 크리스마스 말입니다."

제스먼드 씨가 강조하듯이 말했다.

"저는…… 영국인이 아니라서 말이죠."

에르퀼 푸아로는 여전히 마음이 끌리지 않는 모양이었다.

"우리나라에서 크리스마스는 아이들이나 좋아하는 날이죠. 우리가 제대로 기념하는 날은 새해 첫날입니다."

"그렇군요. 하지만 영국에서는 크리스마스가 아주 중요한 명절입니다. 푸아로 씨도 킹스 레이시에서 최고의 크리스마스를 즐기실 수 있을 겁니다. 제가 장담하죠. 아시겠지만 전통 깊은 훌륭한 저택입니다. 그 저택의 한 동은 14세기에 지어진 겁니다."

푸아로는 다시 몸서리를 쳤다. 14세기 영국 영주의 저택이라니! 예전에 끔찍하게 고생하던 기억이 새삼스럽게 떠올랐다. 영국 시골의 낡은 집에서 겪었던 추위와 불편을 생각하며 라디에이터와 완전히 바람을 차단하는 최신 공법으로 지어진 안락한 현대식 아파트를 감사한 심정으로 둘러보았다.

"저는 겨울에는 런던을 떠나지 않습니다."

그가 단호하게 말했다.

"푸아로 씨, 이 일이 얼마나 중대한 사안인지 잘 모르시는 것 같군요."

제스먼드 씨는 함께 온 남자를 흘낏 쳐다보고는 다시 푸아로에게로 시선을 돌렸다.

제스먼드 씨와 함께 방문한 남자는 형식적으로 "안녕하십니까?"라는 인사를 하고는 지금까지 입을 꽉 다문 채 한 마디도 하지 않았다. 그는 커피 빛깔의 얼굴에 몹시 낙심한 표정을 지은 채 반짝반짝 닦인 구두만 내려다보고 앉아 있었다. 스물세 살 정도밖에 안 되어 보이는 그 젊은이는 무척 곤란한 형편에 처해 있는 모양이었다.

"아, 물론 중대한 일이라는 건 알고 있습니다. 충분히 이해합니다. 전하께 진심으로 유감의 뜻을 표하는 바입니다."

에르퀼 푸아로가 말했다.

"지금 상황이 아주 복잡 미묘합니다."

제스먼드 씨가 말했다.

푸아로는 청년에게서 더 나이가 든 방문객에게로 시선을 돌렸다. 제스먼드 씨를 한 마디로 요약해서 말한다면 세심함이라는 단어가 적절하게 어울릴 것 같았다. 그의 모든 것이 세심함 그 자체였다. 훌륭하게 재단되었지만 결코 눈에 뜨이지 않는 옷차림, 좋은 집안에서 자랐다는 걸 알 수 있는 절대로 높아지는 법이 없는 단조로운 말투, 관자놀이 부근에서부터 숱이 적어지기 시작한 옅은 갈색 머리카락, 창백하고 진지한 얼굴. 에르퀼 푸아로는 지금까지 제스먼드 같은 부류의 사람들을 수없이 만나 왔다. 그들은 모두 약속이나 한 것처럼 '지극히 미묘한 상황'이라는 표현을 썼다.

"경찰도 아주 신중하게 일을 처리할 겁니다."

에르퀼 푸아로가 말했다.

그러나 제스먼드 씨는 단호하게 고개를 저었다.

"경찰은 안 됩니다. 그것…… 우리가 원하는 그걸 찾으려면 어쩔 수 없이 법적인 절차를 밟아야 하겠지만. 사실 우리에게는 증거가 없습니다. 말하자면 심증은 있지만 물증은 없다는 말씀입니다."

"정말 유감스러운 일이군요."

에르퀼 푸아로가 다시 말했다.

하지만 그의 동정심이 두 방문객에게 도움이 되었다고 생각했다면 그것은 그의 오산이었다. 그들이 원하는 것은 동정심이 아니라 실질적인 도움이었다. 제스먼드 씨는 다시 영국의 크리스마스가 얼마나 즐거운지 수다스럽게 늘어놓기 시작했다.

"아시다시피 요즘에는 옛날 그대로의 크리스마스가 사라져 가고 있지 않습니까? 호텔에서 크리스마스를 보내는 사람도 많지요. 영국에서는 크리스마스 때 온 가족이 모입니다. 아이들은 크리스마스 트리에 양말을 걸어 놓고, 칠면조와 건포도를 넣은 푸딩을 먹고, 폭죽을 터뜨리죠. 창밖에는 눈사람이……."

눈사람이라는 말이 나오자 에르퀼 푸아로가 제스먼드 씨의 말을 가로막았다.

"눈사람을 만들려면 눈이 있어야죠."

그가 진지한 말투로 말했다.

"눈을 주문할 수 있는 건 아니지 않습니까? 아무리 영국의 크리스마스라고 해도."

"오늘 기상청에서 일하는 친구와 통화를 했습니다. 그 친구가 이번 크리스마스에 눈이 올 확률이 아주 높다고 하더군요."

그 말은 하지 않는 편이 좋을 뻔했다. 에르퀼 푸아로는 아까보다 더 심하게 몸을 부르르 떨었다.

"시골에 눈이 오다니! 그건 더 끔찍하군요. 휑하니 넓기만 하고 썰렁한 석조 장원 저택이라!"

"아니, 그렇지 않습니다. 근래 10년 동안 완전히 달라졌습니다. 석유를 이용하는 중앙 난방 장치가 되어 있지요."

"킹스 레이시에 석유를 이용하는 중앙 난방 장치가 있다는 말씀인가요?"

푸아로가 되물었다. 처음으로 마음이 좀 동하는 눈치였다.

제스먼드 씨는 그 기회를 놓치지 않고 말했다.

"물론이죠. 온수가 나오는 훌륭한 장치도 되어 있습니다. 모든 침실에는 라디에이터가 있고요. 제가 보장합니다, 푸아로 씨. 킹스 레이시는 겨울에 더없이 안락한 곳입니다. 오히려 너무 덥다고 하실지도 모릅니다."

"그럴 리는 없을 겁니다."

에르퀼 푸아로가 말했다.

제스먼드 씨는 능란하게 화제를 바꾸었다.

"우리가 지금 처해 있는 심각한 곤경을 이해하실 줄 믿습니다."
그가 은밀한 말투로 말했다.

에르퀼 푸아로는 그제야 고개를 끄덕였다. 사실 그리 유쾌한 사건은 아니었다. 몇 주 전에 어느 미개국 통치자의 외아들이 런던에 도착했다. 그는 부유하고 정치적으로 큰 영향력을 가진 부왕의 왕위를 계승하게 되어 있었다. 그의 본국은 정치적으로 혼란스럽고 불안한 상황이었다. 국민들은 고집스럽게 동양의 전통을 고수하는 그의 부왕에 대해서는 충성심을 고수하고 있었지만, 그의 아들인 왕자에 대해서는 의심스러운 시선을 보내고 있었다. 왕자는 서양의 사고방식을 따르는 행동을 했고 국민들은 그의 그런 행동을 비난했다.

그런데 최근에 그의 약혼이 발표되었다. 그의 약혼녀는 같은 왕가의 사촌 누이로 케임브리지 대학에서 교육을 받은 아가씨였다. 그녀는 자기 나라에서 자신의 서양적인 생활 방식이 드러날까 봐 매우 조심하고 있었다. 결혼식 날짜가 발표되자 젊은 왕자는 왕가의 유명한 보석 몇 개를 카르티에에서 현대적인 감각에 맞게 가공하기 위해 직접 영국으로 건너왔다. 그중에는 아주 유명한 루비도 있었다. 유명한 보석상이 그 루비에 어울리지 않는 구식 목걸이에서 루비를 떼어 내 새로 가공했다. 그때까지는 아무 문제가 없었다. 그런데 뜻하지 않은 말썽이 일어났다. 엄청난 돈을 가진 데다 놀기 좋아하는 젊은이가 재미로 우행을 저지르는 것 정도는 크게 비난받을 행동은 아니었다. 젊은 왕자들이 그런 식으로 즐기는 건 으레 있는 일이었기 때문이다. 그 왕자가 잠깐 알고 지내던 여자 친구를 본드 가로 데리고 가서 그동안 받은 즐거움에 대한 보답으로 에메랄드 팔찌나 다이아몬드 클립을 사 주는 정도는 어쩌면 자연스럽고 당연한 일이었을 것이다. 그의 부왕이 자기가 만난 댄서들에게 항상 캐딜락 자동차를 선물한 것에 비하면 대단한 일도 아니었다.

그러나 왕자는 그보다 훨씬 더 무분별한 행동을 저질렀다. 어떤 아가씨가 자기한테 관심을 보이자 왕자는 기분이 우쭐해져서 새로 세팅한 그 유명한 루비를 보여 주고 게다가 단 하루 저녁만 그 목걸이를 걸게 해 달라는 여자의 간청에 어리석게도 넘어가고 말았던 것이다.

그다음 이야기는 간단하지만 비극적이었다. 그 여자는 저녁을 먹고 나서 화장을 고치고 오겠다면서 화장실로 가더니 돌아오지 않았다. 그녀는 다른 문으로 그 건물을 빠져나가서 사라져 버렸던 것이다. 가장 난감한 일은 새로 세팅한 그 루비가 그 여자와 함께 사라져 버렸다는 사실이었다.

이 사실이 발표되면 심각한 결과가 초래될 것은 불을 보듯 뻔한 일이었다. 그 루비는 평범한 루비가 아니라 왕가 대대로 내려오는, 중요한 의미를 가진 보석이었기 때문이다. 게다가 그 루비가 사라지게 된 정황이 미묘한 만큼 세상에 알려지면 정치적으로도 큰 파장이 일어날 수 있는 일이었다.

제스먼드 씨는 이런 전후 사정을 몇 마디로 간단하게 표현하는 사람이 아니었다. 그는 장황한 수식어로 그 이야기를 포장했다. 제스먼드 씨가 정확히 어떤 사람인지는 에르퀼 푸아로도 잘 몰랐다. 그는 지금까지 제스먼드 씨 같은 사람들을 수없이 만났다. 그가 내무성이나 외무성, 또는 더 비밀스러운 국가 기관에 관련되어 있는지는 확실히 알 수 없었다. 그는 자신이 영연방의 이익을 위해 일하고 있다고만 했다. 그리고 루비는 반드시 찾아야 한다고 했다.

제스먼드 씨는 능수능란하게 말을 돌리면서 그 루비를 찾아낼 사람은 푸아로 씨밖에 없다고 강조했다.

"그건 맞는 말씀이죠."

에르퀼 푸아로는 그 말은 인정했다.

"하지만 지금까지 하신 말씀으로는 부족합니다. 암시나 의심 같은 걸로는 사건을 수사할 수 없죠."

"그런 말씀 마십시오. 푸아로 씨는 충분히 하실 수 있는 일입니다. 제발, 부탁드립니다."

"저라고 항상 성공하는 건 아닙니다."

하지만 이 말은 형식적인 겸손에 불과했다. 푸아로의 말투로 짐작컨대 그에게 일을 맡는다는 것은 곧 성공한다는 것과 동의어임이 분명했다.

"이 왕자님은 아직 너무 젊은 분입니다. 어린 나이에 저지른 실수로 일생을 망치게 되는 건 너무 안타까운 일이죠."

제스먼드 씨가 말했다.

푸아로는 풀이 죽은 채 앉아 있는 청년을 측은한 눈길로 바라보았다.

"철없는 행동을 할 나이죠. 이렇게 젊을 때는 말입니다."

푸아로가 젊은 왕자의 용기를 북돋워 주려는 듯이 말했다.

"평범한 청년이 그런 행동을 했다면 큰 물의를 일으키지 않았을 겁니다. 너그러운 아버지가 돈을 갚아 줄 거고 집안의 변호사가 골치 아픈 문제를 해결할 테니까요. 그 청년은 그런 경험을 통해서 인생의 교훈을 얻고 모든 게 잘 마무리되겠죠. 하지만 왕자님 같은 신분을 가진 분에게는 아주 곤란한 문제로군요. 결혼 날짜도 얼마 안 남았는데……."

"정말 그렇습니다."

처음으로 청년이 입을 열었다.

"제 약혼녀는 아주 진지한 사상을 가지고 있습니다. 인생을 무척 심각한 시각으로 보는 아가씨죠. 케임브리지 대학에서 여러 가지 진지한 사상을 많이 배워서 그런지 우리나라에 교육이 필요하다, 학교가 있어야 한다, 할 일이 너무 많다는 등 그런 말을 합니다. 모두 진보와 민주주의의 발전이라는 이름 아래 말이죠. 늘 우리 시대는 아버지 시대와는 달라야 한다고 주장합니다. 내가 런던에서 기분 전환 삼아 좀 놀 거라는 건 짐작하겠지만 스캔들이 나면 절대 용납하지 않을 겁니다. 스캔들이 나면 절대 안 됩니다. 절대로! 아시겠지만 그 루비는 굉장히 유명한 보석입니다. 아주 긴 역사와 발자취가 담겨 있죠. 엄청난 유혈 사태와 수많은 죽음!"

"죽음이라!"

에르퀼 푸아로는 생각에 잠긴 표정으로 말하고는 제스먼드 씨를 쳐다보았다.

"이 사건이 그렇게까지 되지 않기를 바랍니다."

제스먼드 씨는 기묘한 소리를 냈다. 마치 암탉이 알을 낳으려다가 다시 생각해 볼 때 내는 소리 같았다.

"아! 그런 일은 절대 있어서는 안 됩니다. 그런 일은 절대 일어나지 않을 겁니다. 제가 장담합니다."

그의 목소리는 꽤 진지했다.

"장담은 하실 수 없을 겁니다. 지금 그 루비를 가지고 있는 사람이 누군지 모르지만 그 루비를 노리는 다른 사람들이 있을 겁니다. 그런 사람들은 물불을 가리지 않고 덤벼들겠죠."

푸아로가 말했다.

"그런 상황까지 미리 생각할 필요는 없을 것 같습니다. 전혀 도움이 되지 않는 추측이니까요."

제스먼드 씨가 아까보다 더 정색을 하며 말했다.

"저는……."

에르퀼 푸아로가 갑자기 전혀 다른 어조로 말했다.

"저는 정치가들처럼 가능한 모든 수단을 모색합니다."

제스먼드 씨는 의아한 표정으로 그를 쳐다보았다. 그러고는 곧 마음을 가다듬고 말했다.

"그럼 이제 이 문제는 끝난 걸로 생각해도 되겠습니까, 푸아로 씨? 킹스 레이시에 가 주시는 거죠?"

"그런데 그곳에서 나를 누구라고 소개해야 하는 겁니까?"

에르퀼 푸아로의 물음에 제스먼드 씨가 자신 있다는 듯이 미소를 지으며 말했다.

"그건 아주 간단한 일입니다."

"제가 자신 있게 말씀드리는 건데 모든 게 아주 자연스럽게 보이도록 할 겁니다. 레이시 가족들도 정말 유쾌한 사람들이라는 걸 알게 되실 거고요. 아주 좋은 사람들이죠."

"중앙 난방 장치가 있다는 건 거짓말은 아니겠죠?"

"그럴 리가요."

제스먼드 씨는 좀 기분이 상한 모양이었다.

"모든 게 더없이 쾌적하실 겁니다."

"현대적인 안락함이라!"

푸아로가 뭔가 생각하는 듯이 중얼거렸다.

"좋습니다. 그럼 수락하죠."

에르퀼 푸아로가 중간에 문설주가 있는 커다란 창문 옆에 앉아 레이시 부인과 얘기를 나누고 있을 때 긴 응접실 실내 온도는 쾌적하게 느낄 만한 섭씨 20도였다. 레이시 부인은 바느질을 하고 있었다. 텐트 스티치 자수를 놓거나 비단 위에 꽃 장식 수를 놓는 일이 아니라 행주의 가장자리를 꿰매는 따분한 일이었다. 자신에게 말을 걸어오는 그녀의 나긋나긋한 목소리가 푸아로에게는 아주 매력적으로 느껴졌다.

"푸아로 씨, 저희 집에서 아주 즐거운 크리스마스를 보내셨으면 좋겠어요. 아시겠지만 우리 가족만 모인답니다. 제 손녀와 손자, 그리고 손자 친구, 제 조카딸 브리짓, 사촌인 다이애나, 아주 오랜 친구인 데이비드 웰윈이 참석할 거예요. 가족들만의 파티죠. 그런데 에드위나 모어쿰은 푸아로 씨가 크리스마스다운 크리스마스를 보고 싶어 하신다더군요. 예스러운 크리스마스 말이에요. 우리 집보다 더 예스러운 크리스마스를 보내는 사람도 없을 겁니다. 아시다시피 제 남편은 완전히 과거 속에서 사는 사람이니까요. 그이는 방학 때마다 이곳에 오곤 했던 열두 살 소년이었을 때와 모든 게 똑같은 걸 좋아한답니다."

그녀는 혼자 살며시 미소를 지었다.

"모든 게 옛날과 똑같죠. 크리스마스트리도 그렇고 양말을 걸어두는 것도, 굴 수프, 칠면조 요리도요. 칠면조는 두 마리를 준비합니다. 한 마리는 삶고 한 마리는 굽죠. 반지와 독신 남자의 단추와 다른 여러 가지를 넣어서 만든 건포도 푸딩도 만든답니다. 요사이는 6펜스짜리 은화는 안 넣어요. 순수하게 은으로만 만들어진 은화가 없으니 말이죠. 디저트는 옛날과 똑같답니다. 엘버스 플럼과 칼스베드 플럼, 아몬드와 건포도, 설탕에 절인 과일과 생강. 맙소사, 내가 지금 뭐하고 있는 거지? 식료품 가게의 판매 물품 목록을 읽고 있는 것 같네요."

"저절로 군침이 도는군요."

"내일 저녁에는 모두들 소화 불량에 걸릴걸요. 하긴 요즘은 사람들이 예전처럼 많이 먹지는 않는 것 같지만."

레이시 부인이 말했다.

창문 밖에서 요란한 고함과 웃음소리가 들려오자 그녀는 말을 멈추고 창문 밖을 내다보았다.

"밖에서 뭘 하고 있는지 모르겠네요. 무슨 놀이를 하고 있는 거겠죠. 요즘 젊은 애들이 우리 집에서 보내는 크리스마스를 따분해할까 봐 내심 걱정했어요. 그런데 오히려 정반대인 것 같아 다행이지 뭐예요. 오히려 제 아들딸과 친구들이 크리스마스를 못마땅하게 생각하는 것 같아요. 집에서 크리스마스를 보내는 건 멍청하고 번거롭다면서 호텔 같은 곳에 가서 춤을 추면서 노는 게 낫다고 하니까요. 하지만 그 애들의 자식들은 이렇게 집에서 보내는 크리스마스를 좋아한답니다. 게다가……."

레이시 부인이 덧붙였다.

"요새 학교 다니는 아이들은 늘 배가 고프잖아요? 학교에서 애들을 굶기는 것 같아요. 장정들이 먹는 양의 세 배는 먹어 치울 나이인데 말이에요."

푸아로가 웃으면서 말했다.

"댁의 가족 파티에 저를 끼워 주셔서 부인과 남편분께 정말 뭐라고 감사드려야 할지 모르겠습니다."

"무슨 그런 말씀을. 오히려 저희들이 감사드려야죠. 호러스가 좀 무뚝뚝하긴 하지만 신경 쓰지 마세요. 겉으로는 그렇게 보여도 속은 안 그렇답니다."

하지만 사실 그녀의 남편인 레이시 대령은 이렇게 말했었다.

"당신은 왜 쓸데없이 외국인을 초대해서 크리스마스를 망쳐 놓으려는 거요? 다른 날 초대하면 어때서. 난 외국인은 질색이란 말이오. 알았어, 알았다고. 에드위나 모어쿰이 부탁했단 말이지? 그런데 대체 그 여자가 크리스마스 파티하고 무슨 상관이 있다는 거요? 그 여자는 그 남자를 자기 집에 초대하지 않고 왜 우리 집에 초대하는 거지?"

"그 이유는 당신도 잘 알면서 뭘 그래요? 이 무렵이면 에드위나 항상 클래리지에 가잖아요."

레이시 부인이 말했다.

그녀의 남편은 아내를 날카롭게 쏘아보면서 말했다.

"엠, 당신 혹시 뭔가 일을 꾸미고 있는 건 아니겠지."

엠은 짙은 푸른색 눈을 크게 떴다.

"일을 꾸미다니요? 그런 일 없어요. 내가 무슨 일을 꾸며요?"

늙은 레이시 대령은 호탕하게 웃으며 말했다.

"내 눈은 못 속여. 당신이 순진한 척할 때는 뭔가 일을 꾸미고 있을 때라는 걸 내가 모를 것 같소?"

레이시 부인은 남편과 했던 얘기를 머릿속으로 떠올리며 말을 이었다.

"에드위나는 푸아로 씨가 우리를 도와줄지도 모른다고 하더군요. 어떻게 도와줄지는 저도 잘 모르지만. 어쨌든 에드위나는 푸아로 씨가 예전에 친구들에게 큰 도움을 주었다고 했어요. 지금 우리와 비슷한 경우를 당한 친구들이라고 하던데. 아, 제가 지금 무슨 얘기를 하고 있는지 잘 모르실 거예요."

푸아로는 격려하는 표정으로 부인을 쳐다보았다. 레이시 부인은 몸매가 곧고 머리카락은 눈처럼 하얗게 센, 70세가 다 된 노부인이었다. 그녀는 복숭앗빛 뺨과 푸른 눈동자, 우스꽝스럽게 생긴 코와 고집스러워 보이는 턱을 가지고 있었다.

"제 능력으로 가능한 일이라면 기꺼이 도와 드리겠습니다. 제가 아는 건 젊은 아가씨의 연애와 얽힌 불미스러운 사건이라는 것뿐입니다."

푸아로가 말하자 레이시 부인은 고개를 끄덕였다.

"맞아요. 이상하게도 푸아로 씨에게 이런 얘기를 털어놓고 싶은 마음이 드네요. 처음 보는 분인데 말이에요……."

"게다가 외국인이죠."

푸아로가 당연하다는 투로 말했다.

"맞아요. 어쩌면 그래서 더 얘기하기 수월한지도 모르죠. 어쨌든 에드위나는 푸아로 씨가 뭔가 알고 있다고 생각하는 것 같아요. 어떻게 얘기하면 좋을지 모르겠네요. 그 데스먼드 리 워틀리라는 청년에 대해 뭔가 도움이 될 만한 걸 알고 계실 거라고……."

푸아로는 자신의 목적을 위해 모어쿰 부인을 이용한 제스먼드의 기발한 생각에 감탄을 금치 못했다. 그러느라 그는 잠시 말을 잇지 못했다.

"제가 듣기로는 그 청년은 평판이 그다지 좋지 않더군요."

푸아로가 조심스럽게 말문을 열었다.

"맞아요. 정말 그렇답니다. 평판이 아주 나쁜 청년이죠. 하지만 세라는 그런 건 전혀 개의치 않는 것 같아요. 젊은 여자들은 평판이 나쁜 남자라는 게 아무렇지도 않은가 봐요. 그런 말을 해 봐야 오히려 자극하는 결과만 낳는 것 같더군요."

"옳으신 말씀입니다."

푸아로가 맞장구를 쳤다.

"제가 젊었을 때는…… 맙소사! 정말 오래전 일이로군요. 어른들이 어떤 젊은 남자를 조심하라고 하면 오히려 그 남자에 대한 호기심이 더 커졌죠. 그런 남자와 어쩌다가 춤을 추게 되거나 단둘이 어두컴컴한 방 안에 남겨지면……."

노부인은 갑자기 웃음을 터뜨렸다.

"제가 호러스에게 그렇게 하지 못하게 하는 것도 다 그런 이유에서랍니다."

"말씀해 보시죠. 부인이 고민하시는 문제가 뭔지 말입니다."

"말씀드리죠. 제 아들은 전쟁터에서 전사했답니다. 세라가 태어나자마자 곧 며느리도 세상을 떠났죠. 그래서 지금까지 우리가 그 아이를 맡아서 길렀답니다. 어쩌면 우리가 그 아이를 잘못 길렀는지도 몰라요. 우리는 늘 그 아이를 자유롭게 살게 해 줘야 한다고 생각했죠."

"저는 그게 바람직한 교육 방식이라고 생각합니다. 시대의 흐름을 거스를 수는 없는 거니까요."

"맞아요. 저도 그렇게 생각했어요. 물론 요즘 여자아이들도 그런

게 당연하다고 생각하고 행동하더군요."

푸아로는 궁금하다는 표정으로 노부인을 쳐다보았다.

"사람들이 얘기하기를 세라가 '커피 바'라는 데를 자주 드나든다더군요. 그 애는 춤을 추러 가거나 불량한 아이들하고 어울리지는 않았어요. 대신 강변에 있는 첼시에 허름한 방을 두 개 얻어 놓고 요즘 애들이 좋아하는 괴상한 옷을 입고 다녔죠. 어떤 때는 까만 양말을 신고 어떤 때는 초록색 양말을 신기도 하더군요. 아주 두꺼운 양말 말이에요. 저는 항상 따가워서 어떻게 신을까 걱정스러웠죠. 게다가 머리도 안 감고 빗질도 하지 않고 돌아다녔어요."

"그런 건 아주 자연스러운 겁니다. 요즘은 그런 게 유행이니까요. 그 애들도 나이가 들면 저절로 그런 행동을 하지 않을 겁니다."

"저도 알아요. 그런 건 걱정하지 않는답니다. 하지만 그 애가 그 데스먼드 리 워틀리라는 남자와 사귀고 있는 게 문제예요. 그 남자는 아주 평판이 좋지 않거든요. 돈 많은 여자들을 등쳐먹는 인간이죠. 그런데도 젊은 여자애들은 그 남자한테 정신을 못 차리나 봐요. 호프 집안 아가씨와 거의 결혼까지 할 뻔했다니까요. 그 아가씨 집안 사람들이 법원인가 뭔가 하는 데 가서 그 아가씨를 피후견인으로 만들어 버려서 결혼을 못 했나 봐요. 호러스도 그렇게 하려는 거고요. 그이는 세라를 보호하려면 그렇게 할 수밖에 없다고 하더군요. 하지만 저는 그건 좋은 방법이 아니라고 생각해요, 푸아로 씨. 저는 그 아이들이 같이 스코틀랜드나 아일랜드 아니면 아르헨티나 같은 데로 도망가서 결혼을 하거나 아예 결혼도 하지 않고 동거할까 봐 걱정이에요. 그런 게 법정 모욕죄라던가 뭐 그런 건지는 모르겠지만, 어쨌든 그게 좋은 해결책은 아닌 것 같다는 생각이 들어서 말이죠. 게다가 혹시 아이라도 생기면 그야말로 큰일이잖아요. 그렇게 되면 우리도 결혼을 허락할 수밖에 없겠지만, 보나마나 1년이나 2년쯤 후에는 이혼을 하겠죠. 그러면 그 애는 집으로 돌아와서 지내다가, 착하기는 하지만 아둔한 남자와 결혼을 해서 정착할 거라고요. 하지만 첫 번째 남자 사이에서 생긴 아이가 있으면 그 아이는 계부 손에 자라게 되는 거잖아요. 아무리 착한 남자라고 해도 계부는 계부니까요. 제가 젊었을 때 했던 방법이 훨씬 좋은 방법이라는 생각이 들어요. 제 말은 처음 사랑에 빠진 남자는 대부분 별로 신통치 않은 남자라는 거예요. 저도 어떤 남자한테 푹 빠졌던 적이 있었죠. 그 남자 이름이 뭐였더라? 이름이 생각나지 않다니 정말 이상하네요. 맞아! 티비트. 그 남자 성이 티비트였어요. 물론 우리 아버지는 그 남자에게 우리 집 출입금지령을 내렸죠. 하지만 우리는 같은 댄스파티에 초대받는 일이 많았어요. 그래서 아버지 몰래 함께 춤을 추곤 했죠. 어떤 때는 몰래 빠져나와서 늦게까지 함께 시간을 보내기도 했어요. 친구들이 주선한 소풍에 같이 가기도 했죠. 금지된 장난이라 더 짜릿하고 재미있었던 것 같아요. 하지만 그때는 요즘 아이들이 하는 그런 짓은 하지 않았어요. 그런데 얼마 후에 티비트 집안 사람들이 동네에서 보이지 않더라고요. 4년 후에 다시 그 남자를 만났는데 저는 깜짝 놀랐지 뭡니까? 너무 멍청하고 형편없는 남자로 보이더라고요. 제가 뜬금없이 옛날 얘기를 했네요. 따분하셨죠?"

"누구나 자기 젊은 시절이 가장 좋았다고 생각하기 마련이죠."

푸아로가 약간 딱딱한 어조로 말했다.

"그래요. 이런 얘긴 듣기 지겹죠. 난 안 그래야지 하면서 또 그런 얘길 했네요. 그건 그렇고 내 귀여운 강아지 세라가 데스먼드 리 워틀리와 결혼하는 건 정말 참을 수가 없어요. 지금 여기 와 있는 데이비드 웰윈은 예전부터 세라와 친하게 지냈고 서로 좋아하는 사이랍니다. 호러스와 저는 그 아이들이 나중에 커서 결혼하면 좋겠다고 속으로 생각했었죠. 하지만 세라는 그 애를 그냥 친구로만 생각하고 있어요. 지금 데스먼드에게 푹 빠져 있으니 그럴 수밖에 없죠."

"그런데 부인, 그 데스먼드 리 워틀리라는 청년이 지금 이 집에 머물고 있는 게 좀 이해가 가지 않는군요."

"제가 그러라고 했답니다. 호러스는 세라에게 그 남자를 절대 만나지 말라고 했어요. 호러스가 젊었을 때 같으면 당연히 아버지나 후견인이 말채찍을 들고 그 청년의 하숙집으로 쳐들어갔겠죠. 호러스는 그 청년에게 집에 오지 말라고 하고 세라에게도 그 남자를 만나지 말라고 했답니다. 저는 그건 좋은 방법이 아니라고 말했죠. 저는 남편에게 이렇게 말했어요. '그 청년을 우리 집에 오게 합시다. 크리스마스 가족 파티에 초대해요.' 제 남편은 당연히 저더러 미쳤다고 하더군요. 하지만 저는 이렇게 말했어요. '여보, 내 말대로 한번 해 봐요. 세라가 우리 집에서 그 남자를 만나게 하는 거예요. 우리는 그 청년을 아주 친절하고 예의 바르게 대해 주는 거죠. 그렇게 하면 세라가 그 남자에 대한 흥미를 잃을지도 모르잖아요.'"

"그거 좋은 방법이로군요. 부인은 정말 현명하십니다. 남편분보다 훨씬 지혜로우시군요."

"그런가요? 정말 그랬으면 좋겠지만……."

레이시 부인이 별로 자신이 없다는 투로 말을 이었다.

"지금까지는 별로 효과가 있는 것 같지 않아요. 하기는 그 청년이 온 지 겨우 이틀밖에 안 됐으니까요."

노부인의 주름진 뺨에 갑자기 보조개가 나타났다.

"푸아로 씨, 한 가지 고백할 게 있는데 저도 그 청년이 좋아지는 것 같아요. 완전히 마음에 드는 건 아니지만 어딘지 매력 있는 청년이라는 생각이 들어요. 세라가 왜 그 청년을 좋아하는지 알 것 같다는 생각도 들고. 하지만 저는 나이도 많고, 그 청년이 절대로 좋은 남자는 아니라는 걸 알 만큼 인생 경험도 있죠. 그래도 그 청년과 함께 있으면 저도 모르게 즐거워지더군요."

레이시 부인이 뭔가 아쉽다는 표정으로 덧붙였다.

"그 청년도 분명히 좋은 구석이 있어요. 알고 계시겠지만 자기 누이동생을 이곳에 데리고 와도 괜찮겠냐고 묻더군요. 동생이 수술을 받고 병원에 있는데 크리스마스를 혼자 병원 침대에서 보내게 하는 건 너무 마음이 아프다면서. 우리 집에 데리고 오면 폐가 될 테니까 자기가 동생 식사를 알아서 돌봐 주겠다고 했어요. 그런 말을 들으니 꽤 괜찮은 청년이라는 생각이 들더라고요."

"꽤 배려 깊은 태도로군요. 어쩐지 원래 그 청년의 성격과는 맞지 않는 것 같네요."

푸아로는 뭔가 곰곰이 생각하는 표정으로 말했다.

"글쎄. 저도 뭐가 뭔지 모르겠어요. 돈 많은 젊은 여자를 등쳐먹는 남자도 자기 가족은 끔찍하게 위하나 보죠? 세라는 앞으로 큰 부자가 될 아이예요. 우리가 그 애한테 물려줄 재산 말고도…… 아! 물론 우리가 남겨줄 재산의 대부분은 제 손자인 콜린에게 돌아가게 되어 있답니다. 세라한테 돌아갈 몫은 그렇게 많지 않아요. 하지만 세라의 엄마가 아주 부자였죠. 세라가 스물한 살이 되면 자기 엄마의 모든 재산을 물려받게 된답니다. 지금 세라는 스무 살밖에 안 되었거든요. 어쨌든 데스먼드가 자기 누이동생을 걱정하는 걸 보면 마음씨는 착한 청년이라는 생각이 들어요. 그 청년은 자기 누이동생이 아주 훌륭한 아가씨라고 하지는 않더군요. 제가 들은 얘기로는 그 아가씨는 속기 타이피스트인데 런던에서 비서로 일하고 있다고 했어요. 그 청년은 약속한 대로 자기 동생 식사를 직접 날라다 주고 있답니다. 매일은 아니지만 자주 그렇게 하고 있어요. 그래서 저도 데스먼드가 좋은 구석도 있는 청년이라는 생각을 하게 된 거예요. 물론 그렇다고 달라질 건 아무것도 없지만요."

레이시 부인은 굳은 결심을 한 듯 단호하게 말했다.

"저는 세라가 그 청년과 결혼하는 걸 원하지 않아요."

"제가 지금까지 들은 얘기로 판단해 보면 그건 아주 불행한 일일 것 같습니다."

푸아로가 말했다.

"우리를 도와주실 방법이 있을까요?"

레이시 부인이 물었다.

"방법이 있을 것 같습니다. 하지만 너무 기대하지는 마십시오. 데스먼드 리 워틀리 같은 사람들은 워낙 교활하니까요, 부인. 그렇다고 낙심하지는 마세요. 뭔가 방법이 있을 겁니다. 크리스마스 파티에 저를 초대해 주신 데 대한 감사의 보답으로 최선을 다해 도와드리겠습니다."

푸아로는 주위를 둘러보며 말했다.

"요즈음에는 크리스마스 파티를 벌이는 것도 쉽지 않은 일일 것 같네요."

"정말 그렇답니다."

레이시 부인이 한숨을 내쉬며 몸을 앞으로 숙이고 말했다.

"푸아로 씨, 제가 정말 꿈꾸는 게 뭔지 아세요? 제가 정말 갖고 싶어 하는 것 말이에요."

"말씀해 보십시오."

"저는 작은 현대식 방갈로를 갖고 싶어요. 아니, 꼭 방갈로가 아니더라도 작고 현대적이고 정원이 있고 관리하기 쉬운 집에서 살고 싶어요. 최신식 설비의 부엌이 있고 긴 복도가 없는 그런 집 말이에요. 모든 게 편리하고 간편한 집을 갖는 게 제 소원이랍니다."

"충분히 실현 가능한 생각 같은데요."

"그렇지 않아요. 남편은 이 집을 무척 아낀답니다. 이 집에 사는 걸 좋아해요. 조금 불편한 것쯤은 전혀 개의치 않아요. 숲 속에 현대적이고 아담한 집을 짓고 살자고 하면 질색을 한답니다."

"부인께서는 남편분의 뜻을 따르기 위해 자신의 꿈을 희생하시는군요."

레이시 부인은 자세를 고쳐 앉으면서 말했다.

"저는 그걸 희생이라고 생각하지 않아요, 푸아로 씨. 저는 남편을 행복하게 해 주고 싶어서 그이와 결혼한 거랍니다. 그이는 저에게 좋은 남편이었고 항상 저를 행복하게 해 주었어요. 그래서 저도 그이를 행복하게 해 주고 싶어요."

"그럼 계속 이 집에 사시겠군요."

"사실은 그다지 불편하지도 않으니까요."

"그럼요. 오히려 아주 살기 편리한 집입니다. 중앙 난방 장치와 온수는 정말 완벽합니다."

"이 집을 살기 편하게 만드느라고 꽤 많은 돈이 들어갔어요. 땅을 좀 팔 기회가 있었죠. 사람들 말로는 땅을 개발한다고 하더군요. 다행히 숲의 반대쪽에 있는 땅이라 이 집에서는 잘 안 보여요. 별로 볼품도 없고 전망도 안 좋은 땅인데 꽤 좋은 값을 받았죠. 덕분에 이 집을 최고로 잘 수리할 수 있었죠."

"그런데 하인들은?"

"아, 그 문제도 생각하시는 것만큼 불편하지 않아요. 물론 예전처럼 하인들이 시중을 들어주는 걸 기대할 수는 없지요. 대신 마을 사람들이 와서 도와주고 있어요. 아침에 여자들이 두 명 오고, 점심 식사를 준비하고 설거지를 해 주는 여자가 두 명 오고, 저녁 때는 또 다른 여자들이 오죠. 하루에 몇 시간만 와서 일하고 싶어 하는 사람들이 많거든요. 크리스마스 때는 우리가 운이 좋은 편이죠. 로스 부인이 매년 크리스마스 때 우리 집에 오니까요. 로스 부인은 정말 요리를 잘한답니다. 일류 요리사죠. 로스 부인은 10년 전에 우리 집 일을 그만두었지만 일손이 급할 때마다 와서 도와주고 있어요. 페브렐도 있고요."

"집사 말씀인가요?"

"맞아요. 페브렐은 일을 그만두고 연금으로 생활하고 있어요. 문지기집 근처에 있는 집에서 살고 있죠. 아주 헌신적인 사람이에요. 크리스마스 때마다 우리 집에 와서 일을 거들겠다고 한답니다. 솔직히 말해서 페브렐이 무거운 물건을 나르려고 하면 떨어뜨릴까 봐 조마조마하답니다. 이제 너무 나이가 많고 금방 쓰러질 것처럼 위태로워서 말이에요. 보고 있으면 너무 가슴이 아파요. 심장도 좋지 않은데 일을 너무 많이 하는 것 같아서 걱정이에요. 오지 말라고 하면 기분이 상할까 봐 말도 못 꺼낸답니다. 우리 집에 올 때마다 은제 식기들을 살펴보면서 못마땅하다는 듯이 혀를 끌끌 차지요. 그러고는 여기 온 지 사흘도 못 돼서 그릇을 깨끗하게 닦아 놓는답니다. 정말 충직한 사람이죠."

그녀는 푸아로에게 미소를 지어 보였다.

"우리는 행복한 크리스마스를 위한 모든 준비를 끝냈어요. 이번 크리스마스는 화이트 크리스마스가 될 것 같죠?"

그녀는 창밖을 내다보면서 덧붙였다.

"보이세요? 눈이 내리고 있어요. 아! 아이들이 들어오고 있네요, 푸아로 씨. 우리 아이들을 만나 보셔야죠."

레이시 부인은 푸아로를 아이들에게 정식으로 소개했다. 먼저 현재 학생인 손자 콜린과 그의 친구 마이클에게 소개했다. 그 아이들은 열다섯 살의 무척 예의 바른 소년들이었다. 한 소년은 머리가 까만색이고 한 소년은 금발이었다. 다음에는 그들의 사촌인 브리짓에게 소개했는데 그 소녀는 사촌과 같은 나이 또래로 까만 머리에 무척 생기발랄했다.

"그리고 이 애는 제 손녀인 세라랍니다."

레이시 부인이 말했다.

푸아로는 세라를 흥미롭게 쳐다보았다. 부스스한 붉은 머리의 매력적인 아가씨였다. 태도는 신경질적이고 도전적이었지만 할머니를 무척 사랑하는 것처럼 보였다.

"그리고 이 청년은 리 워틀리 씨예요."

리 워틀리는 선원들이 입는 저지셔츠와 몸에 꽉 끼는 검은 진 바지를 입고 있었다. 머리는 약간 길게 길렀고 아침에 면도를 하지 않은 것 같았다. 다음에 소개한 데이비드 웰윈이라는 청년은 리 워틀리와는 대조적으로 침착하고 조용한 청년이었고 호의적인 미소를 짓고 있었다. 그리고 비누와 물을 열심히 사용하는 청년인 것 같았다. 그중에 다이애나 미들턴이라는 아가씨가 있었는데 윤곽이 뚜렷하고 인상이 강렬했다.

다과가 나왔다. 납작한 핫케이크와 크럼펫, 샌드위치, 세 가지 종류의 케이크였다. 소년들은 맛있게 간식을 먹었다. 마지막으로 레이시 대령이 들어와서 무뚝뚝한 말투로 말했다.

"차? 좋지."

그는 아내의 손에서 찻잔을 받아들고 핫케이크를 두 조각 집어 들었다. 그는 데스먼드 리 워틀리를 못마땅한 표정으로 흘낏 쳐다보고는 될 수 있는 대로 그에게서 멀리 떨어진 자리에 가서 앉았다. 눈썹이 짙고 햇볕에 그을린 얼굴이 불그스레한 큰 체구의 남자였다. 지주 저택의 주인이라기보다는 농부 같은 풍모였다.

"눈이 내리기 시작하는군. 이거 제대로 화이트 크리스마스가 되겠는데."

간식을 먹고 나자 모두들 흩어졌다.

"아이들은 테이프 리코더를 들으면서 놀 거예요."

레이시 부인이 푸아로에게 말했다.

부인은 손자가 방에서 나가는 모습을 사랑스러운 눈길로 쳐다보고 있었다. 그녀의 말투는 "어린아이들은 장난감 병정 인형을 가지고 놀 거예요."라고 하는 말투와 똑같았다.

"저 아이들은 놀랄 만큼 기계를 잘 다룬답니다. 무슨 전문가처럼 말이죠."

그러나 소년들과 브리짓은 호수에 가서 스케이트를 탈 수 있을 정도로 얼음이 얼었는지 살펴볼 참이었다.

"오늘 아침에는 호수에서 스케이트를 탈 수 있을 거라고 생각했는데. 호지킨스 할아버지가 안 된다고 하셨어. 할아버지는 너무 걱정이 많으신 게 탈이야."

콜린이 투덜거렸다.

"산책하러 나갈래요, 데이비드?"

다이애나 미들턴이 나긋나긋한 목소리로 물었다.

데이비드는 세라의 붉은 머리를 쳐다보면서 잠시 망설이는 눈치였다. 세라는 데스먼드 리 워틀리의 팔짱을 끼고 그의 얼굴을 올려다보고 있었다.

"좋아. 산책이나 나가지."

데이비드 웰윈이 말했다.

다이애나가 재빨리 그의 팔짱을 꼈다. 두 사람이 정원으로 나가는 문을 향해 돌아서자 세라가 말했다.

"데스먼드, 우리도 가요. 집 안은 너무 답답해요."

"누가 산책하고 싶다고 했어?"

데스먼드가 퉁명스럽게 말했다.

"차를 가지고 나올게. '스페클드 보어'에 가서 한잔 마시는 게 좋겠어."

세라는 잠시 망설이다가 말했다.

"'마켓 레드베리'에 있는 '화이트 하트'로 가요. 그게 훨씬 더 재미있을 것 같아요."

세라는 그런 생각을 입 밖에 내지는 않았지만 데스먼드와 함께 이 지역의 술집에 가는 건 마음에 내키지 않았다. 그런 행동은 킹스 레이시의 전통을 깨뜨리는 일이라는 생각이 들었다. 킹스 레이시 집안 여자들은 절대로 '스페클드 보어' 같은 술집에 출입하지 않았다. 세라는 막연히 그런 곳에 가는 건 레이시 대령과 부인의 체면을 깎아내리는 행동이라고 느꼈다. 대체 왜 안 된다는 거야? 데스먼드 리 워틀리는 분명히 그렇게 말할 것이다. 그 순간 문득 짜증스러운 생각이 들었다. 세라는 안 되는 이유를 그도 알아야 한다고 생각했다. 부득이한 경우가 아니라면 할아버지와 엠 할머니의 마음을 상하게 하지 말아야 할 것 같았다. 그분들은 정말 자상하게 자신을 돌봐 주셨고 자기 마음대로 살아가는 걸 허용해 주셨다. 왜 그런 식으로 살고 싶어 하는지 이해하지 못하면서도 자신의 삶의 방식을 수긍했다. 그건 물론 엠 할머니 덕분이었다. 할아버지만 계셨더라면 아마 자신을 집에서 내쫓아 버렸을 것이다.

세라는 할아버지의 태도가 달라질 거라고 기대하지 않았다. 데스먼드에게 킹스 레이시에서 지낼 것을 권유한 사람은 할아버지가 아니라 엠 할머니였다. 엠 할머니는 언제나 세라에게 애정을 듬뿍 주시는 분이었다.

데스먼드가 차를 꺼내러 가자 세라는 다시 응접실 문을 열고 고개를 들이밀면서 말했다.

"'마켓 레드베리'에 다녀올게요. '화이트 하트'에서 한잔하고 오려고 해요."

그녀의 목소리에는 약간 도전적인 느낌이 담겨 있었지만 레이시 부인은 눈치 채지 못한 것 같았다.

"그래, 그러렴. 그것도 재미있겠구나. 데이비드하고 다이애나는 산책하러 나갔단다. 정말 다행이야. 다이애나를 여기로 오라고 한 건 정말 잘한 일이야. 저렇게 젊은 나이에 과부가 되다니! 겨우 스물두 살에 말이다. 난 그 애가 빨리 다시 결혼했으면 좋겠구나."

세라는 노부인을 날카롭게 쏘아보며 말했다.

"엠 할머니, 지금 무슨 일을 꾸미고 계신 거죠?"

레이시 부인은 신이 나서 말했다.

"내가 생각해 낸 묘안이란다. 내 생각에는 그 애가 데이비드에게 적격인 것 같구나. 물론 데이비드가 세라 너를 무척 좋아한다는 건 알지만 넌 그 애를 생각도 하지 않는 것 같으니 어쩌겠니? 그 애는 네가 좋아하는 타입이 아닌 것 같으니 말이야. 그렇다고 그 애가 불행한 삶을 사는 건 보고 싶지 않아. 그래서 다이애나가 그 애한테 잘 어울린다는 생각을 하게 된 거란다."

"중매쟁이라도 된 것 같네요, 할머니."

"나도 알아. 늙은 여자들은 다 그렇단다. 다이애나는 벌써 그 애한테 마음이 있는 모양이더라. 너는 다이애나가 그 애와 어울린다고 생각하지 않니?"

"그렇게 생각하지 않아요. 다이애나는 지나치게…… 그러니까, 너무 적극적이고 진지해요. 데이비드는 그런 여자와 결혼하면 따분하고 지겨울 거라고 생각할 거예요."

"그거야 두고 보면 알 일이지. 어쨌든 너는 그 애한테 전혀 마음이 없지 않니?"

"그건 그래요."

세라가 얼른 대답했다. 그러고 나서 갑자기 불쑥 내뱉었다.

"할머니는 데스먼드가 마음에 드시는 거죠?"

"그야 나는 좋은 청년이라고 생각하지."

"할아버지는 그이를 좋아하지 않으시잖아요."

레이시 부인이 설득하듯이 말했다.

"할아버지가 좋아하시기를 바라는 건 욕심이지. 하지만 할아버지도 생각이 달라지실지 누가 아니? 너무 급하게 몰아붙일 생각은 하지 마라. 늙은이들은 생각을 바꾸는 데도 시간이 오래 걸리는 법이니까. 네 할아버지 고집이 엔간히 세야 말이지."

"할아버지가 어떻게 생각하시든 무슨 말씀을 하시든 전 상관없어요. 언제든 제가 하고 싶을 때 데스먼드와 결혼할 거예요."

"그래 알겠다. 하지만 좀 현실적으로 생각해 봐야 하지 않겠니? 할아버지 때문에 문제가 생길 수도 있을 거야. 넌 아직 성년이 아니잖니? 앞으로 1년만 지나면 네가 하고 싶은 대로 할 수 있어. 호러스가 그전까지 마음을 바꿔 주면 좋겠다만."

"할머니는 제 편이신 거죠?"

세라는 이렇게 말하면서 할머니의 목을 껴안고 애정이 담긴 키스를 했다.

"나야 네가 행복해지는 걸 바라지. 아! 네가 좋아하는 청년이 차를 가지고 나왔구나. 나는 요즘 젊은 남자들이 입는 몸에 꽉 끼는 바지가 보기 좋더라. 그걸 입으면 아주 멋있어 보이거든. 안짱다리가 입으면 더 흉하게 두드러지긴 하지만."

맞아! 데스먼드는 안짱다리야. 세라는 전에는 그런 사실을 깨닫지 못했다는 걸 그제야 알았다.

"재미있게 놀다 오렴."

레이시 부인은 세라가 차가 있는 곳으로 가는 모습을 한참 동안 보고 있다가 외국인 손님이 와 있다는 걸 생각해 내고 서재로 발걸음을 옮겼다. 그러나 안을 들여다 보니 에르퀼 푸아로는 기분 좋게 낮잠을 자고 있었다. 레이시 부인은 미소를 지으며 홀을 가로질러 부엌으로 가서 로스 부인과 집안일을 의논했다.

"자, 가시죠, 아름다운 아가씨. 술집에 간다니까 식구들이 벌컥 화를 내진 않던가? 이곳 사람들은 시대에 한참 뒤떨어진 것 같아. 안 그래?"

데스먼드가 말했다.

"우리 가족은 그런 일로 화를 내지는 않아요."

세라가 차에 올라타면서 쌀쌀맞게 대꾸했다.

"대체 무슨 생각으로 그 외국인을 집에 초대한 걸까? 사립 탐정이라던데. 이곳에 사립 탐정이 왜 필요한 거지?"

"그 사람은 일 때문에 온 게 아니에요. 에드위나 모어쿰 할머니가 그 사람을 우리 집으로 초대해 달라고 부탁했대요. 오래전에 탐정 일을 그만두었다고 들었어요."

"고장 난 낡은 마차로군."

데스먼드가 빈정거리며 말했다.

"옛날식 영국 크리스마스를 보고 싶었다고 하던데요."
세라가 무심한 듯 말했다.
데스먼드는 조롱하는 듯이 코웃음을 쳤다.
"그런 건 정말 시시해! 당신이 그런 걸 어떻게 참고 있는지 이해할 수가 없어."
세라는 붉은 머리를 쓸어 올리며 도전적인 턱을 앞으로 내밀었다. 그녀가 대들듯이 말했다.
"난 재미있어요!"
"말도 안 돼. 내일 그런 것들은 다 버리고 스카브로든 어디든 떠나 버리자."
"그럴 수는 없어요."
"왜?"
"그분들의 마음을 상하게 할 테니까요."
"헛소리 집어치워. 그런 유치하고 감상적인 놀이 따위를 좋아하지 않는다는 건 당신이 더 잘 알잖아."
"그럴지도 몰라요. 그렇긴 하지만……."
세라는 갑자기 입을 다물었다. 자기가 크리스마스 파티를 무척 기다려 왔다는 걸 깨닫는 순간 어쩐지 죄를 지은 듯한 기분이 들었다. 사실은 집에서 꾸미고 있는 일들을 좋아하면서도 데스먼드에게 그런 기분을 인정하는 것이 창피했던 것이다. 데스먼드는 항상 크리스마스나 가정생활은 재미없고 따분하다고 말했다. 잠시 세라는 데스먼드가 이곳에 오지 않았더라면 좋았을 거라는 생각을 했다.

사실 그녀는 데스먼드가 이곳에 오는 걸 탐탁하게 생각하지 않았다. 데스먼드를 고향 집에서 만나는 것보다는 런던에서 만나는 게 훨씬 더 재미있었기 때문이다.

그러는 동안 소년들과 브리짓은 아직도 스케이트 타는 일로 입씨름을 하면서 호수에서 집으로 돌아오는 중이었다. 눈송이가 계속 떨어지고 있었다. 하늘을 올려다보니 곧 엄청나게 많은 눈이 올 기세였다.

"눈이 밤새도록 내릴 것 같아. 크리스마스 아침까지 적어도 60센티미터는 쌓일 거야."

콜린이 말했다.

모두들 즐거운 기대감에 마음이 설레었다.

"눈사람을 만들자!"

마이클이 말했다.

"좋은 생각이야. 난 네 살 때 이후로는 한 번도 눈사람을 만들어 본 적이 없어."

콜린이 말했다.

"눈사람 만드는 게 쉽지는 않을 거야. 내 말은 어떻게 만들 건지 방법을 알아야 한다는 거야."

브리짓이 말했다.

"푸아로 씨 모습을 본떠서 만들면 어떨까? 까만색 커다란 콧수염을 붙이는 거야. 가장놀이 상자에 콧수염이 있을걸."

콜린이 제안했다.

"도대체 알 수가 없어. 푸아로 씨가 지금까지 어떻게 탐정 일을 해 왔는지 말이야. 어떻게 변장을 하고 탐정 노릇을 했을까?"

마이클이 뭔가 생각하는 표정으로 말했다.

"그러게 말이야. 그 아저씨가 돋보기를 들고 단서를 찾으러 돌아다니거나 발자국을 재는 모습이 도저히 상상이 안 돼."

브리짓이 말했다.

"좋은 생각이 떠올랐어! 그 아저씨 앞에서 연극을 하는 거야!"

콜린이 말했다.

"그건 또 무슨 소리야, 연극을 하자고?"

브리짓이 물었다.

"그 아저씨 앞에서 살인 연극을 하자는 거야."

"그거 정말 멋진 생각이다! 그러니까 눈 속에 시체를 묻어 둔다든지 그런 거 말이지?"

"맞아. 그 아저씨는 그런 일에 아주 익숙할걸?"

그 말에 브리짓이 낄낄거렸다.

"그게 잘될까?"

"눈만 내려주면 완벽한 연출이 될 거야. 시체와 발자국. 좀 더 신중하게 생각해 보자. 몰래 할아버지 칼을 갖고 나와서 핏자국을 만들어야지."

그들은 걸음을 멈추고 눈이 펑펑 쏟아지는 것도 잊은 채 열띤 토론을 벌였다.

"예전에 공부방으로 쓰던 방에 그림물감이 한 통 있어. 물감을 섞어서 피를 만드는 거야. 진홍색으로 만들면 될 거야."

"진홍색은 너무 핑크색에 가깝지 않을까? 약간 갈색이 섞여야 할 걸."

브리짓이 말했다.

"시체 역할은 누가 하지?"

마이클이 물었다.

"내가 할게."

브리짓이 재빨리 나섰다.

"뭐야? 아이디어를 생각해 낸 사람은 나야."

콜린이 말했다.

"안 돼. 시체는 내가 해야 해. 시체는 여자여야 한다고. 그래야 모든 게 더 흥미진진하지. 아름다운 소녀가 눈 속에 죽은 채 쓰러져 있는 거야."

"아름다운 소녀라고! 아, 그렇구나!"

마이클이 어이없다는 듯이 말했다.

"내 머리가 까만색이잖아."

브리짓이 말했다.

"그게 무슨 상관인데?"

"머리가 까만색이라야 눈 위에서 잘 드러날 거 아냐. 그리고 난 빨간색 잠옷을 입을 거야."

"빨간색 잠옷을 입으면 핏자국이 잘 안 보일걸."

마이클이 예리하게 말했다.

"빨간색을 입어야 눈을 배경으로 눈에 확 뜨일 거야. 숄이 하얀색이니까 거기에 핏자국을 묻히면 돼. 와, 진짜 재미있겠다! 그런데 그 아저씨가 속아 넘어갈까?"

브리짓이 말했다.

"우리가 잘만 하면 속아 넘어갈 거야."

마이클이 말했다.

"눈 위에 네 발자국을 남기고 시체가 있는 쪽으로 걸어갔다가 다시 되돌아 나온 발자국을 남겨 놓는 거야. 당연히 어른 발자국이어야지. 그 아저씨는 남아 있는 발자국들이 지워질까 봐 정신이 없어서 네가 진짜 죽은 게 아니라는 걸 알아차리지 못할걸! 근데 말이야……."

마이클은 갑자기 무슨 생각이 떠올랐는지 말을 멈추었다.

다른 아이들이 동시에 마이클을 쳐다보았다.

"그 아저씨가 화를 내지 않을까?"

"난 화내지 않을 거라고 생각해. 우리가 아저씨를 재미있게 해 주기 위해서 그랬다고 생각할걸. 크리스마스 선물로 말이야."

"크리스마스에 그런 장난을 하는 건 좋지 않아. 할아버지가 별로 좋아하지 않으실 거야."

콜린이 어른스러운 말투로 말했다.

"그럼 크리스마스 다음 날 하는 게 어때?"

브리짓이 말했다.

"그래. 그날 하는 게 좋겠다."

마이클이 말했다.

"그럼 시간을 더 벌 수 있어."

브리짓이 마이클의 말을 받아서 말했다.

"어쨌든 준비할 게 많으니까 가서 소품을 살펴보자."

그들은 서둘러서 집으로 들어갔다.

그날 저녁은 모두들 분주했다. 호랑가시나무와 겨우살이가 대량으로 들어왔고 식당 한쪽 끝에 크리스마스트리가 세워졌다. 모두들 트리를 장식하거나 액자 뒤에 호랑가시나무 가지를 꽂거나 홀 안 적당한 자리에 겨우살이를 달면서 일손을 거들었다.

"아직도 이런 케케묵은 짓을 하는 사람들이 있는지 몰랐어."

데스먼드가 빈정대는 투로 세라에게 중얼거렸다.

"우리 집은 늘 이렇게 해 왔어요."

세라가 반박하듯이 말했다.

"어이없군!"

"짜증 좀 그만 내요, 데스먼드. 난 재미있을 것 같은데."

"세라, 자기가 그럴 리가 없잖아!"

"그게…… 물론 그렇긴 하지만. 어떻게 생각하면 재미있기도 해요."

"눈 속을 뚫고 자정 미사에 갈 사람?"

11시 48분에 레이시 부인이 말했다.

"전 안 갑니다."

데스먼드가 말했다.

"세라, 이리 와."

그는 세라의 손을 잡아끌고 서재로 들어가서 레코드판을 골랐다.

"더 이상 못 참겠어! 자정 미사라니!"

데스먼드가 투덜댔다.

"그건 정말 그래요."

세라가 말했다.

다른 사람들은 왁자지껄하게 웃으면서 코트를 걸치고 집 안을 왔다 갔다 하며 소란을 떨더니 집을 나섰다. 두 소년과 브리짓, 데이비드와 다이애나는 눈을 맞으면서 걸어서 10분 정도 거리에 있는 교회로 출발했다. 그들의 웃음소리가 멀리 사라져 갔다.

"자정 미사라니!"

레이시 대령이 못마땅하다는 듯이 중얼거렸다.

"내가 젊었을 때는 자정 미사에 한 번도 간 적이 없었어. 미사라니! 가톨릭 신자들이 이렇다니까! 아, 죄송합니다, 푸아로 씨."

푸아로는 손을 저으며 말했다.

"아닙니다. 저는 괜찮습니다. 신경 쓰지 마십시오."

"미사를 보는 건 좋은 일이죠."

대령이 말했다.

"정기적인 주일 아침 미사 말이오. '천군 천사들의 노래를 들으라.' 오래된 크리스마스 찬송가는 듣기 좋지요. 그리고 집에 돌아와서 크리스마스 음식을 먹는 겁니다. 그게 맞는 거 아니오, 여보?"

"맞아요. 그렇게 하고 있잖아요. 하지만 젊은 애들은 자정 미사에 가는 걸 좋아한다고요. 그 애들이 가고 싶어 하는 게 얼마나 다행이에요?"

"세라와 그 녀석은 가기 싫어하지 않소."

"그건 당신이 잘못 생각하는 거예요. 세라는 가고 싶으면서도 그렇다고 말하기 싫었을 거예요."

레이시 부인이 말했다.

"그놈이 어떻게 생각하든 세라가 왜 신경을 쓰는지 난 정말 이해가 안 가."

"아직 어리잖아요."

레이시 부인이 차분한 말투로 말했다.

"이제 주무시려고요, 푸아로 씨? 그럼 안녕히 주무세요. 편안히 밤 되시길 빌어요."

"부인은요? 아직 안 주무실 건가요?"

"조금 있다 잘 거예요. 양말 속에 선물을 넣어야죠. 아이들이 다 크긴 했지만, 아직도 아이들은 양말에 선물 넣어 주는 걸 좋아한답니다. 그래서 양말 속에 재미있는 물건들을 넣어 두지요. 좀 우스꽝스러운 것들을요. 그런 게 크리스마스 때나 맛볼 수 있는 재미니까요."

"즐거운 크리스마스를 만들려는 노력이 정말 대단하시네요. 존경스럽습니다."

푸아로는 기사처럼 부인의 손을 들어 올려 손등에 입을 맞추었다.

푸아로가 나가고 나자 레이시 대령이 투덜거렸다.

"쳇! 입에 발린 말을 잘도 하는군. 그래도 당신을 잘 이해하는 것 같긴 하구먼."

레이시 부인이 보조개를 지으며 그를 쳐다보았다.

"내가 겨우살이 아래 서 있다는 걸 알기나 해요, 호러스?"

그녀는 열아홉 살짜리 소녀처럼 얌전을 빼며 말했다.(여자가 겨우살이 아래에 서 있으면 키스를 해도 좋다는 뜻이다 — 옮긴이)

에르퀼 푸아로는 자기 침실로 들어갔다. 라디에이터가 잘 설치된 넓은 방이었다. 네 개의 기둥이 있는 커다란 침대로 다가가자 베개 위에 편지 봉투가 하나 놓여 있었다. 푸아로는 봉투를 뜯고 편지를 꺼냈다. 편지지 위에는 흐릿한 대문자로 이렇게 적혀 있었다.

플럼 푸딩은 절대 먹지 마세요. 당신이 무사하기를 바라는 사람으로부터.

에르퀼 푸아로는 그 글씨를 뚫어지게 들여다보았다. 그의 눈썹이 치켜 올라갔다.

"수수께끼로군."

그가 중얼거렸다.

"이건 정말 뜻밖인걸."

크리스마스 식사는 오후 2시에 시작되었다. 대단한 연회였다. 넓은 벽난로에서는 커다란 장작이 즐거운 소리를 내며 타고 있었다. 한꺼번에 떠들어 대는 사람들의 와자지껄하는 소리가 장작 소리를 압도하고 있었다. 굴 수프가 사람들의 배 속으로 들어갔고 커다란 칠면조 두 마리가 테이블 위에 나왔다가 뼈만 앙상하게 남은 모습으로 들려 나갔다. 가장 중요한 순간에 크리스마스 푸딩이 당당한 모습으로 등장했다. 늙은 페브렐은 여든 살의 나이에 손과 무릎이 덜덜 떨리는데도 자기가 아닌 그 누구에게도 푸딩 나르는 일을 허락하지 않았다. 레이시 부인은 페브렐이 푸딩을 떨어뜨릴까 봐 걱정이 되어 손을 꼭 붙잡은 채 긴장한 표정으로 앉아 있었다. 그녀는 페브렐이 갑자기 쓰러져서 죽지나 않을까 겁이 날 지경이었다. 페브렐이 쓰러져서 죽는 위험을 감수할 것인가, 아니면 그의 기분을 상하게 해서 사는 것보다 차라리 죽는 게 낫다는 생각이 들게 할 것인가! 지금까지 그녀는 전자를 선택해 왔다. 은쟁반 위에 크리스마스 푸딩이 자태를 뽐내며 놓여 있었다. 커다란 축구공 모양의 푸딩 위에 승리를 상징하는 깃발처럼 호랑가시나무 가지 한 개가 꽂혀 있고 그 둘레에는 파랗고 붉은 불꽃이 타오르고 있었다.

"와!"

"야!"

탄성이 터져 나왔다.

레이시 부인은 미리 페브렐에게 푸딩 접시를 자기 앞에 갖다 놓으라고 시켰다. 테이블을 돌며 푸딩을 차례로 나눠 주지 않고 자기가 직접 잘라 주기 위해서였다. 접시가 안전하게 자기 앞에 놓이자 레이시 부인은 안도의 한숨을 내쉬었다. 노부인은 아직 불꽃이 타고 있는 푸딩을 한 조각씩 접시에 얹고 사람들에게 하나씩 나눠 주었다.

"소원을 비세요, 푸아로 씨."

브리짓이 소리쳤다.

"불꽃이 꺼지기 전에 소원을 빌어야 해요. 할머니, 빨리요!"

레이시 부인은 만족스러운 한숨을 내쉬며 의자에 깊숙이 등을 기대고 앉았다. 푸딩 작전은 성공이었다. 모든 사람들 앞에 아직도 불꽃이 타고 있는 접시가 놓여 있었다. 테이블 주위에 둘러앉은 사람들은 한동안 말을 멈추고 열심히 소원을 빌고 있었다.

푸아로 씨가 자기 접시에 놓여 있는 푸딩을 미묘한 표정으로 바라보는 모습을 눈여겨 본 사람은 아무도 없었다. '푸딩은 절대 먹지 마세요.' 이 불길한 경고는 도대체 무슨 의미일까? 그의 푸딩은 다른 사람의 푸딩과 조금도 다른 점이 없는 것 같았다. 그는 자신이 처한 난감한 상황을 생각하며 한숨을 내쉬었다. 에르퀼 푸아로는 자신이 궁지에 몰렸다고 인정하는 것을 죽기보다 싫어하는 성격이었다. 그는 스푼과 포크를 집어 들었다.

"하드 소스 드릴까요, 푸아로 씨?"

푸아로는 자기 손으로 직접 하드 소스를 뿌렸다.

"또 내 브랜디를 슬쩍했군, 여보!"

식탁 다른 쪽 끝에서 대령이 기분 좋은 목소리로 말했다.

레이시 부인이 남편을 보면서 빙긋 웃었다.

"로스 부인이 최고급 브랜디를 써야 한다고 우기잖아요. 브랜디 하나로 맛이 완전히 달라진다는 걸 어쩌겠어요."

"알았어, 알았어. 크리스마스는 1년에 한 번뿐이니까. 게다가 로스 부인은 훌륭한 요리사니 내가 눈감아 주지. 로스 부인은 정말 훌륭한 요리사일 뿐만 아니라 훌륭한 여성이야."

"맞아요, 정말 그래요. 이 푸딩은 정말 맛이 기가 막혀요. 음, 음."

콜린이 푸딩을 입안에 가득 집어넣으며 말했다.

에르퀼 푸아로는 조심스럽게, 아주 조심스럽게 자기 푸딩을 건드렸다. 그리고 한입 베어 물었다. 맛있었다. 그는 한입 더 먹었다. 그때 그의 접시 위에 뭔가 반짝거리는 게 보였다. 푸아로는 포크로 그게 뭔지 건드려 보았다. 푸아로의 왼쪽에 앉아 있던 브리짓이 그 모습을 보고 말했다.

"뭔가 들어 있었나 보죠. 그게 뭐예요?"

푸아로는 푸딩 주위에 붙어 있던 건포도에서 작은 은색 물질을 떼어 냈다.

"이건…… 독신자 단추네요. 푸아로 아저씨에게 독신자 단추가 당첨됐어요."

브리짓이 말했다.

에르퀼 푸아로는 자기 접시 옆에 있는 핑거 글라스에 은색 작은 단추를 담그고 붙어 있던 푸딩 찌꺼기를 말끔하게 씻어 냈다.

"아주 예쁜 단추로군요."

푸아로는 단추를 살펴보면서 말했다.

"푸아로 아저씨, 그건 푸아로 아저씨가 앞으로 계속 독신으로 살 거라는 의미예요."

콜린이 설명했다.

"그렇다면 제대로 당첨됐군. 나는 지금까지 오랫동안 독신으로 살아왔고 앞으로도 달라질 가능성은 없으니까."

푸아로가 진지하게 말했다.

"너무 실망하지 마세요. 신문에서 아흔다섯 살 된 남자가 스물세 살 아가씨와 결혼했다는 기사를 본 적이 있어요."

마이클이 말했다.

"그거 무척 희망적인 기사로구나."

에르퀼 푸아로가 말했다.

레이시 대령이 갑자기 비명을 질렀다. 그의 얼굴이 자주색으로 변했다. 그는 손을 입으로 가져가며 고함을 질렀다.

"빌어먹을! 요리사에게 푸딩 속에 유리를 넣으라고 한 거야?"

"유리라뇨!"

레이시 부인이 기겁해서 소리쳤다.

레이시 대령은 입속에서 그 황당한 물건을 끄집어내며 크게 투덜거렸다.

"이빨이 부러질 뻔했잖아. 삼켰으면 맹장염에 걸렸을지도 몰라."

그는 핑거볼에 유리 조각을 넣고 깨끗하게 씻어 손으로 집어 올렸다.

"맙소사! 이건 크래커 브로치에서 나온 빨간 돌이잖아."

그는 돌을 높이 들어 올렸다.

"잠깐 제가 좀 볼까요?"

푸아로는 능숙하게 옆에 앉아 있는 사람들 사이로 손을 뻗어 레이시 대령의 손에서 돌멩이를 빼앗아 자세히 살펴보았다. 대령의 말대로 루비 색깔의 엄청나게 큰 돌이었다. 돌을 이리저리 돌릴 때마다 햇빛이 반사되어 반짝반짝 빛났다. 누군가 식탁 주변에 앉아 있던 사람이 의자를 뺐다가 다시 앞으로 잡아당겼다.

마이클이 탄성을 올렸다.

"와! 진짜 보석이라면 굉장하겠는걸!"

"진짜일지도 몰라."

브리짓이 들뜬 목소리로 말했다.

"바보 같은 소리하지 마, 브리짓. 이런 크기의 진짜 루비라면 가격이 어마어마할걸. 안 그래요, 푸아로 아저씨?"

"맞아."

푸아로가 말했다.

"하지만 그게 어떻게 푸딩 속에 들어갔는지 알 수가 없네요."

레이시 부인이 말했다.

"어! 내 푸딩에는 돼지가 들어 있잖아. 이건 불공평해."

내내 먹는 일에만 정신이 팔려 있던 콜린이 중얼거렸다.

브리짓이 노래를 부르기 시작했다.

"콜린에겐 돼지가 돌아갔대요! 콜린에겐 돼지가 돌아갔대요! 콜린은 먹보 돼지래요!"

"내 푸딩에는 반지가 들어 있어요."

다이애나가 맑고 높은 목소리로 외쳤다.

"축하한다, 다이애나. 우리 중에서 네가 제일 먼저 결혼하게 되겠구나."

"난 골무가 들어 있잖아."

브리짓이 투덜거렸다.

"브리짓은 노처녀가 되겠네."

두 소년이 짓궂게 놀려 댔다.

"어쩌나, 브리짓이 노처녀가 될 거라니."

"돈은 누구한테 돌아갔지?"

데이비드가 물었다.

"오늘 푸딩 속에 진짜 10실링짜리 금화가 들어 있다던데. 로스 아주머니가 말해 줬어."

"내가 그 행운의 주인공일 것 같은걸."

데스먼드 리 워틀리가 말했다.

레이시 대령 옆자리에 앉아 있던 사람들은 대령이 혼잣말하는 소리를 들었다.

"그래, 그렇기도 하겠다."

"나한테도 반지가 들어 있어."

데이비드가 말했다. 그는 식탁 너머로 다이애나를 쳐다보았다.

"우연의 일치로군, 안 그래요?"

웃음소리는 계속되었다. 푸아로가 뭔가 다른 꿍꿍이가 있는지 몰래 빨간 돌을 자기 주머니에 집어넣는 걸 눈치 챈 사람은 아무도 없었다.

푸딩이 나온 다음 민스파이와 크리스마스 디저트가 나왔다. 파티에 참석했던 사람들 중에서 나이가 많은 사람들은 크리스마스트리에 불을 켜는 티타임까지 잠시 낮잠을 자기 위해 각자 자기 방으로 물러갔다. 그러나 에르퀼 푸아로는 낮잠을 자는 대신 넓은 구식 부엌으로 갔다.

그는 주위를 둘러보며 환한 미소를 짓고 말했다.

"방금 전 제가 먹은 훌륭한 요리를 만들어 주신 분께 감사의 말씀을 드리고 싶습니다."

부엌에 있던 사람들은 잠시 하던 일을 멈추고 푸아로를 쳐다보았다. 로스 부인이 당당한 태도로 앞으로 나섰다. 몸집이 크고 연극에 나오는 공작부인처럼 위엄과 기품이 넘치는 부인이었다. 머리가 희끗희끗하고 왜소한 체격의 여자 둘이 개수대에서 설거지를 하고 있었고, 누르스름한 갈색 머리의 젊은 여자가 조리실과 개수대를 오가며 바쁘게 일하고 있었다. 보조 역할을 하는 여자들인 것 같았다. 부엌 영역에서는 로스 부인이 여왕과도 같은 존재였다.

"음식이 맛있었다니 다행이네요."

그녀가 우아하게 인사했다.

"정말 최고였습니다!"

에르퀼 푸아로는 과장된 몸짓으로 입가로 손을 들어 올려 손바닥에 가볍게 키스를 하고 천장으로 키스를 날려 보냈다.

"정말 천재적인 요리사이십니다, 로스 부인! 그렇게 훌륭한 음식은 난생처음 먹어 보았습니다. 굴 수프하며……."

그는 입맛을 다시면서 말했다.

"속에 들어 있는 재료 또한 훌륭하더군요. 칠면조에 밤을 집어넣으시다니. 내 평생 그렇게 특이한 음식은 처음 맛보았습니다."

"그렇게까지 말씀하시니 정말 기분이 좋군요. 그건 정말 특별한 요리법이긴 해요. 몇 년 전에 함께 일하던 오스트리아 요리사가 알려 준 거랍니다. 하지만 다른 요리들은…… 평범한 영국식 요리법으로 만든 겁니다."

로스 부인이 우아하게 말했다.

"그보다 더 좋은 요리법이 있던가요?"

에르퀼 푸아로가 다시 칭찬했다.

"그렇게 말씀해 주시니 더없이 감사하군요. 물론 선생님은 외국 분이시니까 대륙식으로 만든 음식을 더 좋아하시겠죠. 하지만 제가 대륙 음식을 못 만드는 건 아니랍니다."

"당연하죠. 부인이라면 못 만드실 음식이 없을 겁니다. 하지만 영국 요리는, 그러니까 2류 호텔이나 식당에서 먹는 그런 요리가 아니라 정말 훌륭한 영국식 요리는, 대륙의 미식가들도 인정하는 요리라는 걸 부인도 아셔야 합니다. 18세기 초에 특별 조사단이 런던으로 파견되었는데 그들은 프랑스에 영국 푸딩의 훌륭함에 대한 보고서를 올렸다고 합니다. 그 보고서에는 이렇게 쓰여 있었답니다. '프랑스에는 영국 푸딩에 비견할 만한 음식이 없다. 영국 푸딩의 다양

함과 뛰어난 맛을 경험하기 위해 런던을 여행할 만한 가치가 있다.' 푸딩 중에서도…….."

푸아로는 이제 거의 열광적으로 장황하게 말을 늘어놓고 있었다.

"최고봉은 오늘 우리가 맛본 크리스마스 플럼 푸딩이죠. 오늘 먹은 푸딩은 집에서 직접 만든 것이었겠죠, 당연히? 상점에서 사 온 게 아니고 말이죠."

"당연하죠. 제가 몇 년 동안 갈고닦은 요리법으로 직접 만든 거랍니다. 제가 이 댁에 처음 왔을 때는 레이시 부인이 푸딩 만드는 번거로움을 덜어 주신다고 런던에 있는 상점에 푸딩을 주문해 놓았다고 하시더군요. 하지만 저는 '그건 안 될 말씀이십니다. 제 생각을 해 주시는 건 고맙지만 사 온 푸딩과 집에서 만든 푸딩은 비교가 안 되지요.' 그렇게 말씀드렸죠."

로스 부인은 예술가라도 되는 것처럼 열을 올려 가며 요리 얘기를 늘어놓았다.

"상점에서는 크리스마스가 되기 직전에 푸딩을 만들죠. 진짜 맛있는 크리스마스 푸딩을 만들려면 몇 주일 전에 만들어 놓고 기다려야 한답니다. 적당한 범위 안에서 오래 놓아둘수록 푸딩 맛이 더 좋아지거든요. 제가 어릴 때 매 주일마다 교회에 가면 '오, 주여! 간구하나이다!'로 시작되는 기도문에 귀를 기울였죠. 그 기도문은 말하자면 푸딩이 그 주에 만들어져야 한다는 신호였어요. 늘 그랬답니다. 주일에 그 기도문을 암송하면 어머니가 그 주에 꼭 푸딩을 만들어 놓으셨어요. 올해도 그렇게 했어야 했는데. 사실 그 푸딩은 겨우 사흘 전에, 그러니까 선생님이 도착하시기 전날 만들어 놓은 거랍니다. 그래도 저는 옛날 방식 그대로 푸딩을 만들었죠. 이 댁에 계신 모든 분들이 부엌으로 와서 한 번씩 푸딩을 휘젓고 소원을 비는 관습 말이에요. 아주 오래된 거라서 저는 항상 그 관습을 지킨답니다."

"아주 흥미롭군요! 정말 재미있어요. 그런데 이 댁에 있는 사람들이 모두 부엌에 왔었나요?"

에르퀼 푸아로가 말했다.

"예, 도련님, 브리짓 양, 런던에서 오신 신사분, 그분의 누이동생, 데이비드 씨, 그리고 다이애나 양. 아, 미들턴 부인이라고 해야 하나요? 어쨌든 다들 한 번씩은 푸딩을 휘저었어요."

"그럼 푸딩을 몇 개나 만드셨습니까? 낮에 먹은 푸딩 한 개만 만드신 건가요?"

"아니에요. 전부 네 개 만들었어요. 큰 거 두 개하고 작은 거 두 개요. 나머지 큰 거는 새해 첫날에 내가려고 했던 거고, 작은 거 두 개는 손님들이 돌아가고 대령님과 레이시 부인만 계실 때 드리려고 했죠."

"그렇군요. 잘 알겠습니다."

푸아로가 말했다.

"그런데, 사실 오늘 점심에 드신 푸딩은 실패한 푸딩이었답니다."

로스 부인이 말했다.

"실패한 푸딩이라뇨? 왜 실패한 푸딩이라는 거죠?"

푸아로는 미간을 찡그렸다.

"이 댁에는 커다란 크리스마스 틀이 있어요. 위에 호랑가시나무와 겨우살이 모양이 있는 도자기 틀이죠. 저희는 항상 그 속에 푸딩을 넣고 쪘어요. 그런데 아주 재수 없는 사고가 있었어요. 오늘 아침에 애니가 식품창고 선반에서 틀을 내리다가 잘못해서 그만 그걸 떨어뜨린 거예요. 그래서 틀이 깨져 버렸죠. 저는 그걸 내놓을 수가 없었어요, 어떻게 깨진 그릇을 내놓겠어요? 그 속에 파편이 들어가기라도 했으면 어쩌겠어요? 그래서 어쩔 수 없이 다른 걸 썼죠. 새해 첫날 내놓으려던 푸딩 말이에요. 그 푸딩은 넓적한 그릇에 넣어 두었던 거예요. 둥글게 잘 만들어지기는 했지만 크리스마스 푸딩 틀처럼 장식이 화려하지는 않죠. 정말이지 어디서 그런 틀을 살 수 있을지 모르겠어요. 요즘에는 그렇게 큰 틀을 만들지 않거든요. 전부 작은 그릇들만 만들죠. 달걀 여덟 개나 열 개 정도하고 베이컨을 담아 낼 아침 식사용 접시도 살 수가 없다니까요. 아무튼 모든 게 예전 같지가 않아요."

"정말 그렇습니다."

푸아로가 맞장구를 쳤다.

"하지만 오늘은 그렇지 않았죠. 이번 크리스마스는 옛날 크리스마스와 똑같았어요. 안 그렇습니까?"

로스 부인은 한숨을 내쉬었다.

"그렇게 말씀해 주시니 고맙기는 하지만, 지금은 예전처럼 일을 잘 도와주는 사람이 없어요. 손이 빠른 사람들이 없다니까요. 요새 아가씨들은······.”

그녀는 목소리를 조금 낮추어서 말했다.

“열심히 하려고 하기는 하는데 훈련이 안 되어 있어요. 제 말 이해하시겠어요?”

“시대가 바뀌었으니까요. 저도 때로는 안타까운 생각이 듭니다.”

에르퀼 푸아로가 말했다.

“이 저택은 부인과 대령님 두 분만 살기에는 너무 넓어요. 부인도 그걸 잘 알고 계시죠. 집 한구석에서만 생활하시니 모든 게 예전 같지가 않답니다. 크리스마스에 온 가족이 모일 때만 집 안에 생기가 돌죠.”

“리 워틀리 씨와 누이동생이 이 집에 온 건 처음인가요?”

“그렇답니다.”

로스 부인은 약간 조심스러운 말투로 말했다.

“그분은 무척 훌륭한 분이긴 하지만, 세라 아가씨가 그런 분을 친구로 두었다는 게 좀 이상해요. 하지만 런던은 이곳하고는 다를 테니까요. 그분 누이동생이 건강이 안 좋다니 참 안 됐어요. 수술을 받았다고 하잖아요. 이 집에 처음 온 날은 괜찮아 보이던데 푸딩을 저었던 그날부터 다시 건강이 나빠졌는지 그때부터 계속 침대에 누워 있기만 하네요. 수술 받고 너무 빨리 움직여서 그런가 봐요. 요새 의사들은 환자가 제대로 걷지도 못하는데도 퇴원시켜 버린다니까요. 제 조카며느리만 해도······.”

로스 부인은 병원에서 조카며느리를 얼마나 소홀히 다루었는지 장황하게 늘어놓으면서 옛날 병원과 요즘 병원을 비교했다.

푸아로는 적당히 그녀의 말에 맞장구를 쳐 주었다.

"다시 한 번 훌륭하고 맛있는 음식을 맛보게 해 주신 데 감사드립니다. 제 작은 감사의 표시를 받아 주셨으면 합니다."

그는 빳빳한 5파운드짜리 지폐를 로스 부인의 손에 쥐어 주었다. 그녀는 겉으로는 거절하는 척하면서 말했다.

"이러시면 안 됩니다."

"아닙니다. 꼭 받아 주십시오."

"그렇다면 받겠습니다. 정말 친절하시네요."

로스 부인은 받아도 마땅하다는 듯이 지폐를 받아들었다.

"즐거운 크리스마스와 행복한 새해 맞이하시기 바랍니다."

이번 크리스마스도 여느 크리스마스와 다르지 않게 저물어 갔다. 트리에 불을 밝히고 간식으로 맛있는 크리스마스 케이크가 나왔다. 모두들 환호성을 질렀지만 케이크를 많이 먹지는 못했다. 저녁을 너무 많이 먹은 탓이었을 것이다.

푸아로와 주인 부부는 일찍 잠자리에 들었다.

"안녕히 주무세요, 푸아로 씨. 부디 오늘 즐거운 시간이 되셨기를 바랍니다."

레이시 부인이 인사했다.

"정말 즐거운 하루였습니다, 부인. 정말 훌륭했어요."

"뭔가 생각하고 계시는 것 같네요."

"영국 푸딩에 대해서 생각하고 있었습니다."

"너무 위에 부담이 되신 건 아닌지 모르겠어요."

레이시 부인이 조심스럽게 물었다.

"아닙니다. 소화 얘기를 하는 게 아닙니다. 푸딩의 의미에 대해서 생각하고 있었습니다."

"전통적으로 내려오는 풍습이죠. 그럼, 안녕히 주무세요, 푸아로 씨. 크리스마스 푸딩이나 민스 파이 꿈은 너무 많이 꾸지 마세요."

푸아로는 옷을 벗으면서 혼자 중얼거렸다.

"맞아. 분명 그 크리스마스 플럼 푸딩이 문제야. 뭔가 내가 모르는 게 있단 말이지."

그는 신경질적으로 고개를 흔들었다.

"곧 알게 되겠지."

뭔가 마음의 준비를 한 다음 푸아로는 침대에 누웠다. 그러나 잠을 자기 위해서 누운 것은 아니었다.

두 시간쯤 후에 그가 참고 기다린 보람이 나타났다. 그의 침실 문이 살며시 열렸다. 그는 회심의 미소를 지었다. 그가 예상했던 대로였기 때문이다. 그의 머릿속에 데스먼드 리 워틀리가 정중하게 건네주던 커피가 스쳐 지나갔다. 잠시 후에 데스먼드가 등을 돌렸을 때 푸아로는 잠깐 테이블 위에 커피를 올려놓았다. 그런 다음 푸아로가 커피 잔을 다시 들어 올려서 한 방울도 남김없이 마시는 걸 보자 데스먼드는 만족스러운 표정을 지었다. 그걸 만족이라고 표현할 수 있다면 말이다. 그러나 오늘 밤에 잠을 푹 자고 있는 사람은 그가 아닌 다른 사람이라는 생각을 하자 푸아로는 웃음이 터져 나오려는 걸 참느라 콧수염을 씰룩거렸다.

'유쾌한 청년 데이비드.'

푸아로는 속으로 생각했다.

'지금쯤 고민이 많아서 괴로울 텐데. 하룻밤 푹 잤다고 해서 나쁠 건 없지. 자, 이제 무슨 일이 벌어지는지 보자고.'

그는 꼼짝하지 않고 침대에 누워 있었다. 가끔은 깊이 잠이 든 것처럼 숨소리를 내기도 하고 약하게 코를 고는 척하기도 했다.

누군가가 그의 침대로 다가와서 그의 위로 몸을 구부렸다. 그가 잠들었는지 확인하고 나서는 만족스러운지 침대를 떠나 화장대 쪽으로 걸어갔다. 침입자는 작은 손전등을 비추면서 화장대 위에 가지런히 정돈되어 있는 푸아로의 소지품을 살펴보기 시작했다. 먼저 지갑 속을 뒤져 보고 살그머니 화장대 서랍을 열었다. 그다음에는 푸아로의 옷에 있는 주머니를 샅샅이 뒤졌다. 침입자는 다시 침대로 다가와서 조심스럽게 베개 밑에 한 손을 집어넣었다. 베개에서 손을 빼내고 다음에 해야 할 일을 생각하는 것처럼 잠시 그 자리에 서 있었다. 그는 방 안에 있는 장식품들을 살펴보면서 걸어 다니더니 방 옆에 있는 욕실로 들어갔다가 금방 다시 돌아 나왔다. 그런 다음 작은 소리로 욕을 하면서 방을 나가 버렸다.

"흥, 실망하셨다는 거군. 그래, 크게 실망하셨을 거야. 안 될 말이지. 이 에르퀼 푸아로가 네가 찾아낼 수 있는 곳에 뭔가를 숨겼을 거라고 생각했다면 오산이지!"

푸아로는 돌아눕더니 편안하게 잠에 빠져들었다.

푸아로는 다음 날 아침 누군가 요란하게 문을 두드리는 소리에 잠이 깨었다.

"누구세요? 들어오세요."

문이 열렸다. 콜린이 숨을 헐떡이며 얼굴이 새빨개져서 문 앞에 서 있었다. 그의 뒤에는 마이클이 서 있었다.

"푸아로 아저씨, 푸아로 아저씨."

푸아로는 침대에서 몸을 일으켰다.

"왜 그러지? 아침 차를 마실 시간인가? 아닌 것 같군. 콜린, 너로구나. 무슨 일이냐?"

콜린은 한동안 말을 하지 못했다. 뭔가 격한 감정에 사로잡혀 있는 것처럼. 사실 그는 에르퀼 푸아로가 쓰고 있는 나이트캡을 보고 말문이 막혀 버린 것이었다. 하지만 그는 금방 정신을 가다듬고 입을 열었다.

"푸아로 아저씨, 저희 좀 도와주세요. 끔찍한 일이 벌어졌어요."

"일이 벌어졌다고? 무슨 일인데?"

"그게…… 브리짓이, 브리짓이 눈 속에 쓰러져 있어요. 꼼짝도 하지 않고 말도 안 해요. 직접 가서 보시는 게 좋을 것 같아요. 무서워 죽겠어요. 죽었을지도 몰라요."

"뭐라고? 브리짓 양이 죽었다고?"

푸아로는 이불을 벌떡 젖혔다.

"누군가, 누군가 죽인 것 같아요. 피가…… 피가 묻어 있어요. 빨리 좀 가 주세요!"

"알았다. 금방 가지."

푸아로는 능숙하게 야외용 신발을 신고 잠옷 위에 털가죽이 둘러진 코트를 걸쳤다.

"자, 빨리 가자. 집안 사람들은 깨운 거니?"

"아니요, 아직. 아저씨한테만 말했어요. 그게 더 좋을 거라고 생각했거든요. 할아버지 할머니는 아직 안 일어나셨어요. 아래층에서 식사 준비를 하고 있지만 페브렐에게도 아직 얘기하지 않았어요. 브리짓은, 집 저쪽으로 돌아가면 있어요. 테라스하고 서재 창문 근처에요."

"알았다. 길을 안내해라. 따라갈 테니."

콜린은 억지로 웃음을 참느라고 고개를 돌리고 아래층으로 내려갔다. 두 사람은 옆문을 통해 집 밖으로 나갔다. 아직 해가 높이 떠오르지는 않았지만 맑은 아침이었다. 지금은 눈이 내리고 있지 않았다. 그러나 밤새 눈이 내렸는지 사방에 카펫처럼 두터운 눈이 뒤덮여 있었다. 세상은 온통 하얀색으로 순결하고 아름다웠다.

콜린이 숨을 헐떡이며 말했다.

"저기예요! 바로 저기요!"

그는 과장된 몸짓으로 한 곳을 가리켰다.

정말 극적인 광경이었다. 몇 미터 떨어진 눈 속에 브리짓이 쓰러져 있었다. 브리짓은 진홍색 잠옷을 입고 어깨 위에 하얀색 숄을 두르고 있었다. 하얀 숄에 빨간 핏자국이 묻어 있었다. 얼굴은 옆으로 돌려져 있었고 흐트러진 검은 머리카락에 덮여 있었다. 한쪽 팔은 몸 밑에 깔려 있고 다른 한쪽 팔은 주먹을 꽉 쥔 채 내팽개쳐져 있었다. 그리고 시뻘건 핏자국 한가운데에 구부러진 쿠르드제 나이프 자루가 꽂혀 있었다. 바로 그 전날 밤에 레이시 대령이 손님들에게 보여 주었던 그 칼자루였다.

푸아로가 부르짖었다.

"맙소사! 이건 연극을 보고 있는 것 같군."

마이클이 목이 메는 듯한 소리를 냈다. 콜린이 재빨리 나서서 말했다.

"현실이 아닌 것 같죠! 저기 발자국 보이세요? 우리가 발자국을 지워 버리면 안 될 텐데요."

"맞아. 발자국. 발자국이 지워지지 않도록 조심해야 한다."

콜린이 말했다.

"저도 그렇게 생각했어요. 그래서 아저씨를 여기 모시고 오기 전까지 아무도 브리짓 옆에 가지 못하게 했어요. 아저씨가 어떻게 해야 할지 잘 아실 것 같아서요."

에르퀼 푸아로가 말했다.

"그래. 맞아. 우선은 브리짓이 살아 있는지 확인해야겠지? 안 그러니?"

"그게…… 물론 그래야죠. 하지만 우리 생각은…… 그러니까. 그게, 그렇게 하면 안 될 것……."

마이클이 약간 머뭇거리며 말했다.

"너희들은 정말 신중하구나. 탐정 소설을 꽤나 많이 읽었나 보지? 사건 현장에서는 아무것도 손대지 말고 시체도 원래 있던 그대로 보존하는 게 중요하지. 하지만 아직 시체인지 확인하지 않았지 않니? 신중하게 행동하는 것도 중요하지만 사람 목숨이 먼저지. 경찰을 부르기 전에 먼저 의사를 불러야 하지 않겠니?"

"물론, 그래야죠. 그냥 우리는…… 그러니까…… 우리가 뭔가 조치를 취하기 전에 아저씨를 모셔 오는 게 낫다고 생각했어요."

콜린이 약간 기가 죽은 듯이 말했다.

"그럼 너희들은 둘 다 여기 남아 있는 게 좋겠다. 나는 발자국이 지워지지 않도록 저쪽으로 돌아서 갈 테니까. 정말 훌륭한 발자국이야. 안 그러니? 정말 선명해. 남자 어른의 발자국하고 저 소녀가 쓰러져 있는 곳까지 걸어간 발자국. 남자의 발자국은 되돌아왔지만 소녀의 발자국은 돌아오지 못했구나."

"틀림없이 범인의 발자국일 거예요."

콜린이 겨우 숨을 내쉬면서 말했다.

푸아로가 말했다.

"바로 그거야! 범인의 발자국! 범인은 폭이 길고 좁은 특이한 구두를 신고 있는 사람이야. 아주 흥미로운걸. 금방 알아볼 것 같구나. 맞아! 저 발자국이 아주 중요한 단서야."

그때 데스먼드 리 워틀리가 세라와 함께 집에서 나와 그들이 있는 쪽으로 걸어왔다.

"대체 여기서 뭐하고 있는 겁니까?"

그가 과장된 어조로 물었다.

"침실 창문으로 내다보니 여기 있는 게 보이더군요. 무슨 일이 일어난 건가요? 앗! 이게 무슨 일이죠? 이건, 이건……."

"맞아요. 살인인 것 같죠?"

푸아로가 말했다.

세라가 헉하고 숨을 들이쉬더니 의심스러운 눈으로 두 소년을 노려보았다.

"그럼 그 말은 누군가가 이름이 브리짓인가 하는 저 애를 죽였단 건가요?"

데스먼드가 물었다.

"말도 안 돼요. 도대체 누가 그 애를 죽이려고 했다는 거죠? 도저히 믿을 수 없는 일이에요."

"세상에는 믿기 힘든 일들도 얼마든지 일어나는 법이죠."

푸아로가 말했다.

"특히 아침 식사를 하기 전에는. 그렇지 않습니까? 당신 나라의 고전에 나오는 얘기죠. 아침 식사 전에 일어나는 여섯 가지 불가능한 일들!"

그는 이렇게 덧붙였다.

"모두들 여기서 기다려 주세요."

그는 조심스럽게 길을 돌아서 브리짓이 있는 곳으로 다가갔다. 그러고는 잠시 동안 그녀의 몸 위에 몸을 수그리고 있었다. 콜린과 마이클은 터져 나오려는 웃음을 참으려고 몸을 떨기까지 했다. 세라가 그들에게 와서 작은 소리로 "너희들 지금 무슨 일을 꾸민 거야?"라고 말했다.

"브리짓이 연기를 정말 잘하고 있는걸. 꼼짝도 안 하잖아."

콜린이 속삭였다.

"브리짓만큼 죽은 연기를 잘하는 사람은 못 봤어."

마이클이 속삭였다.

에르퀼 푸아로가 몸을 일으켰다.

"정말 끔찍하군."

그의 목소리에는 좀 전에 없던 감정이 담겨 있었다.

콜린과 마이클은 더 이상 웃음을 참기 힘들어 몸을 돌렸다. 마이클은 웃음을 참느라고 기어들어 가는 목소리로 말했다.

"이제 어떻게 해야 하죠?"

"한 가지 일밖에 없어. 경찰에 신고해야겠어. 누가 전화 좀 걸어 주겠나? 아니면 내가 직접 신고할까?"

푸아로가 말했다.

"제 생각엔……. 제 생각엔…… 마이클, 네 생각은 어때?"

콜린이 말했다.

"그래. 이제 그만해도 될 것 같아."

마이클이 앞으로 걸어 나왔다. 그의 얼굴에 처음으로 망설이는 기색이 떠올랐다.

"정말 죄송해요. 너무 화내지 마세요. 그냥, 장난으로 그런 것뿐이에요. 크리스마스를 더 재미있게 보내려고요. 그러니까 아저씨를 즐겁게 해 드리려고 살인 사건을 연극으로 해 본 거예요."

"나를 재미있게 해 주려고 살인 사건을 꾸민 거라고? 그럼 이건…… 이건……."

"우리가 꾸며 낸 연극이에요. 아저씨가 탐정 일 하시던 때를 기억나게 해 드리려고 그랬어요."

"그런 거란 말이지. 알겠다. 나를 놀리려고 했던 거란 말이구나. 만우절처럼. 하지만 오늘은 4월 1일이 아니라 12월 26일이다."

에르퀼 푸아로가 말했다.

"이런 장난을 하면 안 된다는 생각은 했어요. 그런데…… 저, 너무 화내지 마세요, 푸아로 아저씨. 이제 됐어, 브리짓."

콜린이 큰 소리로 브리짓을 불렀다.

"이제 일어나! 그러다가 얼어 죽겠다."

그러나 눈 위에 쓰러져 있는 브리짓은 꼼짝도 하지 않았다.

"이상한데. 네 목소리를 못 들었을 리가 없는데."

푸아로는 뭔가 생각하는 표정으로 아이들을 쳐다보았다.

"이건 장난이라고 했지? 분명히 장난이었니?"

"그럼요. 누구를 해치려고 한 게 아니었어요."

콜린이 불안한 목소리로 말했다.

"그럼 왜 브리짓 양이 일어나지 않는 거지?"

"왜 그러는지 모르겠어요."

콜린이 말했다.

"이봐, 브리짓. 언제까지 바보같이 거기 누워 있을 거니?"

세라가 더 이상 못 참겠다는 듯이 소리를 질렀다.

"정말 죄송해요, 푸아로 아저씨. 정말 사과드려요."

콜린이 걱정스러운 표정으로 말했다.

"너희들이 사과할 필요 없다."

푸아로가 심각한 어조로 말했다.

"그게 무슨 말씀이세요?"

콜린이 의아한 표정으로 물었다. 그는 다시 뒤를 돌아보았다.

"브리짓! 브리짓! 도대체 어떻게 된 거야? 왜 브리짓이 일어나지 않는 거죠? 왜 아직도 저기 누워 있는 거예요?"

푸아로는 데스먼드를 손짓으로 불렀다.

"리 워틀리 씨. 이쪽으로 와 보시죠."

데스먼드가 푸아로 옆으로 갔다.

"이 아이의 맥박을 짚어 보세요."

푸아로가 말했다.

데스먼드는 브리짓 위에 몸을 굽히고 팔목에 손을 갖다 댔다.

"맥박이 뛰지 않아요……. 팔이 굳어 있어요. 맙소사! 정말 죽었어요."

그는 푸아로를 쳐다보았다.

푸아로는 고개를 끄덕였다.

"그래요. 정말로 죽었어요. 누군가가 희극을 비극으로 바꿔 놓은 겁니다."

"대체 그게…… 누구죠?"

"이곳까지 왔다가 되돌아간 발자국이 있어요. 그 발자국은 당신이 방금 만든 발자국과 아주 비슷하죠. 리 워틀리 씨, 당신이 여기까지 온 발자국과 똑같단 말입니다."

데스먼드 리 워틀리가 휙 몸을 돌렸다.

"세상에…… 지금 나를 의심하는 겁니까? 나를? 당신 미쳤군! 대체 내가 왜 그 여자아이를 죽이려고 한단 말입니까?"

"아, 그 이유라면. 글쎄…… 좀 봅시다……."

푸아로는 몸을 구부리고 소녀의 굳어 있는 손가락을 조심스럽게 폈다.

데스먼드가 헉하고 숨을 들이쉬었다. 그는 믿기 어렵다는 표정으로 아래를 내려다보았다. 죽은 소녀의 손바닥에 커다란 루비 같은 물건이 놓여 있었다.

"이건 푸딩에서 나온 물건이잖아!"

데스먼드가 소리를 질렀다.

"그런가요?"

푸아로가 말했다.

"맞아요."

데스먼드는 재빨리 몸을 구부리고 브리짓의 손바닥에 있는 빨간 돌을 집어 들었다.

"그런 행동을 하면 안 됩니다. 아무것도 건드리면 안 됩니다."

푸아로가 책망하듯이 말했다.

"시체에 손을 댄 건 아니잖아요? 이걸 잃어버리면 안 되죠. 증거가 될 텐데. 지금 최대한 빨리 경찰을 불러오는 게 가장 중요한 일이에요. 내가 가서 경찰에 신고하겠어요."

그는 몸을 휙 돌려서 집을 향해 뛰어갔다. 세라가 푸아로의 옆으로 다가왔다.

"이해가 안 돼요."

세라가 중얼거렸다. 그녀의 얼굴은 마치 죽은 사람처럼 하얗게 질려 있었다. 세라는 푸아로의 팔을 잡으며 말했다.

"도저히 이해가 안 돼요. 선생님이 하신 얘기, 그 발자국에 대한 얘기, 대체 무슨 의미로 하신 건가요?"

"보시죠, 마드무아젤."

시체 옆까지 갔다가 되돌아간 발자국은 조금 전에 푸아로와 함께 시체가 있는 곳까지 갔다가 되돌아온 발자국과 모양이 완전히 일치했다.

"그럼 데스먼드가 한 짓이란 말인가요? 말도 안 돼요."

갑자기 자동차 소리가 청명한 공기를 뚫고 울려 왔다. 그들은 동시에 뒤를 돌아보았다. 자동차 한 대가 엄청나게 빠른 속도로 차도를 따라 내려가고 있었다. 세라는 그 자동차가 누구의 차인지 금방 알아보았다.

"데스먼드예요. 데스먼드의 차예요. 전화로 신고하지 않고 직접 경찰을 부르러 간 게 분명해요."

다이애나 미들턴이 집 안에서 달려 나와 그들이 있는 곳으로 왔다. 그녀는 숨을 헐떡이며 물었다.

"무슨 일이죠? 방금 전에 데스먼드가 집 안으로 뛰어 들어오더니 브리짓이 살해당했다면서 전화를 걸더라고요. 전화가 되지 않는 것 같았어요. 신호도 안 가고. 전화선이 끊어진 것 같다고 하던데요. 그러더니 경찰서에 가서 직접 신고할 수밖에 없다면서 차를 타고 가겠다고 했어요. 그런데 왜 경찰을……"

푸아로가 시체를 가리켰다.

"브리짓?"

다이애나는 푸아로를 빤히 쳐다보았다.

"하지만 분명히…… 이건 장난이잖아요? 들은 얘기가 있어요. 어젯밤에. 아이들이 선생님에게 장난을 치려고 하는 거라고 생각했는데. 아닌가요, 푸아로 씨?"

"장난이 아닙니다. 원래 의도는 장난을 치려는 거였죠. 이제 모두들 집으로 들어갑시다. 여기 있다가는 모두 얼어 죽을 거요. 리 워틀리가 경찰을 데리고 올 때까지 아무것도 할 수 없어요."

"하지만 브리짓을 여기 두고 갈 수는 없잖아요."

콜린이 말했다.

"옆에 있어 봐야 아무 소용없단다."

푸아로가 낮은 목소리로 말했다.

"정말 슬픈 일이로구나. 하지만 브리짓 양을 도와줄 방법이 아무것도 없어. 그러니 집으로 들어가서 차나 커피를 마시면서 몸을 녹이는 게 좋겠다."

그들은 푸아로의 말대로 집으로 들어갔다. 페브렐이 막 아침 식사를 알리는 종을 치려는 참이었다. 그는 집안 사람들이 대부분 집 밖에 나가 있고 푸아로가 아직도 잠옷 바람으로 있는 게 이상하다는 생각이 들었지만 겉으로는 전혀 아는 척하지 않았다. 비록 많이 늙었지만 페브렐은 아직도 훌륭한 집사였다. 그는 참견하라는 지시를 받지 않으면 모든 일을 모른 척했다. 그들은 식당으로 가서 자리에 앉았다. 모든 사람의 앞에 커피 잔이 놓이고 그들이 커피를 마시기 시작하자 푸아로가 말했다.

"여러분에게 들려드릴 얘기가 있습니다. 짧은 얘기입니다. 자세한 내용을 모두 말씀드릴 수는 없으니 간단한 줄거리만 말씀드리죠. 이 나라를 방문한 한 젊은 왕자와 관련된 얘기입니다. 그 왕자는 자기와 결혼할 아가씨에게 줄 가문 대대로 내려오는 귀중한 보석을 가지고 왔습니다. 새로 세팅을 하기 위해서였죠. 그런데 그는 아주 아름다운 다른 아가씨를 사귀게 되었습니다. 이 어여쁜 아가씨는 왕자에게는 별로 관심이 없고 보석에만 관심이 있었습니다. 보석에 너무 욕심이 난 나머지 그 아가씨는 왕가에 몇 대째 내려오는 보석을 가지고 행방을 감춰 버렸습니다. 그래서 그 불쌍한 청년은 심한 곤경에 처하게 된 겁니다. 그가 가장 두려워하는 건 스캔들이었습니다. 그래서 경찰서에 신고할 수 없었죠. 그래서 그는 저를, 이 에르퀼 푸아로를 찾아왔습니다. '저희 가문의 귀중한 보석을 찾아 주십시오.' 그렇게 말하더군요. 그런데 그 아가씨에게는 친구가 한 명 있었습니다. 그 친구는 수상한 거래를 하는 사람이었죠. 공갈 협박에 연루되어 있었고 외국에서 보석을 밀수입하는 일에도 손대고 있었죠. 그는 아주 주도면밀하게 행동했습니다. 혐의는 있지만 증거가 없었습니다. 그런데 이 영리한 신사가 이 저택에서 크리스마스를 보낼 거라는 정보가 제게 입수되었습니다. 그 어여쁜 아가씨는 보석을 손에 넣었으니 한동안 세상에서 몸을 숨겨야 했겠죠. 압박이나 귀찮은 심문을 피하기 위해서 말입니다. 그래서 그녀는 킹스 레이시로 내려오기로 결정한 겁니다. 그 영리한 신사의 누이동생으로 가장하고 말이죠……."

세라가 헉하고 숨을 들이쉬었다.

"아니에요. 말도 안 돼요. 이 집에서 그럴 리가! 내가 있는 바로 여기서!"

"하지만 사실입니다."

푸아로가 말을 이었다.

"저 역시 약간 위장을 하고 이 댁의 크리스마스 파티에 손님으로 초대된 겁니다. 그 아가씨는 병원에서 방금 퇴원한 걸로 되어 있었죠. 처음에 이 집에 왔을 때는 건강이 좋았습니다. 그런데 어느 탐정이, 그것도 명성이 자자한 탐정이 여기로 올 거라는 소식을 들었죠. 그 아가씨는 덜컥 겁이 났을 겁니다. 그래서 제일 먼저 생각난 장소에 루비를 감추고 다시 병이 도진 척하면서 누워 버린 겁니다. 그 아가씨는 제가 자기 모습을 보는 걸 원하지 않았을 테니까요. 제가 자기 사진을 가지고 있을 거고 자기를 금방 알아볼 거라고 생각했겠죠. 자기 방에만 있느라고 무척 따분했을 겁니다. 오빠가 음식을 갖다 주었고요."

"그럼 루비는요?"

마이클이 물었다.

"제가 도착했다는 말을 들었을 때 그 아가씨는 여러분과 함께 부엌에서 웃고 얘기하면서 크리스마스 푸딩을 젓고 있었습니다. 크리스마스 푸딩은 그릇 속에 들어 있었고 그 아가씨는 루비를 푸딩 그릇 중 하나에 넣었죠. 그 푸딩은 크리스마스 때 먹을 푸딩이 아니었으니까요. 크리스마스에 먹을 푸딩은 틀이 아주 특이해서 금방 알아볼 수 있었을 겁니다. 그 아가씨가 반지를 넣은 푸딩은 새해 첫날 먹게 되어 있던 푸딩이었죠. 그 아가씨는 새해가 되기 전에 이 집을 떠날 준비를 모두 끝낼 거고 그러면 그 아가씨와 함께 푸딩도 사라졌을 겁니다. 하지만 운명이 어떻게 인간사에 개입하는지 보십시오. 크리스마스 아침에 생각지도 못했던 작은 사고가 일어났죠. 특이한 틀에 들어 있던 크리스마스 푸딩이 바닥에 떨어져서 산산조각이 나 버린 겁니다. 그러니 어쩌겠습니까? 현명한 로스 부인이 다른 푸딩을 꺼내서 식탁에 내놓은 거죠."

"세상에! 그러니까 크리스마스날 할아버지가 푸딩을 드실 때 입속에서 나온 돌이 바로 그 진짜 루비였다는 건가요?"

콜린이 말했다.

"맞아."

푸아로가 대답했다.

"이제 데스먼드 리 워틀리가 그 루비를 보았을 때 어떤 기분이었을지 상상이 가지 않습니까? 그런데 그다음에 무슨 일이 일어났죠? 그 루비는 이 사람 저 사람 손에 돌려졌죠. 저는 그 반지를 살펴보는 척하다가 아무도 몰래 제 주머니 속에 집어넣었습니다. 그냥 무의식적으로 하는 행동처럼 말이죠. 하지만 적어도 한 사람은 제 행동을 날카롭게 주시하고 있었습니다. 제가 잠자리에 들자 그 사람은 몰래 제 방에 들어와서 뒤지더군요. 제 몸도 뒤졌지만 루비는 찾지 못했습니다. 왜 그랬을까요?"

"왜냐하면……."

마이클이 숨을 가쁘게 몰아쉬며 말했다.

"아저씨가 그 루비를 브리짓에게 주었기 때문이죠. 그래서 그러셨던 거로군요. 그래서…… 그런데 정말 이해가 안 돼요…… 그러니까 그게…… 도대체 왜 이렇게 되어 버린 거죠?"

푸아로는 마이클에게 미소를 지으며 말했다.

"이제 서재로 가자. 서재에서 창밖을 내다보면 그 수수께끼에 대한 의문을 설명해 줄 뭔가를 볼 수 있을 테니까."

모두들 푸아로의 뒤를 따라 서재로 들어갔다.

"범행 현장을 다시 한 번 자세히 보십시오."

푸아로는 창밖을 가리켰다. 사람들의 입에서 동시에 비명이 터져 나왔다. 눈 위에 있던 시체가 거짓말같이 사라지고 끔찍한 현장의 흔적도 감쪽같이 지워져 있었다. 짓밟힌 눈만 어지럽게 흩어져 있을 뿐이었다.

"이 모든 게 꿈은 아니죠? 누군가 시체를 치워 버린 걸까요?"

콜린이 중얼거리듯이 말했다.

"이제 알겠니? 사라진 시체의 수수께끼를?"

그는 자상한 눈빛으로 콜린을 바라보며 고개를 끄덕였다.

"세상에!"

마이클이 소리쳤다.

"푸아로 아저씨…… 그럼 아저씨가…… 설마…… 지금까지 아저씨가 우리를 속이신 거예요?"

푸아로는 터져 나오는 웃음을 간신히 참고 있었다.

"맞아, 나도 장난을 좀 쳐 본 거란다. 난 너희들이 장난을 꾸미고 있다는 걸 미리 알고 있었어. 그래서 나도 나 나름대로 대응 방법을 마련했던 거란다. 아! 브리짓 양이 괜찮아야 할 텐데. 눈 속에 오랫동안 누워 있느라 고생해서 폐렴이라도 걸리면 내가 너무 미안해서 안 되지."

브리짓이 방으로 들어왔다. 그녀는 두터운 스커트와 모직 스웨터를 입고 환하게 웃고 있었다.

"방에 약탕을 갖다 주라고 했는데 마셨나?"

푸아로가 엄한 말투로 말했다.

"한 모금만 마셨어요. 전 멀쩡해요. 제가 잘 해낸 건가요, 푸아로 아저씨? 아휴, 아저씨가 지혈기로 팔을 너무 꽉 묶어서 아직도 팔이 아파 죽겠어요."

"아주 훌륭했다. 완벽했어. 다른 사람들은 아직도 어리둥절한 모양이다. 사실 난 어젯밤에 브리짓을 찾아갔었지. 너희들이 꾸민 계획을 다 알고 있다고 말하고 내가 연출한 연극의 역을 하나 맡아 달라고 부탁했단다. 브리짓은 그 역할을 멋지게 해 주었어. 그리고 나는 워틀리의 구두로 발자국을 만들었단다."

세라가 쳇소리를 내며 쏘아붙였다.

"도대체 뭣 때문에 이런 일을 벌인 거죠, 푸아로 씨? 데스먼드가 경찰을 불러오게 만든 이유가 뭐예요? 이 일이 단순한 장난이었다는 걸 알면 경찰이 엄청나게 화를 낼걸요!"

푸아로는 조용히 고개를 저었다.

"난 리 워틀리가 경찰을 부르러 갔다고 생각하지 않아요. 리 워틀리는 살인 사건에 연루되고 싶지 않을 테니 말입니다. 그는 제정신이 아니었습니다. 루비를 손에 넣을 기회를 노리는 데 정신이 팔려 있었으니까. 루비를 손에 넣자 전화기가 고장 난 것처럼 연극을 하고 경찰을 부르러 간다는 구실로 차를 타고 나가 버린 겁니다. 아마 아가씨도 한동안 그 남자를 만날 수 없을 겁니다. 그 남자는 영국을 떠날 방법을 미리 마련해 놓았을 테니 말입니다. 그 사람은 전용 비행기를 가지고 있지 않습니까, 마드무아젤?"

세라는 고개를 끄덕였다.

"가지고 있어요. 우리는······."

세라는 말을 하려다가 입을 다물었다.

"그 남자는 아가씨에게 전용 비행기를 타고 도망치자고 부추겼겠죠, 안 그런가요? 그런 방법이 보석을 외국으로 몰래 가지고 나가기에는 가장 좋은 방법이죠. 젊은 여자와 사랑의 도피 행각을 벌인 걸로 세상에 알려지면 보석을 가지고 나갔다는 의심을 받지 않을 테니까요. 세상을 속이기에는 아주 훌륭한 방법이었을 겁니다."

"난 그런 말 안 믿어요. 한 마디도 믿을 수 없어요."

세라가 소리쳤다.

"그럼 그의 누이동생에게 물어보시죠."

푸아로는 세라의 어깨 너머를 보며 고개를 끄덕였다. 세라가 고개를 휙 돌렸다.

문 앞에 옅은 금발의 여자가 서 있었다. 그녀는 모피 코트를 입고 있었다. 뭔가 화가 단단히 났는지 얼굴을 잔뜩 찌푸리고 있었다.

"누이동생? 흥!"

그녀는 콧방귀를 뀌며 말했다.

"그 인간이 내 오빠라고? 그 인간은 뒷일은 나한테 팽개치고 자기만 도망갔어! 모든 게 그가 꾸며 낸 일이에요. 그 인간이 억지로 나를 끌어들였다고요! 쉽게 한몫 챙길 일거리가 있다면서. 스캔들이 날까 봐 무서워서 경찰에 신고도 안 할 거라고 하더라고요. 일이 잘못되면 그 왕자가 나한테 가문 대대로 내려오는 보석을 준 거라고 하면 된다면서. 일이 끝나면 파리에서 돈을 나눠 주겠다고 해 놓고…… 그런데 그 사기꾼 같은 놈이 나한테 다 뒤집어씌우고 혼자 날아 버린 거예요. 그런 인간은 죽여도 분이 안 풀리겠어!"

그러더니 갑자기 그녀의 말투가 달라졌다.

"빨리 여기서 빠져나가야 해…… 누가 전화로 택시 좀 불러 줘요."

"정문에서 차가 기다리고 있으니 그걸 타고 역으로 가시죠."

푸아로가 말했다.

"빈틈이 없으시군요."

"뭐, 그렇다고 할 수 있죠."

푸아로가 뻐기듯이 말했다.

하지만 푸아로가 그렇게 쉽사리 그들을 놓아줄 리가 없었다. 가짜 리 워틀리 양을 차에 태워 주고 나서 푸아로가 식당으로 돌아오자 콜린이 기다리고 있었다.

콜린은 순진한 얼굴에 잔뜩 인상을 쓰고 있었다.

"그런데 푸아로 아저씨, 그럼 루비는 어떻게 되는 건가요? 설마 그 사람이 갖고 도망가게 내버려 두시지는 않을 거죠?"

푸아로는 고개를 숙이고 콧수염을 꼬기 시작했다. 태연한 모습이었다.

"찾아와야지. 다른 방법이 있단다. 아직은……."

푸아로가 조용히 말했다.

"말도 안 돼요! 그 사기꾼이 루비를 가지고 도망치게 내버려 두시다니!"

브리짓이 날카롭게 말했다.

"그 사기꾼이 또 우리를 속아 넘긴 거예요. 푸아로 아저씨도 속으신 거죠? 그렇죠?"

"마지막으로 마술을 부려 볼까, 마드무아젤? 자, 내 왼쪽 주머니에 손을 넣어 보렴."

브리짓이 그의 주머니에 손을 집어넣었다. 그녀는 기쁨의 탄성을 지르며 손을 빼내고 진홍색으로 반짝거리는 커다란 루비를 높이 들어 올렸다.

"이제 알겠니? 네 손에 잡고 있던 그 루비는 유리로 만든 모조품이었어. 만일의 경우 바꿔치기를 해야 할 것 같아서 내가 런던에서 가져온 거란다. 이해가 가니? 우리는 스캔들이 일어나는 걸 원하지 않으니까. 데스먼드 씨는 파리나 벨기에나 어디든 보석을 거래할 수 있는 곳으로 가겠지. 거기서 그 보석이 진짜가 아니라는 걸 알게 될 테지만 말이야. 이것보다 더 완벽한 방법이 있을까? 모든 게 만족스럽게 종결되는 거지. 스캔들을 피할 수도 있고. 내 의뢰인인 왕자도 다시 루비를 찾아 자기 나라로 돌아갈 수 있게 됐으니. 왕자가 정신을 차리고 행복한 결혼을 하면 되는 거야. 만사가 잘 해결되는 거지."

"나만 빼고요."

세라가 들리지 않게 중얼거렸다.

그녀가 너무 작은 소리로 말했기 때문에 푸아로밖에는 아무도 그녀의 말을 알아듣지 못했다. 푸아로는 조용히 고개를 흔들었다.

"세라 양, 아가씨가 한 말은 틀렸어요. 아가씨는 이번 일로 귀중한 경험을 얻은 겁니다. 어떤 것이든 경험은 귀중한 거죠. 앞으로는 행복한 일만 기다리고 있을 겁니다."

"그건 그냥 사람들이 하는 말일 뿐이에요."

세라가 말했다.

"그런데, 아저씨."

콜린은 얼굴을 잔뜩 찌푸리고 있었다.

"우리가 아저씨를 놀려 주려고 연극을 꾸미고 있다는 걸 어떻게 아신 거죠?"

"그런 걸 알아내는 게 바로 내가 하는 일이란다."

에르퀼 푸아로는 이렇게 말하고 콧수염을 비틀었다.

"그건 그렇지만 도대체 어떻게 알아내신 거예요? 누가 밀고한 건가요? 그렇죠? 누가 와서 미리 얘기해 준 거죠?"

"아니야. 그런 게 아니란다."

"그럼 어떻게 아신 거예요? 빨리 얘기해 보세요."

"그건 안 된다."

푸아로가 단호하게 거절했다.

"그건 말해 줄 수 없어. 내가 어떻게 알아냈는지 얘기해 주면 너희들은 그걸 대수롭지 않게 생각할 테니 말이다. 그건 자기 마술의 속임수를 알려 주는 마술사처럼 멍청한 짓이지."

"얘기해 주세요, 푸아로 아저씨! 제발, 얘기해 주세요. 네? 해 주세요."

"마지막 수수께끼를 어떻게 풀었는지 정말 알고 싶으냐?"

"네, 궁금해 죽겠어요."

"정 그렇다면 하는 수 없지. 며칠 전 밤에 차를 마시고 나서 서재 창가에 있는 의자에 앉아서 쉬고 있었단다. 나도 모르게 잠이 들었다가 깨어 보니 창밖에서 너희들이 그 계획을 모의하고 있는 얘기소리가 들리더구나. 창문 위쪽이 조금 열려 있었으니까."

"그게 다예요? 너무 간단하잖아요."

콜린이 실망스럽다는 듯이 말했다.

"그렇지? 이제 알겠지? 내가 왜 실망할 거라고 했는지."

에르퀼 푸아로가 싱긋 웃으면서 말했다.

"어쨌든 이젠 다 알게 됐으니 그걸로 된 거죠."

"그래?"

에르퀼 푸아로가 혼잣말로 중얼거렸다.

"하지만 난 그렇지 않아. 모든 걸 알아내는 게 내 일이니까."

그는 머리를 약간 흔들면서 홀로 나갔다. 푸아로는 더러워진 쪽지를 벌써 스무 번도 넘게 주머니에서 꺼내 보았을 것이다.

플럼 푸딩은 절대 먹지 마세요. 당신이 무사하기를 바라는 사람으로부터.

에르퀼 푸아로는 생각에 잠긴 듯이 고개를 흔들었다. 다른 건 다 설명이 되는데 이것만은 설명할 길이 없었다. 그에게는 굴욕적인 일이었다. 도대체 이 쪽지를 쓴 사람이 누굴까? 왜 이런 쪽지를 쓴 걸까? 그걸 알아내기 전에는 한순간도 마음이 편치 않을 것 같았다. 푸아로가 몽상에서 깨어나는 순간 이상한 신음이 들렸다. 그는 재빨리 발밑을 내려다보았다. 바닥에서 옅은 갈색 머리의 여자가 꽃무늬가 있는 일복을 입고 빗자루와 쓰레받기를 들고 부지런히 청소를 하고 있었다. 그녀는 깜짝 놀란 듯이 눈이 동그래져서 푸아로가 손에 들고 있는 쪽지를 쳐다보고 있었다.

"제발, 제발 용서해 주세요."

그녀는 갑자기 나타난 유령처럼 말했다.

"아가씨는 누구신지?"

푸와로가 상냥하게 물었다.

"전 애니 베이츠라고 합니다. 로스 부인을 도와주러 온 사람이에요. 나쁜 생각이 있어서 한 짓이 아닙니다. 절대 나쁜 짓을 하려던 게 아니었어요. 좋은 마음에서 한 일이었답니다. 푸아로 씨를 도와 드려야겠다는 생각에서요."

그 말을 듣자 푸아로의 머리에 번뜩 떠오르는 생각이 있었다. 그는 지저분한 쪽지를 그녀에게 내밀었다.

"그럼, 이걸 쓴 사람이 바로 아가씨인가요?"

"나쁜 뜻으로 한 짓이 아니었어요. 정말입니다."

"물론 그렇겠죠, 애니."

그는 그녀를 향해 미소를 지었다.

"하지만 왜 이런 글을 내게 썼는지 얘기해 주겠습니까?"

"저, 그건 그 두 사람 때문이었어요. 리 워틀리 씨와 그분의 누이동생요. 그 여자는 그의 누이동생이 아니었어요. 분명했어요. 저희들은 모두 그렇게 생각하고 있었죠. 게다가 그 여자는 아프지도 않았어요. 저희들 모두 그렇다는 걸 눈치 채고 있었죠. 뭔가 수상쩍은 일이 일어나고 있다고 생각했어요. 모두 말씀드릴게요. 제가 깨끗

한 타월을 갖다 놓으려고 그 여자의 욕실에 들어갔을 때 문에서 우연히 두 사람이 얘기하는 소리를 듣게 됐어요. 그 남자가 그 여자의 방에 와서 얘기를 하고 있었어요. 저는 두 사람이 하는 말을 똑똑히 들었어요. 그 남자가 이렇게 말하더군요. '그 탐정 말이야. 푸아로라는 탐정이 여기로 오기로 했대. 우리가 먼저 뭔가 조치를 해 놔야겠어. 가능한 한 빨리 그자를 제거하지 않으면 안 돼.' 그러고 나서는 아주 무서운 말투로 목소리를 낮춰 이렇게 말하더군요. '그건 어디에 넣어두었지?' 그러니까 그 여자가 '푸딩 속에요.' 라고 대답했어요. 선생님, 전 그 말을 듣는 순간 심장이 터져 버릴 것 같았답니다. 정말 심장이 멎어 버릴까 봐 겁이 났어요. 그 사람들이 푸딩 속에 독을 넣어 푸아로 씨를 독살할 거라고 생각했거든요. 전 어떻게 해야 할지 눈앞이 깜깜했어요. 로스 부인은 저 같은 여자의 얘기는 들어주시지도 않을 것 같았죠. 그때 푸아로 씨에게 조심하라는 편지를 써야겠다는 생각이 떠올랐어요."

애니는 숨이 가쁜 듯이 말을 멈추었다.

푸아로는 잠깐 동안 심각한 표정으로 그녀를 쳐다보았다.

"아가씨는 선정적인 영화를 너무 많이 본 것 같군요."

푸아로가 입을 열었다.

"아니면 텔레비전의 영향을 너무 많이 받았든지. 하지만 중요한 건 당신이 마음씨가 착하고 상당히 재기 넘치는 아가씨라는 겁니다. 내가 런던으로 돌아가게 되면 선물을 하나 보내 주겠습니다."

"정말이세요? 감사합니다."

"애니, 무슨 선물이 좋겠나요?"

"제가 좋아하는 거요? 정말 제가 좋아하는 걸 보내 주시겠어요?"

"적당한 거라면 기꺼이."

에르퀼 푸아로는 신중하게 대답했다.

"그럼, 화장품 케이스를 보내 주실 수 있나요? 리 워틀리 씨 누이동생, 아니 가짜 누이동생이 가지고 있던 것 같은 멋진 화장품 케이스 말이에요."

"좋아요. 그런 거라면 내가 구할 수 있을 겁니다."

그는 혼자 중얼거렸다.

"재미있군. 얼마 전 박물관에 갔을 때 바빌론인가 어딘가에서 만들어진 수천 년 된 도기들을 본 적이 있었지. 그중에 화장품 케이스도 있었어. 예나 지금이나 여자들의 마음은 변하지 않은 모양이로군."

"뭐라고 하셨죠?"

애니가 물었다.

"아, 아무것도 아닙니다. 잠깐 생각나는 게 있었어요. 화장품 케이스를 보내 줄게요."

"감사합니다. 정말 감사합니다."

애니는 기뻐서 어쩔 줄 모르며 밖으로 나갔다. 푸아로도 흐뭇한 기분으로 고개를 끄덕이며 그녀의 뒤를 따라 나갔다.

"자……"

그는 혼잣말로 중얼거렸다.

"그러면 이제 나도 갈 때가 된 것 같군. 여기서 내가 할 일은 다 끝난 셈이니."

그때 갑자기 누군가의 팔이 그의 어깨를 껴안았다.

"겨우살이 밑에 서 있으면……."

브리짓이었다.

에르퀼 푸아로는 즐거운 크리스마스를 보냈다. 정말 즐거운 크리스마스였다. 그는 정말 즐거운 크리스마스를 보냈다고 혼자 중얼거렸다.

그린쇼의 저택

두 남자는 관목 숲의 모퉁이를 돌았다.
"다 왔습니다. 저기입니다."
레이먼드 웨스트가 말했다.
호러스 바인들러는 황홀한 표정으로 숨을 깊이 들이쉬었다.
"정말 대단하군."
그는 심미적인 기쁨이 깃든 어조로 말했다. 그의 목소리는 경외심으로 더 깊어졌다.
"정말 믿을 수 없을 정도로 훌륭해! 이 시대 최고의 걸작이야!"
"좋아하실 거라고 생각했어요."
레이먼드 웨스트가 만족스러운 듯이 말했다.
"좋아한다고? 그 정도가 아니지."
호러스는 잠시 할 말을 잊은 것 같았다. 그는 카메라 덮개를 벗기고 분주하게 움직였다.

"이건 내 수집품 중에서 최고의 작품이 될 거야."

그는 행복한 목소리로 중얼거렸다.

"거대한 건축물 사진을 수집하는 건 정말이지 즐거운 일이야. 안 그런가? 7년 전 욕실에서 그 아이디어가 떠올랐다네. 최근 작품 중에서 걸작은 제노아에 있는 캄푸산토를 찍은 사진이었어. 하지만 이번 사진은 그 작품과는 비교도 안 되는 작품이 될 거야. 이 건축물 이름이 뭔가?"

"저도 모르겠습니다."

"이름이 있을 것 아닌가?"

"이름이 있겠죠. 하지만 이 부근에 사는 사람들은 그냥 '그린쇼의 저택'이라고만 부르고 있습니다."

"그린쇼는 이 건물을 지은 사람의 이름인가?"

"그렇습니다. 1860년이나 70년쯤이었을 겁니다. 그 당시 이 지방에서 대단한 성공을 거둔 인물이었죠. 맨발로 다니던 찢어지게 가난한 소년이 자라서 엄청난 부자가 된 겁니다. 사람들의 의견은 두 갈래로 나뉘었죠. 어떤 사람들은 그가 순전히 자신의 부를 과시할 목적으로 이 저택을 지었다고 하고, 또 어떤 사람들은 채권자들을 안심시키기 위한 것이었다고 했답니다. 후자였다면 그의 목적은 실패한 셈이었죠. 그는 파산했거나 아니면 거의 파산할 지경에 이르렀으니까요. 그래서 '그린쇼의 저택'이라는 이름으로 불리게 된 겁니다."

호러스의 카메라가 찰칵 소리를 냈다. 그는 만족스러운 목소리로 말했다.

"좋아! 내 수집품 중에서 310번을 자네에게 보여 주겠네. 매우 훌륭한 이탈리아식 대리석 벽난로 장식이라네."

그는 저택을 바라보면서 덧붙였다.

"그린쇼 씨가 이런 걸 어떻게 생각해 냈는지 도무지 상상이 가지 않는군."

"어쩌면 간단한 일이었을지도 모르죠. 그는 틀림없이 루아르 성을 방문했을 겁니다. 저 작은 탑들을 보면 알 수 있지 않습니까? 그리고 유감스러운 일이지만 동양을 여행했던 것 같습니다. 타지마할의 영향을 받은 게 분명합니다. 하지만 저는 무어풍의 부속 건물은 마음에 듭니다. 그리고 베네치아 궁전의 흔적도 좋군요."

"이런 아이디어를 현실로 만들어 줄 건축가를 어디서 구했는지 궁금하군."

레이먼드는 어깨를 으쓱했다.

"그건 어려운 일은 아니었을 겁니다. 아마 그 건축가는 엄청난 보수를 받고 은퇴했겠죠. 반면에 불쌍한 그린쇼 노인네는 파산하고 말았죠."

"다른 쪽에서 저택을 볼 수 있을까? 이건 무단출입인데."

"무단출입인 건 맞습니다만, 괜찮을 겁니다."

레이먼드는 저택 모퉁이 쪽으로 몸을 돌렸다. 그의 뒤를 호러스가 급히 따라갔다.

"여기 누가 살고 있나? 고아들? 아니면 휴일에 찾아오는 방문객들? 학교는 아닌 것 같은데. 운동장도 없고 시설도 없으니 말이야."

"그렇지 않습니다. 이 집에는 아직도 그린쇼 집안 사람이 살고 있습니다."

레이먼드가 어깨 너머로 말했다.

"이 저택의 건물은 별로 파괴되지 않았습니다. 그린쇼 노인이 죽자 그의 아들이 이 저택을 물려받았죠. 그는 지독한 구두쇠였는데 이 저택의 한 구석진 방에서 일생을 보냈죠. 돈은 한 푼도 쓰지 않았답니다. 어쩌면 쓸 돈이 없었는지도 모르죠. 지금은 그의 딸이 이 집에서 살고 있습니다. 아주 괴팍한 노인네죠."

레이먼드는 이야기를 하면서 손님을 접대하기 위해 그린쇼의 저택을 생각해 낸 것에 대해 스스로 흐뭇해하고 있었다. 문학평론가라는 사람들은 입버릇처럼 시골에 와서 주말을 지내고 싶다고 떠들어 대지만, 막상 와 보면 시골 생활이 따분하고 지겹다는 걸 금방 알게 된다. 내일은 일요일 신문이 올 테니 그걸로 때우면 될 것이다. 레이먼드 웨스트는 오늘 호러스 바인들러에게 그의 유명한 대저택 사진 수집품을 늘려 줄 그린쇼의 저택 방문을 권유했고, 그런 자신의 탁월한 선택에 스스로 만족하고 있었다.

저택 모퉁이를 돌자 멋대로 자란 잔디밭이 펼쳐졌다. 정원 한구석에는 인공적으로 쌓아 놓은 커다란 돌산이 있었다. 한 여자가 그 돌산 위에서 허리를 굽히고 열심히 일하고 있었다. 호러스가 그 광경을 보고 레이먼드의 팔을 잡으며 흥미롭다는 듯이 말했다.

"저 여자가 입고 있는 옷 보이나? 잔가지 무늬의 옷을 입고 있지 않나? 집에 하인들을 거느리던 시대에 하녀들이 입던 옷 말일세. 어렸을 때 아침마다 빳빳한 날염 드레스를 입고 모자를 쓴 하녀가 나를 깨우던 기억이 내게는 아주 소중한 추억이라네. 정말 모자까지 쓰고 있었지. 모슬린 드레스에 장식 리본이 달려 있었어. 아니, 장식 리본이 달린 드레스를 입었던 건 아마 객실 하녀였을 거야. 하여튼 하녀가 큰 놋쇠그릇에 따뜻한 물을 담아다가 방 안에 갖다 주었지. 그때가 정말 행복한 시절이었어."

날염 드레스를 입은 여자가 허리를 펴고 일어났다. 그녀는 모종삽을 든 채 그들을 향해 고개를 돌렸다. 그 여자의 모습은 정말 기묘했다. 손질하지 않은 진한 회색의 숱이 적은 머리카락이 어깨까지 내려와 있었고, 머리에는 이탈리아에서 말에게나 씌울 법한 밀짚모자를 눌러 쓰고 있었다. 입고 있는 채색된 날염 드레스는 거의 발목까지 내려와 있었다. 햇볕에 그을린 지저분한 얼굴에서 날카로운 눈동자가 두 사람을 경계하는 눈빛으로 노려보고 있었다.

"함부로 들어와서 죄송합니다, 그린쇼 양."

레이먼드 웨스트가 그녀에게 다가가면서 말했다.

"저희 집에 묵고 계시는 호러스 바인들러 씨가······."

호러스는 고개를 숙이고 모자를 벗었다.

"저······ 그러니까······ 고대 역사와 뭐랄까······ 훌륭한 건축물에 대단히 관심이 많으셔서."

레이먼드 웨스트는 자신이 잘 알려진 작가로서 유명 인사라는 자부심을 가지고 있었기 때문에 남들이 할 수 없는 일을 스스럼없이 할 수 있다고 생각했다. 그래서 편하게 자신들이 찾아온 이유를 얘기할 수 있었다.

그린쇼 양은 자신의 등 뒤에 서 있는 지난날 영화롭던 시절의 거대한 잔재를 바라보았다.

"정말 훌륭한 저택이죠."

그녀가 자랑스럽다는 듯이 말했다.

"할아버지께서 이 저택을 지으셨죠. 물론 내가 태어나기 전이지만. 할아버지는 이 고장 사람들을 깜짝 놀라게 해 줄 생각으로 이 집을 지으셨다고들 합니다."

"이 고장 사람들이 정말 깜짝 놀랐을 겁니다."

호러스 바인들러가 말했다.

"바인들러 씨는 유명한 문학평론가십니다."

레이먼드 웨스트가 말했다.

그린쇼 양은 문학평론가를 대수롭지 않게 여기는지 그의 말에 대해 아무런 반응도 보이지 않았다.

"나는 이 저택이 할아버지의 천재성을 증명하는 기념물이라고 생각해요. 그런데 멍청한 사람들이 나한테 이 집을 팔고 아파트에 가서 사는 게 어떻겠냐고 물어보곤 하지 뭐예요? 내가 뭐 하러 아파트 같은 데서 살겠어요? 이 집은 내가 태어나고 자란 곳인데 난 한 번도 이 집을 떠난 적이 없답니다."

그녀는 과거를 회상하는 듯이 생각에 잠긴 표정으로 말했다.

"이 집에서 우리 세 자매가 자랐어요. 로라는 부목사님과 결혼했죠. 아버지는 로라에게 한 푼도 주지 않았어요. 성직자는 세속적이어서는 안 된다고 하시면서. 로라는 아기를 낳다가 죽었어요. 아기도 죽었고. 네티는 승마 선생하고 도망을 쳤답니다. 그래서 아버지는 유언장에서 네티의 이름을 빼 버렸죠. 그 승마 선생은 이름이 해리 플레처였는데 인물은 반반했지만 건달이었어요. 네티는 그 남자하고 행복하게 살지 못했던 것 같아요. 네티도 오래 살지 못했죠. 두 사람이 낳은 아들이 하나 있는데 가끔 나한테 편지를 보내 온답니다. 하지만 그 애는 당연히 그린쇼 가문사람이 아니에요. 내가 그린쇼 가문의 마지막 생존자인 셈이죠."

그녀는 자랑스러운 듯이 굽은 어깨를 똑바로 펴고 비뚜름하게 쓰고 있던 밀짚모자를 고쳐 썼다. 그러더니 갑자기 몸을 돌리고 날카롭게 말했다.

"크레스웰 부인, 무슨 일이야?"

집에서 나온 한 여자가 그들을 향해 걸어오고 있었다. 그린쇼 양과 나란히 서 있는 모습을 보니 우스꽝스러울 만큼 다른 모습이었다. 크레스웰 부인은 짙은 파란색 머리를 꼼꼼하게 컬을 하고 롤을 말아서 탑 모양으로 땋아 올리고 있었다. 마치 프랑스의 후작 부인이 화려한 가장 무도회에 나가기 위해 분장한 모습 같았다. 그녀와 같은 중년 여성이라면 사각거리는 검은 실크 드레스를 입는 게 어울렸을 것이다. 그러나 그녀가 입은 드레스는 촌스럽게 반짝이는 검은 레이온으로 만든 것이었다. 그녀는 체격이 큰 편은 아니었지만 가슴은 풍만하고 잘 발달되어 보였다. 그녀가 말을 시작하자 목소리는 뜻밖에도 꽤 저음이었다. 그녀의 발음은 상당히 훌륭한 편이었다. h자로 시작되는 단어를 발음할 때 약간 머뭇거리는 것과 그 h음을 과장해서 발음하는 걸 보면 젊었을 때 h음을 빠뜨리고 발음하는 버릇을 고치려고 애썼을 거라는 의심이 들었다.

크레스웰 부인이 말했다.

"그 생선 말이에요, 마님. 대구 토막이 아직 도착하지 않았어요. 그래서 알프레드에게 갖다 달라고 했더니 싫다고 하지 뭐예요."

갑자기 그린쇼 양이 낄낄거리며 웃기 시작했다.

"싫다고 했다고?"

"요즘 알프레드가 너무 말을 안 들어요."

그린쇼 양은 흙이 잔뜩 묻은 손가락을 입으로 가져가서 갑자기 귀청이 찢어질 것처럼 요란하게 휘파람을 불었다.

"알프레드, 알프레드, 이리 와 봐."

그 소리를 듣고 저택 모퉁이를 돌아 한 청년이 삽을 들고 나타났다. 선이 굵고 잘생긴 얼굴의 청년이었다. 그는 사람들이 있는 곳으로 다가오면서 크레스웰 부인을 못마땅한 표정으로 흘깃 노려보았다.

"부르셨나요, 마님?"

"그래, 알프레드. 생선가게에 다녀오라고 했더니 싫다고 했다면서? 왜 그런 거지?"

알프레드가 퉁명스럽게 대답했다.

"마님께서 다녀오라고 하시면 갔다 오겠습니다. 마님의 명령이시라면."

"그래, 다녀와. 저녁 식사 때 필요하니까."

"알겠습니다, 마님. 당장 가겠습니다."

그는 크레스웰 부인을 건방진 눈초리로 쳐다보았다. 부인은 얼굴이 빨개지면서 혼자 중얼거렸다.

"정말 도저히 더 이상은 못 참겠어!"

"우리에게 필요할 때 때마침 두 남자분이 찾아와 주셨지 뭐야, 크레스웰 부인."

크레스웰 부인은 당황한 표정을 지었다.

"죄송합니다만, 마님……."

"그 문제 말이야."

그린쇼 양이 고개를 끄덕이며 말했다.

"유언장의 수혜자는 유언장의 입회인이 될 수 없다는 법 말이야. 내 말이 맞죠?"

그녀는 레이먼드 웨스트를 돌아보며 말했다.

"맞습니다."

레이먼드가 대답했다.

그린쇼 양이 말했다.

"나도 그 정도의 법률 상식은 알고 있어요. 그리고 이 두 분은 식견이 있는 분들이고."

그녀는 손에 들고 있던 모종삽을 잡초 바구니에 던졌다.

"나하고 서재로 좀 올라가 주시겠어요?"

"그러죠."

호러스가 선뜻 동의했다.

그녀는 프랑스식 창문을 통해 두 사람을 안내했다. 노란색과 금색으로 칠해진 넓은 거실이 나타났다. 거실 벽에는 색이 바란 실크 벽걸이가 걸려 있었고 가구에는 먼지가 뒤덮인 덮개가 씌워져 있었다. 거실을 지나자 어두컴컴한 큰 홀과 계단이 나왔다. 그들은 계단을 올라가 방으로 들어갔다.

"이 방은 할아버지가 서재로 쓰시던 곳이에요."

호러스는 짜릿한 기쁨을 느끼며 방 안을 둘러보았다. 그에게 그곳은 희귀한 물건들로 가득찬 방이었다. 특이한 가구 위에는 스핑크스의 머리가 올려져 있고 폴과 버지니아를 본 딴 것 같은 거대한 청동상과 그가 사진 찍고 싶었던 고전적인 문양이 있는 커다란 청동 시계가 있었다.

"좋은 책이 많답니다."

그린쇼 양이 말했다.

레이먼드는 벌써 방 안에 있는 책들을 살펴보고 있는 중이었다. 대충 훑어본 것으로는 그 서재에 특별히 그의 흥미를 끌 만한 책은 한 권도 없었다. 게다가 누군가 읽은 것 같은 흔적이 있는 책도 없었다. 그 책들은 90년쯤 전에 귀족의 서재를 장식하기 위해 사들인 화려한 장정의 고전 전집들이었다. 그중에 그 시대의 소설들도 몇 권 섞여 있었지만 역시 읽은 흔적은 전혀 보이지 않았다.

그린쇼 양은 넓은 책상의 서랍을 뒤지더니 양피지로 된 서류 한 장을 꺼냈다.

"이게 내 유언장이에요. 누군가에게 재산을 남겨 준다는 그런 말을 써 놓은 거 말입니다. 내가 유언장을 남기지 않고 죽으면 그 사기꾼 같은 말 장수 아들 녀석이 내 재산을 차지할 테니까요. 해리 플레처. 그놈은 얼굴만 반반한 불한당이었죠. 그런 인간의 자식 놈에게 이 저택을 물려주다니, 그건 절대로 안 될 말이죠."

그녀는 누군가 자기 말에 반대하기라도 하는 것처럼 열을 올리며 말했다.

"그래서 나는 결심했어요. 크레스웰에게 이 저택을 물려주기로."

"부인의 가정부에게 말입니까?"

"그래요. 크레스웰에게도 그렇게 말했어요. 내 재산 전부를 크레스웰에게 남긴다는 유언장을 작성했죠. 그러니까 크레스웰에게 급여를 주지 않아도 되는 거예요. 생활비를 절약하면 그만큼 크레스웰에게 이득이 되는 셈이니까요. 나한테 미리 허락을 받지 않고 언제든지 휴가를 쓸 수도 있고. 꽤나 고상한 척하는 거 보셨죠? 그런데 실은 아버지가 배관공을 해서 겨우 먹고살았답니다. 잘난 척할 것도 없으면서 꽤 고상한 척하죠."

그녀는 양피지를 펼치고 펜을 잡고 끝에 잉크를 묻혀서 '캐서린 도로시 그린쇼'라고 서명했다.

"자, 이제 됐어요. 내가 서명하는 걸 보셨으니 이제 두 분이 여기에 서명해 주세요. 그러면 이 유언장이 법적인 효력을 갖게 되는 거죠."

부인은 레이먼드 웨스트에게 펜을 건네주었다. 그는 잠시 망설였다. 그녀가 부탁하는 일에 대해 알 수 없는 반발심을 느꼈기 때문이다. 그러다가 그는 자신의 유명한 서명을 재빨리 휘갈겼다. 아침에 배달되는 우편물에 하루에 적어도 여섯 번씩 하는 서명이었다.

호러스도 그가 건네는 펜을 받아들고 서명을 했다.

"이제 됐네요."

그린쇼 양이 말했다.

그녀는 책장으로 걸어가서 머뭇거리며 책을 훑어보았다. 그러더니 유리로 된 책장 문을 열고 책을 한 권 꺼내서 책갈피에 접은 양피지를 끼워 넣었다.

"물건을 숨겨 두는 나만의 장소가 있답니다."

"『레이디 오들리의 비밀』이로군요."

그녀가 책을 다시 책장에 꽂을 때 레이먼드 웨스트는 재빨리 그 책의 제목을 보면서 말했다.

그린쇼 양은 또 다시 낄낄대며 웃었다.

"한때는 베스트셀러였죠. 물론 선생이 쓴 책과는 비교도 안 되는 책이지만."

갑자기 그녀는 친한 척하며 그의 옆구리를 팔꿈치로 찔렀다. 레이먼드는 부인이 자신이 작가라는 것을 알고 있다는 사실에 무척 놀랐다. 레이먼드 웨스트는 문학계에서는 꽤 이름이 알려진 편이었지만 베스트셀러 작가라고 할 수는 없었다. 중년의 나이가 되면서 문체가 약간 부드러워지기는 했지만 그의 책들은 삶의 추악한 모습을 냉혹하게 파헤치는 것들이었다.

"실례가 안 된다면 이 시계를 사진 찍어도 될까요?"

호러스가 물었다.

"실례랄 게 뭐 있나요? 그 시계는 파리 박람회에서 산 물건이라고 알고 있어요."

그린쇼 양이 흔쾌히 허락했다.

"분명히 그럴 겁니다."

호러스는 이렇게 말하고 사진을 찍었다.

그린쇼 양이 말했다.

"이 방은 할아버지가 돌아가신 이후로는 쓰지 않았죠. 이 책상에는 할아버지의 오래된 일기밖에 없어요. 재미있을 것 같지만 눈이 나빠져서 읽을 수가 있어야죠. 난 이 일기들을 책으로 펴내고 싶어요. 하지만 시간이 너무 오래 걸릴 것 같아서."

"그 일을 할 사람을 고용하면 되지 않을까요?"

레이먼드 웨스트가 말했다.

"정말 그럴 수 있을 것 같아요? 좋은 생각이로군요. 한번 생각해 봐야겠어요."

레이먼드 웨스트는 자기 시계를 흘끗 보았다.

"염치없이 너무 폐를 많이 끼친 것 같군요."

"만나서 반가웠어요."

그린쇼 양이 점잖을 빼며 말했다.

"그런데 두 분이 이 집 모퉁이를 돌아서 오는 소리를 들었을 때는 경찰일 거라고 생각했답니다."

"왜 그렇게 생각하신 거죠?"

호러스가 물었다. 그는 질문을 할 때 머뭇거리는 법이 없었다.

그린쇼 양의 대답은 의외였다.

"시간을 알고 싶으면 경찰에게 물어보세요."

그녀는 마치 노래를 하는 것처럼 말했다. 그것은 빅토리아 여왕 시대에나 하던 유머였다. 그러고는 호러스의 옆구리를 팔꿈치로 쿡 찌르고 웃음을 터뜨렸다.

집으로 돌아오는 길에 호러스가 한숨을 내쉬며 말했다.

"정말 재미있는 오후였어. 그 집에는 정말 별별 게 다 있더군. 그 서재에 없는 건 시체뿐이었어. 옛날 추리 소설을 보면 항상 서재에서 살인이 일어나지. 추리 작가들이 머릿속으로 상상하던 서재가 바로 그런 서재였을 거야."

"살인이라면 제인 이모님과 얘기하시는 게 좋을 겁니다."

레이먼드가 말했다.

"제인 이모님? 마플 양 말인가?"

호러스는 약간 당황스러워했다.

그 전날 밤에 소개받은 매력적인 할머니는 살인과는 전혀 관련 없는 사람으로 보였다.

"맞아요. 살인이 이모님의 전문 분야시거든요."

"이거 흥미진진하군. 자네는 도대체 무슨 생각으로 그런 말을 하는 건가?"

레이먼드는 자기가 한 말을 이해하기 쉽게 설명했다.

"말 그대로입니다. 어떤 사람은 살인을 저지르고, 어떤 사람은 살인에 연루되고, 또 어떤 사람은 살인 사건에 뛰어들죠. 제인 이모님은 세 번째 부류에 속하는 분입니다."

"지금 농담하는 건가?"

"절대 농담이 아닙니다. 제 말을 믿지 못하시겠다면 전 런던 경시청 총감이나 지방 경찰서장이나 수사과 민완 경감의 이름을 댈 수도 있습니다."

호러스는 놀랄 일이 끝도 없이 일어난다며 신이 나서 말했다.

그들은 레이먼드의 아내인 조앤 웨스트와 그녀의 조카 루 옥슬리, 마플 양을 불러 차를 마시면서 그날 오후에 있었던 일을 대강 얘기했다. 그리고 그린쇼 양에게 들은 얘기를 자세히 말했다.

"하지만 모든 게 어쩐지 불길한 느낌이 들어요. 후작 부인의 머리 모양을 흉내 낸 가정부 말이에요. 여주인이 자기한테 재산을 물려준다는 유언장을 작성했다는 걸 알고 있다면 찻주전자에 비소를 집어넣을지도 모르는 일 아닙니까?"

"어떻게 생각하세요, 제인 이모님? 살인이 일어날까요, 안 일어날까요? 이모님 생각은 어떠세요?"

레이먼드가 말했다.

"그런 일을 농담처럼 얘기해서는 안 된다는 게 내 생각이다. 물론 비소를 사용할 가능성이 아주 높긴 해. 구하기 쉬우니까 말이야. 어쩌면 벌써 제초제처럼 보이게 해서 농기구 창고에 넣어 두었을지도 모르지."

마플 양이 털실을 감으면서 진지한 말투로 말했다.

"아, 그럴 수도 있겠네요, 이모님. 너무 뻔한 거 아니에요?"

조앤 웨스트가 다정하게 말했다.

"유언장을 쓰는 건 잘하는 일이지만 그 할머니가 남겨 줄 거라고는 끔찍한 하얀 코끼리 같은 그 저택뿐일 텐데. 그런 집을 누가 갖고 싶어 하기나 하겠어요?"

레이먼드가 말했다.

"영화사라면 살 수도 있지. 아니면 호텔이나 공공 시설로 쓸 수도 있을 테고."

호러스가 말했다.

"말도 안 되는 헐값으로 사려고 들걸요."

레이먼드가 말했다.

그러나 마플 양은 고개를 흔들었다.

"레이먼드. 그건 내 생각과 다르구나. 재산 말이다. 그 할아버지는 돈을 많이 벌기는 했지만 낭비벽이 심해서 돈을 모을 수가 없었을 게다. 네 말대로 그 할아버지는 파산할 지경까지 이르렀을지 모르지만 완전히 파산하지는 않았을 거야. 그랬다면 아들이 그 저택을 물려받지 못했을 테니까. 흔히 그렇듯이 그 아들은 아버지와는 완전히 딴판이었어. 지독한 구두쇠여서 한 푼도 쓰지 않고 돈을 모았어. 아마 살아 있는 동안 꽤 많은 돈을 모았을 게다. 그린쇼 양도 아버지를 그대로 닮아서 돈 쓰기를 싫어한단다. 그러니까 내 생각에 그린쇼 양은 어딘가 꽤 많은 돈을 숨겨 두었을 가능성이 커.”

"이모님의 말씀도 있고 하니, 이렇게 하는 게 어떨까요? 루 말이에요.”

조앤 웨스트가 말했다.

그들은 동시에 난롯가에 조용히 앉아 있는 루를 쳐다보았다.

루는 조앤 웨스트의 조카였다. 그녀가 말한 대로 최근에 그녀의 결혼 생활은 파탄이 났고 남편은 어린 두 아이만 그녀에게 맡겨 두고 떠나 버려서 아이를 키울 양육비도 없는 처지였다.

"그러니까 내 말은 그린쇼 양이 할아버지의 일기를 책으로 낼 생각이라면……."

조앤이 설명했다.

"그거 좋은 생각인데.”

레이먼드가 말했다.

그때 루가 작은 소리로 말했다.

"그런 일이라면 내가 할 수 있어요. 재미있을 것 같기도 하고요.”

"내가 그린쇼 양에게 편지를 써 주지.”

레이먼드가 말했다.

"그 노부인이 경찰을 언급한 건 무슨 뜻이었는지 의문이구나.”

마플 양이 생각에 잠긴 표정을 말했다.

"아, 그건 그냥 농담으로 한 말이었어요.”

"그 말을 들으니 생각나는 게 있다."

마플 양이 고개를 힘차게 끄덕이며 말했다.

"맞아. 그 말을 들으니 네이스미스 씨가 생각나."

"네이스미스 씨가 누군데요?"

레이먼드가 궁금하다는 듯이 물었다.

"양봉업을 하는 사람이었지. 그 사람은 일요일 신문에 실리는 낱말 맞추기를 아주 잘했단다. 재미 삼아 사람들에게 엉뚱한 행동을 하곤 했어. 그것 때문에 가끔 말썽이 일어나기도 했지."

모두들 잠시 네이스미스 씨라는 사람에 대해 생각하느라고 입을 다물었다. 그러나 그와 그린쇼 양 사이에 어떤 연관성이 있는지 알 수가 없었다. 결국 제인 이모가 나이 탓에 총기가 약간 흐려진 모양이라는 결론을 내렸다.

호러스 바인들러는 거대한 건축물 사진은 더 수집하지 못하고 런던으로 돌아갔고 레이먼드 웨스트는 그린쇼 양에게 편지를 썼다. 편지 정리하는 일을 맡기기에 적격인 루이지 옥슬리 부인을 알고 있다는 내용이었다. 며칠 후 가늘고 긴 옛날 글씨체로 쓴 그린쇼 양의 편지가 도착했다. 옥슬리 부인을 고용하고 싶으니 그녀와 상의해서 자신의 저택을 방문할 약속을 잡아 달라는 내용이었다.

루는 당장 약속 날짜를 잡았고 후한 조건으로 고용이 결정되어 당장 그다음 날부터 일을 시작했다.

루가 레이먼드에게 말했다.

"정말 감사해요. 너무 잘됐어요. 아침에 아이들을 학교에 데려다 주고 그린쇼의 저택으로 출근하고 돌아오는 길에 아이들을 데려오면 되거든요. 그런데 그 집은 모든 게 너무 이상해요. 그 할머니를 직접 보지 못한 사람은 내 말을 이해하지 못할 거예요."

첫날 저녁, 일을 마치고 돌아온 루는 그날 하루 동안 겪은 일을 말했다.

"가정부는 거의 보지 못했어요. 가정부는 11시에 커피와 비스킷을 제 방에 가져다 주는데 입을 거의 벌리지 않고 고상한 척하면서 말을 해요. 나한테는 거의 말을 걸지도 않고, 내가 그 집에 고용된 게 꽤 못마땅한 모양이에요."

루는 말을 이었다.

"그 가정부는 알프레드라는 정원사하고 사이가 좋지 않은 것 같았어요. 정원사는 시골 청년인데 아주 게으른 것 같더라고요. 두 사람은 서로 말하는 것조차 싫어하는 모양이에요. 그린쇼 양은 별일 아니라는 듯이 이렇게 말하더라고요. '원래 정원사와 가정부는 사이가 좋지 않은 법이지. 우리 할아버지가 살아 계실 때도 그랬으니까. 그때는 정원에서 일하는 사람이 어른 셋에다 남자아이 하나였지. 집 안에도 하녀가 여덟 명이나 있었어. 서로 사이가 나빠서 늘 말썽이었지.'"

이튿날 루는 새로운 소식을 가지고 돌아왔다.

"진짜 재미있는 일이 있었어요. 오늘 아침에 그린쇼 양이 자기 조카한테 전화를 걸어 달라고 했어요."

"그린쇼 양의 조카?"

"네. 그 조카라는 사람은 '보어햄 온 시'에서 하계 공연을 하고 있는 배우나 봐요. 나는 극장에 전화를 걸어서 내일 점심 식사를 하러 오라는 메시지를 남겨 달라고 부탁했죠. 그런데 재미있는 건, 그 할머니가 그걸 가정부 모르게 하고 싶어 하는 거예요. 크레스웰 부인이 뭔가 그린쇼 양의 기분을 거스르는 일을 한 것 같아요."

"내일은 이 스릴물의 다음 편이 전개되겠군."

레이먼드가 중얼거렸다.

"연재 소설 같지요. 정말! 조카와의 화해. 피는 물보다 진하다. 새 유언장이 만들어지고 이전 것은 찢어 버리게 될까요?"

"제인 이모님. 표정이 심각해 보이시네요."

"내 표정이 그랬니? 경찰에 대한 얘기는 더 들은 게 없었고?"

루는 당황한 것 같았다.

"글쎄요. 경찰에 대한 얘기는 아는 게 없는데요."

"그린쇼 양이 그런 말을 한 건 뭔가 분명히 이유가 있을 게다."

마플 양이 말했다.

다음 날 루는 즐거운 기분으로 자신의 일터에 도착했다. 그녀는 여느 때처럼 열린 현관문을 들어섰다. 그 집의 문과 창문은 항상 열려 있었다. 그린쇼 양은 도둑이 드는 것을 걱정하지 않는 것 같았다. 하기는 이 저택 안에 있는 물건들은 대부분 무게가 몇 톤이나 나가는 것이고 돈이 될 만한 건 거의 없으니 그럴 수도 있을 거라는 생각이 들었다.

루는 자동차 진입로에서 알프레드를 지나쳤다. 처음 그의 모습을 보았을 때 그는 나무에 기대서 담배를 피우고 있었다. 그러나 그녀를 보자마자 빗자루를 들고 부지런히 낙엽을 쓸기 시작했다.

'정말 게으른 젊은이로군. 하지만 잘생기긴 했어.'

그녀는 생각했다. 그의 생김새는 누군가를 연상시켰다.

홀을 지나 2층 서재로 올라가다가 그녀는 벽난로 선반 위에 걸려 있는 너대니얼 그린쇼의 커다란 초상화를 쳐다보았다. 그 초상화는 빅토리아 여왕 시대에 그린 그의 모습이었다. 그림 속에서 그는 뚱뚱한 배 위에 늘어진 금 시곗줄 위에 양손을 올려놓고 커다란 안락의자에 편안하게 기댄 채 앉아 있었다. 그녀는 그의 배에서 얼굴로 시선을 옮겨 두터운 턱과 짙은 눈썹, 빽빽한 검은 콧수염을 보면서 너대니얼 그린쇼가 젊었을 때는 아주 잘생겼을 거라는 생각을 했다. 얼핏 그의 모습이 알프레드와 닮았다는 생각도 들었다.

그녀는 서재로 들어가 문을 닫고 타자기의 덮개를 벗기고 책상 서랍에서 낡은 일기장을 꺼냈다. 열려 있는 창문으로 암갈색의 잔가지 무늬 옷을 입은 그린쇼 양이 암석 정원에서 허리를 굽히고 잡초를 뽑고 있는 모습이 보였다. 이틀 동안 비가 와서 잡초가 무성하게 자라 있었다.

도시에서 자란 루는 만약 자기에게 정원이 생긴다고 해도 손으로 잡초를 뽑아야 하는 암석 정원 같은 건 절대 만들지 않겠다는 생각을 하면서 자기 할 일을 시작했다.

11시 30분에 어김없이 크레스웰 부인이 커피 쟁반을 들고 서재로 들어왔다. 그녀는 기분이 매우 안 좋은 것처럼 보였다. 그녀는 테이블 위에 쟁반을 쾅 소리가 나게 내려놓고는 혼자 중얼거렸다.

"점심 때 손님이 온다니. 집 안에 아무것도 없는데! 도대체 날더러 어떻게 하라는 거야. 알프레드는 코빼기도 안 보이고."

"제가 들어올 때 진입로에서 잡초를 뽑고 있던데요."

"그거야 제일 쉬운 일이니까."

크레스웰 부인은 방을 나가면서 문을 쾅 닫았다. 루는 혼자 어이없다는 듯이 웃었다. '그 조카'가 어떻게 생겼을지 상상하면서.

그녀는 커피를 마신 후 다시 일을 시작했다. 일이 무척 재미있어서 시간이 흐르는 것조차 모를 정도였다. 너대니얼 그린쇼는 처음 일기를 쓰기 시작할 때 모든 것을 솔직하게 쓰기로 작정했던 것 같았다. 이웃 마을에 있는 술집 여자에게 마음이 끌렸던 일을 타자로 치면서 루는 이 부분은 편집을 많이 해야 할 것 같다고 생각했다.

그런 생각을 하고 있을 때 갑자기 정원에서 비명이 들려왔다. 그녀는 소스라치게 놀라 자리에서 벌떡 일어나 열려 있는 창가로 뛰어갔다. 그린쇼 양이 암석 정원이 있는 곳에서 저택 쪽으로 비틀거리면서 걸어오고 있는 모습이 보였다. 그녀의 두 손은 가슴을 움켜쥐고 있었고 손 사이로 깃털이 달린 대가 튀어나와 있었다. 그것이 화살대라는 걸 안 순간 루는 정신이 아득해졌다.

찌그러진 밀짚모자를 쓴 그린쇼 양의 머리가 가슴팍으로 고꾸라졌다. 그녀는 힘없는 목소리로 루를 부르고 있었다.

"……쐈어…… 그놈이 나를 쐈어…… 화살로…… 살려 줘……."

루는 문으로 달려가 손잡이를 돌렸지만 열리지 않았다. 그녀는 문을 열어 보려고 안간힘을 썼지만 곧 방 안에 갇혔다는 걸 깨달았다. 그녀는 다시 창가로 달려갔다.

"문이 잠겼어요."

그린쇼 양은 루에게 등을 돌리고 비틀거리며 가정부의 이름을 부르면서 반대쪽 창문 쪽으로 걸어갔다.

"경찰에 전화해…… 전화……."

그러고는 술에 취한 사람처럼 비틀거리던 그린쇼 양의 모습이 루의 시야에서 사라졌다. 아래 창문으로 집 안에 들어간 것 같았다. 잠시 후 루는 그릇이 와장창 깨지는 소리와 뭔가 무거운 물건이 떨어지는 소리를 들었다. 그러고는 조용해졌다. 그녀는 머릿속으로 그 장면을 재구성해보았다. 그린쇼 양이 비틀거리면서 거실로 들어가다가 세브르 찻잔 세트가 놓여 있는 작은 탁자에 부딪친 게 분명하다고 생각했다.

루는 필사적으로 문을 두드리면서 소리를 질렀다. 창밖에는 담쟁이덩굴도 없었고 배수관도 없어서 창문을 통해 밖으로 나갈 방법이 없었다.

문을 두드리다 지쳐서 루는 창가로 다시 돌아갔다. 서재에서 조금 떨어진 곳에 있는 창문으로 가정부가 머리를 내밀고 소리쳤다.

"여기로 와서 저 좀 꺼내 주세요, 옥슬리 부인. 방에 갇혔어요."

"저도 갇혔어요."

"맙소사. 이게 어떻게 된 거죠? 경찰에 전화는 했어요. 이 방에 전화가 있거든요. 그런데 왜 우리가 방에 갇힌 걸까요, 옥슬리 부인? 정말 어떻게 된 건지 도무지 모르겠어요. 문을 잠그는 소리는 못 들었는데."

"저도 그런 소리는 전혀 못 들었어요. 이제 어떻게 하죠? 아, 알프레드가 우리가 부르는 소리를 들릴 수 있을지도 모르겠네요."

루는 목이 터져라 크게 소리를 질렀다.

"알프레드! 알프레드!"

"아마 점심 먹으러 갔을 거예요. 지금 몇 시죠?"

루는 자기 시계를 보았다.

"12시 25분이에요."

"12시 30분 이전에는 점심 먹으러 가면 안 되는데 꼭 그 전에 슬며시 빠져나간다니까요."

"그런데 그린쇼 부인이…… 그린쇼 부인이……."

'그린쇼 부인이 죽었을까요?'라는 말을 하려고 했지만 목에 걸려서 말이 나오지 않았다.

기다리는 것밖에는 다른 방법이 없었다. 그녀는 창틀에 걸터앉았다. 무거운 헬멧을 쓴 경찰이 저택의 모퉁이를 돌아오는 모습이 보일 때까지 엄청나게 긴 시간이 지난 것 같았다. 루가 창밖으로 몸을 내밀자 경찰이 손으로 햇빛을 가리면서 그녀를 올려다보았다. 그는 퉁명스러운 말투로 말했다.

"무슨 일이 일어난 겁니까?"

루와 크레스웰 부인은 갇혀 있는 방 창으로 몸을 내밀고 경찰을 내려다보면서 방금 전에 있었던 일을 설명했다.

경찰은 수첩과 연필을 꺼냈다.

"그러니까 두 분이 2층으로 올라갔는데 실수로 방 안에 갇히게 되었다는 거군요. 이름을 좀 알려 주십시오."

"그런 게 아니에요. 누군가 우리를 방 안에 가둔 거예요. 와서 우리 좀 나가게 해 주세요."

경찰은 역시 퉁명스럽게 말했다.

"좀 기다려요."

그는 그렇게 말하고 아래 창으로 모습을 감추었다. 다시 긴 시간이 흐른 것처럼 느껴졌다. 루는 자동차가 저택에 도착하는 소리를 들었다. 그때까지 거의 한 시간은 지난 것 같았지만 실제로는 겨우 3분밖에 지나지 않았다. 먼저 크레스웰 부인이 다음에는 루가 아까 그 경찰보다 좀 민첩해 보이는 경찰에 의해 구출되었다.

"그린쇼 양은요? 어떻게 됐죠?"

루의 목소리가 흔들렸다.

경찰이 헛기침을 했다.

"이런 말씀을 드리게 돼서 유감입니다, 부인. 크레스웰 부인에게는 말씀드렸습니다만, 그린쇼 양은 사망하셨습니다."

"살해당하신 거예요! 살인 사건이라고요."

크레스웰 부인이 말했다.

그러자 경찰은 모호한 태도로 말했다.

"단순한 사고일 수도 있습니다. 시골 아이들이 활을 잘못 쏘아서 그렇게 된 건지도 모르는 일이니까요."

다른 자동차가 도착하는 소리가 들렸다. 경찰이 말했다.

"검시관일 겁니다."

그는 그렇게 말하고 아래층으로 내려갔다.

그러나 검시관이 아니었다. 루와 크레스웰 부인이 아래층에 내려갔을 때 한 젊은이가 머뭇거리며 현관을 들어와서 잠시 걸음을 멈추고 당황한 기색으로 주변을 둘러보고 있었다.

그는 루에게 어딘지 익숙한 기분 좋은 목소리로 말했다. 루는 그린쇼 양과 같은 집안 사람이기 때문일 거라고 생각했다.

"실례합니다만, 저, 그린쇼 양이 이 집에 살고 계신가요?"

"실례지만 이름을 알려 주시겠습니까?"

경찰이 그의 앞으로 다가서면서 말했다.

"저는 플레처라고 합니다. 내트 플레처입니다. 사실은 제가 그린쇼 양의 조카입니다."

젊은이가 대답했다.

"아, 그러시군요. 안됐습니다만…… 사실은……."

"무슨 일이 있었나요?"

내트 플레처가 물었다.

"사고가 있었습니다. 이모님은 화살을 맞으셨습니다. 화살이 목의 동맥을 관통해서……."

그때 크레스웰 부인이 고상한 척하던 평소의 말투는 어디로 갔는지 신경질적인 목소리로 말했다.

"살해당하신 거예요. 누군가 죽인 거라고요."

웰치 경감은 자기 의자를 탁자 쪽으로 약간 끌어당기고 방 안에 있는 네 사람을 한 명씩 차례로 쳐다보았다. 사건이 일어난 그날 저녁이었다. 그는 루 옥슬리의 진술을 한 번 더 들어보기 위해서 웨스트의 집으로 찾아온 것이었다.

"그린쇼 양이 했던 말을 정확하게 기억하나요? '……쐈어…… 그놈이 나를 쐈어…… 화살로…… 살려 줘…….'라고 했단 말이죠?"

루는 고개를 끄덕였다.

"그때가 몇 시쯤이었죠?"

"1~2분쯤 후에 시계를 봤는데…… 그때가 12시 25분이었어요."

"부인의 시계는 정확한가요?"

"벽걸이 시계도 봤어요."

경감은 레이먼드 웨스트에게로 시선을 돌렸다.

"일주일 전에 레이먼드 씨와 바인들러 씨가 그린쇼 양의 유언장에 입회인의 자격으로 서명하셨다는 게 사실인가요?"

레이먼드는 호러스 바인들러와 함께 그린쇼의 저택을 방문했던 경위를 간략하게 경감에게 설명했다.

웰치 경감이 말했다.

"이 증언이 아주 중요한 단서가 될 수도 있습니다. 그린쇼 양이 분명히 자신의 유언장이 가정부인 크레스웰 부인에게 재산이 돌아가도록 작성되어 있고, 자기가 죽고 난 후에 크레스웰 부인이 재산을 상속받게 될 테니 지금은 급료를 주지 않아도 된다고 했단 말이죠?"

"그렇습니다. 그분이 제게 그렇게 말했습니다."

"크레스웰 부인은 이런 사실을 확실하게 알고 있었을까요?"

"저는 분명히 알고 있었을 거라고 생각합니다. 그린쇼 양이 제 앞에서 유산을 수령하게 되어 있는 사람은 입회인이 될 자격이 없다고 말했으니까요. 크레스웰 부인은 그게 무슨 뜻인지 알고 있었을 겁니다. 게다가 그린쇼 양이 크레스웰 부인과 함께 의논했다고 했으니까요."

"그럼 크레스웰 부인은 그 유언장이 자신에게 유리하다고 믿었겠군요. 크레스웰 부인이 그린쇼 양을 살해할 만한 동기가 충분하네요. 만일 부인이 옥슬리 부인처럼 방 안에 갇혀 있지 않았다면, 그리고 그린쇼 양이 분명히 그놈이 쐈다는 말만 하지 않았다면 크레스웰 부인이 이 사건의 주요한 용의자로 지목될 수밖에 없는 상황이로군요."

"크레스웰 부인이 자기 방에 갇혀 있었던 건 확실한가요?"

"그렇습니다. 케일리 경사가 부인을 방에서 꺼내 주었으니까요. 커다란 구식 열쇠가 달려 있는 구식 자물쇠로 잠겨 있었죠. 열쇠가 자물쇠 안에 꽂혀 있었어요. 안에서 열쇠를 돌리거나 어떻게 할 수 있는 방법은 없었습니다. 크레스웰 부인이 방에 갇혀서 아무 짓도 할 수 없었다는 건 분명한 사실입니다. 방에 활과 화살도 없었고, 있었다고 해도 창으로 그린쇼 양을 쏘아 맞히는 건 불가능한 일입니다. 각도가 전혀 맞지 않으니까요. 크레스웰 부인은 용의선상에서 제외할 수밖에 없습니다."

그는 잠시 말을 멈추었다가 계속했다.

"선생님 생각에는 그린쇼 양이 거짓말을 잘하는 사람인 것 같습니까?"

구석에 앉아 있던 마플 양이 날카로운 표정으로 그를 쳐다보았다.

"그렇다면 유언장이 결국 크레스웰 부인을 상속자로 지명하지 않은 거로군요."

그녀가 말했다.

웰치 경감은 놀란 표정으로 그녀를 보면서 말했다.

"추리력이 무척 뛰어나시네요, 부인. 맞습니다. 크레스웰 부인의 이름은 그린쇼 양의 유산 수령인 중에 들어 있지 않았습니다."

마플 양이 고개를 끄덕이며 혼자 중얼거렸다.

"네이스미스 씨의 경우와 똑같군요. 그린쇼 양은 크레스웰 부인에게 자기가 죽으면 전 재산을 물려줄 테니 급료를 주지 않겠다고 했죠. 말만 그렇게 해 놓고 실제로는 다른 사람에게 재산을 물려주도록 유언장을 작성해 놓은 겁니다. 혼자서 무척이나 흡족해했겠죠. 유언장을 『레이디 오들리의 비밀』이라는 책 속에 끼워 넣으면서 낄낄대고 웃은 것도 그런 이유에서였군요."

경감이 말했다.

"옥슬리 부인이 유언장과 유언장이 있는 곳에 대해 말씀해 주셔서 정말 다행입니다. 그렇지 않았더라면 유언장을 찾는 데 많은 시간을 낭비했을 테니까요."

"빅토리아 시대의 유머로군."

레이먼드 웨스트가 중얼거렸다.

"결국 그린쇼 양은 자기 재산을 조카에게 물려준 거로군요."

루가 말했다.

경감은 고개를 흔들었다.

"그게 그렇지가 않습니다. 그린쇼 양은 내트 플레처에게 재산을 물려주지 않았습니다. 여기서 이야기가 좀 이상하게 흘러갑니다……. 물론 저는 여기 온 지 얼마 되지 않아서 떠도는 소문으로만 들은 얘기입니다. 그러니까 아주 오래전에 그린쇼 양과 그녀의 동생이 잘생긴 젊은 승마 선생을 같이 좋아했는데 결국 동생이 그 남자를 차지했다는 겁니다. 그래서 조카한테 재산을 물려주지 않은 거죠……."

그는 여기서 잠시 말을 멈추고 턱을 쓰다듬었다. 그가 덧붙였.

"그린쇼 양은 전 재산을 알프레드에게 물려주었습니다."

"알프레드요? 정원사 말인가요?"

조앤이 놀라서 소리를 질렀다.

"그렇습니다, 웨스트 부인. 알프레드 폴록."

"그런데 대체 왜?"

루가 소리쳤다.

마플 양은 기침을 하고 나서 중얼거렸다.

"내가 상상하기에는, 내 생각이 틀렸을 수도 있지만, 그 일에도 가정사가 관련이 있는 것 같군요."

"어떤 점에서는 그렇게 생각하실 수도 있습니다. 알프레드의 할아버지인 토마스 폴록이 그린쇼 영감의 사생아였다는 건 이 마을 사람들은 다 알고 있는 사실이지요."

"그랬군요. 어쩐지 닮았더라고요! 오늘 아침에 닮았다는 걸 깨달았어요."

그녀는 아침에 알프레드를 지나쳐 집 안에 들어갔을 때 그린쇼 영감의 초상화를 보면서 두 사람이 어딘지 닮았다는 느낌을 받았던 걸 떠올렸다.

"내 생각으로는 그린쇼 양은 알프레드 폴록이 그 저택을 자랑스럽게 생각하고 그 저택에서 살고 싶어 할 거라고 생각했던 것 같네요. 하지만 그의 조카는 그 저택을 쓸모없는 집이라고 생각했고 될 수 있는 대로 빨리 팔아 버릴 생각이었던 거죠. 그 조카는 배우죠, 아마? 지금 그가 공연 중인 연극이 정확히 무슨 연극인가요?"

늘 핵심에서 벗어나는 할머니라고 생각하며 웰치 경감은 겉으로는 공손하게 마플 양의 질문에 대답했다.

"제임스 베리의 연극을 공연하는 걸로 알고 있습니다, 부인."

"베리라……."

마플 양은 생각에 잠긴 표정으로 말했다.

"「모든 여자들이 알고 있는 것」."

웰치 경감은 이렇게 말하고 얼굴을 붉혔다.

"연극 제목입니다. 저는 연극은 별로 좋아하지 않습니다만 제 아내가 자주 보러 가는 편이라서요. 지난주에 그 연극을 보았다더군요. 아주 잘 만든 연극이라고 제 아내가 말하더군요."

"베리는 아주 재미있는 희곡을 몇 편 썼죠."

마플 양이 말했다.

"하지만 제 오랜 친구인 이스털리 장군과 함께 베리의 「리틀 메리」라는 연극을 보러 갔었는데……."

그녀는 민망하다는 표정으로 고개를 흔들었다.

"우리 두 사람 다 눈을 어디에 둬야 할지 모르겠더라고요."

「리틀 메리」라는 연극을 들어 본 적도 없는 경감은 할 말을 잃은 표정이었다. 마플 양이 설명했다.

"내가 처녀였던 시절에는 아무도 '복부'라는 말을 입 밖에 내지 않았답니다."

경감은 더 곤란한 표정을 지었다. 마플 양은 목소리를 낮추어 연극 제목을 읊어댔다.

"「위대한 크리치턴」은 아주 훌륭한 연극이었죠. 「메리 로즈」도 좋았어요. 난 그 연극을 보고 울었답니다. 「퀄리티 스트리트」는 별로 마음에 들지 않았어요. 「신데렐라에게 키스를」이라는 작품도 있었죠. 그 연극 역시 훌륭했어요."

웰치 경감은 연극에 대한 얘기로 시간을 낭비할 수 없었다. 그는 다시 사건으로 주제를 돌렸다.

"문제는 알프레드 폴록이 할머니가 자신을 수령자로 유언장을 작성했다는 사실을 알고 있었느냐 하는 겁니다. 그린쇼 양이 그 사실을 알프레드에게 말했을까요? 저기, 보어햄 로벨에 궁술 클럽이 있는데 알프레드 폴록이 그 클럽 회원입니다. 활을 아주 잘 쏜다고 하더군요."

레이먼드 웨스트가 말했다.

"그럼 이번 사건은 명백한 것 아닌가요? 문이 잠겨서 두 여자가 방에 갇힌 것도 설명이 되는군요. 그 사람은 두 여자가 있는 곳을 잘 알고 있었을 테니까요."

경감이 그를 쳐다보며 음울한 목소리로 말했다.

"그 사람에게는 알리바이가 있어요."

"저는 늘 알리바이도 의심해 봐야 한다고 생각합니다."

"그럴지도 모르죠. 작가니까 그렇게 말씀하실 수도 있겠죠."

웰치 경감이 말했다.

"저는 추리 소설은 쓰지 않습니다."

레이먼드 웨스트는 생각만 해도 끔찍하다는 표정으로 말했다.

웰치 경감은 한숨을 내쉬었다.

"알리바이를 의심해 봐야 한다고 말하기는 쉽지만 불행하게도 우리는 사실을 다뤄야 하니까요. 지금 사건의 용의자는 세 사람입니다. 사건이 일어나던 시각에 사건 현장과 아주 가까운 곳에 있었던 사람들이죠. 그런데 이상한 건 그 세 사람 모두 그런 일을 저질렀을 것 같지 않다는 겁니다. 가정부는 이미 조사를 했고, 조카인 내트 플레처는 그린쇼 양이 화살을 맞았을 때 그 저택에서 3킬로미터 넘게 떨어진 주유소에서 주유를 하면서 이 저택으로 오는 길을 물어보고 있었습니다. 알프레드 폴록이 12시 20분에 '도그 앤드 덕'에서 한 시간 동안 빵과 치즈와 맥주를 먹고 있었다는 사실을 증언하는 사람이 여섯이나 된단 말이죠."

"교묘하게 조작한 알리바이가 아닐까요?"

레이먼드 웨스트가 기대에 가득 찬 표정으로 말했다.

"그럴 수도 있죠. 하지만 그렇다고 해도 어쨌든 알리바이가 있는 건 분명하니까요."

방 안에 한참 동안 침묵이 흘렀다. 레이먼드가 꼿꼿하게 앉은 채 깊은 생각에 잠겨 있는 마플 양에게 고개를 돌리며 말했다.

"이 사건은 제인 이모에게 달려 있어요. 경감님은 혼란에 빠져 있고 당황하고 계셔요. 저도 조앤도 오리무중이고요. 하지만 제인 이모님은 정신이 명료하시잖아요, 안 그래요?"

"명료하다고 할 수는 없단다. 살인은 게임이 아니잖니? 가엾은 그린쇼 양이 죽고 싶어 했던 건 아닐 거야. 이번 사건은 특별히 잔인한 살인 사건이다. 아주 주도면밀하게 계획하고 잔인하게 살해한 사건이야. 함부로 농담처럼 얘기해서는 안 될 사건이다."

레이먼드가 머쓱해져서 대답했다.

"죄송합니다. 저도 말하는 것처럼 냉담한 건 아니에요. 너무 끔찍하고 무서우니까 오히려 가볍게 얘기하는 거죠."

"그래, 요새 풍조가 그런 것 같구나. 전쟁을 겪다 보니 장례식도 농담처럼 얘기하게 되어 버렸지. 네가 농담처럼 말한다고 한 건 내 생각이 짧았던 것 같구나."

마플 양이 말했다.

"아니에요. 그건 그렇지 않아요. 우리는 그린쇼 부인을 너무 모르고 있었던 것 같아요."

조앤이 말했다.

"맞는 말이다. 조앤, 너는 그린쇼 양이 어떤 사람인지 전혀 몰랐겠지. 나 역시 전혀 몰랐단다. 레이먼드도 저택을 찾아가던 날 우연히 몇 마디 나눈 걸로 그린쇼 양에 대한 인상을 기억하고 있을 뿐이지. 루도 겨우 이틀 동안 그린쇼 양을 본 거고."

"그렇다면, 제인 이모님의 생각은 어떤지 얘기해 주세요. 괜찮겠죠, 경감님?"

"물론입니다."

경감이 정중하게 말했다.

"그린쇼 양을 살해할 동기를 가지고 있다고 의심할 만한 사람이 세 사람이죠. 그런데 이 세 사람 모두 범행을 저질렀다고 판단할 만한 증거가 없어요. 우선 가정부는 범행이 일어난 그 시간에 자기 방에 갇혀 있었고 게다가 그린쇼 양이 어떤 남자가 자기를 쏘았다고 말했으니 가정부가 범행을 저질렀을 리가 없지요. 정원사는 그 시간에 '도그 앤드 덕'에 있었으니까 마찬가지로 범행을 저지를 수 없었고요. 그리고 그 조카는 범행이 일어난 시간에 그 집에서 좀 떨어진 주유소에서 차에 기름을 넣고 있었어요. 그러니까 그 역시 범인일 리가 없어요."

"아주 예리하시네요, 부인."

경감이 말했다.

"외부 사람이 범행을 저질렀을 가능성도 희박하고. 그렇다면 어디서부터 시작해야 좋을까요?"

"경감님이 알고 싶어 하시는 것도 바로 그 점입니다."

레이먼드 웨스트의 말에 마플 양이 겸연쩍은 듯이 대꾸했다.

"사람들은 종종 어떤 일을 잘못된 방향에서 바라보곤 하지요. 이 세 사람의 움직임이나 위치를 변경할 수 없다면 범행 시각을 변경해 보는 건 어떨까요?"

"제 손목시계와 벽걸이 시계가 다 잘못 되어 있었다는 말씀인가요?"

루가 물었다.

"그런 뜻으로 한 말이 아니란다. 네가 범행이 일어났다고 생각하는 시각에 범행이 일어나지 않았을 수도 있다는 뜻이야."

"제가 직접 목격했는데요."

루가 소리쳤다.

"그게 말이다. 나는 네가 그 사건을 목격하도록 일부러 이용당한 건 아닌가 하는 의문이 들었단다. 네가 그 일에 고용된 진짜 이유도 그게 아니었을까 하고 나 자신에게 물어보던 참이었어."

"그게 무슨 말씀이죠, 제인 이모?"

"이상하지 않니? 그린쇼 양은 돈 쓰는 걸 좋아하지 않는 사람인데 말이야. 그런데도 너를 고용하고 네가 요구하는 조건을 모두 다 들어쳤지 않니? 너를 2층 서재에서 일하게 한 것도 창문 밖을 내다보게 해서 의심할 여지없는 확실한 증인으로 삼으려던 계획이 아니었는가 싶구나. 외부에서 온 증인이 살인이 일어난 정확한 시간과 장소를 정확하게 진술하게 하기 위해서 말이야."

"그럼 그린쇼 양이 일부러 살해당하려고 그런 계획을 세웠다는 말씀인가요?"

루가 도무지 믿을 수 없다는 표정으로 말했다.

"내 말은 네가 그린쇼 양이 누군지 전혀 몰랐다는 거야. 네가 그 저택에 가서 만났던 그린쇼 양이 그보다 며칠 전에 레이먼드가 만났던 그린쇼 양과 동일한 인물이었다는 보장은 없지 않니? 아! 나도 알고 있어."

그녀는 루가 뭔가 대꾸하려는 걸 막고 말을 이었다.

"그린쇼 양은 특이한 구식 날염 드레스를 입고 이상한 밀짚모자를 쓰고 머리는 마구 헝클어져 있었지. 지난 주말에 레이먼드가 얘기한 모습과 똑같이 말이다. 하지만 그 두 여자는 나이도 비슷하고 키나 체격도 무척 비슷해. 가정부와 그린쇼 양 말이다."

"하지만 가정부는 뚱뚱해요. 게다가 가슴이 엄청나게 크고요."

루가 소리쳤다.

마플 양이 기침을 했다.

"그런 그렇다만. 요즘엔 그런 물건들을 뻔뻔하게 상점에 진열해 놓더구나. 누구든 가슴을 만드는 건 아주 쉬운 일이지. 어떤 모양이든 어떤 치수든 말이야."

"지금 무슨 말씀을 하시려는 거예요?"

레이먼드가 물었다.

"난 이런 생각을 해 보았단다. 루가 그 집에서 일하던 며칠 동안 한 여자가 1인 2역을 한 건 아니었나 하고 말이다. 루, 네가 이렇게 말하지 않았니? 그 가정부는 아침에 너한테 커피를 갖다 줄 때를 빼고는 통 볼 수가 없다고 말이야. 훌륭한 배우라면 몇 분 만에 다른 인물로 변장하고 무대에 등장하는 게 일도 아니겠지. 다른 사람으로 변장하는 건 식은 죽 먹기였을 게다. 후작부인의 머리 모양은 그냥 썼다가 벗기만 하면 되는 가발이었을 테고."

"제인 이모님! 그럼 제가 그 집에 가기 전에 그린쇼 부인이 벌써 죽었다는 말씀이세요?"

"죽지는 않았겠지. 약을 먹여 놓았을 거다. 그 가정부처럼 뻔뻔스런 여자라면 아주 쉬운 일이었을 거야. 그러고 나서 그 여자가 너를 고용한 거지. 너한테 조카에게 전화해서 저택에 와서 점심을 먹으라는 부탁을 하게 한 거고. 그 그린쇼 양이 진짜가 아니라는 사실을 알고 있는 사람은 알프레드밖에 없었을 거다. 기억하는지 모르겠다만 네가 일하러 가기 시작했을 때 이틀 동안 비가 왔지 않니? 그린쇼 양이 집 안에만 있어도 이상할 게 전혀 없었지. 알프레드는 가정부와 사이가 나빴기 때문에 집 안에는 들어오지 않았어. 살인이 일어나던 날 아침에 알프레드는 자동차 진입로에 있었고 그린쇼 양은 암석 정원에서 일을 하고 있었지. 그 암석 정원을 내가 한번 봤으면 좋겠구나."

"그럼 그린쇼 양을 죽인 사람이 크레스웰 부인이라는 말씀이신가요?"

"그 여자는 너에게 커피를 갖다 주고 그 방을 나오면서 문을 잠갔을 거다. 그러고는 의식불명인 그린쇼 양을 거실로 옮겨 놓고 자기가 그린쇼 양 행세를 했겠지. 그런 다음에 네가 창밖으로 내다볼 수 있는 암석 정원에서 일을 하는 척했던 거야. 그녀는 미리 계획한 대로 비명을 지르면서 목에 화살을 맞은 것처럼 손에 화살대를 움켜쥐고 비틀거리면서 저택 쪽으로 걸어왔지. 살려 달라고 하면서. '그놈이 나를 쐈어'라는 말을 빼놓지 않고 말이야. 가정부를 의심하지 않게 하려는 술책이었지. 그러고는 가정부가 자기 방에 있기라도 한 것처럼 가정부 방 창문 쪽으로 걸어가서 살려 달라고 소리를 지른 거야. 그리고 나서는 거실로 들어가서 자기 찻잔 세트가 놓여 있는 탁자를 넘어뜨리고 2층으로 뛰어올라가 후작 부인의 가발을 뒤집어쓰고는 몇 분 후에 창밖으로 머리를 내밀면서 자기도 갇혔다고 소리를 지른 거지."

"하지만 분명히 방에 갇혀 있었어요."

루가 말했다.

"알아. 그 방에 그 경찰이 들어왔지."

"그 경찰이라뇨?"

"정확히 무슨 경찰이냐고? 경감님, 경감님께서 현장에 도착한 경위와 시간을 말씀해 주시겠어요?"

경감은 어리둥절한 표정이었다.

"우리는 12시 29분에 그린쇼 양의 가정부 크레스웰 부인에게서 여주인이 화살에 맞았다는 신고를 받았습니다. 켈리 경사와 저는 즉시 차를 타고 저택에 도착했죠. 그때가 12시 35분이었습니다. 저희가 도착했을 때 그린쇼 양은 이미 사망한 상태였고 두 여자분은 각각 자기 방에 갇혀 있었죠."

마플 양이 루를 향해 말했다.

"이제 알겠니? 네가 본 경찰은 진짜 경찰이 아니었어. 너는 그 경찰에 대해서 다시 생각해 보지 않았겠지. 누구든 경찰 제복을 입은 사람을 보면 당연히 그럴 거야."

"하지만 누가 왜?"

"누군지 궁금하지? 「신데렐라에게 키스를」이라는 연극에서는 경찰이 주인공으로 등장한단다. 내트 플레처는 무대에서 입었던 의상을 빌려 입었던 거야. 그는 사람들의 주의를 끌기 위해 일부러 주유소로 가서 차에 기름을 넣으면서 시간을 물어보았지. 12시 25분에 말이야. 그런 다음 급하게 차를 몰아 저택 모퉁이에 차를 세워 놓고 경찰 제복으로 갈아입은 다음 자신이 맡은 역할을 했던 거지."

"그럼 왜, 도대체 왜 그런 짓을 한 거죠?"

"가정부의 방문을 밖에서 잠글 사람이 필요했기 때문이지. 그린쇼 양의 목에 화살을 꽂을 사람도 필요했고. 진짜 활에 맞은 것처럼 보이려면 아주 힘이 센 사람이 화살을 목에 찔러야 했을 테니까."

"그럼 두 사람이 이 사건의 공범이라는 건가요?"

"맞아. 내 생각은 그렇다. 두 사람은 아마 모자간일 게다."

"그린쇼 양의 동생은 오래전에 죽었잖아요."

"그렇기는 하지만 플레처 씨는 분명히 재혼을 했을 거야. 재혼을 하고도 남을 사람이니까. 그리고 그 아이도 죽었을 거란 생각이 든다. 그러니까 지금 조카라고 나선 사람은 아마도 두 번째 부인이 낳은 자식일 거야. 그렇게 되면 그린쇼 양하고는 아무 관계도 아닌 셈이지. 그 여자는 가정부로 위장하고 그 저택에 들어가서 집 안을 염탐했을 거야. 그런 다음 자기가 그린쇼 양의 조카인 것처럼 편지를 보내고 방문하겠다고 했던 거지. 농담처럼 경찰 제복을 입고 가겠다고 하면서 말이야. 아니면 자기 연극을 보러 오라고 했을지도 몰라. 하지만 그린쇼 양은 그의 말을 의심하고 그를 만나지 않겠다고 거절했던 것 같다. 그린쇼 양이 유언장을 작성해 놓지 않고 죽었다면 전 재산을 그가 물려받았겠지. 하지만 그린쇼 양은 미리 유언장을 만들어 놓았어. 그들은 당연히 가정부한테 전 재산을 물려준다는 내용의 유언장이라고 생각했고 그래서 문제될 게 없었겠지."

조앤이 물었다.

"그런데 왜 하필이면 화살을 사용한 걸까요? 군이 화살을 쓸 이유는 없었을 것 같은데 말이에요."

"그럴 만한 이유가 있었단다, 조앤. 알프레드는 궁술 클럽 회원이었으니까. 그들은 알프레드에게 혐의를 뒤집어씌울 속셈이었던 거지. 알프레드가 12시 20분에 술집에 있었다는 사실이 불행하게도 그들의 계획을 어긋나게 해 버린 거야. 알프레드는 항상 자기가 나가야 할 시간보다 일찍 저택을 나갔어. 그게 이번에는 그 사람에게 아주 다행스러운 일이 된 거지."

마플 양은 고개를 흔들었다.

"그런 행동은 도덕적으로는 올바르다고 할 수 없지. 하지만 게으른 덕분에 목숨을 구한 셈이 되어 버렸어."

경감이 기침을 했다.

"부인의 추리는 정말 흥미진진했습니다. 물론 제가 조사를 해 보겠습니다만……."

마플 양과 레이먼드 웨스트는 암석 정원 옆에 서서 시든 풀이 가득 들어 있는 바구니를 들여다보았다.

마플 양이 중얼거렸다.

"냉이, 호이초, 금작화, 초롱꽃…… 됐어. 이게 내게 필요한 증거물이야. 어제 아침 여기서 잡초를 뽑고 있었던 사람은 정원 일을 전혀 모르는 사람이었어. 잡초만 뽑은 게 아니라 멀쩡한 풀까지 뽑아 버렸군. 이제 내 추리가 옳았다는 게 증명된 셈이야. 나를 여기로 데려와 줘서 고맙구나, 레이먼드. 내 눈으로 이곳을 보고 싶었단다."

그녀와 레이먼드는 거대한 그린쇼 저택을 쳐다보았다.

두 사람은 기침 소리에 뒤를 돌아보았다. 잘생긴 청년이 저택을 바라보고 있었다.

"엄청나게 큰 집이죠? 요즘 살기에는 너무 크죠. 사람들은 다들 그렇게 말하겠죠. 하지만 저는 그렇게 생각하지 않습니다. 제가 축구 복권에 당첨이 돼서 목돈을 손에 쥐게 된다면 이런 집을 짓고 싶어요."

그는 두 사람을 쳐다보며 웃어 보였다.

"솔직히 말씀드리면 저 집은 제 증조할아버지가 지으신 집이랍니다."

알프레드 폴록이 말했다.

"아주 훌륭한 저택이죠. 사람들은 이 저택을 '그린쇼의 저택'이라고 부른답니다!"

약자

릴리 마그레이브는 신경질적으로 무릎 위에 놓인 장갑의 구김살을 펴면서 맞은편 커다란 의자에 앉아 있는 남자를 흘낏 쳐다보았다.

유명한 사립 탐정 에르퀼 푸아로의 소문은 익히 들어서 알고 있었지만, 직접 얼굴을 보는 건 이번이 처음이었다.

익살맞고 우스꽝스러운 그의 외모는 푸아로에 대한 그녀의 상상을 완전히 깨뜨리는 것이었다. 계란 모양의 머리와 무성한 콧수염을 기른 이 땅딸막한 남자가 자신에게 의뢰한 수많은 사건들을 해결했다는 게 사실일까? 지금 그가 정신을 팔고 있는 것도 유치하기 짝이 없는 짓으로 보였다. 푸아로는 갖가지 색깔의 작은 블록들을 하나씩 쌓아 올리고 있었다. 그녀가 하려는 얘기보다 그 장난에 더 흥미를 갖고 있는 것 같았다.

그녀가 갑자기 입을 다물자 푸아로는 날카로운 시선으로 그녀를 쳐다보았다.

"마드무아젤, 말씀을 계속하시죠. 제가 집중하지 않는 것처럼 보이시죠? 전 지금 아주 집중해서 듣고 있습니다. 믿으셔도 됩니다."

그는 다시 작은 나무 블록을 쌓기 시작했다. 아가씨도 다시 하던 얘기를 계속했다. 폭력적이고 비극적인 끔찍한 이야기였지만 그녀의 목소리는 차분하고 아무 감정도 실려 있지 않았다. 너무도 담담하고 간결하게 얘기해서 인간적인 냄새가 빠져 있는 것처럼 느껴졌다.

그녀는 마침내 얘기를 끝냈다.

"저로서는 모든 걸 명확하게 말씀드린 것 같네요."

그녀는 긴장한 목소리로 말했다.

푸아로는 그녀의 말을 수긍한다는 듯이 고개를 여러 번 끄덕였다. 그러더니 갑자기 지금까지 쌓아 올린 블록들을 손으로 탁 쳐서 탁자 위에 흩어버렸다. 그러고는 의자 뒤에 몸을 깊숙이 기대고 양쪽 손가락 끝을 마주 대고 천장을 응시한 채 그녀의 이야기를 요약했다.

"루벤 애스트웰 경이 열흘 전에 살해당했습니다. 그저께인 수요일에 그의 조카 찰스 레버슨이 경찰에 체포되었습니다. 아가씨가 아는 한 그에 관해서 불리한 사실은…… 제가 하는 얘기 중에 틀린 점이 있으면 지적해 주시죠, 마드무아젤. 루벤 경은 그의 비밀 서재인 탑방에서 늦게까지 글을 쓰고 있었죠. 레버슨 씨는 밤 늦게 빗장

열쇠를 이용해서 그 서재로 들어갔습니다. 그가 그의 삼촌과 말다툼하는 소리를 집사가 들었습니다. 집사의 방은 탑방 바로 밑에 있었죠. 말다툼 하는 소리가 그치더니 갑자기 의자가 넘어지는 소리가 나고 숨이 넘어갈 듯한 비명이 들렸습니다.

집사는 깜짝 놀라서 무슨 일인지 알아보기 위해 서재로 올라가 보려고 했죠. 그런데 몇 초 후에 레버슨 씨가 휘파람을 불면서 방에서 나오는 걸 보고 아무 일도 아니라고 생각했습니다. 그런데 다음 날 아침에 하녀가 책상 옆에 쓰러져 있는 루벤 경을 발견한 겁니다. 그는 어떤 무거운 물건에 맞아 쓰러진 것 같았습니다. 집사는 즉시 경찰에 그 이야기를 하지는 않았을 겁니다. 그게 자연스러운 일이었을 것 같은데요, 마드무아젤?"

아가씨는 갑작스러운 그의 질문에 놀란 것 같았다.

"뭐라고 하셨죠?"

"이런 사건에서 인간성을 찾는 사람들이 있기 마련이죠, 안 그렇습니까, 마드무아젤?"

작은 체구의 남자가 말했다.

"아가씨가 내게 그 일에 대해 얘기할 때 아주 놀라울 정도로 간결하게 말하더군요. 연극에 등장하는 주인공들에 대해서 얘기하는 것처럼 말이죠. 마치 꼭두각시 인형 얘기를 하는 것 같더군요. 하지만 나로 말하자면 항상 인간적인 면을 추구한답니다. 나는 그 집사…… 아, 그 집사의 이름이 뭐라고 하셨죠?"

"파슨스예요."

"그 파슨스라는 남자는 집사라는 신분의 전형적인 특징을 가진 인물이겠죠. 그래서 그는 경찰에 대해서 강하게 반발했을 거고 가능한 한 얘기를 하지 않았을 겁니다. 무엇보다 그 집의 가족들에게 누가 될 만한 얘기는 절대로 하지 않았겠죠. 강도나 도둑의 소행이라는 생각에 고집스럽게 매달렸을 겁니다. 하인 계층의 충성심은 흥미로운 연구 대상이죠."

그는 웃으면서 의자 뒤에 기대앉았다.

"그렇지만 집 안에 있는 모든 사람이 진술을 했고 레버슨 씨도 그중 한 사람이었죠. 그는 밤늦게 들어와서 외삼촌을 보지도 못하고 잠자리에 들었다고 진술했습니다."

"네. 그렇게 말했어요."

"그리고 아무도 그 말을 의심할 이유가 없었겠죠."

푸아로는 잠시 뭔가 생각하더니 말을 이었다.

"물론 파슨스를 빼고 말입니다. 그때 런던 경시청의 경감이 온 겁니다. 밀러 경감이라고 했나요? 제가 아는 경감입니다. 예전에 한두 번 만난 적이 있죠. 소위 민완형사입니다. 족제비라고 불리는 사람이죠. 저는 그 사람을 잘 압니다. 예리한 밀러 경감은 시골 경감이 알아차리지 못한 것을 알아차린 겁니다. 그는 파슨스가 안절부절못하는 걸 눈치 채고 뭔가 그가 털어놓지 않은 게 있다는 걸 알았죠. 그는 파슨스를 간단히 요리했습니다. 지금까지 그날 밤 아무도 그 집에 침입한 사람이 없고, 살해범은 외부인이 아니라 집 안에 있는 인물이라는 사실이 명백히 밝혀졌습니다. 파슨스는 슬퍼하고 걱정하면서도 자신의 비밀을 그에게 털어놓고 나서 홀가분하게 느끼고 있겠죠.

그는 스캔들이 나지 않게 하려고 최선을 다했지만 그런 건 한계가 있기 마련이죠. 그래서 밀러 경감은 파슨스의 이야기를 들으면서 한두 가지 질문을 하고 몇 가지 개인적인 조사도 했습니다. 그가 재구성한 사건은 지극히 간단명료했습니다.

탑방 구석에 있는 가구 모서리에 피 묻은 지문이 있었고 그 지문은 찰스 레버슨의 지문이었습니다. 하녀는 그에게 범행이 일어난 다음 날 아침에 레버슨 씨의 방에서 핏자국이 있는 물이 담긴 세숫대야의 물을 버렸다고 말했습니다. 레버슨 씨는 하녀에게 손가락을 베였다고 설명했고 실제로 그의 손가락에 베인 상처가 나 있었죠. 하지만 그것은 아주 작은 상처였습니다. 그날 저녁 그가 입었던 셔츠의 소매는 빨았던 흔적이 있었지만 그의 코트 소매 끝에서도 핏자국이 발견되었죠. 그는 경제적으로 심한 압박을 받고 있는 상황이었고 루벤 경이 사망하면 유산을 상속받게 되어 있었습니다. 아주 간단명료한 사건이죠, 마드무아젤?"

그는 말을 멈추었다.

"그런데 아가씨가 오늘 저를 찾아오셨습니다."

릴리 마그레이브는 여윈 어깨를 으쓱했다.

"아까 말씀드린 것처럼, 푸아로 씨. 애스트웰 부인이 저를 보내신 거랍니다."

"아가씨가 자발적으로 찾아온 건 아니라는 거로군요."

작은 남자는 그녀를 날카롭게 쳐다보았다. 그녀는 아무 대답도 하지 않았다.

"제 질문에 대답하지 않겠다는 거군요."

릴리 마그레이브는 다시 장갑의 구김살을 펴기 시작했다.

"푸아로 씨, 저는 지금 무척 어려운 상황에 처해 있습니다. 저는 애스트웰 부인에 대한 충성을 지켜야 합니다. 엄밀히 따지자면 저는 부인에게 고용된 도우미에 불과하지만, 부인께서는 저를 친딸이나 조카처럼 더없이 친절하게 대해 주셨어요. 그렇기 때문에 부인에게 어떤 잘못이 있다고 하더라도 저는 부인의 행동을 비난하고 싶지 않습니다. 그리고 제 얘기가 선생님이 사건을 조사하실 때 선입견을 갖게 할 수도 있을 테니까요."

"에르퀼 푸아로가 선입견을 가진다는 건 있을 수 없는 일입니다. 그런 일은 절대 있을 수 없습니다."

작은 남자는 명쾌하게 말했다.

"아가씨는 애스트웰 부인이 뭔가에 사로잡혀서 정신이 좀 이상해졌다고 생각하는 거죠? 말해 보세요. 그렇지 않은가요?"

"꼭 얘기해야 한다면…… 이 모든 게 어리석다는 생각이 들어요."

"그렇게 생각한단 말이죠, 흠."

"애스트웰 부인에 대해서 안 좋은 얘기는 하고 싶지 않아요."

"알겠어요. 잘 알았어요."

푸아로가 나직하게 중얼거렸다.

그는 눈으로 계속 얘기하라는 신호를 보냈다.

"부인은 정말 좋은 분이셔요. 무척 친절하신 분이죠. 하지만 어떻게 말씀드려야 할지 모르겠네요. 부인은 교육을 많이 받으신 분은 아니에요. 루벤 경과 결혼할 때 부인은 여배우셨어요. 부인은 온갖 편견이나 미신 같은 걸 믿고 계십니다. 부인이 어떤 말씀을 하시면 그 말씀이 절대적으로 옳다고 믿고 다른 사람의 말은 들으려고도 하지 않아요. 경감님이 부인에게 뭔가 기분 나쁜 행동을 하셨는지 부인은 화가 나셨답니다. 부인은 레버슨 씨를 의심하는 건 말도 안 되는 일이라고 하면서 그렇게 멍청하고 바보 같은 실수만 저지르는 사람들이 바로 경찰이라고 했어요. 그리고 찰스가 그런 짓을 저지를 리가 없다고 하셨죠."

"그럴 만한 근거도 없으면서 그렇게 말했다는 거죠?"

"네. 아무 근거도 없이."

"아하! 그래서요? 그래서 어떻게 됐나요?"

"제가 부인에게 선생님을 찾아가서 아무 단서도 없이 그런 말만 하는 건 소용없는 일이라고 말씀드렸죠."

"아가씨가 정말 그렇게 말했나요? 그거 재미있군요."

푸아로의 눈은 탐색하듯이 재빨리 릴리 마그레이브를 훑어보았다. 그녀는 목 주위에 하얀 레이스가 달린 깔끔한 검정색 투피스를 입고 작고 멋진 검은색 모자를 쓰고 있었다. 푸아로는 약간 뾰족한 턱과 짙푸른 눈동자와 긴 속눈썹을 가진 그녀의 아름답고 우아한 얼굴을 물끄러미 바라보았다. 눈에 뜨이지 않을 정도였지만 그의 태도가 약간 달라져 있었다. 그는 이제 사건보다 맞은편에 앉아 있는 아가씨에게 점점 더 관심이 쏠리고 있었다.

"애스트웰 부인은 정신이 좀 불안정하고 신경질적인 것 같은데. 그렇지 않나요, 마드무아젤?"

릴리 마그레이브는 고개를 힘껏 끄덕였다.

"정확히 표현하셨어요. 부인은 아까 말씀드린 대로 무척 친절하신 분이세요. 하지만 누구든 부인과 논쟁을 하거나 논리적으로 부인을 이해시키는 건 불가능한 일이죠."

"부인이 나름대로 의심하는 사람이 있을지도 모르죠. 누군가 전혀 생각지도 못한 사람 말입니다."

푸아로가 뭔가 암시하듯이 말했다.

"맞아요. 부인은 루벤 경의 비서를 굉장히 싫어하셔요. 불쌍한 분이죠. 부인은 그분이 범인이라는 알고 있다고 말씀하시지만 오언 트레퍼시스가 한 일이 아니라는 게 분명히 밝혀졌어요."

"부인이 아무 이유도 없이 그렇게 주장한다는 건가요?"

"물론이죠. 그건 그저 부인의 직감일 뿐이에요."

릴리 마그레이브의 목소리는 무척 냉소적이었다.

"아가씨는 직감을 믿지 않는 것 같군요."

푸아로가 미소를 지으며 말했다.

"전 직감 같은 건 믿지 않아요."

릴리가 대답했다.

푸아로는 의자에 몸을 깊숙이 기댔다.

"여자들은 직감을 하느님이 내려 주신 특별한 무기라고 생각하는 것 같던데요. 어쩌다가 직감이 들어맞는 경우도 있기는 하지만 대부분의 경우 빗나가기 마련이죠."

"저도 그렇게 생각해요. 하지만 애스트웰 부인이 어떤 분인지 말씀드렸죠. 부인을 말로 설득하는 건 불가능한 일이에요."

"그래서 아가씨는 현명하고 사려 깊게 부인이 명령한 대로 저를 찾아와서 모든 일을 말씀해 주신 거로군요."

그의 말투에서 뭔가 이상한 느낌을 받았는지 릴리가 얼굴을 들었다.

"물론 선생님의 시간이 얼마나 귀중한지 저도 잘 알고 있어요."

"저를 너무 추켜세우시는군요. 하지만…… 그렇기는 하답니다. 지금 제가 맡고 있는 사건이 워낙 많다 보니."

"저도 그러실 거라고 짐작은 했어요."

릴리는 이렇게 말하면서 자리에서 일어섰다.

"애스트웰 부인께는 제가……."

그러나 푸아로는 일어서지 않았다. 대신 의자에 등을 기대고 그 아가씨를 찬찬히 쳐다보았다.

"왜 그렇게 급하게 가시려고 하죠, 마드무아젤? 잠깐만 더 앉아 계십시오. 부디."

그는 그녀의 얼굴이 빨개졌다가 다시 정상으로 돌아오는 것을 보았다. 그녀는 마지못해 천천히 다시 자리에 앉았다.

"아가씨들은 너무 성급하단 말이지. 저 같은 늙은이들은 결정을 내리는 것도 느리다는 걸 이해해 주셔야죠. 아가씨는 제 말을 오해한 것 같군요. 전 아직 애스트웰 부인에게 가겠다고 하지 않았습니다."

"와 주실 건가요?"

그녀의 목소리에는 아무런 억양도 없었다. 그녀는 푸아로를 쳐다보지 않고 바닥만 내려다보고 있었기 때문에 푸아로가 자기를 날카롭게 탐색하고 있다는 걸 눈치 채지 못했다.

"마드무아젤, 애스트웰 부인에게 제가 기꺼이 도와 드리겠다고 했다고 전해 주세요. 몽 르포라고 했나요? 저택으로 오늘 오후에 찾아뵙겠다고 말씀해 주세요."

푸아로가 자리에서 일어서자 아가씨도 그를 따라 일어섰다.

"말씀 전해 드리죠. 와 주신다니 정말 다행이네요, 푸아로 씨. 그런데 헛수고만 하시게 될까 봐 걱정스럽기도 하네요."

"그럴지도 모르죠, 하지만…… 어떻게 될지 아무도 모르는 거니까요."

푸아로는 지나칠 정도로 예의 바르게 그녀를 문까지 배웅했다. 그리고 나서 골똘히 생각에 잠겨 얼굴을 잔뜩 찌푸린 채 거실로 돌아왔다. 그는 한두 번 고개를 끄덕이고는 문을 열고 하인을 불렀다.

"조지, 여행할 채비를 좀 해 주게. 오늘 오후에 시골로 내려갈 거야."

"알겠습니다, 나리."

조지가 말했다.

그는 전형적인 영국인의 외모를 지니고 있었다. 키가 크고 창백한 안색에 자신의 감정을 전혀 드러내지 않는 성격이었다.

"젊은 아가씨는 아주 흥미로운 존재들이야, 조지."

푸아로는 다시 안락의자에 앉아 담배에 불을 붙이며 말했다.

"자네도 알겠지만 머리가 좋은 아가씨들은 특별히 더 흥미롭지. 누군가에게 어떤 일을 부탁하면서 동시에 그 일을 하지 못하게 하는 건 아주 어려운 일인데 말일세. 대단한 수완이 필요한 일이지. 그 아가씨는 아주 능수능란했어…… 대단했다니까…… 하지만 이 에르퀼 푸아로도 그 아가씨에 뒤지지 않는 특별한 머리를 타고 났지, 안 그런가, 조지?"

"전에도 그렇게 말씀하시는 걸 들은 적이 있습죠, 나리."

"그녀가 범인으로 생각하고 있는 사람은 비서가 아니야."

푸아로가 중얼거렸다.

"그 아가씨는 그가 범인이라는 애스트웰 부인의 생각을 경멸하고 있었어. 그러면서도 공연히 잠자는 개들을 깨워 긁어 부스럼을 내게 될까 봐 걱정하고 있었지. 하지만 난 말일세. 난 그 개들을 싸우게 만들 생각이네. 몽 르포 저택에서 흥미진진한 드라마가 펼쳐지고 있단 말이지. 아주 인간적인 드라마야. 그런 점이 나를 흥분시킨단 말일세. 그녀는 능수능란했지만 나를 속일 만큼 탁월하지는 못했어. 그곳에서 무얼 발견하게 될지 궁금하군. 정말 궁금해."

푸아로가 연극조로 대사를 늘어놓다가 말을 멈추자 조지의 목소리가 미안한 듯이 끼어들었다.

"양복도 쌀까요, 나리?"

푸아로는 측은한 듯이 그를 쳐다보았다.

"언제나 자네 할 일에만 주의를 기울이는군 그래. 자네는 내게 정말 훌륭한 친구일세, 조지."

4시 55분 기차가 애벗 크로스 역에 멈춰 서자 단정하고 맵시 있게 옷을 차려입고 콧수염에 왁스를 발라 뾰족하게 끝을 다듬은 에르퀼 푸아로가 기차에서 내렸다. 그가 차표를 건네주고 개찰구를 나오자 키가 큰 남자가 다가와 말을 걸었다.

"푸아로 씨신가요?"

작은 남자는 그를 보고 웃었다.

"그게 내 이름입니다."

"이쪽으로 오십시오."

그는 대형 롤스로이스의 문을 열어 주었다.

저택은 역에서 겨우 3분밖에 걸리지 않는 곳에 있었다. 운전기사는 재빨리 차에서 내려 차 문을 열어 주었다. 푸아로가 차에서 내리자 집사가 벌써 현관문을 열어 놓고 기다리고 있었다.

푸아로는 민첩하게 저택의 외관을 훑어보았다. 붉은 벽돌로 지어진 크고 견고한 집이었다. 특별히 아름답다고 할 수는 없지만 견고하고 안정감 있는 건물이었다.

푸아로는 혼자 걸어 들어갔다. 집사가 능숙하게 그의 모자와 코트를 받아들고 수준 높은 하인들 특유의 공손하고 낮은 목소리로 말했다.

"마님께서 기다리고 계십니다, 선생님."

푸아로는 집사의 뒤를 따라 부드러운 카펫이 깔려 있는 계단을 올라갔다. 이 사람이 파슨스가 분명하다고 그는 생각했다. 잘 훈련된 집사, 자신의 감정을 드러내지 않는 훌륭한 매너가 몸에 밴 집사였다. 계단 끝에서 그들은 오른쪽으로 복도를 따라 가다가 문을 통과해서 작은 곁방으로 들어갔다. 그 방에는 다른 문이 두 개 더 있었다. 집사는 그중에서 왼쪽에 있는 문을 열고 말했다.

"푸아로 씨가 오셨습니다, 마님."

그다지 크지 않은 방 안에 가구와 장식용 골동품이 가득 차 있었다. 검은색 옷을 입은 한 여자가 소파에서 일어나 푸아로 쪽으로 빠른 걸음으로 다가왔다.

"푸아로 씨."

그녀는 손을 내밀며 말했다.

그녀의 눈은 잔뜩 멋을 부린 그의 옷차림을 재빨리 훑어보고 있었다. 작은 체구의 남자가 그녀의 손 위로 몸을 굽히며 "마담." 하고 부르는 소리를 무시하고 잠시 아무 말도 하지 않았다. 그러더니 갑자기 그의 손을 힘껏 잡았다 놓으면서 큰 소리로 말했다.

"저는 체격이 작은 사람들을 믿어요. 그런 사람들은 머리가 아주 영리하니까요."

"밀러 경감은 키가 큰가요?"

푸아로가 중얼거렸다.

"그 사람은 거만한 멍청이예요. 이리로 와서 제 옆에 앉으세요, 푸아로 씨."

그녀는 소파를 가리키며 말했다.

"릴리는 제가 선생님을 이곳으로 불러오는 걸 단념시키려고 애를 썼지요. 하지만 저는 지금까지 뚜렷한 소신을 가지고 살아왔어요."

"그건 쉽지 않은 일이죠."

푸아로는 그녀를 따라 긴 의자에 앉으면서 말했다.

애스트웰 부인은 쿠션을 당겨 편안하게 앉은 다음 몸을 돌려 푸아로를 마주 보았다.

"릴리는 아주 좋은 아가씨예요. 하지만 자기가 모든 걸 다 알고 있다고 생각하는 게 탈이죠. 제 경험으로 비추어 볼 때 그런 부류의 사람들의 생각은 틀리는 경우가 많더군요. 저는 머리가 좋은 편은 아니에요, 푸아로 씨. 하지만 저보다 머리가 나쁜 사람들보다 뛰어난 게 있어요. 저는 직감이라는 걸 믿는답니다. 누가 살인범인지 제가 말씀드릴까요? 듣고 싶지 않으세요? 여자들은 직감으로 알 수 있어요, 푸아로 씨."

"마그레이브 양도 알고 있나요?"

"그 애가 선생님께 무슨 말을 했나요?"

애스트웰 부인이 날카롭게 물었다.

"그 아가씨는 사건의 사실만 얘기했습니다."

"사실이라고요? 그 얘기는 당연히 찰스에게 불리한 것들이겠죠. 하지만 제가 장담하건대 찰스는 그런 짓을 하지 않았어요. 전 그가 범인이 아니라는 걸 알아요."

그녀는 당황스러울 만큼 진지한 표정을 지으며 그의 쪽으로 몸을 내밀었다.

"확신에 넘치시네요, 애스트웰 부인."

"트레퍼시스가 제 남편을 죽였어요, 푸아로 씨. 틀림없어요."

"무엇 때문에?"

"트레퍼시스가 남편을 죽인 이유를 묻는 건가요, 아니면 제가 확신하는 이유를 묻는 건가요? 분명히 말씀드리는데 저는 알고 있어요. 저는 이런 일에 대해서는 빨리 마음을 정하고 끝까지 생각을 바꾸지 않아요."

"루벤 경이 죽으면 트레퍼시스 씨가 어떤 이익을 얻게 되나요?"

애스트웰 부인이 대답했다.

"그 사람에게는 한 푼도 남기지 않았어요. 이제 루벤이 그를 좋아하거나 신뢰하지 않았다는 게 증명이 된 셈이죠?"

"그 사람은 오랫동안 루벤 경의 비서로 일했나요?"

"거의 9년 동안 일했죠."

"무척 긴 시간이로군요. 한 사람을 위해서만 일하기에는 정말 긴 시간이죠. 그렇군요. 트레퍼시스 씨는 자신의 고용주를 아주 잘 알고 있었겠네요."

푸아로가 나직하게 말했다.

애스트웰 부인이 그를 응시했다.

"무슨 뜻으로 하시는 말씀이죠? 그게 이 일과 무슨 상관이 있는지 모르겠네요."

"그냥 혼자 생각한 겁니다. 별로 흥미롭지 않은 사소한 생각이죠. 하지만 그 사건의 영향에 대한 저만의 독창적인 생각이라고도 할 수 있죠."

애스트웰 부인은 그를 계속 응시하고 있었다.

"선생님은 무척 예리하신 것 같군요."

그녀가 의심스러운 말투로 말했다.

"모두들 그렇게 말하기는 합니다."

에르퀼 푸아로는 소리를 내서 웃었다.

"그런 칭찬의 말씀은 얼마 후에 또 저에게 하시게 될 겁니다. 지금은 본론으로 돌아가기로 하죠. 먼저 이 댁에 사는 사람들과 비극이 일어나던 날 이 집 안에 있었던 사람들에 대해서 말씀해 주시죠."

"당연히 찰스가 있었죠."

"그는 부인의 조카가 아니라 남편분의 조카라고 알고 있습니다."

"맞아요. 찰스는 루벤의 누이동생의 하나뿐인 아들이에요. 그녀는 꽤 부유한 남자와 결혼했어요. 그런데 언젠가 주식이 폭락했을 때…… 도시에서는 가끔 있는 일이죠. 찰스의 아버지가 죽고 어머니 역시 죽어 버렸어요. 그래서 찰스는 우리와 함께 살게 되었죠. 그때 그 애는 스물세 살이었는데 변호사가 될 생각을 하고 있었어요. 하지만 문제가 생겨서 루벤이 자기 사무실로 데려왔죠."

"찰스 씨는 성실한 사람이었나요?"

"난 이해력이 빠른 사람이 좋더라."

애스트웰 부인은 인정한다는 듯이 고개를 끄덕였다.

"그렇지 않았어요. 찰스는 성실하지 못했죠. 항상 일을 제대로 처리하지 못해서 삼촌과 다투곤 했죠. 불쌍한 루벤도 별로 편한 성격은 못 되거든요. 저는 남편에게 젊었을 때를 생각해서 찰스를 이해하라고 수없이 말했죠. 요즈음에는 그이도 많이 달라졌답니다, 푸아로 씨."

애스트웰 부인은 옛날을 회상하는 듯이 한숨을 내쉬었다.

"사람은 변하기 마련이죠, 마담. 그게 자연의 법칙이니까요."

"그렇기는 하지만 전에는 제게 함부로 대한 적이 없었거든요. 가끔 그런 행동을 하면 항상 나중에 사과를 했었죠, 불쌍한 루벤."

"성격이 까다로우셨나요?"

"저는 그이를 다루는 방법을 잘 알고 있었어요."

애스트웰 부인은 훌륭한 사자 조련사라도 되는 것처럼 의기양양하게 말했다.

"하지만 그이가 가끔 하인들에게 화를 낼 때는 저도 무척 당황스러웠답니다. 하인들을 야단칠 때도 요령이 있어야 하는데 루벤의 방법은 별로 좋은 방법이 아니었지요."

"루벤 경은 정확히 어떻게 유산을 남겼나요, 애스트웰 부인?"

"반은 저한테, 반은 찰스한테 돌아가게 되어 있어요."

애스트웰 부인이 신속하게 대답했다.

"변호사들은 그렇게 간단하게 얘기하지 않지만. 그렇게 될 거예요."

푸아로는 고개를 끄덕였다.

"알겠습니다. 그렇군요."

그가 중얼거렸다.

"자, 그럼 애스트웰 부인. 이제 이 집에 살고 있는 사람들에 대해서 좀 말씀해 주시겠습니까? 사건이 일어나던 날 밤, 이 집에는 부인과 루벤 경의 조카 찰스 레버슨 씨와 비서인 오언 트레퍼시스 씨, 릴리 마그레이브 양이 계셨죠? 먼저 그 젊은 아가씨에 대해서 얘기해 주시겠습니까?"

"릴리에 대해서 알고 싶으신 건가요?"

"그렇습니다. 부인과 함께 산 지 오래되었습니까?"

"1년쯤 되었어요. 비서와 말동무 노릇을 해 주는 사람들을 많이 겪어 봤지만 모두 제 신경을 거스르는 사람들이었죠. 하지만 릴리는 달랐어요. 그 애는 재치 있고 상식도 풍부하고 외모도 훌륭해요. 저는 예쁜 여자가 제 주변에 있는 걸 좋아한답니다, 푸아로 씨. 전 좀 유별난 데가 있는 여자예요. 좋고 싫은 걸 직설적으로 표현하니까요. 저는 그 아가씨를 보자마자 '이 정도면 되겠어.'라고 생각했어요."

"그 아가씨는 친구 소개를 통해서 이곳에 오게 된 건가요, 애스트웰 부인?"

"광고를 보고 왔을걸요. 맞아요. 그랬어요."

"그 아가씨의 가족이나 출생에 대해서 아는 게 있나요?"

"그 애의 부모는 인도에 있는 걸로 알고 있어요. 그 애의 부모에 대해서는 별로 아는 게 없어요. 하지만 릴리를 보면 한눈에 좋은 집안 아가씨라는 걸 알 수 있죠. 그렇게 생각하지 않으세요, 푸아로 씨?"

"그럼요, 그렇고말고요. 완벽한 아가씨죠."

"저는 교양이 많은 여자는 아니에요. 저도 그걸 알고 하인들도 알고 있죠. 하지만 저는 천박한 면은 없다고 생각해요. 저는 진품을 보면 금방 알아볼 수 있어요. 릴리만큼 저에게 잘해 준 사람은 아무도 없었답니다. 저는 그 애를 딸처럼 여기고 있어요, 푸아로 씨. 진심으로."

푸아로는 오른손을 뻗어 옆 탁자에 놓인 물건들의 위치를 바로잡았다.

"루벤 경도 그렇게 생각하셨을까요?"

그의 눈은 골동품들을 향하고 있었지만 애스트웰 부인이 대답하기 전에 잠시 주저하는 걸 놓치지 않았다.

"남자들은 확실히 좀 다르겠죠. 물론 두 사람은…… 서로 아주 잘 지냈어요."

"감사합니다, 마담."

푸아로는 이렇게 말하며 혼자 미소를 지었다.

"그럼 그날 밤 이 댁에는 그 사람들만 있었나요? 물론 하인들은 제외하고요."

"참, 빅터도 있었어요."

"빅터라뇨?"

"제 남편 동생이에요. 동업자이기도 하죠."

"이 집에서 함께 살고 있나요?"

"아니에요. 그때 막 저희 집을 방문했던 참이었어요. 몇 년 동안 서아프리카에 나가 있었거든요."

"서아프리카라."

푸아로가 중얼거렸다.

푸아로는 애스트웰 부인이 시간만 충분히 주어진다면 혼자서 얼마든지 화제를 끌어갈 사람이라는 걸 알았다.

"사람들은 그곳이 아주 멋진 나라라고 하지만 저는 남자들에게 아주 나쁜 영향을 미치는 곳이라고 생각해요. 술을 너무 많이 마시고 무절제한 생활을 하게 되니까요. 애스트웰 가문 사람들 중에서 성격이 좋은 사람은 없지만, 빅터 도련님은 아프리카에서 돌아온 후로 더 형편없게 되어 버렸어요. 한두 번 빅터 도련님 때문에 겁에 질린 적도 있답니다."

"그 사람 때문에 마그레이브 양도 놀란 적이 있겠군요."

푸아로는 작은 소리로 중얼거렸다.

"릴리가요? 도련님은 릴리를 만난 적이 별로 없을걸요."

푸아로는 작은 수첩에 한두 줄 쓴 다음 연필을 수첩 고리에 다시 끼웠다. 그리고 수첩을 다시 주머니에 넣었다.

"감사합니다. 애스트웰 부인. 이제 파슨스를 만나 볼 수 있을까요?"

"여기로 오라고 할까요?"

애스트웰 부인의 손이 벨이 있는 쪽으로 움직였다. 푸아로는 재빨리 그녀의 몸짓을 막았다.

"아닙니다. 괜찮습니다. 제가 아래층으로 내려가서 만나 보겠습니다."

"굳이 그렇게 하시겠다면……."

애스트웰 부인은 앞으로 펼쳐질 장면에 합석하지 못하는 것을 무척 실망스러워하는 것 같았다. 푸아로는 짐짓 비밀스러운 태도를 취했다.

"그렇게 해야 합니다."

그는 모호하게 말했고 그 말은 당연히 애스트웰 부인을 궁금하게 만들었다.

파슨스는 식기실에서 은그릇을 닦고 있었다. 푸아로는 가볍게 머리를 숙여 인사를 하고 그에게 질문을 시작했다.

"내 소개를 하자면 나는 사립 탐정일세."

"그러시군요. 짐작은 하고 있었습니다."

정중하지만 시큰둥한 말투였다.

"애스트웰 부인이 나더러 집으로 와 달라고 하셨지. 부인께서는 이번 사건에 대해 불만이 많으시더군. 무척 불만스러워하시는 것 같네."

"마님이 그렇게 말씀하시는 걸 저도 여러 번 들었습니다."

"이미 알고 있는 걸 다시 말하고 있는 셈이로군. 그렇다면 쓸데없는 문제에 시간 낭비하지 않는 게 좋겠네. 실례가 안 된다면 침실로 좀 안내해 주겠나? 사건이 일어나던 날 밤에 그곳에서 들었던 얘기를 정확하게 얘기해 주면 좋겠네."

집사의 방은 1층에 있었고 하인들이 거처하는 방 옆이었다. 창문에는 창살이 쳐져 있고 방 한구석에 금고가 있었다. 파슨스는 좁은 침대를 가리키며 말했다.

"저는 11시에 일을 끝마칩니다. 마그레이브 양은 이미 잠자리에 들었고 애스트웰 부인은 루벤 경과 함께 탑방에 계셨죠."

"애스트웰 부인이 루벤 경과 함께 있었다고? 흠, 계속하시게."

"탑방은 이 방 바로 위에 있습니다. 사람들이 그 방 안에서 얘기를 하면 얘기를 하고 있다는 건 알 수 있지만 무슨 얘기를 하는지는 정확히 알 수 없습니다. 저는 11시 30분쯤에 잠이 들었던 것 같습니다. 현관문 소리에 잠이 깨어 레버슨 씨가 돌아왔다는 사실을 안 건 정각 12시였죠. 곧 머리 위에서 발자국 소리가 났고 몇 분 뒤에 루벤 경과 얘기하는 레버슨 씨의 목소리가 들렸습니다.

그때 레버슨 씨는 술에 취한 것 같지는 않았지만 경솔하고 소란스러웠습니다. 외삼촌에게 있는 대로 큰 소리를 지르더군요. 이따금 한두 마디가 들리기는 했는데 무슨 얘기인지 알아들을 수는 없었습니다. 그러더니 날카로운 비명과 함께 뭔가 쿵 하는 육중한 소리가 들렸죠."

파슨스는 잠시 말을 멈추었다가 마지막 말을 강조하듯 반복했다.

"쿵 하는 육중한 소리가 들렸습니다."

"내가 잘못 읽은 게 아니라면 대부분의 로맨스 소설에서는 쿵 하는 '둔탁한' 소리라고 표현하던데."

푸아로가 중얼거렸다.

"그렇습니까? 어쨌든 제가 들은 소리는 쿵 하는 육중한 소리였습니다."

"아, 미안하네."

"천만에요. 그런 소리가 난 후에 조용해지더니 레번스 씨가 '하느님 맙소사.'라고 말하는 소리가 들렸습니다. '하느님 맙소사.' 분명히 그렇게 말했습니다."

파슨스는 처음에는 마지못해서 얘기하는 것 같더니 지금은 오히려 얘기를 즐기면서 하고 있는 것처럼 보였다. 푸아로는 그런 그에게 맞장구를 쳤다.

"'하느님 맙소사.'라. 많이 놀랐겠군."

"네, 정말 놀랐습니다. 처음에는 별일 아닐 거라고 생각했지만 곧 뭔가 이상하다는 생각이 들었죠. 그래서 올라가서 무슨 일인지 알아보려고 했습니다. 불을 켜려다가 그만 의자를 넘어뜨렸죠. 문을 열고 하인들의 방을 지나 복도로 연결된 다른 문을 열었습니다. 거기서 2층으로 올라가는 옆 계단이 연결됩니다. 제가 계단 밑에서 망설이고 있을 때 위에서 레버슨 씨의 목소리가 들렸습니다. 쾌활하게 '다행히 다친 데는 없네요.'라고 말했죠. 그러고는 '안녕히 주무세요.'라고 인사를 하고 휘파람을 불면서 자기 방으로 걸어가는 소리가 들렸습니다. 그래서 저는 곧 제 방으로 돌아왔죠. 뭔가 넘어지는 소리였겠지, 그렇게만 생각했습니다. 레버슨 씨가 안녕히 주무시라고 인사하는 소리를 들었는데 어떻게 루벤 경이 살해되었을 거라고 생각할 수 있었겠습니까?"

"틀림없이 레버슨 씨의 목소리였다고 확신하는가?"

파슨스는 측은하다는 표정으로 작은 체구의 벨기에 인을 쳐다보았다. 푸아로는 사실이든 아니든 파슨스가 그 점에 대해서 이미 마음을 굳혔다는 걸 알았다.

"더 물어보실 건 없으신지요?"

"한 가지 더 있네. 레버슨 씨를 좋아하나?"

"무슨 말씀이신지?"

"아주 간단한 질문이라네. 레버슨 씨를 좋아하는가?"

파슨스는 처음에는 놀라는 것 같더니 당황스러운 표정을 지었다.

"선생님, 하인들의 일반적인 생각은······."

그는 다시 입을 다물었다.

"어떤 말을 해도 괜찮으니 편하게 하게나."

"하인들은 레버슨 씨를 너그러운 젊은 신사분으로 생각하고 있습니다. 하지만 이렇게 말씀드려도 괜찮을지 모르지만 특별히 총명한 분은 아니라고 생각합니다."

"아! 그렇군. 나 역시 그를 만나지는 못했지만 레버슨 씨에 대한 내 견해도 그렇네."

"그러시군요."

"비서에 대해서는 어떻게 생각하는가. 아, 실례했네, 비서에 대해서 하인들은 어떻게 생각하고 있는가?"

"아주 조용하고 참을성이 많은 신사분이죠. 문제를 일으키지 않으려고 무척 조심하신답니다."

"그렇군."

집사가 헛기침을 했다.

"마님은 좀 성급하게 판단하시는 것 같습니다."

"그럼 하인들은 레버슨 씨를 범인으로 생각하고 있다는 건가?"

"저희들 중에서 레버슨 씨가 범인일 거라고 생각하는 사람은 아무도 없습니다. 저희들은…… 그분은 그럴 분이 아니라고 생각하니까요."

"하지만 레버슨 씨가 성격이 난폭한 건 사실 아닌가?"

푸아로가 물었다.

파슨스가 그에게로 가까이 다가갔다.

"만약 선생님께서 이 집에서 성격이 가장 난폭한 사람이 누군지 알고 싶으신 거라면……."

"아! 아닐세. 내가 알고 싶은 건 그게 아닐세."

푸아로가 나직하게 말했다.

"내가 알고 싶은 건 누가 가장 성격이 온순한가 하는 거라네."

파슨스는 입을 벌린 채 멍하니 그를 쳐다보았다.

푸아로는 그에게 더 시간을 낭비할 필요가 없다고 판단했다. 그는 예의 바르게 고개를 약간 숙여서 인사를 하고(그는 항상 예의 바르게 행동했다.) 방을 나와서 몽 르포 저택의 넓은 사각형 홀 안을 서

성거렸다. 잠시 생각에 잠겨 있을 때 어디선가 희미하게 소리가 들려왔다. 그는 타조처럼 머리를 홱 돌리고 발소리가 나지 않도록 살금살금 걸어서 홀 바깥으로 통하는 문으로 다가갔다.

문턱에 서서 방 안을 들여다보니 작은 방은 서재처럼 꾸며져 있었다. 방 안쪽에 놓인 커다란 책상에서 마른 체격에 안색이 창백한 젊은 남자가 열심히 뭔가 쓰고 있었다. 그는 턱이 쑥 들어간 얼굴에 코안경을 걸치고 있었다. 푸아로는 잠시 그를 지켜보다가 가식적이고 연극적인 기침을 해서 침묵을 깨뜨렸다.

"에헴!"

책상 앞에 앉아 있던 젊은이는 쓰던 걸 멈추고 뒤를 돌아보았다. 그는 크게 놀란 것 같지는 않았지만 푸아로를 보자 당황한 표정을 지었다.

푸아로는 약간 고개를 숙여 인사를 하며 앞으로 걸어갔다.

"실례지만 트레퍼시스 씨인가요? 아! 저는 푸아로라고 합니다. 에르퀼 푸아로. 제 얘기는 들어 보셨을 겁니다."

"아…… 네…… 그렇습니다."

젊은이가 말했다.

푸아로는 그를 주의 깊게 쳐다보았다.

오언 트레퍼시스는 서른세 살쯤 되어 보였다. 사람들이 그를 범인으로 추정하는 애스트웰 부인의 생각을 진지하게 받아들이지 않는 이유를 알 것 같았다. 오언 트레퍼시스는 고지식하고 단정해 보이는 젊은이였다. 그에게는 상대방을 저절로 무장해제 시킬 것 같은 온유한 분위기가 있었다. 남들에게 고의적인 괴롭힘을 당할 것 같은 유형의 젊은이였다. 남에게 분노 같은 감정을 절대로 드러내지 않을 거라는 걸 누구나 느낄 수 있었다.

"애스트웰 부인의 부탁을 받고 오신 분이시죠? 부인께서 그렇게 하시겠다고 말씀하셨습니다. 제가 도와 드릴 일이 있나요?"

그의 태도는 정중했지만 지나칠 정도는 아니었다. 푸아로는 그가 권하는 의자에 앉아서 점잖게 말했다.

"애스트웰 부인이 자신의 생각이나 의심하고 있는 점에 대해 말씀하시지 않던가요?"

"그 일이라면 부인은 저를 의심하고 계신 것 같습니다. 말도 안 되는 생각이지만 그런 생각을 하고 계신 건 분명합니다. 부인은 루벤 경이 돌아가신 후로 제게 한 마디도 말을 걸지 않으시고 제가 지나가면 벽에 몸을 바싹 붙이고 움츠리시기까지 하십니다."

그의 태도는 더없이 자연스러웠다. 그의 목소리는 원망스러워하기는커녕 오히려 즐거워하는 것처럼 들렸다.

푸아로는 기분 좋게 마음을 터놓는 듯한 표정으로 그를 향해 고개를 끄덕였다.

"우리끼리 얘기입니다만, 부인은 저에게도 같은 말을 하셨죠. 부인과 논쟁을 벌이지는 않았습니다. 저는 지나치게 확신에 차 있는 숙녀분들하고는 절대 논쟁을 벌이지 않는 걸 신조로 삼고 있죠. 그래봤자 시간만 낭비하게 되니까 말입니다."

"맞는 말씀입니다."

"전 이렇게 말했죠. 마담…… 아, 그렇군요, 마담…… 완벽하군요, 마담. 이렇게 말입니다. 아무 의미도 없지만 상대방의 기분을 맞춰 주기엔 적당한 말이죠. 그래서 조사를 하고 있기는 합니다만 레버슨 씨를 제외한 다른 사람이 범행을 저질렀다는 건 거의 불가능해 보이는군요. 물론, 그런 불가능한 일이 일어나는 경우도 있기는 합니다만."

"선생님의 입장은 충분히 이해가 갑니다. 제가 힘닿는 대로 도와드리겠습니다."

"좋습니다. 우리는 서로 잘 통하는 것 같군요. 이제 그날 저녁 일어난 사건에 대해서 말씀해 주시죠. 저녁 식사 때부터 시작하는 것이 좋겠군요."

"알고 계시겠지만 레버슨 씨는 그날 저녁 식사에 참석하지 않았습니다. 자기 외삼촌과 심한 말다툼을 하고 골프 클럽으로 저녁을 먹으러 나갔습니다. 루벤 경은 아주 기분이 좋지 않으셨어요."

"그 신사분은 성격이 온화하지는 않으셨던 것 같군요. 안 그렇습니까?"

푸아로가 넌지시 그를 떠보았다.

트레퍼시스는 웃으면서 말했다.

"그분과 함께 일한 지난 9년 동안 하루도 그분의 까다로운 성격 때문에 피곤하지 않은 날이 없었습니다. 정말 보기 드물게 까다로운 분이셨죠. 어린애처럼 벌컥 화를 내고 옆에 있는 사람들에게 욕설을 퍼붓곤 했죠. 하지만 저는 그런 그분에게 익숙해졌습니다. 그분이 하는 말에 전혀 신경을 쓰지 않게 되어 버렸죠. 본래 마음이 나쁜 분은 아니지만 어리석은 행동을 하고 상대방을 분통 터지게 할 때가 많았습니다. 무엇보다 그분의 말씀에 대꾸하지 않는 게 가장 힘든 일이었죠."

"그런 점에서 다른 분들도 트레퍼시스 씨처럼 현명하게 행동했습니까?"

트레퍼시스는 어깨를 으쓱했다.

"애스트웰 부인은 자주 언쟁을 벌이셨습니다. 부인은 루벤 경을 조금도 두려워하지 않았으니까요. 대들기도 하고 더없이 잘해 주기도 하셨죠. 나중에는 항상 화해를 하셨어요. 루벤 경은 부인께 정말 헌신적이셨습니다."

"그날 밤에 두 사람이 다투었나요?"

비서는 그를 흘끔 쳐다보고는 잠시 머뭇거리다가 말했다.

"그랬던 것 같습니다. 어떻게 아셨죠?"

"그냥 그럴 것 같다는 생각이 들었습니다."

"저도 물론 확실히 아는 것은 아닙니다만 다투신 것처럼 보이기는 했습니다."

푸아로는 그 문제는 더 이상 파고들지 않았다.

"저녁 식사에 또 누가 참석했나요?"

"마그레이브 양과 빅터 애스트웰 씨, 그리고 저였습니다."

"식사 후에는요?"

"우리는 거실로 돌아왔습니다. 루벤 경은 저희와 함께 행동하지 않으셨죠. 10분쯤 뒤에 루벤 경이 들어오셔서 사소한 편지 문제로 저에게 심하게 화를 내시더군요. 저는 경과 함께 탑방으로 올라가서 곧바로 그 일을 처리했습니다. 그때 빅터 애스트웰 씨가 들어오셔서 형님과 할 얘기가 있다고 하셔서 저는 아래층으로 내려와 두 숙녀분과 함께 있었습니다.

15분쯤 지난 뒤에 루벤 경의 벨이 요란하게 울리고 파슨스가 와서 루벤 경에게 당장 올라가 보라고 했습니다. 제가 방에 들어갈 때 빅터 애스트웰 씨가 그 방에서 나오는 참이었습니다. 저를 때려눕힐 듯한 기세였죠. 분명히 뭔가 엄청나게 화나는 일이 있었던 것 같았습니다. 그분도 성격이 워낙 급하시니까요. 분명히 제가 눈에 들어오지도 않았을 겁니다."

"루벤 경은 그 일에 대해서 아무 말도 하지 않으시던가요?"

"이렇게 말씀하셨습니다. '빅터는 미친 놈이야. 저렇게 성질을 부리다가는 언젠가 사고를 치고 말걸.'"

"흐음! 그럼 무슨 일로 말다툼을 했는지 짐작 가시는 일이라도 있습니까?"

"전혀 없습니다."

푸아로는 천천히 고개를 돌려 비서를 쳐다보았다. 그의 마지막 말이 너무 급하게 튀어나왔다고 생각했다. 트레퍼시스는 더 많은 얘기를 할 수 있었을 것이다. 털어놓을 생각만 있었더라면 말이다. 그러나 푸아로는 더 이상 질문을 하지 않았다.

"그러고 나서는요? 그다음에는 무슨 일이 있었나요?"

"저는 그때부터 한 시간 반 동안 루벤 경과 함께 일을 했습니다. 11시에 애스트웰 부인이 들어오시자 루벤 경이 그만 가서 쉬라고 하시더군요."

"그래서 그 방에서 나왔나요?"

"그렇습니다."

"부인이 루벤 경과 같이 있었던 시간이 얼마나 됐는지 혹시 아시나요?"

"모르겠습니다. 부인의 침실은 2층에 있고 제 침실은 3층에 있거든요. 부인이 침실로 돌아가시는 소리는 듣지 못했습니다."

"알겠습니다."

푸아로는 한두 번 고개를 끄덕이고 자리에서 벌떡 일어섰다.

"이제 저를 탑방으로 좀 안내해 주시겠습니까?"

그는 비서를 따라 넓은 계단을 올라가서 첫 번째 층계참에 멈춰 섰다. 거기서 트레퍼시스는 긴 복도 맨 끝에 있는 모직 천을 댄 문을 통해 하인들이 사용하는 계단을 올라가 끝에 문이 달려 있는 짧은 복도에 이르렀다. 그들은 그 문을 지나 범행 현장에 도착했다.

천장이 다른 방보다 두 배는 더 높고 9미터는 될 것 같은 방이었다. 벽에 창과 투창이 여러 개 걸려 있었고 탁자 위에는 원주민들의 미술품들이 잔뜩 진열되어 있었다. 창문 안쪽으로 들어가게 파 놓은 공간에 커다란 책상이 하나 놓여 있었다. 푸아로는 방을 가로질러 그쪽으로 걸어갔다.

"루벤 경이 발견된 곳이 여기인가요?"

트레퍼시스는 고개를 끄덕였다.

"뒤에서 공격을 당한 걸로 알고 있는데."

비서는 다시 고개를 끄덕였다.

"범인은 이 원주민 곤봉으로 범행을 저질렀습니다. 굉장히 무거운 곤봉이죠. 틀림없이 즉사했을 겁니다."

"미리 계획된 범행이 아니었다는 확신이 굳어지는군요. 심한 말다툼을 하다가 거의 무의식적으로 곤봉을 집어 들었다는 얘기가 되네요."

"그렇습니다. 가엾은 레버슨 씨에게는 정말 안된 일입니다."

"그럼 시체가 책상 위에 엎드린 상태로 발견되었나요?"

"아닙니다. 책상 옆 바닥에 엎어져 있었습니다."

"그거 이상하군."

푸아로가 중얼거렸다.

"뭐가 이상하다는 말씀입니까?"

비서가 물었다.

"이것 말입니다."

푸아로는 윤이 나게 잘 닦인 책상 표면에 묻어 있는 얼룩을 가리켰다. 얼룩은 동그란 모양으로 불규칙하게 나 있었다.

"이건 핏자국입니다."

"그쪽으로 피가 튀었을지도 모르지 않습니까? 아니면 시체를 옮길 때 묻었을 수도 있죠."

"그럴 수도 있겠군요."

작은 남자가 말했다.

"이 방으로 통하는 문은 하나뿐인가요?"

"이쪽에 계단이 하나 있습니다."

트레퍼시스는 문에서 가까운 방 한구석에 걸려 있는 벨벳 커튼을 옆으로 젖혔다. 그러자 위쪽으로 올라가는 작은 나선형 계단이 나타났다.

"이 방은 원래 천문학자가 만든 겁니다. 계단을 올라가면 망원경을 설치했던 탑이 나옵니다. 루벤 경은 그 탑을 침실로 개조해서 가끔 늦게까지 일을 하실 때면 그 방에서 주무시기도 했습니다."

푸아로는 날렵하게 계단을 올라갔다. 위층에 있는 원형의 방은 야영 침대와 의자 한 개와 화장대가 놓여 있는 소박한 방이었다. 푸아로는 다른 출입구가 없다는 걸 확인하고 다시 트레퍼시스가 기다리고 서 있는 방으로 내려왔다.

"레버슨 씨가 이 방에 들어오는 소리를 들었습니까?"

트레퍼시스는 고개를 흔들었다.

"그때 저는 잠이 깊이 들어 있었습니다."

푸아로는 고개를 끄덕이며 천천히 방 안을 둘러보았다.

"좋습니다! 여기는 더 살펴볼 게 없을 것 같군요. 그런데 미안하지만 저 커튼을 좀 젖혀 주시겠습니까?"

트레퍼시스는 푸아로의 말대로 방 맨 끝에 있는 창문 위로 무거운 검은 커튼을 젖혔다. 푸아로가 스위치를 켰다. 전등은 천장에 달려 있는 큰 설화 석고 덮개에 가려져 있었다.

"스탠드가 있었습니까?"

비서는 대답을 하는 대신 책상 위에 놓여 있는 스탠드를 켰다. 강렬한 녹색불이 켜졌다. 푸아로는 스탠드를 몇 번 껐다 켰다 했다.

"이제 됐습니다! 이 방에서 할 일은 끝난 것 같군요."

"저녁 식사는 7시 30분입니다."

비서가 작은 소리로 말했다.

"트레퍼시스 씨, 협조해 주셔서 감사합니다."

"천만의 말씀입니다."

푸아로는 골똘히 생각에 잠긴 표정으로 그가 묵게 될 방으로 걸음을 옮겼다. 조지가 주인의 물건을 정리하고 있었다. 조지는 아직 어떤 인물인지 파악되지 않은 사람이었다.

"조지, 오늘 저녁 식사 자리에서 한 신사분을 만나게 될 것 같은데 내가 아주 흥미를 가지고 있는 사람이네. 열대 지방에서 돌아온 사람이야. 그 사람은 열대 같은 성격을 가지고 있다고들 하더군. 파슨스가 그 사람에 대해서 얘기를 해 주었네. 그런데 릴리 마그레이브 양은 그 사람에 대해서 아무 말도 하지 않더군. 죽은 루벤 경도 성격이 대단했다면서? 그런 사람이 자기보다 더 성격이 괴팍한 사람과 부딪쳤다면 어떻게 됐을 것 같은가? 불꽃이 날았겠지, 안 그런가?"

"불꽃이 튀었겠죠. 그게 정확한 표현일 겁니다. 하지만 반드시 그렇다고 할 수는 없죠."

"그렇지 않을 수도 있다는 건가?"

"네. 제게 제미마라는 아주머니가 한 분 계신데, 입이 얼마나 거친지 함께 사는 여동생을 못살게 들볶았습니다. 오죽하면 동생이 죽을까 봐 제가 걱정이 될 정도였겠습니까? 그런데 아주머니보다 더 성질이 고약한 사람을 만나자 완전히 달라지더군요. 아주머니는 자기보다 약한 사람들에게만 사납게 굴었던 겁니다."

"아하! 그거 생각해 볼 만한 얘기구먼."

조지는 겸연쩍은 듯이 헛기침을 했다.

"제가 도와 드릴 만한 일이 있을까요?"

그가 눈치 빠르게 물었다.

"있네."

푸아로가 기다렸다는 듯이 말했다.

"그날 밤 릴리 마그레이브 양이 입었던 이브닝드레스 색깔과 릴리 양의 시중을 들었던 하녀를 알아봐 주게."

조지는 평소처럼 무뚝뚝한 태도로 고개를 끄덕였다.

"알겠습니다, 나리. 내일 아침까지 알려 드리겠습니다."

푸아로는 의자에서 일어서서 난롯불을 응시했다.

"자네가 내게 큰 도움이 되었네, 조지."

그가 중얼거렸다.

"제미마 아주머니 얘기는 잊지 않겠네."

그날 밤 푸아로는 빅터 애스트웰을 만나지 못했다. 그에게서 런던에 머물고 있다는 전화가 왔다.

"돌아가신 남편분의 사업을 빅터가 맡아서 하고 있나 보군요."

푸아로의 질문에 애스트웰 부인이 설명했다.

"빅터는 동업자예요. 회사와 관련된 광산 불하 문제로 아프리카에 다녀온 겁니다. 광산 건 맞지, 릴리?"

"맞아요, 애스트웰 부인."

"금광이었지, 아마. 아니 구리나 주석이었던가? 넌 알고 있지, 릴리? 루벤에게 자주 물어봤으니까. 조심해! 꽃병을 쓰러뜨릴 뻔했잖니."

"난로 때문에 방이 너무 덥네요. 저, 문을 좀 열어도 될까요?"

"마음대로 해."

애스트웰 부인이 너그럽게 말했다.

푸아로는 아가씨가 걸어가서 창문을 여는 모습을 지켜보고 있었다. 그녀는 잠시 창가에 서서 시원한 밤공기를 들이마셨다.

그녀가 다시 자리에 돌아와 앉자 푸아로가 공손하게 말했다.

"마드무아젤은 광산에 관심이 많으신가 보군요."

아가씨는 별로 관심이 없다는 듯이 대답했다.

"아, 그런 건 아니에요. 루벤 경이 하시는 얘기를 듣기는 했지만 그 문제에 대해서는 전혀 아는 게 없어요."

애스트웰 부인이 말했다.

"그럼 관심이 있는 척했던 거였어? 가엾은 루벤은 네가 무슨 속셈이 있어서 그런 질문을 한다고 생각하고 있었는데 말이다."

작은 체구의 탐정은 난롯불에서 눈을 떼지 않고 있었지만 순간 릴리 마그레이브의 얼굴에 당황한 기색이 스쳐 지나가는 것을 놓치지 않았다. 그는 은근슬쩍 화제를 바꾸었다.

잠시 후 잠자리에 들 시간이 되자 푸아로가 여주인에게 말했다.

"마담, 잠시 드릴 말씀이 있는데요."

릴리 마그레이브는 눈치 빠르게 자리를 비켜 주었다. 애스트웰 부인은 무슨 얘기인지 궁금하다는 표정으로 탐정을 쳐다보았다.

"그날 밤 루벤 경이 살아 있는 모습을 마지막으로 본 사람이 부인이셨죠?"

그녀는 고개를 끄덕였다. 그녀의 눈에서 눈물이 흘러내렸다. 그녀는 황급히 레이스가 달린 손수건으로 눈물을 훔쳤다.

"아, 너무 슬퍼하지 마십시오. 제가 힘들게 해 드렸나 보군요."

"괜찮아요, 푸아로 씨. 그런데 눈물을 참을 수가 없네요."

"제가 생각 없이 부인의 아픈 마음을 건드렸군요."

"아니에요, 하려던 말씀이 뭐였죠?"

"부인께서 탑방에 올라가셨을 때가 11시경이었죠? 루벤 경은 트레퍼시스에게 물러가도 좋다고 했습니다. 제 말이 맞나요?"

"아마 그 시간쯤 되었을 거예요."

"그곳에 얼마나 오래 계셨습니까?"

"방에 돌아왔을 때가 정확하게 11시 45분이었어요. 시계를 봤던 기억이 나요."

"애스트웰 부인, 남편분과 어떤 얘기를 나누셨는지 말씀해 주실 수 있겠습니까?"

애스트웰 부인은 갑자기 소파에 쓰러져서 울음을 터뜨렸다. 그녀는 격렬하게 흐느껴 울었다.

"우리는…… 말…… 말다툼을 했어요."

그녀는 훌쩍이며 말했다.

"무슨 일 때문에 말다툼을 하셨죠?"

달래는 듯한 말투로 푸아로가 물었다.

"여러 가지 문제로 싸웠어요. 처음엔 리…… 릴리 때문에 시…… 시작된 싸움이었죠. 루벤은 그 아이를 싫어했어요. 별 이유도 없이 말이에요. 그이는 릴리가 자기 서류에 손대는 걸 봤다고 했어요. 그 아이를 내쫓겠다고 하기에 제가 릴리는 아주 착한 애라고, 그렇게 할 수 없다고 말했어요. 그랬더니 그이가 저한테 소리를 지르기 시…… 시작했어요. 참을 수가 없어서 저도 모르게 평소에 마음에 담고 있던 말을 마구 퍼부었죠.

정말 그럴 생각은 아니었어요, 푸아로 씨. 그이가 나를 빈민굴에서 구해내서 결혼했다고 하잖아요. 그래서 저도 대들었던 거예요. 하지만 그게 이제 무슨 상관있겠어요? 저는 절대 저 자신을 용서하지 못할 거예요. 제가 지금 어떤 심정인지 이해하시겠어요, 푸아로 씨? 저는 늘 솔직하게 서로 얘기하는 게 최선의 방법이라고 입버릇처럼 말해 왔어요. 그런데 그날 밤 누군가가 그이를 살해하려고 했다는 걸 어떻게 알았겠어요? 불쌍한 루벤!"

푸아로는 애스트웰 부인의 눈물 섞인 한탄을 동정하는 표정으로 듣고 있었다.

"제가 부인을 힘들게 한 것 같군요. 죄송합니다. 이제 사무적인 얘기로 돌아가죠. 아주 실제적이고 정확한 얘기로 말입니다. 부인께서는 아직도 트레퍼시스 씨가 남편을 살해했다는 생각에 전혀 변함이 없으신가요?"

애스트웰 부인이 자세를 똑바로 고쳐 앉았다.

"푸아로 씨, 여자의 직감은 절대로 빗나가지 않아요."

그녀가 진지한 목소리로 말했다.

"맞습니다. 그렇고말고요. 그럼 그가 언제 범행을 저질렀을까요?"

"언제냐고요? 그야 제가 그 방을 나온 후겠죠."

"부인께서는 11시 45분에 루벤 경의 방을 나오셨죠. 그리고 10분 후에 레버슨 씨가 그 방으로 들어갔습니다. 부인이 말씀하신 대로라면 그 10분 동안 비서가 자기 침실에서 나와 남편분을 살해했어야 합니다."

"충분히 가능한 일 아닌가요?"

"물론 가능한 일이죠. 10분 동안 범행을 저지를 수 있습니다. 충분히 가능한 일이죠. 하지만 과연 그랬을까요?"

"물론 침대에서 깊이 잠들어 있었다고 본인은 말하겠죠. 하지만 정말 자고 있었는지 누가 알겠어요?"

"그 시간에 그를 본 사람이 아무도 없습니다."

푸아로는 그녀에게 그 사실을 상기시켰다.

"모두들 깊이 잠들어 있었으니까요. 당연히 본 사람이 없었겠죠."

애스트웰 부인은 자신만만한 표정으로 말했다.

"그럴까요?"

푸아로가 혼잣말처럼 말했다.

잠시 두 사람 사이에 침묵이 흘렀다.

"이제 됐습니다, 애스트웰 부인. 안녕히 주무십시오."

조지는 주인의 침대 옆에 모닝커피 잔을 내려놓았다.

"나리, 문제의 그날 밤 마그레이브 양은 시폰으로 된 녹색 드레스를 입고 있었습니다."

"고맙네, 조지, 자네는 정말 믿을 만한 친구로군."

"그리고 마그레이브 양의 시중을 드는 하녀는 세 번째 하녀라고 합니다. 그 하녀의 이름은 글래디스입니다."

"고맙네, 조지. 자네는 정말 내게 많은 도움을 주는군그래."

"천만의 말씀입니다, 나리."

"아주 좋은 아침이야."

푸아로가 창밖을 내다보며 말했다.

"아무도 이렇게 일찍 일어나지 않겠지? 조지, 탑방에 올라가서 몇 가지 실험을 해 볼 생각인데 같이 가 주겠나?"

"저도 같이 가야 합니까, 나리?"

"실험을 한다고 아프게 하지는 않을 테니 걱정 말게."

두 사람이 탑방에 도착했을 무렵 방 안에는 여전히 커튼이 쳐져 있었다.

조지가 커튼을 젖히려고 하자 푸아로가 막았다.

"방 안에 손대지 말게. 그냥 책상 위의 스탠드만 켜게나."

하인은 그의 지시에 따랐다.

"자, 조지. 이제 저기 있는 의자에 앉아 보게. 글을 쓰고 있는 자세를 취해 보게나. 좋아. 나는 곤봉을 잡고 몰래 자네 뒤로 다가가서 이렇게 뒤통수를 치는 거야."

"네, 나리."

"아! 내가 자네를 내려칠 때 글을 계속 쓰고 있으면 안 돼지. 내가 살인범과 똑같이 행동할 수는 없지 않은가? 범인이 루벤 경을 친 것처럼 세게 자네를 내리칠 수는 없지. 그 상황을 재현하는 척하는 거야. 내가 자네 머리를 내리치면 자네는 쓰러지는 시늉을 하게. 맞아. 그렇게. 팔은 축 늘어지고 몸은 비틀거리고. 내가 자네의 머리를 만지고. 아니, 아니. 그렇게 힘을 주면 안 돼."

그는 답답하다는 듯이 한숨을 내쉬었다.

"조지, 자네는 바지는 잘 다리지만 상상력은 부족하군그래. 일어나서 나하고 역할을 바꿔서 해 보세."

이번에는 푸아로가 책상 앞에 앉았다.

"나는 글을 쓰고 있어. 열심히 글을 쓰고 있지. 자네가 몰래 내 뒤로 다가와서 곤봉으로 내 머리를 내려치는 거야. 퍽! 하고. 내 손가락에서 펜이 굴러 떨어지고 나는 앞으로 고꾸라져. 그렇지만 그렇게 많이 앞으로 쓰러지지는 않아. 의자가 낮고 책상은 높은 데다 내 팔이 몸을 지탱하고 있기 때문이지. 자, 이제 문 있는 데로 가서 서 있게. 거기서 뭐가 보이는지 말해 보게."

"네!"

"그래, 뭐가 보이나, 조지?"

푸아로가 재촉했다.

"나리가 책상 앞에 앉아 계시는 게 보입니다."

"책상 앞에 앉아 있다?"

"분명하게 보이지는 않습니다, 나리."

조지가 설명했다.

"멀리 떨어져 있는 데다 스탠드 불빛이 너무 어두워서요. 이 불을 켤까요?"

그는 스위치 쪽으로 손을 뻗었다.

"아니, 켜면 안 돼."

푸아로가 날카롭게 외쳤다.

"이 상태에서 하는 게 맞아. 자, 나는 책상 위에 엎어져 있고 자네는 문 옆에 서 있어. 이제 앞으로 걸어오게, 조지. 앞으로 걸어와서 내 어깨에 손을 대게."

조지는 시키는 대로 했다.

"이제 내게 약간만 기대 보게, 조지. 그대로 그 자리에 선 채로. 좋아!"

힘을 뺀 에르퀼 푸아로의 몸이 옆으로 허물어져 내렸다.

"나는 쓰러진다…… 이렇게!"

푸아로가 말했다.

"맞아. 내가 생각했던 대로야. 이제 더 중요한 일이 남아 있어."

"더 중요한 일이라고요?"

"그래. 아침을 든든히 먹어 둬야 해."

작은 남자는 자기가 한 농담에 스스로 신이 난 듯 크게 웃음을 터뜨렸다.

"그건 절대 무시해서는 안 되네, 조지."

조지는 탐탁지 않은 표정으로 아무 말 없이 서 있었다. 푸아로는 혼자 킬킬대면서 아래층으로 내려갔다. 그는 사건이 해결되어 가는 과정이 내심 만족스러웠다. 아침 식사를 하고 난 후 푸아로는 세 번째 하녀인 글래디스를 만나 보기로 했다. 그 하녀가 이번 사건에 대해 어떤 진술을 할지 궁금했다. 그녀는 찰스에 대해 동정하는 눈치였지만 그가 범인이라는 데는 추호의 의심도 없었다.

"정말 불쌍하게 되셨어요. 그때 취한 상태였다는 게 그분한테는 아주 불리하게 된 일이지 뭐에요."

푸아로가 슬며시 그녀의 생각을 떠보았다.

"그 사람과 마그레이브 양은 사이가 좋았나요? 이 집 안에 젊은 남녀는 두 사람뿐이었으니 말입니다."

글래디스는 고개를 흔들었다.

"릴리 양은 그분에게 무척 쌀쌀맞게 대했어요. 잡담을 나누지도 않고 서로 서먹서먹하게 지냈죠."

"그 사람은 릴리 양을 좋아하지 않았나요?"

"그냥 장난으로 그러는 것 같았어요. 악의 없는 장난 말이에요. 하지만 빅터 애스트웰 씨는 정말 릴리 양한테 푹 빠진 것 같았어요."

그녀는 킥킥대며 웃었다.

"아, 그랬군요!"

글래디스는 다시 킥킥거리면서 웃음을 터뜨렸다.

"그분은 릴리 양에게 정말 다정하게 대하셨죠. 릴리 양은 정말 백합 같은 여자예요. 그렇게 생각하지 않으세요? 키도 크고 윤기 나는 금발에……."

"녹색 이브닝드레스를 입으면 잘 어울리겠군요. 초록빛이 도는……."

"녹색 드레스가 한 벌 있어요. 물론 지금은 상중이라 입을 수 없지만요. 하지만 루벤 경이 돌아가시던 날 밤에 릴리 양은 바로 그 드레스를 입고 있었어요."

"진한 녹색이 아니라 연한 녹색이었겠죠."

"맞아요. 연한 녹색이에요, 나리. 잠시만 기다려 주시면 제가 그 드레스를 보여 드릴게요. 릴리 양은 지금 막 개를 데리고 산책하러 나갔거든요."

푸아로는 고개를 끄덕였다. 글래디스가 말하지 않아도 이미 알고 있었다. 릴리가 산책하러 나가는 걸 확인하고 하녀를 찾아왔기 때문이었다. 글래디스는 재빨리 방에서 나갔다가 옷걸이에 걸려 있는 녹색 이브닝드레스를 가지고 돌아왔다.

"정말 아름답군!"

푸아로는 감탄하듯이 양손을 들어 올리면서 중얼거렸다.

"잠깐 밝은 데서 봐도 되겠소?"

그는 글래디스에게서 드레스를 받아들고 몸을 돌린 채 창문으로 다가갔다. 그는 옷 위로 잠시 몸을 구부리고 있다가 다시 몸을 펴고 팔을 쭉 뻗어 드레스를 펼쳐 들었다.

"정말 훌륭해. 기막히게 아름다운 드레스로군. 이런 옷을 보게 해 줘서 정말 뭐라고 감사의 말을 해야 할지 모르겠군요."

"천만의 말씀이십니다, 나리. 프랑스 분들은 숙녀의 드레스에도 관심이 많으시다는 걸 저희 모두 잘 알고 있으니까요."

"정말 친절하군요."

푸아로가 중얼거렸다.

그는 그녀가 드레스를 들고 서둘러 방에서 나가는 모습을 바라보았다. 그리고 자신의 두 손을 내려다보면서 미소를 지었다. 그의 오른손에는 작은 손톱 가위가 들려 있고 왼손에는 깔끔하게 잘라낸 녹색 시폰 조각이 들려 있었다.

"이제, 각오를 단단히 해야겠지!"

그는 혼자 중얼거렸다.

푸아로는 자기 방으로 돌아가서 조지를 불렀다.

"조지, 화장대에 가면 금색 넥타이핀이 있을 걸세."

"알겠습니다, 나리."

"그리고 세면대 위에 탄산수 병이 있을 거야. 미안하지만, 그 탄산수에 넥타이핀 끝을 담가 두게."

조지는 푸아로가 시키는 대로 했다. 그는 주인이 시키는 괴상한 일에 이미 길들여져 있었다.

"시키시는 대로 했습니다, 나리."

"좋아! 그럼 이리로 와서 내 둘째손가락 끝을 그 핀으로 찌르게."

"저더러 나리의 손가락을 찌르라는 말씀인가요?"

"바로 그거야. 피가 나오게 찔러야 해. 그렇다고 너무 많이 나게 하지는 말게."

조지가 푸아로의 손가락을 잡았다. 푸아로는 등을 뒤로 기댄 채 눈을 감았다. 조지가 넥타이핀으로 손가락을 찌르자 푸아로는 날카롭게 비명을 질렀다.

"고맙네, 조지."

"그 정도면 충분하네."

푸아로는 주머니에서 작은 녹색 시폰 조각을 꺼내서 둘째손가락에서 나는 피를 조심스럽게 닦았다.

"수술 결과가 아주 기적적이로군."

그가 천 조각을 보면서 말했다.

"조지, 자네는 호기심도 없나? 보라고, 얼마나 훌륭한지!"

하인은 창밖을 내다보고 있었다.

"죄송합니다만, 나리. 지금 어떤 신사분이 큰 차를 타고 오시는 중인데요."

푸아로는 황급히 자리에서 일어섰다.

"아! 아! 드디어 빅터 애스트웰이 등장하셨군. 만나기 힘든 분이 오셨는데 아래층으로 내려가서 만나 봐야지."

빅터 애스트웰의 모습이 보이기도 전에 그의 목소리가 들려왔다.

커다란 목소리가 홀 안을 울리고 있었다.

"조심해, 이 바보 천치야! 그 상자 속에 유리가 들어 있단 말이야. 빌어먹을, 파슨스! 비켜! 그거 내려놓으라고. 멍청하기는!"

푸아로는 재빨리 계단을 내려갔다. 빅터 애스트웰은 거구의 남자였다. 푸아로는 공손하게 인사를 했다.

"당신은 대체 누구야?"

거구의 사내가 고함을 질렀다.

푸아로는 다시 고개를 숙였다.

"저는 에르퀼 푸아로라고 합니다."

"맙소사! 형수가 기어코 당신을 불러들였군."

그는 푸아로의 어깨 위에 손을 얹고 서재로 데리고 갔다.

"사람들이 그렇게 요란하게 얘기하던 장본인이 바로 당신이었군 그래."

그는 푸아로를 위아래로 훑어보면서 말했다.

"방금 했던 말은 용서해 주기 바라오. 내 운전기사가 워낙 멍청한 데다 파슨스가 항상 내 비위를 건드리는 바람에. 멍청하기 짝이 없는 인간들! 나는 멍청한 인간들은 참지 못하는 성격이라서."

그가 사과하는 듯한 말투로 말했다.

"푸아로 씨, 당신도 멍청한 인간은 아니겠지?"

그는 호탕하게 웃었다.

"그렇게 생각하지만 사실 멍청한 인간들이 있기는 하지요."

푸아로가 능청스럽게 말했다.

"그런가? 어쨌든 형수가 기어코 당신을 여기로 불러들였군. 비서 때문에 제정신이 아니야. 그 사람은 아무 잘못도 없는데 말이오. 트레퍼시스는 우유처럼 온순한 사람이오, 푸아로 씨. 진짜 우유를 마실걸? 그 친구는 술은 입에도 대지 못하는 친구니까. 시간만 낭비하는 꼴이 될 거요."

"인간의 본성을 연구할 수 있는 기회가 된다면 그건 절대 시간 낭비가 아니죠."

푸아로가 진지한 말투로 대답했다.

"인간의 본성이라!"

빅터 애스트웰은 푸아로의 얼굴을 한참 쏘아보더니 의자에 털썩 몸을 던졌다.

"내가 도울 일이라도 있는 거요?"

"그렇습니다. 그날 저녁 형님과 무슨 일로 다투었는지 얘기해 주시겠습니까?"

빅터 애스트웰은 고개를 흔들고는 단호하게 말했다.

"그 사건과는 아무 관계없는 일이었소."

"그건 아무도 장담할 수 없는 일이죠."

"찰스 레버슨과 아무 상관없는 일이란 말이오."

"애스트웰 부인은 찰스는 이번 살인 사건과 아무 관계없다고 생각하십니다."

"흥, 형수!"

"파슨스는 그날 밤 그 방에 들어간 사람이 찰스 레버슨이었다고 생각하고 있지만 눈으로 본 건 아니지요. 그러니까 그를 본 사람은 아무도 없다는 걸 기억하십시오."

"아주 간단한 얘기요. 루벤은 찰스한테 무척 화가 나 있었소. 그럴 만한 이유도 없는데 말이오. 나중에 형은 작정하고 나를 몰아세웠소. 나는 그의 비위를 건드릴 셈으로 그의 약점을 들춰내는 말을 했지. 나는 그 아이의 편을 들어 주기로 마음먹은 거요. 그날 밤 나는 그를 만나 상황을 얘기해 주려고 했소. 방에 들어가서 나는 곧장 잠자리에 들지 않고 문을 조금 열어 놓은 채 의자에 앉아서 담배를 피우고 있었소. 내 방은 3층에 있소. 찰스 방 바로 옆에."

"말씀을 끊어서 죄송합니다만, 트레퍼시스 씨의 방도 3층에 있나요?"

애스트웰은 고개를 끄덕였다.

"그 친구 방은 내 방 건너편에 있소."

"계단과 더 가까운 쪽이죠?"

"아니. 그 반대쪽이오."

푸아로의 얼굴에 호기심 어린 표정이 떠올랐다. 그러나 상대방은 그것을 눈치 채지 못하고 말을 이었다.

"방금 말한 것처럼 나는 찰스를 기다리고 있었소. 12시 5분쯤에 현관문이 열리는 소리가 들렸지만 거의 10분 동안 찰스가 올라오는 기척이 없었소. 나중에 그가 계단을 올라왔지만 나는 그날 밤 얘기해 봐야 소용없을 거라는 걸 알았지."

그는 팔꿈치를 높이 들어 올렸다.

"그랬군요."

푸아로가 중얼거렸다.

"그 불쌍한 녀석은 제대로 걷지도 못했소. 얼굴도 몹시 창백했고. 그때는 술을 많이 먹어서 그런 거라고 생각했소. 물론 지금은 범행을 저지르고 올라왔기 때문이라는 걸 알지만."

푸아로는 재빨리 그의 말을 막고 질문을 던졌다.

"혹시 탑방에서 무슨 소리를 듣지 못하셨나요?"

"아무 소리도 못 들었소. 내 방은 그 방과 정반대쪽 끝에 있지 않소? 벽이 두꺼워서 그 방에서 권총을 쏴도 내 방에서는 아무 소리도 들리지 않을 거요."

푸아로는 고개를 끄덕였다.

"나는 그 녀석에게 침대까지 부축해 주겠다고 했지만 녀석은 괜찮다면서 자기 방으로 들어가서 쾅 하고 문을 닫아 버렸소. 그래서 나도 옷을 벗고 잠자리에 들었지."

푸아로는 생각에 잠겨 카펫을 내려다보고 있었다.

푸아로가 드디어 입을 열었다.

"애스트웰 씨. 당신의 증언이 매우 중요하다는 걸 알고 계시죠?"

"그럴 거라고 생각은 하고 있소. 그런데 무슨 뜻으로 묻는 거요?"

"현관문이 열리고 레버슨이 계단에 나타날 때까지 10분이 경과했다고 하셨습니다. 그런데 그는 집에 들어와서 곧장 잠자리에 들었다고 주장하더군요. 그것보다 더 중요한 사실이 있습니다. 비서가 범인이라는 애스트웰 부인의 주장이 터무니없다는 건 나도 인정합니다만, 아직까지는 전혀 불가능한 일이라고 볼 수 없습니다. 하지만 당신의 증언은 그에게 알리바이를 만들어 준 겁니다."

"어째서 그렇다는 거요?"

"애스트웰 부인은 11시 45분에 그 방을 나왔다고 했습니다. 그런데 비서는 11시에 자기 방으로 돌아갔죠. 만일 그가 범행을 저질렀다면 11시 45분에서 찰스 레버슨이 돌아온 시간 사이에 저질렀어야 앞뒤가 맞아 들어갑니다. 당신이 말한 대로 문을 열어 놓은 채 앉아 있었다면, 그가 자기 방에서 나오는 걸 못 봤을 리가 없지 않나요?"

"그건 그렇소만."

상대방도 그의 말에 동의했다.

"다른 계단은 없나요?"

"없소. 그 친구가 탑방으로 올라가려면 내 방문 앞을 지나쳐야 하오. 하지만 그때는 분명히 내 방문 앞을 지나가지 않았소. 그건 확실하오. 그리고 아까도 말했지만, 그는 목사처럼 유순한 남자요. 내가 장담할 수 있소."

푸아로가 그의 마음을 진정시키려는 듯이 말했다.

"물론 그렇죠. 그렇고말고요. 나도 잘 알고 있습니다."

푸아로는 말을 멈추었다.

"그럼 루벤 경과 무슨 일 때문에 다투었는지 말씀해 주시죠."

상대방의 얼굴이 검붉은 색으로 변했다.

"나한테서는 아무것도 알아내지 못할 거요."

푸아로는 천장으로 시선을 옮겼다.

"나는 숙녀들과 관련된 일은 항상 신중한 편입니다."

빅터 애스트웰은 벌떡 일어났다.

"빌어먹을! 어떻게…… 대체 무슨 말을 하는 거지?"

"릴리 마그레이브 양에 대해서 생각하고 있었습니다."

빅터 애스트웰은 잠시 당혹스러운 표정으로 서 있었다. 그러더니 곧 마음을 진정하고 다시 자리에 앉았다.

"푸아로 씨, 당신은 못 당하겠군. 맞소. 우리가 다툰 것은 릴리 때문이었소. 루벤 형은 릴리의 약점을 알고 있었소. 릴리에 대해 뭔가 찾아낸 것 같았소. 가짜 추천서 같은 것이었겠지. 나는 그의 말을 한마디도 믿지 않았지만 말이오. 형은 그걸로 그치지 않고 해서는 안 될 말까지 함부로 내뱉었소. 릴리가 밤에 몰래 집을 빠져나가서 남자를 만난다는 둥. 그런 얘기였소. 나는 형보다 더한 사람이라도 그런 거짓말을 지껄여 대면 죽여 버리겠다고 소리를 질렀소. 그랬더니 형은 입을 다물었소. 평소에도 내가 세게 나가면 형은 나를 무서워하는 편이오."

"무서워할 만하군요."

푸아로가 혼잣말처럼 중얼거렸다.

빅터가 아까와는 전혀 다른 말투로 말했다.

"나는 릴리 마그레이브를 훌륭한 여자라고 생각하고 있소. 어디로 보나 멋진 여자라고 생각하오."

푸아로는 대답하지 않았다. 그는 생각에 잠겨 자기 앞만 똑바로 응시하고 있었다. 잠시 후 그는 갑자기 깊은 생각에서 깨어났다.

"잠깐 산책을 하고 와야 할 것 같습니다. 근처에 호텔이 있나요?"

"두 곳이 있소. 골프장 옆에 있는 골프 호텔하고 역 근처에 있는 마이터 호텔."

"감사합니다."

푸아로가 말했다.

"그래, 혼자 산책 좀 해야겠어."

이름대로 골프 호텔은 골프장 바로 옆에 클럽 하우스와 거의 붙어 있다고 할 정도로 가까운 곳에 있었다. 푸아로가 '산책'이라고 이름을 붙이고 첫 번째로 선택한 코스는 바로 이 호텔이었다. 작은 남자는 이 호텔에서 뭔가 알아내기로 마음을 먹었던 것이다. 골프 호텔에 들어간 지 3분 후에 그는 호텔 지배인인 랭던 양과 비밀스러운 대화를 나누고 있었다.

"일하시는데 방해해서 죄송합니다, 마드무아젤. 아시겠지만 저는 탐정입니다."

솔직함이 푸아로가 스스로 내세우는 매력이었다. 이번에도 그 방법은 즉시 효과를 나타냈다.

"탐정이시라고요?"

수상쩍은 눈초리로 그를 쳐다보면서 랭던 양이 말했다.

"런던 경시청에서 일하고 있는 건 아닙니다."

푸아로는 그녀를 안심시켰다.

"솔직히 말하자면 이미 눈치 채셨겠지만 저는 영국인이 아닙니다. 저는 루벤 애스트웰 경의 죽음에 대해서 비밀리에 조사하고 있는 중입니다."

"세상에!"

랭던 양은 흥미롭다는 듯이 휘둥그레진 눈으로 푸아로를 쳐다보았다.

"정말입니다."

푸아로가 웃으면서 말했다.

"아가씨처럼 비밀을 지켜 줄 수 있는 사람에게만 이런 사실을 털어놓을 수가 있지요, 마드무아젤. 아가씨라면 저를 도와주실 수 있을 겁니다. 살인 사건이 일어나던 날 밤 말입니다. 혹시 이 집에 묵고 있는 사람 중에서 그날 밤 이 호텔을 나갔다가 12시나 12시 30분경에 돌아온 신사분은 없었나요?"

랭던 양의 눈이 더 커졌다.

"설마……."

그녀는 숨을 헉하고 들이쉬었다.

"이 호텔에 살인범이 묵고 있다는 건 아닙니다. 이 호텔에 묵고 있는 손님 중에서 그날 밤 몽 르포 저택 쪽으로 산책한 분이 있을 것 같아서요. 만일 그 손님이 목격한 게 있다면 그분에게는 대수롭지 않은 일이라도 제게는 큰 도움이 될 수도 있습니다."

지배인은 이해한다는 듯이 고개를 끄덕였다. 마치 탐정들이 사건을 조사하는 방식을 꿰뚫고 있다는 듯한 태도였다.

"충분히 이해합니다. 자, 그럼, 한번 볼까요? 지금 이 호텔에 묵고 있는 사람들이 누군지."

그녀는 미간을 찌푸리면서 머릿속으로 손님들의 이름을 헤아리고 있는 것 같았다. 그러다가 이따금 손가락으로 하나씩 이름을 꼽으면서 기억을 해내려고 하는 모양이었다.

"스완 대위, 엘킨스 씨, 블런트 소령, 벤슨 씨. 제가 기억하기로는 그날 밤 외출한 분은 없었어요."

"손님이 외출을 했다면 지배인님이 못 봤을 리가 없겠군요."

"당연하죠. 그런 경우는 아주 드물어요. 손님들이 저녁 식사를 하기 위해 종종 외출하기도 하지만 저녁 식사 후에 외출하는 경우는 거의 없어요. 이 근처에는 특별히 갈 만한 곳도 없으니까요."

애벗 크로스에서 즐길 수 있는 오락은 골프밖에 없었다.

푸아로는 고개를 끄덕였다.

"그렇겠네요. 그럼, 마드무아젤의 기억으로는 이곳에 묵고 있는 손님들 중에서 그날 밤 외출한 사람은 한 명도 없다는 거죠?"

"잉글랜드 대위 부부가 저녁 식사를 하러 나가시기는 했어요."

푸아로는 고개를 흔들었다.

"제가 말하는 건 그런 게 아닙니다. 다른 호텔에 가서 알아봐야겠군요. 마이터 호텔이던가요?"

"아, 마이터 호텔. 그 호텔에 묵고 있는 손님이라면 아무도 모르게 호텔을 빠져나올 수 있을 거예요."

랭던 양의 말투에는 은근히 경멸하는 듯한 느낌이 담겨 있었다. 푸아로는 재빨리 그 자리를 벗어났다.

10분 후 푸아로는 이번에는 마이터 호텔의 퉁명스러운 지배인인 콜 양과 똑같은 장면을 연출하고 있었다. 마이터 호텔은 역 근처에 있었고 골프 호텔보다 덜 화려하고 숙박비도 저렴했다.

"제가 기억하기로는 그날 밤 늦게 외출했다가 12시 30분쯤 돌아온 신사분이 한 분 계셨어요. 그 시간에 산책을 하는 게 그 손님의 습관인 것 같았어요. 그 전에도 한두 번 그런 적이 있었으니까요. 그 손님 이름이 뭐였더라? 잠시만 기다려 보세요. 이름이 생각나지 않네요."

그녀는 커다란 숙박부를 앞으로 끌어당겨 페이지를 넘기기 시작했다.

"19호실, 20호실, 21호실. 아, 여기 있네요. 네일러, 험프리 네일러 대위예요."

"예전에도 이 호텔에 묵은 적이 있는 손님입니까? 그 사람에 대해서 잘 아시나요?"

"예전에 한 번 묵으신 적이 있어요. 2주 전쯤이었을 거예요. 그때도 밤에 외출했던 것 같아요."

콜 양이 대답했다.

"골프 치러 온 손님이었나요?"

"아마 그럴걸요. 여기 오는 남자 손님들 대부분이 그러니까요."

"그렇군요. 정말 감사합니다, 마드무아젤. 그럼 좋은 하루 되시길 바랍니다."

그는 뭔가 골똘히 생각하는 표정으로 몽 르포 저택으로 돌아왔다. 그는 한두 번 주머니에서 뭔가를 꺼내서 살펴보았다.

"그렇게 해야겠어. 그것도 기회가 되는 대로 빨리."

푸아로는 혼자 중얼거렸다.

저택으로 돌아온 후 그가 가장 처음 한 일은 파슨스에게 마그레이브 양이 있을 만한 곳을 물어보는 것이었다. 파슨스는 마그레이브 양이 서재에서 애스트웰 부인의 편지를 정리하고 있다고 말했다. 그 말을 듣자 푸아로는 흡족한 표정을 지었다.

그는 쉽게 서재를 찾아냈다. 릴리 마그레이브는 창가에 놓인 책상에 앉아서 뭔가 쓰고 있었다. 방 안에는 그녀 혼자뿐이었다. 푸아로는 조심스럽게 문을 닫고 여자를 향해 걸어갔다.

"잠깐 시간을 내줄 수 있겠습니까, 마드무아젤?"

"그러세요."

릴리 마그레이브는 편지를 옆으로 밀어 놓고 푸아로 쪽으로 몸을 돌렸다.

"무슨 일로 그러시죠?"

"그 비극적인 사건이 일어나던 날 애스트웰 부인이 루벤 경에게 갔을 때 아가씨는 곧장 잠자리에 든 걸로 알고 있습니다. 제 말이 맞습니까?"

릴리 마그레이브는 고개를 끄덕였다.

"그 후에 한 번도 아래층에 내려온 적이 없나요?"

여자는 고개를 끄덕였다.

"그날 밤 아가씨는 탑방에 한 번도 들어간 적이 없다고 말했던 걸로 기억하는데요."

"그렇게 말씀드린 기억은 없지만 그건 사실이에요. 저는 그날 밤 탑방에 가지 않았어요."

푸아로는 눈썹을 치켜 올렸다.

"이상하군."

그가 중얼거렸다.

"무슨 말씀이시죠?"

"아주 이상한 일이야."

에르퀼 푸아로가 다시 중얼거렸다.

"그럼 이건 어떻게 설명하시겠습니까?"

푸아로는 주머니에서 얼룩진 작은 녹색 시폰 천 조각을 꺼내 그녀의 눈앞에 내밀었다.

그녀의 표정은 달라지지 않았다. 그러나 그녀가 순간 급히 숨을 들이쉬는 소리가 들리는 것 같았다.

"무슨 말씀인지 모르겠군요, 푸아로 씨."

"그날 밤 아가씨는 녹색 시폰 드레스를 입고 있었죠, 마드무아젤. 이것은……."

푸아로는 손가락으로 천 조각을 튕겼다.

"그 드레스에서 찢어진 조각입니다."

"그걸 탑방에서 발견했다는 건가요?"

여자는 날카로운 목소리로 물었다.

"그 방 어디에서요?"

에르퀼 푸아로는 천장으로 시선을 돌렸다.

"지금은 그냥 탑방에서 발견했다는 정도로 해 두죠."

처음으로 여자의 눈에 공포의 빛이 떠올랐다. 그녀는 뭔가 말을 하려다가 입을 다물었다. 푸아로는 그녀의 희고 작은 손이 책상 모서리를 힘껏 잡고 있는 것을 보았다.

"그 전날 밤에 탑방에 들어갔었나요?"

그녀는 생각하는 표정을 지었다.

"저녁 식사를 하기 전에. 아니, 아닐 거예요. 분명히 안 갔는데. 그 천 조각이 계속 탑방에 있었다면 경찰이 금방 발견했겠죠. 그걸 못 찾았다는 건 이상한 일이잖아요."

"경찰이 에르퀼 푸아로가 생각해 내는 걸 미처 생각하지 못했을 수도 있죠."

"저녁 먹기 바로 전에 잠깐 그 방에 갔었나?"

릴리 마그레이브는 혼자 중얼거렸다.

"아니면 그 전날 밤이었나? 그날도 같은 옷을 입고 있었으니까. 맞아요. 분명히 그 전날 밤이었어요."

"아닐 겁니다."

푸아로가 차갑게 말했다.

"어째서요?"

푸아로는 천천히 고개를 옆으로 저었다.

"무슨 뜻으로 하신 말씀이죠?"

여자가 작은 목소리로 말했다.

그녀는 얼굴이 창백하게 질린 채 몸을 앞으로 내밀고 푸아로를 노려보고 있었다.

"마드무아젤, 이 천 조각에 묻어 있는 걸 못 보셨나요? 이건 분명히 사람의 핏자국입니다."

"그건……."

"그건 아가씨가 범행이 일어나기 전이 아니라 그 후에 그 방에 들어갔다는 증거입니다. 모든 사실을 내게 털어놓는 게 아가씨에게 좋을 겁니다. 아가씨에게 더 불리한 상황이 벌어지기 전에 말이죠."

푸아로는 자리에서 일어섰다. 작은 체구의 그는 단호한 표정으로 여자를 비난하는 것처럼 둘째손가락으로 그녀를 가리키고 있었다.

"어떻게 아신 거죠?"

릴리는 숨도 제대로 쉬지 못하는 것 같았다.

"그건 중요하지 않아요, 마드무아젤. 에르퀼 푸아로는 모든 걸 다 알고 있습니다. 나는 험프리 네일러 대위에 대해서도, 그날 밤 아가씨가 그 사람을 만나러 갔다는 것도 알고 있어요."

릴리는 갑자기 손으로 얼굴을 감싸고 울기 시작했다.

푸아로는 금방 그녀를 비난하는 태도를 바꾸었다. 그는 여자의 어깨를 토닥거리며 말했다.

"진정해요, 마드무아젤. 너무 힘들어하지 말아요. 이 에르퀼 푸아로를 속이는 건 불가능한 일이죠. 그것만 깨달으면 모든 고민이 끝나는 겁니다. 이제 모든 얘기를 내게 털어놓을 수 있죠? 이 늙은 푸아로에게 다 털어놔 보세요."

"선생님이 생각하시는 것 같은 그런 건 아니에요. 험프리는……
제 오빠예요……. 오빠는 그 사람 머리칼 한 올에도 손대지 않았
어요."

"아가씨의 오빠라? 아, 그게 그렇게 된 거로군. 오빠의 혐의를 풀
어 주고 싶으면 내게 조금도 감추는 것 없이 다 얘기해야 해요."

릴리는 자세를 똑바로 하고 머리카락을 위로 쓸어 올렸다. 그녀
는 숨을 고르고 난 후 낮고 또렷한 목소리로 이야기를 시작했다.

"사실대로 말씀드리겠어요, 푸아로 씨. 말씀드리지 않았던 게 후
회되네요. 지금 생각하니. 제 진짜 이름은 릴리 네일러예요. 험프리
는 하나밖에 없는 오빠고요. 몇 년 전 오빠가 아프리카에 가 있을
때 그곳에서 금광, 그러니까 금이 있는 곳을 발견했어요. 그 일에 대
해서는 정확하게 말씀드릴 수가 없네요. 금광에 관한 건 전 잘 모르
니까요. 어쨌든 그다음 일은 이렇게 된 거예요. 그 일은 굉장히 큰
사업이 될 걸로 보였죠. 그래서 험프리 오빠는 영국으로 돌아와 루
벤 애스트웰 경에게 금광에 개발비를 투자하라고 권유하는 편지를
보냈답니다. 지금도 저는 그때 일이 어떻게 된 건지 잘 몰라요. 어쨌
든 루벤 경은 그 분야의 전문가를 현지에 파견했고 오빠에게 전문
가의 보고서가 부정적이고 험프리가 큰 실수를 한 것 같다고 말했
답니다. 오빠는 아프리카 내륙 탐사반에 합류해서 다시 아프리카로
건너갔는데 그러고는 얼마 후 행방불명이 되었죠. 오빠와 탐사반이
모두 사망한 걸로 추정됐었어요.

시간이 좀 흐른 후에 므팔라 금광을 개발할 목적으로 회사가 세워졌습니다. 나중에 오빠는 영국에 돌아와서 그 금광이 예전에 자기가 발견한 바로 그 금광이라는 사실을 알게 되었습니다. 루벤 애스트웰 경은 그 회사와 아무 관련도 없는 것처럼 보였죠. 그 회사가 직접 찾아낸 금광이라고 했어요. 하지만 오빠는 그 말을 믿지 않았습니다. 루벤 경이 의도적으로 자기를 속이고 금광을 가로챈 거라고 믿었던 겁니다.

오빠는 그 일 때문에 분하고 억울해서 화병이 날 지경이었죠. 푸아로 씨, 우리는 세상에서 단둘뿐이랍니다. 제가 일자리를 얻어서 생활을 꾸려야 할 형편이었죠. 저는 이 집에서 일자리를 얻어 루벤 경과 므팔라 금광 사이에 어떤 관계가 있는지 알아봐야겠다고 생각했어요. 그래서 가명을 쓰고 경력도 속였던 겁니다.

제가 지금 하고 있는 일을 지원하는 사람들이 많았죠. 그들은 대부분 저보다 좋은 조건을 가진 사람들이었어요. 그래서 저는 퍼스셔 공작부인의 편지를 위조했어요. 그 부인이 미국에 있다는 걸 알았기 때문이죠. 공작부인의 추천장만 있으면 애스트웰 부인이 저를 믿어 줄 거라고 생각했어요. 제 생각대로 부인은 저를 채용하셨어요.

그날부터 저는 지긋지긋한 스파이 노릇을 해야 했습니다. 지금까지 아무것도 알아내지 못했지만요. 루벤 경은 절대로 사업상의 비밀을 노출시킬 사람이 아니니까요. 하지만 빅터 애스트웰이 아프리카에서 돌아오고 난 이후로 그가 하는 말을 통해서 험프리 오빠의 생각이 틀린 게 아니었다는 확신을 갖게 되었어요. 살인 사건이 일어나기 2주쯤 전에 오빠가 이곳에 왔어요. 그래서 저는 밤에 아무도 몰래 집을 빠져나가 오빠를 만났던 겁니다. 제가 오빠에게 빅터 애스트웰한테 들은 얘기를 전해 주었더니 오빠는 펄펄 뛰면서 저에게 계속 더 알아보라고 당부하더군요.

하지만 그 뒤로 일이 꼬이기 시작했어요. 제가 그 집을 몰래 빠져나간 걸 본 사람이 그 일을 루벤 경에게 일렀던 모양이에요. 루벤 경이 제 경력을 의심하고 뒷조사를 한 거죠. 제가 경력을 속였다는 게 금방 들통 나고 말았어요. 살인이 일어난 그날 밤, 제게 위기가 닥쳤어요. 루벤 경은 제가 부인의 보석을 노리고 있다고 생각했던 것 같아요. 루벤 경이 의심하는 게 무엇이었든 그날 낮에 저를 부르더니 경력을 속인 건 그냥 넘어갈 테니 당장 몽 르포 저택을 떠나라고 하더군요. 애스트웰 부인은 끝까지 제 편을 들면서 루벤 경에게 대드셨어요."

그녀는 잠시 말을 멈추었다.

푸아로의 표정은 매우 심각했다.

"자, 이제 살인이 일어나던 밤 얘기를 해 봅시다, 마드무아젤."

릴리는 침을 꿀꺽 삼키고 고개를 끄덕였다.

"우선 오빠가 다시 이곳으로 내려와서 그날 밤 제가 집을 빠져나가 오빠와 만나기로 약속했다는 걸 말씀드려야 할 것 같네요. 아까도 말씀드렸지만 저는 제 방으로 올라갔지만 잠자리에 들지는 않았습니다. 저는 다른 사람들이 잠들 때까지 기다렸다가 아래층으로 내려가서 뒷문으로 빠져나갔습니다. 저는 험프리 오빠와 만나서 그날 있었던 일을 간단히 알려 주었죠. 오빠가 원하는 서류가 탑방에 있는 루벤 경의 금고 안에 있는 것 같다고 했습니다. 우리는 그날 밤 그 서류를 빼내는 마지막 모험을 감행하기로 했죠.

제가 먼저 집 안에 들어가서 방해물이 없는지 확인하기로 했습니다. 제가 뒷문으로 들어갈 때 교회 시계가 12시를 치는 소리를 들었죠. 탑방으로 올라가는 계단을 중간쯤 올라갔을 때 뭔가 쿵 하고 넘어지는 소리와 함께 '하느님 맙소사!'라고 외치는 소리가 들렸어요. 그리고 잠시 후에 탑방 문이 열리더니 찰스 레버슨이 나오더군요. 달빛 속에서 그의 얼굴이 똑똑히 보였어요. 하지만 저는 아래 계단 그늘 속에 웅크리고 숨어 있었기 때문에 찰스는 저를 보지 못했죠.

그는 잠시 비틀거리면서 거기 서 있었어요. 섬뜩한 모습이었죠. 무슨 소리를 듣고 있는 것 같더군요. 그러더니 힘겹게 몸을 가누고 탑방으로 들어가는 문을 열더니 다친 데가 없다고 큰 소리로 말했어요. 목소리는 아주 쾌활하고 활달했지만 얼굴은 전혀 그렇지 않았어요. 그는 1분 정도 기다리더니 천천히 계단을 올라가서 보이지 않았어요.

그가 가고 난 후에 저는 잠깐 기다리다가 탑방 문으로 다가갔죠. 뭔가 끔찍한 일이 벌어졌을 것 같은 느낌이 들었어요. 천장의 불은 꺼져 있고 책상 위 스탠드만 켜져 있었죠. 그 불빛으로 루벤 경이 책상 옆 바닥에 쓰러져 있는 모습이 보였어요. 저는 당황해서 어찌할 바를 몰랐지만 정신을 가다듬고 경의 옆에 다가가서 무릎을 꿇고 앉았습니다. 루벤 경이 뒤통수를 맞고 즉사했다는 걸 금방 알 수 있었어요. 살해당한 지 얼마 되지 않았다는 것도 알았죠. 그의 손을 만져 보니 아직 따뜻했으니까요. 정말 끔찍했어요, 푸아로 씨. 정말이지 처참한 광경이었어요!"

그녀는 그 광경을 떠올리는지 또 다시 몸서리를 쳤다.

"그래서 그다음엔?"

푸아로가 그녀를 날카로운 시선으로 쳐다보았다.

릴리 마그레이브는 고개를 끄덕였다.

"선생님이 지금 무슨 생각을 하고 계신지 알아요, 푸아로 씨. 왜 벨을 눌러서 사람들을 깨우지 않았는지 묻고 싶으신 거죠? 제가 그렇게 했어야 했다는 건 알아요. 하지만 거기서 무릎을 꿇고 앉아 있을 때 퍼뜩 떠오르는 생각이 있었어요. 제가 루벤 경에게 불려 갔던 일 하며 밤에 몰래 집에서 빠져나가 험프리 오빠를 만났던 일, 그리고 다음 날 이 집에서 쫓겨 날 거라는 생각이 들었던 겁니다. 사람들이 제가 험프리를 끌어들였고 험프리가 복수심 때문에 루벤 경을 죽였다고 할 것 같았어요. 찰스 레버슨이 방에서 나오는 걸 봤다고 얘기해도 아무도 제 말을 믿어 주지 않을 거라고 생각했죠.

저는 너무 무서웠어요, 푸아로 씨. 거기 무릎을 꿇고 앉아서 생각할수록 더 겁이 나더라고요. 그때 루벤 경의 주머니에서 열쇠 꾸러미가 빠져나와 있는 게 보였습니다. 루벤 경이 쓰러질 때 떨어뜨린 거겠죠. 그 안에는 금고 열쇠도 들어 있었어요. 언젠가 애스트웰 부인이 제가 있는 자리에서 금고 비밀번호를 얘기한 적이 있어서 저는 그 비밀번호를 알고 있었죠. 푸아로 씨, 저는 금고로 가서 금고문을 열고 제가 찾고 있던 서류를 찾기 시작했습니다.

저는 결국 제가 찾던 서류를 발견했습니다. 험프리 생각이 다 옳았어요. 루벤 경은 므팔라 금광의 후원자였습니다. 그는 계획적으로 험프리 오빠를 속였던 거예요. 상황이 저희에게 더 불리해질 수밖에 없게 된 겁니다. 험프리 오빠가 경을 살해할 동기가 충분한 게 되니까요. 그래서 저는 그 서류들을 다시 금고 안에 넣고 금고문에 열쇠를 꽂아 둔 채 곧장 제 방으로 돌아왔어요. 다음 날 아침 하녀가 시체를 발견했을 때 저는 다른 사람들처럼 깜짝 놀라는 시늉을 한 겁니다."

그녀는 말을 멈추고 애원하는 표정으로 푸아로를 쳐다보았다.

"제 말을 믿어 주세요, 푸아로 씨. 제발 제 말을 믿는다고 말씀해 주세요."

"아가씨 말을 믿습니다, 마드무아젤. 아가씨는 내가 지금까지 설명할 수 없었던 많은 일들을 설명해 주었습니다. 한 가지는 아가씨가 찰스 레버슨이 범행을 저질렀다고 주장하면서도 내가 이곳에 오는 걸 끝까지 막으려고 했던 겁니다."

릴리가 고개를 끄덕였다.

"선생님이 두려웠어요."

그녀는 솔직하게 시인했다.

"애스트웰 부인은 찰스가 범인이라는 걸 모르셨지만 저는 아무 말도 할 수 없었어요. 저는 선생님이 그 사건을 맡지 않겠다고 거절하시기를 바랐던 거예요. 그럴 리가 없다는 걸 알면서도 말이죠."

"내가 이 사건을 맡지 않기를 아가씨가 바란다는 걸 알았기 때문에 그 사건을 맡은 겁니다."

푸아로가 짓궂은 표정으로 말했다.

릴리는 재빨리 그의 표정을 살폈다. 그녀의 입술이 가볍게 떨리고 있었다.

"그럼, 푸아로 씨. 이제 어떻게 하실 건가요?"

"아가씨와 관련해서는, 마드무아젤. 아무 일도 하지 않을 겁니다. 난 아가씨의 얘기를 믿고 받아들이기로 했습니다. 다음에 할 일은 런던으로 가서 밀러 경감을 만나는 겁니다."

"그다음에는요?"

"그다음은 두고 봐야죠."

푸아로는 서재 문을 나와 손에 들고 있던 얼룩진 작은 녹색 시폰 천 조각을 다시 한 번 쳐다보았다.

"과연 대단해!"

그는 만족스러운 표정으로 혼자 중얼거렸다.

"에르퀼 푸아로의 천재성은."

밀러 경감은 에르퀼 푸아로를 별로 좋아하지 않았다. 그는 작은 체구의 벨기에 인의 수사 협조를 환영하는 런던 경시청의 소수의 경관들에 속하지 않았다. 그는 사람들이 에르퀼 푸아로를 과대평가하고 있다고 입버릇처럼 말했다. 그러나 이번 사건에 대해서는 자신만만한 탓인지 푸아로를 환영하는 태도로 맞았다.

"애스트웰 부인 대리인으로 오신 건가요? 하지만 이번 사건에서는 별다른 활약을 못하실 텐데요."

"그럼 이번 사건에 있어서는 전혀 의심할 만한 여지가 없다는 겁니까?"

밀러는 눈을 찡긋해 보였다.

"현행범을 체포한 거나 다름없는 명백한 사건이죠."

"레버슨 씨가 자백을 했나요?"

"차라리 입을 다무는 게 나을 뻔했지요. 자기 방으로 갔고 외삼촌 방에는 절대 가지 않았다는 말만 반복하고 있어요. 그것만 들어 봐도 뻔한 거짓말이 아닙니까?"

"다른 사람들의 증언과는 분명히 들어맞지 않는군요. 그 레버슨이라는 청년을 어떻게 보십니까?"

푸아로가 중얼거렸다.

"머리가 나쁜 청년이죠."

"의지박약이지 않나요, 그렇죠?"

경감은 고개를 끄덕였다.

"그런 청년이…… 그러니까, 뭐랄까…… 그런 범행을 저지를 만한 배포가 있다고 생각하기는 어렵지 않을까요?"

경감도 그의 말에 동의했다.

"겉으로 보기에는 그렇죠. 하지만 저는 이런 사건을 전에도 여러 번 본 적이 있습니다. 약골에다가 방탕한 청년이 궁지에 몰려서 술이라도 잔뜩 취하면 한순간 포악하게 돌변하지요. 궁지에 몰린 약자는 강한 사람보다 더 위험한 법입니다."

"그건 그렇죠. 맞는 말씀입니다."

밀러는 고개를 조금 더 숙였다.

"물론 푸아로 씨는 걱정하지 않으셔도 됩니다. 보수는 그대로 받으시고 그 부인 마음에 들 만한 증거를 조사하는 척하시면 되는 거죠. 저도 다 이해합니다."

"그런 것까지 이해해 주시다니."

푸아로는 중얼거리면서 그 자리를 떠났다

그가 다음에 찾아간 사람은 찰스 레버슨의 변호사 메이휴 씨였다. 그는 마른 체격에 사무적이고 매우 신중한 성격의 남자였다. 그는 푸아로를 매우 조심스럽게 대했다. 그러나 푸아로에게는 그런 사람들을 다루는 나름대로의 방법이 있었다. 10분도 지나지 않아서 두 사람은 서로 호의적인 대화를 나누고 있었다.

"아시겠지만 저는 이번 사건을 오로지 레버슨 씨의 이익을 위해서 맡은 겁니다. 그게 애스트웰 부인의 뜻이니까요. 부인은 그가 결백하다고 믿고 있습니다."

"네, 정말 그렇더군요."

메이휴 씨가 사무적으로 대답했다.

순간 푸아로의 눈이 반짝 빛났다. 그는 넌지시 상대방의 속을 떠보았다.

"애스트웰 부인의 의견을 별로 중요하게 생각하지 않으시는 모양이군요."

"내일은 그가 범인이라고 주장할지도 모르는 일이죠."

변호사가 무뚝뚝하게 말했다.

푸아로가 그의 말에 맞장구를 쳤다.

"부인의 직감이 증거가 될 수 없다는 건 분명합니다. 어쨌든 겉으로 보기에 이 사건은 그 가엾은 젊은이에게 매우 불리한 것 같더군요."

"자기가 한 행동을 경찰에게 말한 것도 그에게는 불리한 일이었죠. 그런 이야기를 주장해 봤자 아무 도움도 안 될 텐데 말입니다."

"그럼 레버슨 씨는 변호사님에게도 자신의 이야기가 사실이라고 주장하고 있습니까?"

메이휴는 고개를 끄덕였다.

"내용이 조금도 달라지지 않아요. 앵무새처럼 똑같은 얘기를 반복하고 있다니까요."

"그래서 변호사님도 그에 대한 믿음이 사라지게 된 거군요."

상대방이 뭔가 중얼거렸다.

"아, 그 점을 부인하지 마십시오."

뭔가 말하려는 상대를 막으며 재빨리 그가 덧붙였다.

"저도 잘 압니다. 변호사님은 마음속으로 그가 범인이라고 믿고 있죠. 하지만 제 얘기를 들어 보십시오. 이 에르퀼 푸아로의 이야기를 말입니다. 제가 한 가지 사건을 들려 드리겠습니다.

그 젊은이는 집으로 돌아왔습니다. 칵테일을 몇 잔이나 마셨죠.

영국산 위스키에다 소다수도 여러 잔 마셨겠죠. 그는 뭐라고 하던가? 아, 술의 힘을 빌린 용기를 내서 집으로 돌아와 자기 열쇠로 문을 열고 집 안으로 들어갔습니다. 비틀거리면서 탑방으로 올라갔죠. 문에서 방 안을 들여다보니 희미한 불빛으로 외삼촌이 책상 위에 엎드려 있는 게 보였습니다.

아까도 말했던 것처럼 레버슨 씨는 술의 힘을 빌린 용기에 가득 차 있었죠. 그는 대담하게 안으로 들어가서 그동안 외삼촌에 대해 못마땅하게 여겼던 점들을 쏟아 놓았습니다. 그에게 함부로 대들고 욕을 하기까지 했죠. 그런데 외삼촌이 아무 대답도 하지 않자 용기가 뻗쳐서 같은 얘기를 점점 더 큰 목소리로 되풀이했습니다. 그러다가 갑자기 외삼촌이 계속 아무 말도 없는 게 이상하다는 생각이 든 겁니다. 그는 외삼촌에게 다가가서 그의 어깨에 손을 얹었죠. 그가 손을 대자마자 외삼촌은 털썩 바닥으로 쓰러져 버렸습니다.

레버슨 씨는 그 순간 술이 확 깨고 번쩍 정신이 들었습니다. 의자가 쿵 소리를 내면서 넘어지고 그는 루벤 경의 몸 위로 쓰러졌습니다. 그는 큰일이 벌어졌다는 걸 깨닫는 순간 뭔가 미지근하고 빨간 액체가 자기 손에 묻은 걸 발견했습니다. 그는 공포에 사로잡혀 집 안 전체에 울려 퍼질 정도로 큰 소리로 비명을 질렀습니다. 그리고 무의식적으로 의자를 일으켜 세우고 황급히 문으로 달려가 무슨 소리가 들리는지 귀를 기울였습니다. 무슨 소리가 들린 것처럼 착각을 한 것이죠. 그는 재빨리 문을 열어 놓은 채 외삼촌과 얘기를 하는 척했습니다.

이제 아무 소리도 들리지 않았죠. 그는 자기가 잘못 들은 게 분명하다고 생각했습니다. 사방이 고요해지자 그는 자기 방으로 몰래 돌아갔습니다. 그는 그날 밤 삼촌 방에 가지 않은 척하는 게 자기한테 훨씬 더 유리할 거라고 생각했습니다. 그래서 거짓말로 이야기를 꾸며 낸 겁니다. 기억하실지 모르지만 그때 파슨스는 아무 소리도 듣지 못했다고 했습니다. 파슨스가 그 얘기를 했을 때 이미 레버슨 씨는 자기 말을 번복할 수 없었던 겁니다. 그는 아둔한 데다가 고집이 세서 같은 얘기만 줄곧 반복할 수밖에 없는 거죠. 어떻습니까? 제 얘기가 그럴듯하지 않은가요?"

"얘기를 듣고 보니 그럴 수도 있을 것 같군요."

변호사가 말했다.

푸아로는 자리에서 일어서며 말했다.

"변호사님에게는 레버슨 씨를 만날 수 있는 권리가 있습니다. 제가 들려 드린 얘기를 그 청년에게 하고 사실인지 물어보십시오."

푸아로는 변호사 사무실을 나와 택시를 불렀다.

"할리 가 348번지로 갑시다."

그가 운전기사에게 말했다.

푸아로가 런던으로 갔다는 말을 듣고 애스트웰 부인은 깜짝 놀랐다. 그 작은 남자는 자기가 런던으로 갈 거라는 사실을 전혀 입 밖에 내지 않았기 때문이다. 24시간 후에 그가 돌아오자, 파슨스가 애스트웰 부인이 즉시 만나고 싶어 한다고 알렸다. 푸아로는 내실에서 부인을 만났다. 부인은 쿠션에 머리를 대고 긴 의자에 누워 있었다. 그녀는 놀라울 정도로 안색이 나쁘고 초췌한 모습이었다. 푸아로가 처음 이 집에 왔을 때보다 훨씬 더 야윈 것 같았다.

"돌아오셨네요, 푸아로 씨."

"돌아왔습니다, 마담."

"런던에 가셨다면서요?"

푸아로는 고개를 끄덕였다.

"간다는 말씀이 없으셨잖아요."

애스트웰 부인이 날카롭게 말했다.

"정말 사죄드립니다, 마담. 저의 불찰이었습니다. 미리 말씀드렸어야 했는데. 다음에는……."

"다음에도 똑같이 행동하시겠죠."

애스트웰 부인은 심기가 불편한 듯 재빨리 푸아로의 말을 가로막았다.

"먼저 행동하고 나중에 알려 주는 게 선생님의 원칙인가요?"

"부인의 원칙일 수도 있겠죠."

그의 눈이 번쩍 빛났다.

"가끔은 그럴 수도 있죠."

부인이 시인했다.

"그런데 런던에는 무슨 일로 가신 거죠, 푸아로 씨? 이제 얘기하셔도 되잖아요."

"훌륭하신 밀러 경감님도 만나 뵙고 유능하신 메이휴 씨도 만났습니다."

애스트웰 부인의 눈동자가 그의 얼굴을 살피고 있었다.

"그럼 선생님 생각에는……."

그녀가 천천히 말했다.

푸아로는 시선을 그녀의 얼굴에 고정시켰다.

"찰스 레버슨이 무죄일 가능성이 있습니다."

그가 심각하게 말했다.

"그럴 수가!"

애스트웰 부인이 상반신을 일으켜 세우자 쿠션 두 개가 바닥으로 굴러 떨어졌다.

"제 생각이 맞았어요. 맞았다고요!"

"가능성이 있다고 했습니다, 마담. 그렇게 말씀드렸습니다."

그의 말투에는 뭔가 그녀를 당황하게 만드는 게 있었다. 그녀는 한쪽 팔꿈치를 세워 몸을 일으키며 그를 뚫어지게 쳐다보았다. 그녀가 물었다.

"제게 하실 말씀이라도 있으신가요?"

그가 고개를 끄덕였다.

"그렇습니다. 마담께서 오언 트레퍼시스를 의심하는 이유를 말씀해 주십시오."

"말씀드렸잖아요. 그냥 알고 있다고. 그게 다예요."

"유감스러운 말씀이지만 그것만으로는 충분하지 못합니다."

푸아로가 무뚝뚝하게 말했다.

"운명적인 그날 밤에 있었던 일을 다시 돌이켜 생각해 보십시오,

마담. 사소한 말이나 작은 일이라도 기억해 보세요. 비서에 대해 눈에 뜨이거나 신경 쓰이는 점이 없었나요? 이 에르퀼 푸아로가 부탁드립니다. 뭔가가 분명히 있었죠? 부디 말씀해 주시죠."

애스트웰 부인은 고개를 흔들었다.

"그날 밤 저는 그 사람에 대해서 전혀 신경 쓰지 않았어요. 그 사람 일은 생각도 하지 않았어요."

"부인의 마음은 다른 일로 가득 차 있었군요."

"그래요."

"릴리 마그레이브 양을 남편이 싫어하는 것 때문이었나요?"

애스트웰 부인이 고개를 끄덕였다.

"맞아요. 다 알고 계시는 것 같군요, 푸아로 씨."

"저는 모든 걸 알고 있습니다."

작은 남자는 과장된 태도로 으쓱거리며 말했다.

"저는 릴리를 좋아한답니다, 푸아로 씨. 이미 알고 계시잖아요. 루벤은 추천장인지 뭔지 그런 걸 갖고 야단법석을 떨기 시작했어요. 릴리가 추천장을 위조하지 않았다는 건 아니에요. 그렇게 한 건 사실이에요. 하지만 예전에 저는 그보다 더 나쁜 짓도 많이 했어요. 극장 매니저들을 상대하려면 온갖 속임수를 다 써야 했으니까요. 제가 젊었을 때는 글이나 말이나 행동으로 안 해 본 일이 없어요.

릴리는 이 일자리를 얻고 싶었던 거예요. 그래서 그런 거짓말을 했던 거죠. 그건 거짓말이라고 할 수도 없어요. 남자들은 그런 일에 대해 너무 이해심이 없어요. 루벤이 난리를 치는 걸 보면 릴리가 공금을 횡령하고 도망친 은행원이라도 되는 것 같았죠. 저는 그날 저녁 내내 걱정이 돼서 견딜 수가 없었어요. 보통 때는 서로 다투다가도 결국은 제가 루벤을 설득시키는 걸로 끝나곤 했는데 가끔씩 루벤이 황소고집을 피울 때면 정말 난감하답니다. 불쌍한 사람이지요. 그래서 저는 비서에게 신경 쓸 여유가 없었어요. 더욱이 트레퍼시스 씨는 원래 눈에 뜨이지 않는 사람이잖아요. 옆에 있어도 있는 것 같지 않은 사람이죠."

"트레퍼시스 씨에 대해서라면 저도 그렇게 느꼈습니다. 그 사람은 남의 눈에 뜨이는 행동을 하거나, 앞에 나서거나, 누구를 때리거나 할 성격이 아니에요."

"맞아요. 그 사람은 빅터하고는 전혀 성격이 달라요."

애스트웰 부인이 말했다.

"네, 반대로 빅터 애스트웰 씨는 아주 폭발적인 성격이라고 할 수도 있지요."

"정말 정확한 표현이에요. 빅터 도련님은 집 안에서 아무 때나 폭발한답니다. 마치 불꽃놀이 하는 폭죽처럼 말이에요."

"성격이 정말 급하신 것 같더군요."

푸아로가 은근히 떠보듯이 말했다.

"화가 났다 하면 악마가 따로 없다니까요. 하지만 저는 도련님이 무섭지 않아요. 항상 짖는 개는 사람을 물지 않는 법이죠. 빅터 도련님도 마찬가지고요."

푸아로는 천장을 응시했다.

"그럼 그날 밤 비서의 행동에 대해서는 말씀하실 게 아무것도 없으신 거로군요."

그가 나직하게 중얼거렸다.

"푸아로 씨. 말씀드렸잖아요. 전 알고 있다고요. 이건 직감이에요. 여자의 직감은……."

"한 남자를 교수대로 보내기에는 부족하죠. 그보다 더 중요한 건 한 남자가 교수형에 처해지는 걸 구할 수 없다는 겁니다. 애스트웰 부인, 진심으로 레버슨 씨가 결백하고 비서에 대한 부인의 의심이 분명한 근거가 있는 거라고 믿으신다면 제가 한 가지 실험을 해도 괜찮겠습니까?"

"어떤 실험인데요?"

애스트웰 부인이 미심쩍게 물었다.

"부인에게 최면을 걸 수 있게 허락해 주십시오."

"그건 왜요?"

푸아로는 앞으로 몸을 내밀었다.

"부인의 직감이 무의식적으로 부인의 마음속에 새겨진 어떤 사실에 기인한 것이라고 말씀드리면 아마 제 말을 믿지 못하실 겁니다. 그러나 이 실험이 불행한 그 찰스 레버슨 청년을 구할 수 있는 아주 중요한 실험이 될 수도 있다고만 말씀드리겠습니다. 거절하지 않으시겠죠?"

"누가 제게 최면을 걸 건가요? 선생님이 직접 하실 건가요?"

애스트웰 부인은 미덥지 않다는 듯이 말했다.

"제 친구가 곧 도착할 겁니다. 밖에서 자동차 소리가 들렸습니다, 애스트웰 부인."

"어떤 분인데요?"

"할리 가에 사는 카잘렛 박사입니다."

"그 사람, 믿을 만한 사람인가요?"

걱정스러운 표정으로 애스트웰 부인이 말했다.

"엉터리 의사는 아닙니다, 부인, 걱정하시는 게 그런 점이라면 안심하시고 그 친구에게 맡기셔도 됩니다."

"그럼, 그렇게 하죠."

애스트웰 부인이 한숨을 내쉬며 말했다.

"쓸데없는 짓인 것 같지만 정 원하신다면 한번 해 보죠. 제가 선생님의 일을 방해했다는 말은 듣고 싶지 않으니까요."

"정말 감사합니다, 마담."

푸아로는 급히 방에서 나갔다. 잠시 후에 둥글고 서글서글한 인상에 안경을 쓰고 체격이 작은 남자가 들어왔다. 애스트웰 부인이 상상했던 최면술사의 이미지와는 전혀 딴판이었다. 푸아로는 그들을 소개했다.

"이 우스꽝스러운 놀이를 어떻게 시작하죠?"

애스트웰 부인이 묻자 작은 체구의 의사가 말했다.

"아주 간단합니다, 애스트웰 부인. 정말 간단해요. 그냥 등을 기대십시오, 그렇게. 좋습니다, 아주 좋습니다. 불안해하실 필요는 전혀 없습니다."

"전혀 불안하지 않아요. 누군가 내 의지에 상관없이 내게 최면을 건다는 게 재미있네요."

카잘렛 의사는 활짝 웃었다.

"그러시군요. 하지만 부인께서 동의를 하셨으니 부인의 의지와 상관없는 건 아니죠."

그가 쾌활하게 말했다.

"좋습니다. 저기 불을 좀 꺼 주겠나, 푸아로? 그대로 주무시면 됩니다. 애스트웰 부인."

그는 약간 위치를 바꾸었다.

"밤이 늦었습니다. 졸음이 옵니다…… 잠이 쏟아집니다. 눈꺼풀이 점점 무거워지고 눈이 감깁니다…… 감깁니다…… 감깁니다. 부인은 곧 잠이 드실 겁니다……."

그는 달래듯이 낮고 단조로운 목소리로 중얼거렸다. 곧 그는 몸을 앞으로 내밀고 애스트웰 부인의 눈꺼풀을 가만히 들어 보았다. 그러고 나서 푸아로 쪽으로 몸을 돌리더니 만족스러운 듯이 고개를 끄덕였다.

"됐어. 시작할까?"

그가 낮은 목소리로 말했다.

"그러게나."

의사는 날카롭고 명령적인 말투로 말하기 시작했다.

"부인은 잠이 들었습니다, 애스트웰 부인. 그러나 지금 제가 말하는 소리가 들립니다. 당신은 제 질문에 대답하실 수 있습니다."

애스트웰 부인은 움직이지도 눈꺼풀을 올리지도 않고 소파에 누운 채 낮고 단조로운 목소리로 대답했다.

"들려요. 질문에 대답할 수 있어요."

"애스트웰 부인, 남편이 살해되던 날 밤으로 돌아갑니다. 그날 밤이 기억나십니까?"

"기억나요."

"부인은 지금 저녁 식탁에 앉아 계십니다. 보고 느낀 걸 얘기하십시오."

애스트웰 부인은 눈을 감은 채 약간 몸을 뒤척였다.

"너무 괴로워요. 릴리가 걱정돼요."

"저희도 알고 있습니다. 보이는 걸 얘기해 보세요."

"빅터가 소금에 절인 아몬드를 혼자 다 먹어 치우고 있어요. 정말 식탐이 심해요. 내일 파슨스에게 빅터 앞에 아몬드 접시를 놓지 말라고 해야겠어요."

"계속하십시오, 애스트웰 부인."

"루벤은 오늘 기분이 좋지 않아 보여요. 릴리 때문에 그런 것만은 아닌 것 같아요. 사업과 관련된 문제겠죠. 빅터는 그이를 이상한 눈으로 보고 있어요."

"그 얘기를 해 보십시오, 애스트웰 부인."

"빅터가 입은 셔츠 끝이 닳아서 해졌네요. 머리에 기름을 잔뜩 발랐어요. 남자들이 그러는 건 질색이에요. 거실에 있는 의자 덮개가 그것 때문에 더러워져요."

카잘렛 의사는 푸아로를 쳐다보았다. 푸아로는 계속하라는 뜻으로 고개를 끄덕였다.

"식사가 끝났습니다, 애스트웰 부인. 지금 부인은 커피를 마시고 계십니다. 그 장면을 얘기해 주십시오."

"오늘 밤에는 커피가 맛있어요. 날마다 맛이 달라지거든요. 요리사가 커피를 잘 못 끓여요. 릴리는 줄곧 창밖을 내다보고 있어요. 왜 그런지는 모르겠어요. 지금 루벤이 방으로 들어왔어요. 오늘 밤엔 기분이 굉장히 나쁜지 불쌍한 트레퍼시스 씨에게 욕설을 퍼붓고 있어요. 트레퍼시스 씨는 손에 종이 자르는 칼을 쥐고 있어요. 진짜 칼처럼 날카롭고 커다란 칼이에요. 칼을 얼마나 꽉 쥐고 있는지 손가락 마디가 하얗게 보여요. 어머나, 탁자를 너무 세게 찔러서 탁자 보에 구멍이 날 것 같아요. 누군가를 찌르려는 것처럼 칼을 쥐고 있네요. 지금 두 사람이 함께 나갔어요. 릴리는 녹색 이브닝드레스를 입고 있군요. 릴리는 녹색 옷을 입으면 백합처럼 예뻐요. 다음 주에는 의자 덮개를 빨아야겠어요."

"잠깐만요, 애스트웰 부인."

의사는 푸아로 쪽으로 몸을 기울이며 중얼거렸다.

"드디어 잡은 것 같군. 종이 자르는 칼을 들고 있는 그의 태도가 부인에게 그가 범행을 저질렀다는 확신을 주었을걸세."

"이제 탑방으로 가 보지."

의사는 고개를 끄덕이고 다시 높고 단호한 목소리로 애스트웰 부인에게 질문을 했다.

"늦은 밤입니다. 부인은 남편과 탑방에 있습니다. 부인과 남편은 심하게 말다툼을 하셨습니다. 그렇죠?"

또다시 애스트웰 부인이 불안한 듯 몸을 움직였다.

"그래요…… 끔찍해요, 끔찍해. 서로에게 심한 말을 퍼부었어요. 둘 다."

"지금은 그 일에 신경 쓰지 마십시오. 부인은 방 안을 똑똑히 보실 수 있습니다. 커튼이 쳐 있고 불도 켜져 있습니다."

"천장의 불은 켜져 있지 않아요. 책상 위 스탠드만 켜져 있어요."

"부인은 지금 방을 나갑니다. 이제 남편에게 잘 자라고 인사를 합니다."

"아니에요. 인사는 하지 않아요. 지금 잔뜩 화가 나 있어요."

"남편을 마지막으로 보는 순간입니다. 남편은 곧 살해당할 겁니다. 누가 남편을 살해했는지 알고 있습니까?"

"알아요. 트레퍼시스 씨예요."

"그렇게 말하는 이유가 뭐죠?"

"커튼이 불룩하게 튀어나와 있기 때문이에요."

"커튼이 불룩 튀어나와 있다고요?"

"그래요."

"그걸 봤나요?"

"봤어요. 하마터면 커튼을 만질 뻔했어요."

"커튼 뒤에 어떤 남자, 그러니까 트레퍼시스 씨가 숨어 있었다는 말씀이죠?"

"맞아요."

"그걸 어떻게 아시죠?"

단조로운 말투로 대답하던 부인의 목소리가 자신 없는 듯이 머뭇거렸다.

"그건, 그건 종이 자르는 칼 때문이에요."

푸아로와 의사는 다시 서로 재빨리 눈짓을 교환했다.

"이해가 안 되는군요, 애스트웰 부인. 커튼이 불룩 튀어나와 있었다고 하셨죠? 누군가 그 뒤에 숨어 있었다고요. 그 사람을 보시지는 못하신 건가요?"

"못 봤어요."

"그럼 부인은 트레퍼시스 씨가 식사 때 종이 자르는 칼을 쥐고 있던 것과 똑같이 칼을 쥐고 있어서 그 사람이 범인이라고 생각하신 겁니까?"

"그래요."

"하지만 트레퍼시스 씨는 그 전에 벌써 자기 방으로 돌아갔습니다. 그렇죠?"

"그래요. 맞아요. 자기 방으로 돌아갔어요."

"그렇다면 창문 커튼 뒤에 숨어 있을 리가 없지 않은가요?"

"물론, 그렇죠. 그 사람은 방에 없었으니까요."

"그럼 그 사람이 그 방을 나갈 때 남편께 인사를 했나요?"

"그래요."

"그 뒤로는 그를 다시 보지 못하셨습니까?"

"못 봤어요."

그녀는 희미하게 신음을 흘리며 몸을 뒤척이고 있었다.

"의식이 돌아오고 있는 중이네. 이제 우리가 알아낼 수 있는 건 모두 알아낸 것 같군."

의사가 말했다.

푸아로는 고개를 끄덕였다. 의사는 애스트웰 부인에게 다가갔다.

"자, 부인은 지금 잠에서 깨어나고 있습니다. 곧 깨어날 겁니다. 잠시 후에 눈을 뜨게 됩니다."

그가 부드러운 목소리로 속삭이듯이 말했다.

두 남자는 잠시 기다렸다. 곧 애스트웰 부인이 일어나 앉아 그들을 번갈아 쳐다보았다.

"제가 잠깐 잠이 들었었나 보죠?"

"그렇습니다, 애스트웰 부인. 아주 잠깐 주무셨습니다."

의사가 말했다.

그녀는 그를 쳐다보며 말했다.

"무슨 요술이라도 부리신 건가요?"

"기분이 나쁘시지는 않으십니까?"

애스트웰 부인은 하품을 했다.

"약간 피곤하고 나른한 것 같아요."

의사가 일어섰다.

"부인께 커피를 갖다 드리라고 하겠습니다. 저희들은 잠시 실례하겠습니다."

"제가…… 무슨 얘기를 했나요?"

그들이 문으로 갔을 때 애스트웰 부인이 그들을 향해 물었다.

푸아로는 그녀를 보면서 미소를 지어 보였다.

"중요한 얘기는 하지 않았습니다, 마담. 거실에 있는 덮개를 빨아야겠다고 하셨습니다."

"덮개를 빨기는 해야 해요. 하지만 그런 얘기를 듣기 위해서라면 최면을 걸 필요가 있었나요?"

그녀는 재미있다는 듯이 웃었다.

"그것 말고 다른 얘기는 안 했나요?"

"그날 밤 트레퍼시스 씨가 거실에서 종이 자르는 칼을 손에 쥐고 있었던 걸 기억하십니까?"

푸아로가 물었다.

"잘 모르겠어요. 그랬을지도 모르죠."

"커튼이 불룩하게 튀어나와 있었던 걸 봤을 때 뭐 생각나는 게 없으셨나요?"

애스트웰 부인은 미간을 찌푸렸다.

"기억날 것 같기도 해요."

그녀가 천천히 말했다.

"아니, 생각이 안 나요. 하지만……."

"너무 애쓰지 마세요, 애스트웰 부인. 중요한 건 아니니까요. 전혀 중요하지 않아요."

의사는 푸아로와 함께 그의 방으로 갔다.

"이제 모든 게 명백해진 것 같네. 루벤 경이 비서를 나무라자 비서는 종이 자르는 칼을 꽉 쥐고 있었고 말대꾸를 하지 않으려고 억지로 참고 있었을 거야. 애스트웰 부인의 의식적인 생각은 릴리 마그레이브에 대한 문제에 쏠려 있었지만 그녀의 무의식적인 생각은 비서의 행동을 주시하고 오해했던 거지. 그래서 트레퍼시스 씨가 루벤 경을 살해했다는 확신이 그녀의 마음속에 굳어진 거야. 이제 커튼이 불룩하게 튀어나와 있었던 것에 대해 생각해 볼까? 아주 흥미롭군. 탑방에 대해 자네가 한 얘기로는 책상이 창 오른쪽에 있었댔지. 그 창문에는 커튼이 쳐 있을 테고."

"맞았어, 친구. 검은 벨벳 커튼이었어."

"그럼 그 창문의 움푹 들어간 부분에는 커튼 뒤로 사람이 숨을 만한 공간이 있겠지?"

"꼭 그만한 공간이 있었을 거야."

"그럼 적어도 누군가가 그 방에 숨어 있었을 가능성이 있는 거로군. 그렇지만 그 사람이 반드시 비서였다고 할 수는 없지. 루벤 경과 애스트웰 부인 두 사람 모두 그가 방을 나가는 걸 봤으니 말일세. 그리고 빅터 애스트웰일 리는 없어. 그는 그 방을 나오다가 트레퍼시스를 만났을 테니 말이야. 릴리 마그레이브도 아닐 거야. 그 사람이 누구였든지 그날 밤에 루벤 경이 그 방으로 들어가기 전에 먼저 그 방에 들어가 있었던 거지. 자네는 그 상황을 내게 자세히 말해 주었네. 그럼 네일러 대위는 어떤가? 그곳에 숨어 있던 사람이 네일러 대위였을 수도 있지 않을까?"

푸아로는 그의 말을 인정했다.

"가능성은 항상 있는 법이지. 그가 호텔에서 식사를 한 건 확실하지만, 그 후에 언제 호텔을 나갔는지는 정확히 알 수가 없으니 말일세. 그리고 12시 30분경에 다시 호텔로 돌아왔다고 하더군."

"커튼 뒤에 숨어 있던 사람이 그 남자였을 수도 있겠군. 그렇다면 그가 범행을 저지른 게 분명해. 그럴 만한 동기가 있고 흉기도 가까이 있었으니까. 그래도 자네는 이 생각에 동의하지 않는 것 같군."

"나는 다른 가정을 해 보고 싶은데."

푸아로는 솔직하게 인정했다.

"자, 만일 애스트웰 부인이 범행을 저질렀다면 그녀가 최면 상태에서 그 사실을 털어놓을 수 있을까?"

의사는 휘파람을 불었다.

"그런 생각을 하고 있었단 말이지? 애스트웰 부인이 범인이라고! 세상에! 물론 그것도 가능한 일이지. 나는 한순간도 그런 생각을 하지 못했는데. 부인은 그와 함께 있었던 마지막 사람이었고 그 후로 살아 있는 경을 본 사람은 아무도 없었어. 자네의 질문에 대해서 난 이렇게 말하겠네. 절대 그럴 수 없다고. 애스트웰 부인이 자신이 범행과 관련해서 한 행동을 절대 말하지 않겠다고 단단히 결심을 하고 최면 상태에 들어갔을 수도 있겠지. 그녀는 내 질문에 솔직하게 대답하면서도 그 문제에 관해서는 입을 굳게 다물었을 거야. 그렇지만 그녀가 그렇게 끝까지 트레퍼시스 씨의 유죄를 고집하는 것은 이해가 안 되네."

"무슨 말인지 이해했네. 하지만 나는 애스트웰 부인이 범인이라고 말하지는 않았어. 그건 단지 가정일 뿐이지."

"흥미로운 사건이로군."

잠시 후에 의사가 말했다.

"찰스 레버슨이 결백하다고 해도 다른 가능성도 많으니까. 험프리 네일러, 애스트웰 부인, 그리고 릴리 마그레이브까지."

"언급하지 않은 인물이 한 사람 더 있네."

푸아로가 조용히 말했다.

"빅터 애스트웰. 그가 하는 얘기로는 자기 방에서 문을 열어 놓고 찰스 레버슨을 기다리고 있었다고 했지만, 그건 그가 하는 말일 뿐이야. 무슨 말인지 알겠나?"

"성질이 아주 고약한 친구라면서. 전에 얘기했던 그 친구 맞지?"

"맞아."

푸아로가 동의했다.

의사가 자리에서 일어섰다.

"그럼 나는 런던으로 돌아가야겠군. 나중에 어떻게 됐는지 알려 주게."

의사가 돌아간 후 푸아로는 벨을 눌러서 조지를 불렀다.

"허브차 한 잔 부탁하네, 조지. 신경을 너무 많이 썼어."

"알겠습니다, 나리. 곧 갖다 드리겠습니다."

10분 후 그는 김이 나는 차 한 잔을 주인에게 가져다 주었다.

푸아로는 진한 향을 들이마셨다. 그는 티진을 한 모금씩 마시면서 큰 소리로 독백하듯이 말했다.

"사냥하는 방법은 여러 가지야. 여우를 잡으려면 사냥개와 함께 열심히 뛰어야 해. 소리를 지르고, 달리고. 속도 싸움이지. 나는 노루 사냥을 해 본 적은 없지만 노루 사냥을 하려면 오랫동안 몸을 낮춰서 기어가야 한다는 건 알고 있어. 내 친구 헤이스팅스가 언젠가 가르쳐 주었지. 하지만 이보게, 조지. 이번 사건은 이 두 가지 방법이 다 안 통하는 것 같네. 집 고양이를 잘 생각해 보자고. 고양이는 쥐구멍을 노려보면서 오랫동안 지칠 때까지 꼼짝도 하지 않아. 힘을 빼지도 않으면서 그 자리를 물러나지도 않지."

그는 한숨을 내쉬면서 빈 잔을 받침접시 위에 내려놓았다.

"며칠 동안 여행할 짐을 챙겨 놓으라고 했지. 내일 런던에 가서 여기서 2주 동안 지낼 준비를 해 오게."

"알겠습니다, 나리."

조지가 대답했다.

언제나 그랬듯이 조지의 얼굴에는 아무런 감정도 나타나 있지 않았다.

에르퀼 푸아로가 몽 르포 저택에 계속 머무를 거라는 소식은 여러 사람을 불안하게 만들었다. 빅터 애스트웰은 그 일에 대해서 형수에게 항의했다.

"아주 잘되었네요, 형수님. 형수님은 그런 부류의 인간들의 속성을 잘 몰라서 그래요. 이 집에서 지내는 게 편하니까 한 달이나 여기 눌러앉으려는 속셈인 거지. 그동안 하루에 몇 기니씩 청구하면서 말이에요."

애스트웰 부인의 대답은 자기 일은 알아서 할 테니 간섭하지 말라는 것이었다.

릴리 마그레이브는 당혹감을 감추려고 애를 썼다. 그때는 푸아로가 자기 말을 믿고 있다고 확신했다. 그러나 지금은 그런 확신이 들지 않았다.

푸아로는 조용히 수사를 진행하지 않았다. 저택에 머문 지 5일째 되던 날 그는 저녁 식사 시간에 작은 지문첩을 가지고 왔다. 그 집 사람들의 지문을 얻어 내기 위한 방법치고는 아주 어설프게 보였다. 그러나 겉으로 보이는 것처럼 그렇게 어설픈 방법은 아닌 것이 누구도 지문을 찍는 걸 거부할 수 없었기 때문이다.

작은 체구의 남자가 자기 방으로 돌아가고 나서야 빅터 애스트웰은 자기 생각을 말했다.

"그게 무슨 뜻인지 알아요, 형수님? 우리 중 한 사람을 노리고 있는 거란 말이지."

"바보 같은 소리 하지 말아요, 도련님."

"그럼 그 인간이 들고 있던 그 수첩이 뭘 뜻한다는 거죠?"

"그건 푸아로 씨가 알고 있겠죠."

애스트웰 부인은 득의양양하게 말하고는 의미심장한 표정으로 오언 트레퍼시스를 쳐다보았다.

한번은 푸아로가 종이 위에서 발자국을 찾는 게임을 가르쳐 주었다. 그다음 날 아침에 탐정은 고양이처럼 살금살금 서재로 들어갔다. 그를 보자 오언 트레퍼시스는 총에 맞은 것처럼 의자에서 벌떡 일어났다.

"죄송합니다, 푸아로 씨. 선생님은 저희들을 혼란스럽게 하시는군요."

그가 정중하게 말했다.

"그래요? 왜 그럴까요?"

작은 남자는 천진한 표정으로 물었다.

"저는 이번 사건의 범인이 찰스 레버슨인 게 거의 확실하다고 생각하고 있었지요. 그런데 선생님은 그렇게 생각하지 않으시는 게 분명하군요."

푸아로는 창문 밖을 내다보고 서 있었다. 그러다가 갑자기 몸을 획 돌렸다.

"제가 한 가지만 얘기해 드릴까요, 트레퍼시스 씨? 물론 이건 비밀입니다만."

"네?"

푸아로는 금방 말을 시작하지 않았다. 그는 잠시 머뭇거렸다. 그가 첫마디를 꺼내자 그와 동시에 현관문이 열렸다가 닫혔다. 비밀 얘기를 한다고 했지만 그는 큰 소리로 말할 수밖에 없었고 그의 목소리는 바깥 홀에서 나는 발자국 소리에 묻혀 버렸다.

"트레퍼시스 씨에게만 이 사실을 알려 드리겠습니다. 새로운 증거가 나타났소. 찰스 레버슨이 그날 밤 탑방에 들어갔을 때 루벤 경이 이미 살해되어 있었다는 사실을 증명하는 증거가요."

비서는 그의 얼굴을 쳐다보았다.

"무슨 증거인데요? 왜 우리가 그런 얘기를 듣지 못한 거죠?"

"듣게 될 겁니다."

작은 남자가 의미심장하게 말했다.

"그때까지는 우리 둘만 비밀을 알고 있는 겁니다."

그는 재빨리 서재를 빠져나오다가 바깥 홀에 있던 빅터 애스트웰과 부딪칠 뻔했다.

"아, 이제 돌아오셨군요, 무슈?"

애스트웰이 고개를 끄덕였다.

"아주 고약한 날씨요. 춥고 바람도 많이 불고."

그는 숨을 가쁘게 몰아쉬면서 말했다.

"아. 그렇군요. 오늘은 산책을 하지 않는 게 좋겠군요. 고양이처럼 난롯가에 앉아서 따뜻하게 불을 쪼이는 게 좋겠어요."

그날 저녁 그는 충직한 하인에게 양손을 비비면서 말했다.

"일이 잘 진행되고 있어, 조지. 모두들 속이 바싹바싹 타들어 가고 있어. 조바심을 내면서 말이야. 고양이처럼 기다리고만 있는 것도 여간 고역이 아닐세, 조지. 하지만 그만한 성과가 있어. 그럼, 그렇고말고. 아주 훌륭한 성과가 나타나고 있어. 내일은 효과가 더 확실하게 나타날 거야."

다음 날 트레퍼시스는 런던에 갈 일이 있었다. 그는 빅터 애스트웰과 같은 기차를 타게 되었다. 그들이 집에서 나가자마자 푸아로는 활발하게 활동을 개시했다.
"조지, 서둘러야겠네. 하녀가 이 근처에 오면 막아야 하네. 달콤한 말로 정신을 쏙 빼 놓아서 복도에서 움직이지 못하게 해야 해."
그는 먼저 비서 방으로 들어가 샅샅이 뒤지기 시작했다. 그는 서랍 하나 선반 하나 빼놓지 않고 모두 뒤졌다. 그런 다음 서둘러 물건을 제자리에 놓고 조사가 끝났다는 것을 알렸다. 문 앞에서 망을 보고 있던 조지가 점잖게 헛기침을 했다.
"저, 나리, 죄송합니다만."
"그래, 뭔가, 조지?"
"이 구두 말입니다. 갈색 구두 두 켤레는 두 번째 선반 위에 있었고 저 에나멜 구두는 그 아래 선반에 있었습니다. 그런데 나리께서 자리를 바꿔 놓으셨습니다."
"대단하군!"
푸아로는 두 손을 들어 올리면서 감탄했다.
"하지만 그런 건 신경 쓰지 않아도 되네. 그런 건 중요하지 않아. 트레퍼시스는 그런 사소한 일은 신경 쓰지 않을 걸세."
"그렇게 생각하신다면 상관없겠죠, 나리."
"그런 일을 챙기는 게 자네의 의무겠지. 그래야 자네의 성실함이 돋보일 테니까."
푸아로는 하인의 어깨를 가볍게 두드리며 격려했다.
하인은 아무 대답도 하지 않았다. 그리고 나중에 빅터 애스트웰의 방에서 같은 일이 반복되었다. 그의 속옷이 원래 순서대로 서랍

속에 정리되지 않았지만 그는 아무 말도 하지 않았다. 그러나 적어도 두 번째 경우는 하인이 옳았고 푸아로가 틀렸다는 게 증명되었다. 빅터 애스트웰은 그날 밤 불같이 화를 내며 거실로 들어왔다.

"이봐, 빌어먹을 땅딸보 벨기에 놈. 무슨 속셈으로 내 방을 뒤진 거지? 도대체 내 방에서 뭘 찾으려는 거냐고! 나한테는 아무것도 없어. 내 말 듣고 있는 거야? 집 안에 생쥐 같은 스파이를 들여 놓으니 이런 일이 벌어지는 거 아냐!"

푸아로는 더듬더듬 변명을 늘어놓으며 과장된 몸짓을 했다. 그는 수백 번, 수천 번, 수만 번 사과하는 말을 되풀이했다. 그는 자신이 정말 주제넘게 섣부른 짓을 했고, 몹시 당황하고 있으며 개인의 자유를 침해하는 부당한 행동을 했다는 말을 늘어놓았다. 결국 화가 머리끝까지 치밀었던 신사는 어쩔 수 없이 화를 가라앉혔지만 여전히 씩씩대고 있었다.

그리고 그날 밤 또 티잔을 홀짝거리면서 푸아로는 조지에게 다음과 같이 말했다.

"잘 되어 가고 있네, 조지. 아무렴. 잘 되어 가고 있고말고."

"금요일은 행운의 날일세."

푸아로가 뭔가 생각하는 표정으로 말했다.

"그렇습니다, 나리."

"자네는 미신을 믿지 않지, 조지?"

"식탁에서 열세 번째 자리에 앉는 걸 좋아하지 않습니다, 나리. 그리고 사다리 밑을 지나가는 건 피합니다. 금요일에 관한 미신은 믿지 않습니다, 나리."

"그렇다면 됐네. 오늘은 우리의 워털루가 될 테니까."

"그렇습니까, 나리?"

"자네는 관심이 없나 보군, 조지. 내가 하려는 일이 뭔지 묻지도 않는 건가?"

"무슨 일을 하시려는 겁니까, 나리?"

"오늘은 탑방을 마지막으로 철저하게 살펴볼 걸세."

푸아로는 아침 식사를 끝낸 후 애스트웰 부인의 허락을 받고 범죄 현장으로 갔다. 오전 내내 그곳에서 집안 사람들은 푸아로가 바닥을 기어 다니고, 검은 벨벳 커튼을 살펴보고, 높은 의자 위에 올라가 벽에 걸려 있는 액자를 들여다보는 모습을 보았다. 애스트웰 부인은 처음으로 불편한 심경을 표현했다.

"솔직히 말해서 이제 저 사람이 내 신경을 건드리는군. 무슨 꿍꿍이가 있는 것 같은데 뭔지 모르겠어. 개처럼 바닥을 기어 다니지를 않나. 정말 소름이 끼친다니까. 도대체 뭘 찾고 있는 건지 궁금해서 못 견디겠어. 릴리, 올라가서 지금 뭘 하고 있는지 좀 알아봐. 아니야, 그냥 네가 차라리 나하고 같이 있는 게 낫겠다."

"제가 한번 가 볼까요, 애스트웰 부인?"

비서가 책상에서 일어서면서 물었다.

"그래 줄래요, 트레퍼시스 씨?"

오언 트레퍼시스 씨는 방을 나와 탑방으로 가는 계단을 올라갔다. 탑방에 들어서자 방 안에는 아무도 없었다. 푸아로는 어디에 있는지 보이지 않았다. 그가 다시 아래층으로 내려가려고 할 때 무슨 소리가 들리는 것 같았다. 몸을 돌려보니 작은 몸집의 남자가 위의 침실로 올라가는 나선형 계단 중간에서 몸을 반쯤 굽힌 채 뭐라고 중얼거리고 있었다. 그는 계단 위에서 무릎을 꿇고 왼손에 작은 휴대용 돋보기를 들고 계단에 깔려 있는 카펫 옆의 목조부분을 자세히 살펴보고 있었다.

비서가 그를 지켜보고 있을 때 그는 갑자기 신음을 내더니 돋보기를 주머니에 집어넣었다. 그러고는 손가락 사이에 뭔가를 집어 들었다. 그는 그때야 비서가 와 있다는 걸 알았다.

"아! 트레퍼시스 씨. 들어오는 소리를 못 들었는데."

그 순간 그는 전혀 다른 사람처럼 보였다. 그의 얼굴에는 승리의 기쁨이 흘러넘치고 있었다.

트레퍼시스 씨는 놀란 표정으로 그를 쳐다보았다.

"무슨 일이시죠, 푸아로 씨? 아주 기분이 좋아 보이시네요."

작은 체구의 남자는 앞으로 가슴을 내밀었다.

"그럼요. 처음부터 내내 찾고 있던 걸 드디어 찾아냈으니까요. 제 손가락 사이에 들고 있는 게 범인에게 유죄 판결을 내릴 수 있는 중요한 단서입니다."

비서가 눈썹을 치켜 올렸다.

"그럼……. 범인이 찰스 레버슨이 아니라는 말씀인가요?"

"맞습니다, 범인은 찰스 레버슨이 아닙니다. 범인이 누군지는 알고 있었지만 지금까지는 확신하지 못했지요. 하지만 드디어 모든 게 분명하게 밝혀졌습니다."

그는 계단을 내려가 비서의 어깨를 토닥거렸다.

"저는 당장 런던으로 가야겠습니다. 저를 대신해서 애스트웰 부인에게 그렇게 전해 주십시오. 그리고 오늘 밤 9시에 사람들을 다 이 탑방에 모이게 해 달라고 부탁드려 주시고요. 그때 그 자리에서 제가 진상을 밝힐 테니까. 아, 정말 기분이 좋군."

그러고는 푸아로는 기묘한 춤을 추듯이 탑방에서 나갔다. 트레퍼시스는 그의 뒷모습을 쳐다보고 서 있었다.

몇 분 후 푸아로는 서재에 나타나서 누구든 작은 종이상자를 좀 달라고 부탁했다.

"유감스럽게도 저는 그런 물건을 몸에 지니고 다니지 않아서요. 잘 보관해야 할 중요한 물건이 생겨서 그렇습니다."

트레퍼시스가 책상 서랍을 열고 작은 상자를 하나 꺼내서 그에게 주었다. 푸아로는 그 상자를 받아들고 기쁜 표정으로 몇 번이나 감사하다고 말했다.

그는 그 상자를 들고 재빨리 위층으로 올라갔다. 계단참에서 조지를 만나자 그는 그 상자를 그에게 건네주었다.

"이 상자 안에 아주 중요한 물건이 들어 있네. 이 상자를 내 화장대 두 번째 서랍 내 진주 단추가 들어 있는 보석 상자 옆에 넣어 두게나."

"잘 알겠습니다, 나리."

"부서지지 않도록 아주 조심스럽게 다뤄야 하네. 그 상자 안에 범인을 교수형에 처할 중요한 물건이 들어 있으니까."

"염려하지 마십시오, 나리."

푸아로는 황급히 다시 계단을 내려가 모자를 쓰고 단숨에 그 집을 나섰다.

그는 남의 눈에 뜨이지 않도록 조용히 집으로 돌아왔다. 충직한 조지는 명령대로 옆문에서 그를 기다리고 있었다.

푸아로가 물었다.

"다들 탑방에 모여 있나?"

"그렇습니다, 나리."

낮은 목소리로 몇 마디를 나눈 후 푸아로는 살인이 일어난 지 한 달도 되지 않은 방으로 의기양양하게 올라갔다.

방에 들어서자 그는 안을 휙 둘러보았다. 애스트웰 부인, 빅터 애스트웰, 릴리 마그레이브, 비서, 집사 파슨스가 모여 있었다. 집사는 불안한 표정으로 문 옆에서 서성거리고 있었다.

푸아로가 방에 들어서자 파슨스가 말했다.

"조지가 저도 여기 있어야 한다고 해서. 그래도 괜찮은 겁니까?"

"괜찮고말고. 부디 있어 주게나."

그는 방 가운데로 나섰다.

"이 사건은 무척 흥미로운 사건이었습니다."

푸아로는 지난 일을 회상하듯이 천천히 말했다.

"모든 사람이 루벤 애스트웰 경을 살해할 만한 동기를 가지고 있었기 때문에 흥미로운 사건이라고 말씀드린 겁니다. 그의 유산을 상속받게 될 사람이 누군가요? 바로 찰스 레버슨과 애스트웰 부인입니다. 그날 밤 경을 마지막으로 본 사람이 누구였죠? 애스트웰 부인이었습니다. 경과 심하게 다툰 사람은 누구였나요? 역시 애스트웰 부인이었습니다."

애스트웰 부인이 소리를 질렀다.

"대체 지금 무슨 말을 하고 있는 거죠? 무슨 말인지 알아들을 수가 없네요, 나는……."

푸아로는 깊은 생각에 잠긴 표정으로 말했다.

"하지만 루벤 경과 다툰 사람이 또 한 사람 있었습니다. 그 사람은 그날 밤 화가 나서 얼굴이 창백해진 채 이 방을 나갔습니다. 그날 밤 애스트웰 부인이 11시 45분에 살아 있는 남편을 이 방에 남겨 두고 나갔다고 가정하면, 그때로부터 찰스 레버슨이 이 방에 들어올 때까지 10분 정도의 간격이 있습니다. 10분이면 어떤 사람이 3층에서 몰래 내려와 살인을 하고 다시 자기 방으로 돌아가기에 충분한 시간이죠."

빅터 애스트웰이 벌떡 자리에서 일어나며 소리를 질렀다.

"도대체 무슨 미친 소리를……."

그는 너무 화가 나서 숨이 막히는지 말을 제대로 하지 못했다.

"애스트웰 씨, 당신은 서아프리카에서 분노를 참지 못해 사람을 죽인 적이 있습니다."

"거짓말이에요."

릴리 마그레이브가 소리쳤다.

그녀는 두 손을 꽉 쥐고 뺨이 빨갛게 상기된 채 앞으로 나섰다.

"거짓말이에요."

그녀는 다시 똑같은 말을 반복했다. 그리고 빅터 애스트웰의 옆에 가서 섰다.

애스트웰이 말했다.

"사실이야, 릴리. 그렇지만 이 사람이 모르고 있는 게 있어. 내가 죽인 놈은 어린애들을 열다섯 명이나 학살한 마술사였어. 난 정당한 일을 했다고 생각해."

릴리가 푸아로에게로 다가서서 진지한 표정으로 말했다.

"푸아로 씨, 선생님의 추리는 틀렸어요. 성격이 급하다고 해서, 말을 함부로 한다고 해서 그 사람이 살인을 저질렀다고 단정할 이유는 될 수 없어요. 전 알아요. 분명히 말씀드리지만, 전 알아요. 애스트웰 씨는 그런 일을 저지를 사람이 아니에요."

푸아로는 야릇한 미소를 지으며 그녀를 쳐다보았다. 그는 그녀의 손을 잡고 손등을 가볍게 토닥였다.

"마드무아젤, 아가씨도 자신의 직감을 믿는군요. 그래서 애스트웰 씨를 믿는 것 아닌가요?"

릴리가 조용히 대답했다.

"애스트웰 씨는 좋은 분이에요. 정직한 분이고요. 므팔라 금광 일과도 아무 관련이 없었어요. 정말 더없이 좋은 분이에요. 그리고 저는 이분과 결혼하기로 약속했어요."

빅터 애스트웰이 그녀의 옆으로 가서 그녀의 손을 잡았다.

"하느님께 맹세컨대, 푸아로 씨. 나는 형을 죽이지 않았습니다."

"당신이 죽이지 않았다는 건 저도 알고 있습니다."

푸아로는 방 안을 둘러보며 말했다.

"제 말을 잘 들어 주십시오. 애스트웰 부인은 최면 상태에서 커튼이 불룩 튀어나온 부분을 보았다고 했습니다."

모든 사람의 눈이 동시에 창 쪽으로 쏠렸다.

"아니, 지금 커튼 뒤에 강도가 숨어 있었다는 겁니까? 굉장한 결론이로군!"

빅터 애스트웰이 소리쳤다.

"아, 그 커튼이 아닙니다."

푸아로가 낮은 목소리로 말했다.

그는 몸을 돌려 손으로 작은 계단을 가리고 있는 커튼을 가리켰다.

"범행이 일어나기 전날 밤 루벤 경은 이 위에 있는 침실을 사용하셨습니다. 침대에서 아침 식사를 하고 트레퍼시스 씨를 올라오게 해서 몇 가지 지시를 했죠. 트레퍼시스 씨는 그 침실에 뭔가를 두고 왔습니다. 그게 무슨 물건이었는지 저는 모릅니다. 하여튼 트레퍼시스 씨는 루벤 경에게 인사를 하고나서 그 물건을 두고 온 걸 생각해 내고 그걸 가지러 2층으로 올라갔습니다. 애스트웰 씨 부부는 트레퍼시스 씨가 들어온 걸 몰랐을 겁니다. 심한 말다툼을 하고 있었으니까요. 트레퍼시스 씨가 다시 계단을 내려갈 때 두 사람은 말다툼을 하느라 정신이 없었습니다. 두 사람은 사적인 문제로 다투고 있었기 때문에 트레퍼시스 씨는 입장이 아주 난처했죠. 그는 두 사람이 자기가 벌써 이 방에서 나간 걸로 생각한다는 걸 알았습니다. 그 방에 있는 걸 알면 루벤 씨가 불같이 화를 낼 게 뻔했기 때문에 그는 그곳에 있다가 나중에 몰래 빠져나갈 생각을 했던 겁니다. 그래서 커튼 뒤에 숨어 있었던 거죠. 애스트웰 부인은 방을 나갈 때 무의식적으로 커튼 뒤에 누군가 숨어 있는 것처럼 불룩 튀어나온 걸 본 겁니다.

애스트웰 부인이 방에서 나가자 트레퍼시스 씨는 몰래 그 방을 빠져나오려고 했습니다. 그러나 루벤 경이 고개를 돌리다가 우연히 비서가 있는 걸 발견하게 된 겁니다. 그렇지 않아도 화가 나 있던 루벤 경은 비서에게 일부러 자기들 얘기를 엿들었고 스파이 짓을 했다면서 온갖 욕설을 퍼부었습니다.

여러분, 저도 심리학을 공부한 사람입니다. 이번 사건에서 제가 계속 찾았던 사람은 급한 성격을 가진 사람이 아니었습니다. 급한 성격은 안전한 분노의 배출구니까요. 짖는 개는 물지 않는 법이죠. 그렇습니다. 저는 온순한 성격의 소유자를 찾고 있었습니다. 인내심과 자제력이 강한 사람, 9년 동안 약자의 역할을 해 온 사람 말입니다. 오랜 세월 참고 견뎌 온 긴장만큼 큰 스트레스는 없습니다. 서서히 쌓여온 원한만큼 강렬한 분노는 없을 겁니다.

9년 동안 루벤 경은 자신의 비서를 학대하고 괴롭혀 왔습니다. 그리고 그 비서는 9년 동안 아무 말 없이 참고 견뎌 왔습니다. 그런데 결국 그 긴장이 극한점에 도달하는 순간이 왔습니다. 뭔가 툭 끊어지고 만 것이죠. 그 순간이 바로 그날 밤이었습니다. 루벤 경이 다시 책상에 앉자 비서는 조용히 돌아서서 문을 닫고 나오는 대신 무거운 나무 곤봉을 집어 들고 자신을 늘 학대했던 남자의 뒤통수를 있는 힘을 다해 내리쳤습니다."

그는 트레퍼시스 쪽으로 몸을 돌렸다. 트레퍼시스는 돌처럼 굳어진 채 그를 쳐다보고 있었다.

"당신의 알리바이는 간단했습니다. 애스트웰 씨는 당신이 방으로 갔다고 생각했고 아무도 당신이 탑방으로 가는 걸 보지 못했으니까요. 당신은 루벤 경의 뒤통수를 내리친 다음 곧바로 방을 빠져나가려고 했지요. 그때 밖에서 발걸음 소리가 나는 바람에 당신은 급히 커튼 뒤로 가서 다시 숨어 있었던 겁니다. 찰스 레버슨 양이 방에 들어왔을 때도 당신은 커튼 뒤에 숨어 있었고 릴리 마그레이브 양이 들어왔을 때도 거기 숨어 있었습니다. 얼마 후에 집 안이 조용해지자 당신은 몰래 자기 침실로 돌아간 겁니다. 제 말을 부인하시나요?"

트레퍼시스는 더듬거리며 말했다.

"저…… 저는 절대로……."

"아! 마지막으로 이 얘기를 해야겠군요. 2주 동안 저는 코미디를 연출해 왔습니다. 당신에게로 그물망이 좁혀지고 있다는 걸 보여주기 위해서였죠. 지문을 채취하고 발자국을 검사하고 일부러 당신 방을 뒤진 것처럼 어지럽힌 것도 모두 당신에게 공포심을 주기 위한 거였죠. 당신은 밤마다 두려움과 불안감에 잠을 이루지 못했을 겁니다. 방에 지문을 남겨 놓지 않았는지 어딘가 발자국을 남기지 않았는지. 당신은 몇 번이나 그날 밤 자신이 한 일과 하지 않은 일을 생각하면서 그 사건을 되돌아보았을 겁니다. 그래서 저는 당신이 실수를 하도록 함정을 파 놓은 겁니다. 오늘, 사건이 일어났던 날 밤 당신이 숨어 있던 계단 위에서 내가 무언가를 발견했을 때 당신의 눈에 공포심이 떠오르는 것을 보았습니다. 그래서 저는 당신에게 보여 주기 위해 그 물건을 작은 상자에 넣어서 조지에게 맡기고 나온 겁니다."

푸아로는 문 쪽으로 고개를 돌렸다.

"조지?"

"여기 있습니다, 나리."

하인이 앞으로 걸어 나왔다.

"여기 계신 분들에게 내가 뭐라고 지시했는지 얘기해 주게나."

"저는 말씀하신 대로 종이 상자를 나리 방 옷장 서랍에 감춰 두었습니다. 오늘 오후 3시 반에 트레퍼시스 씨가 방으로 들어가셔서 서랍을 열고 그 상자를 꺼내 가지고 가셨습니다."

"그런데 그 상자 안에는……."

푸아로가 하인의 말을 이었다.

"평범한 핀이 들어 있었습니다. 저는 항상 진실만을 말합니다. 저는 오늘 아침에 계단에서 무언가를 주웠습니다. 이런 영국 속담이 있지요? '핀을 주우면 하루 종일 행운이 찾아온다.' 저에게 정말 행운이 찾아왔습니다. 살인범을 찾아냈으니까요."

그는 비서에게 얼굴을 돌려 나직한 목소리로 말했다.

"이제 알겠습니까? 당신의 범행이 밝혀졌습니다."

트레퍼시스는 갑자기 자신을 주체할 수 없는 듯 의자에 털썩 주저앉아 얼굴을 두 손으로 감싸고 흐느껴 울기 시작했다. 그는 신음을 흘리며 말했다.

"제가 미쳤었나 봐요. 제정신이 아니었어요. 오, 하느님! 그 인간은 저를 참을 수 없을 만큼 괴롭히고 학대했어요. 몇 년 동안이나 저는 그 인간을 증오하고 저주했어요."

"나는 알고 있었어요!"

애스트웰 부인이 소리쳤다.

그녀는 승리감에 도취된 듯 상기된 얼굴로 불쑥 앞으로 나섰다.

"저놈이 범인이라는 걸 알고 있었다고요."

"부인이 옳았습니다."

푸아로가 말했다.

"어떤 일을 여러 가지 이름으로 부를 수는 있지만 사실은 변하지 않는 법이죠. 애스트웰 부인, 부인의 '직감'은 옳은 것으로 증명되었습니다. 진심으로 축하드립니다."

꿈

에르퀼 푸아로는 한참 동안 그 저택을 자세히 살펴보았다. 그의 눈은 잠시 저택의 주위를 둘러보고 있었다. 오른쪽에는 상점들과 커다란 공장 건물이 있고, 맞은편에는 싸구려 아파트 단지가 들어서 있었다.

그는 시선을 다시 구시대의 유물인 노스웨이 저택으로 옮겼다. 넉넉한 공간과 여유가 있던 그 시대에는 푸른 잔디가 거만한 위용을 뽐내는 저택을 둘러싸고 있었다. 그러나 지금은 런던의 숨 가쁜 물결에 수몰된 채 사람들의 뇌리에서 사라진 구시대의 잔재일 뿐이었다. 이 저택이 어디에 있는지 아는 사람조차 찾아보기 힘들 것이다.

게다가 한때는 이 저택의 주인이 세계에서 가장 부자 중 하나라고 알려져 있었지만 지금은 이 저택 주인이 누구인지 아는 사람도 거의 없었다. 돈은 명성을 높여 주기도 하지만 하루아침에 명성을 깎아내리기도 한다. 베네딕트 팔리는 성격이 괴팍한 부호로서 자기가 살고 있는 집을 사람들에게 공개하는 것을 좋아하지 않았고 그 자신도 사람들 앞에 좀처럼 모습을 드러내지 않았다. 그는 마른 체격에 매부리코를 가진 남자였다. 가끔 중역 회의에 나타나서 쉰 것 같은 목소리로 참석한 중역들을 압도했다. 그런 점 이외에도 전설적인 유명한 인물이었다. 28년 동안이나 같은 누더기 가운을 입고 있다는 둥, 매일 양배추 수프와 캐비아만 먹는다는 둥, 고양이를 끔찍하게 싫어한다는 둥, 이러저러한 사적인 생활뿐 아니라 이상할 정도로 인색하면서도 한편으로는 믿기지 않을 만큼 관대하다는 이야기가 사람들 사이에 퍼져 있었다.

에르퀼 푸아로도 그런 얘기를 알고 있었다. 그가 방문할 사람에 대해 알고 있는 건 그게 전부였다. 그의 코트 주머니에 들어 있는 편지로는 그 이상의 것을 알아낼 수 없었다.

그는 잠시 아무 말 없이 지나간 세대의 서글픈 이정표인 저택을 살펴보고 계단을 올라가서 현관문 앞에서 초인종을 눌렀다. 그리고는 오랫동안 차고 다니던 커다란 구식 회중시계 대신 요즘 차고 다니는 깔끔한 손목시계를 들여다보았다. 정확히 9시 30분이었다. 항상 그렇듯이 에르퀼 푸아로는 정확하게 시간을 지켰던 것이다.

잠시 후에 문이 열렸다. 전형적인 집사의 외양을 갖춘 남자가 환하게 불이 켜진 홀을 등지고 서 있었다.

"베네딕트 팔리 씨 댁입니까?"

에르퀼 푸아로가 물었다.

무표정한 시선이 정중하면서도 깐깐하게 그를 머리끝부터 발끝까지 훑었다.

'아주 상세하게 살펴보는군.'

푸아로는 속으로 감탄하며 생각했다.

"약속이 되어 있으신가요?"

집사가 공손한 목소리로 물었다.

"그렇소."

"성함이 어떻게 되시나요?"

"에르퀼 푸아로요."

집사는 고개를 숙이고 뒤로 물러섰다. 에르퀼 푸아로는 저택 안으로 들어섰다. 뒤에서 집사가 조용히 문을 닫았다.

그러나 집사가 능숙하게 방문객의 모자와 지팡이를 받아들기 전에 한 가지 더 거쳐야할 과정이 있었다.

"죄송합니다만, 편지를 확인하라는 분부를 받았습니다."

푸아로는 조심스럽게 주머니에서 접혀 있는 편지를 꺼내 집사에게 내밀었다. 집사는 편지를 훑어보고는 고개를 숙이며 다시 편지를 돌려주었다. 에르퀼 푸아로는 편지를 다시 주머니에 집어넣었다. 편지 내용은 간단했다.

런던 서 8구 노스웨이 저택

에르퀼 푸아로 씨에게

안녕하십니까?

베네딕트 팔리 씨께서 상의할 일이 있으십니다. 수고스러우시지만 내일(목요일) 밤 9시 30분에 위의 주소로 방문해 주시면 감사하겠습니다.

휴고 콘워시(비서)

추신: 오실 때 이 편지를 지참해 주시기 바랍니다.

집사는 능숙하게 푸아로의 모자와 지팡이와 외투를 받아들고 나서 말했다.

"콘워시 씨 방으로 올라가시지요."

그는 넓은 계단을 앞장서서 올라갔다. 푸아로는 화려하고 장식적인 미술품들을 감상하면서 그의 뒤를 따라 올라갔다. 그의 미술품에 대한 취향은 상당히 속물적인 편이었다.

2층에서 집사는 어느 방문을 노크했다.

에르퀼 푸아로의 눈썹이 미세하게 올라갔다. 그것은 그에게 어울리지 않는 행동이었다. 일류 집사들은 절대 노크를 하지 않는 것이 원칙이기 때문이다. 이 사람은 의심할 여지없이 일류 집사였으니 그런 행동은 좀 의외였다.

그것은 말하자면 백만장자의 괴벽을 접한 첫 번째 사건이었다.

안에서 뭔가 대답하는 소리가 들려왔다. 집사는 재빨리 문을 열었다.

"기다리고 계시는 분이 오셨습니다."

푸아로는 방 안으로 들어갔다. 사무실처럼 매우 검소하게 꾸며진 커다란 방이었다. 서류 정리용 캐비닛들과 참고 도서들과 두 개의 안락의자와 깔끔하게 분류된 서류가 쌓여 있는 크고 웅장한 책상, 안락의자의 팔걸이 옆에는 작은 탁자가 있었고 그 탁자 위에는 녹색 차양이 달린 스탠드가 놓여 있었다. 방 안에는 스탠드만 켜져 있었기 때문에 방의 구석진 곳은 어두웠다. 스탠드는 문으로 걸어 들어오는 사람을 정면에서 비추는 위치에 놓여 있었다. 에르퀼 푸아로는 램프의 전구가 150와트 정도 될 거라고 생각하면서 눈을 깜빡거렸다. 안락의자에 누더기 가운을 걸친 마른 체격의 남자가 앉아 있었다. 베네딕트 팔리였다. 그의 머리는 특이하게 앞으로 튀어나와 있었고, 매부리코는 새의 부리처럼 돌출되어 있었다. 앵무새의 볏 같은 백발이 이마 위에 솟아 있었다. 방문객을 수상쩍은 눈으로 살피는 그의 눈이 도수 높은 안경 뒤에서 반짝거렸다.

"오셨군."

드디어 그가 입을 열었다. 날카롭고 거친 그의 목소리는 몹시 귀에 거슬렸다.

"당신이 에르퀼 푸아로요?"

"저를 만나자고 하셨다고 들었습니다."

푸아로는 정중하게 말하면서 한 손을 의자 등받이에 올려놓고 고개를 숙였다.

"앉으시오, 앉아요."

노인이 퉁명스럽게 말했다.

에르퀼 푸아로는 의자에 앉았다. 스탠드 불빛이 정면으로 비쳤다. 불빛 뒤에서 노인은 그를 깐깐하게 살펴보고 있는 것 같았다.

"당신이 에르퀼 푸아로라는 걸 내가 어떻게 믿지? 안 그런가?"

그가 조바심이 나는 듯이 물었다.

"그렇지 않은가?"

푸아로는 다시 주머니에서 편지를 꺼내 팔리에게 건넸다.

백만장자는 마지못해 수긍하는 표정을 지었다.

"맞군. 그 편지가 맞아. 내가 콘워시에게 쓰게 한 편지야."

그는 편지를 접어서 다시 푸아로에게 돌려주었다.

"그래, 당신이 바로 그 사람이란 말이지."

푸아로가 약간 손을 흔들면서 말했다.

"속임수는 없습니다!"

갑자기 베네딕트 팔리가 껄껄 웃기 시작했다.

"그건 마술사가 모자 속에서 금붕어를 꺼내기 전에 하는 대사로군. 그 대사도 속임수의 일부분이지. 안 그런가?"

푸아로는 대답하지 않았다. 팔리가 갑자기 말했다.

"나를 의심 많은 늙은이라고 생각하겠지? 맞아. 아무도 믿지 마라! 이게 내 신조일세. 부자는 아무도 믿지 못하지. 그럼, 그렇고말고. 절대 믿어선 안 돼."

"제게 상의할 일이 있다고 하셨나요?"

푸아로가 정중하게 말을 꺼냈다.

노인은 고개를 끄덕였다.

"전문가에게 가라. 비용은 아끼지 마라. 이게 내 또 다른 신조지. 푸아로 씨, 내가 보수가 얼마인지 따지지 않는다는 걸 알게 될 걸세. 난 그런 건 따지지 않아. 나중에 청구서를 보내시게. 난 한 푼도 깎지 않을 테니. 낙농장에 있는 사기꾼 같은 놈들은 시장에서 2실링 7펜스밖에 안 하는 달걀을 나한테 2실링 9펜스에 팔려고 들지. 사기꾼들이 우글댄다니까. 난 그런 놈들한테 넘어가지 않아. 하지만 한 분야의 최고 위치에 있는 사람들은 달라. 그런 사람들은 돈을 받을 자격이 있어. 나도 최고의 위치에 있으니까 잘 알지."

에르퀼 푸아로는 아무 말도 하지 않았다. 그는 머리를 약간 한쪽으로 기울인 채 그의 말을 귀담아 듣고 있었다.

겉으로는 무표정했지만 그는 실망스러운 감정을 느끼고 있었다. 뭐라고 꼬집어 설명할 수 없는 감정이었다. 지금까지 베네딕트 팔리는 자신의 이미지에 충실한 삶을 살아왔다. 그는 자신에 대한 사람들의 생각에 일치하는 삶을 살아왔던 것이다. 그러나 푸아로는 실망감을 느꼈다.

'이 남자는 협잡꾼이야. 협잡꾼에 지나지 않아!'

푸아로는 그에게 혐오감을 느끼며 속으로 생각했다.

그는 다른 백만장자들도 알고 있었다. 그들 역시 괴팍한 면이 있었지만 대부분 어딘지 모르게 존경심을 느끼게 하는 위엄과 내적인 에너지를 가지고 있었다. 그 사람들이 누더기 가운을 입고 있었다면 입고 싶어서 입은 거라고 생각했을 것이다. 그러나 베네딕트 팔리가 입은 가운은 푸아로에게 무대 소품처럼 보였다. 그리고 그 노인네 역시 연극을 하고 있는 것 같았다. 그가 하는 말 한 마디 한 마디가 자신이 원하는 효과를 얻기 위한 대사처럼 들렸다.

그는 다시 냉담하게 말했다.

"제게 상의하실 일이 있으시다면서요, 팔리 씨?"

갑자기 백만장자의 태도가 돌변했다.

그는 앞으로 몸을 내밀었다. 그의 목소리는 껄껄대며 쉰 소리를 냈다.

"그래. 당신이 무슨 말을 하는지 듣고 싶었지. 당신이 어떻게 생각하는지……. 최고에게 가라! 그게 내 신조니까! 최고의 의사, 최고의 탐정. 두 사람이 해결해야 할 문제."

"무슨 말씀이신지 이해가 안 되는군요."

"당연하지. 아직 얘기를 시작하지도 않았으니까."

팔리가 그의 말을 가로채듯 말했다.

그는 몸을 앞으로 더 내밀고 불쑥 질문을 던졌다.

"꿈에 대해서 잘 아는가, 푸아로 선생?"

작은 남자의 눈썹이 치켜 올라갔다. 전혀 예상하지 못했던 질문이었다.

"꿈에 관한 얘기라면 나폴레옹의 『꿈 이야기』나 최근에 할리 가에서 개업한 심리학자를 추천해 드리고 싶습니다."

베네딕트 팔리가 진지하게 말했다.

"둘 다 이미 시도해 보았어."

잠시 침묵이 흘렀다. 백만장자는 다시 입을 열었다. 처음에는 거의 속삭이는 것 같던 목소리가 점점 더 높아졌다.

"언제나 같은 꿈을 꾸었지……. 매일 밤. 난 그 꿈이 무서워. 정말 두려워. 항상 같은 꿈을 꾼다네. 나는 이 방 옆에 있는 내 방에 앉아 있어. 책상 앞에 앉아서 글을 쓰고 있지. 책상에 시계가 있고 그 시계를 보면 항상 3시 28분을 가리키고 있어. 항상 같은 시간이란 말이야. 시간을 보면 나는 그 일을 해야만 한다는 걸 알고 있다네. 나는 그 일이 하기 싫은 거야. 끔찍하게 하기 싫은데 어쩔 수 없이 해야만 하는 거지……."

그의 목소리가 날카롭게 높아졌다.

푸아로는 침착하게 말했다.

"도대체 해야 하는 일이 어떤 일인가요?"

베네딕트 팔리가 쉰 목소리로 말했다.

"3시 28분에……. 나는 내 책상 오른쪽에 있는 두 번째 서랍을 열고 거기 넣어 둔 권총을 꺼내서 총알을 넣은 다음에 창가로 걸어가지. 그리고…… 그리고……."

"그러고는요?"

베네딕트 팔리는 낮은 목소리로 말했다.

"그러고는 나를 쏘는 거야……."

침묵이 흘렀다.

푸아로가 입을 열었다.

"그게 어르신이 꾸는 꿈입니까?"

"그렇다네."

"매일 밤 같은 꿈을 꾸시나요?"

"그렇네."

"총을 쏜 다음에는 어떻게 되나요?"

"잠에서 깨어난다네."

푸아로는 뭔가 생각하는 듯이 천천히 고개를 끄덕였다.

"실제로 그 서랍 안에 권총을 넣어 두고 계신가요?"

"그렇네."

"이유가 뭔가요?"

"난 항상 그렇게 해 왔지. 대비를 하는 게 좋으니까."

"무엇에 대비를 한다는 말입니까?"

팔리가 짜증스럽게 대답했다.

"나 같은 신분을 가진 사람은 항상 경계를 늦추지 않아야 하지. 부자들은 모두 적이 있기 마련이니까."

푸아로는 그 문제에 대해 더 이상 캐묻지 않았다. 그는 잠시 말을 하지 않다가 다시 입을 열었다.

"저를 부르신 이유가 뭔가요?"

"이제 얘기하리다. 처음에 나는 의사에게 상담을 했네. 정확하게 말하자면 세 사람의 의사에게 상담을 했지."

"그래서요?"

"첫 번째 의사는 모두 음식 문제라고 했어. 나이가 꽤 든 의사였지. 두 번째는 신식 학교를 나온 젊은 의사였네. 그 의사는 내가 어렸을 때 하루 중 특정한 시간, 3시 28분에 일어난 어떤 사건과 관계가 있다고 했어. 그가 말하기를 내가 그 사건을 기억하지 않으려고 하기 때문에 그것이 자살이라는 상징적인 형태로 나타나는 거라고 하더군. 그의 설명은 그랬어."

"그럼 세 번째 의사는 뭐라고 하던가요?"

푸아로가 물었다.

"그 의사도 젊은 사람이었어. 그 의사는 황당한 이론을 늘어놓더군! 내가 사는 걸 지겨워하고 있다는 거였어. 사는 게 너무 견디기 힘들어서 의도적으로 삶을 끝내기를 원하고 있다고 했네. 하지만 그 사실을 인정하면 본질적으로 내가 실패자라는 걸 인정하는 게 되기 때문에 깨어있을 때는 그런 진실을 직시하기를 거부한다는 거야. 하지만 자고 있을 때는 그 모든 제약에서 벗어나기 때문에 내가 정말 하기 원하는 행동을 한다는 거지. 내 삶을 끝내는 것 말일세."

"그 의사의 생각은 그러니까 어르신이 무의식적으로 자살하기를 원한다는 건가요?"

푸아로가 물었다.

베네딕트 팔리는 화가 치밀어 오르는지 목소리를 높였다.

"그건 말도 안 되는 소리야. 말도 안 되고말고! 난 완벽하게 행복해! 나는 원하는 걸 모두 가졌어. 돈으로 살 수 있는 모든 걸 가졌다고. 그런 말을 하는 것조차 허무맹랑한 얘기야. 터무니없는 소리라고!"

푸아로는 그를 흥미롭게 쳐다보았다. 그의 떨리는 손과 흔들리는 목소리는 지나치게 강렬한 부정은 오히려 그의 불안한 심정을 나타내고 있는 거라는 생각을 하게 했다. 푸아로는 이렇게 말할 수밖에 없었다.

"그런데 제가 무슨 일을 하기를 원하시는 겁니까?"

베네딕트 팔리는 갑자기 냉정을 되찾았다. 그는 손가락으로 옆에 놓인 탁자를 힘껏 두드렸다.

"다른 가능성이 한 가지 더 있다네. 그게 옳다면 당신은 그걸 알아내야 해. 당신은 유명한 탐정이잖은가. 수많은 사건들을 해결했지. 기상천외한 사건들을 말이야. 당신이라면 누군지 알아낼 수 있을 거야."

"뭘 알아내라는 말씀인가요?"

팔리의 목소리가 속삭이듯이 낮아졌다.

"어떤 자가 나를 죽이려고 한다고 가정한다면 말이지……. 이런 방법으로 나를 죽일 수 있을 거라고 생각하나? 매일 밤 똑같은 꿈을 꾸게 할 수 있느냐는 말일세."

"최면술을 말씀하시는 건가요?"

"그렇네."

에르퀼 푸아로는 잠시 그 질문에 대해 생각했다.

"가능한 일일 겁니다. 이건 의사에게 맡겨야 할 일인 것 같군요."

"이런 사건을 맡은 적이 없단 말인가?"

"이런 성격의 사건은 맡은 적이 없습니다."

"내 말을 이해하지 못하는 건가? 밤이면 밤마다, 매일 밤, 똑같은 꿈을 꾸게 된다는 말일세. 그러다가 어느 날 그 암시에 압도당해서 그 일을 실행에 옮길지도 모른단 말이지. 매일 밤 꾸는 꿈속에서 하는 행동을 실제로 할 거야. 자살을 할 거라고!"

에르퀼 푸아로는 천천히 고개를 저었다.

팔리가 물었다.

"그런 일이 가능하다고 생각하지 않나?"

"가능하다고요? 저는 그런 단어는 쓰고 싶지 않습니다."

푸아로는 고개를 저었다.

"당신은 그런 일이 있을 수 없다고 생각하는 건가?"

"그렇습니다."

그러자 베네딕트 팔리가 중얼거렸다.

"의사도 그렇게 말하더군……."

그의 목소리가 다시 날카롭게 올라갔다. 그는 큰 소리로 말했다.

"이런 사건을 한 번도 본 적이 없다는 게 확실한가?"

"확실합니다."

"내가 알고 싶은 게 바로 그거였네."

푸아로는 조심스럽게 헛기침을 했다.

"한 가지 여쭤 봐도 되겠습니까?"

"뭐를? 무슨 질문인가? 무슨 질문이든 해 보게."

"선생님을 죽이고 싶어 하는 사람이 누구라고 생각하십니까?"

팔리는 황급히 그의 말을 가로막았다.

"없어. 그런 사람은 없어."

"그렇지만 그런 생각이 머릿속에 떠오르기는 하시지 않나요?"

푸아로가 끈질기게 물었다.

"나도 알고 싶단 말이지. 그런 일이 가능한지."

"제 경험으로는 그런 일은 있을 수 없습니다. 혹시 최면에 걸려 본 적이 있으신가요?"

"당연히 그런 적은 없네. 내가 그렇게 멍청한 짓에 내 몸을 맡길 거라고 생각하는 건가?"

"그렇다면 어르신이 상상하고 계시는 그런 일은 절대로 일어날 리가 없을 겁니다."

"그러나 꿈이란 말이야. 꿈."

"분명 평범하지 않은 꿈이긴 합니다."

푸아로는 뭔가 골똘히 생각하는 표정으로 말했다. 그는 잠시 말을 중단했다가 다시 입을 열었다.

"꿈속에 나온 장면을 직접 보고 싶군요. 탁자하고 시계, 권총. 그런 것 말입니다."

"좋아, 내가 옆방으로 안내하리다."

노인은 몸에 걸친 가운의 앞섶을 여미면서 의자에서 반쯤 몸을 일으켰다. 그러다가 갑자기 무슨 생각을 하는지 다시 의자에 주저

앉았다.

"아니야. 거긴 아무것도 볼 게 없어. 이미 거기 있는 것에 대해 다 얘기했잖은가."

"하지만 제가 직접 확인하고 싶습니다."

"그럴 필요 없어."

팔리는 그의 말을 가로막았다.

"당신의 생각은 다 들었으니 이제 됐네."

푸아로는 어깨를 으쓱했다.

"그러시다면 할 수 없지요."

푸아로는 자리에서 일어섰다.

"도움을 드리지 못해 죄송하게 됐습니다, 팔리 씨."

베네딕트 팔리는 앞만 뚫어지게 쳐다보고 있었다.

"쓸데없이 많은 걸 알려고 하지 마시게."

그가 퉁명스럽게 말했다.

"나는 사실대로 얘기해 줬어. 당신은 이해하지 못하는 것 같군. 이제 이걸로 끝냅시다. 상담료 청구서나 보내시게."

"그렇게 하겠습니다."

푸아로가 딱딱한 어조로 말하고 문 쪽으로 걸어갔다.

"잠깐만."

백만장자가 그를 다시 불러 세웠다.

"그 편지는…… 내게 돌려주게나."

"비서분이 쓴 편지 말인가요?"

"그렇네."

푸아로의 눈썹이 치켜 올라갔다. 그는 주머니에 손을 넣어 접혀 있는 종이를 한 장 꺼내 노인에게 건네주었다. 노인은 편지를 자세히 살펴보더니 머리를 끄덕이고 옆에 있는 탁자 위에 내려놓았다.

에르퀼 푸아로는 다시 문으로 걸어갔다. 그는 속으로 매우 당황하고 있었다. 그는 방금 전에 들은 이야기를 되풀이해서 생각하고 있었다. 생각에 잠겨 있는 중에도 뭔가 잘못된 것 같은 느낌이 그를 성가시게 건드리고 있었다. 그것은 베네딕트 팔리의 잘못이 아니라 푸아로 자신의 잘못이었다.

손잡이에 손을 대는 순간 뭐가 잘못된 건지 떠올랐다. 이 에르퀼 푸아로가 실수를 하다니! 그는 다시 방으로 되돌아갔다.

"정말 죄송합니다. 말씀에 열중하다 보니 어리석은 실수를 저질렀군요. 제가 드린 그 편지 말입니다. 제가 실수로 왼쪽 주머니에 손을 넣는다는 게 그만 오른쪽 주머니에 손을 넣었습니다."

"그게 무슨 소리요? 대체 무슨 말이오?"

"방금 드린 편지는 제가 맡긴 옷의 칼라 때문에 세탁소 여주인이 보낸 사과 편지였습니다."

푸아로는 민망한 표정으로 웃음을 지었다. 그는 왼쪽 주머니에 손을 넣었다.

"이 편지가 어르신 편지입니다."

베네딕트 팔리는 중얼거리면서 편지를 낚아챘다.

"정신을 어디다 팔고 있는 거요?"

푸아로는 세탁소 여주인의 편지를 받아들고 다시 한 번 정중하게 사과를 하고 방을 나왔다.

그는 방 밖에 있는 층계참에서 잠시 걸음을 멈추었다. 넓은 층계참 맞은편에는 오래된 떡갈나무로 만든 긴 의자가 있었고 의자 앞에는 잡지 몇 권이 놓인 네모난 탁자가 있었다. 안락의자 두 개와 꽃병이 놓인 탁자도 보였다. 그 방은 치과 대기실을 떠올리게 했다.

아래층의 홀로 내려가자 집사가 그를 배웅하기 위해 기다리고 있었다.

"택시를 불러 드릴까요?"

"아니, 괜찮소. 밤 공기가 좋군. 걸어가겠소."

에르퀼 푸아로는 도로에서 차가 지나갈 때까지 기다리다가 혼잡한 도로를 건넜다.

그의 이마에는 잔뜩 주름이 잡혀 있었다.

"말도 안 돼."

그는 중얼거렸다.

"도저히 이해할 수가 없어. 말이 안 된단 말이야. 죽어도 인정하기 싫지만 이 에르퀼 푸아로가 완전히 두 손을 들었단 말이지."

이것이 드라마의 1막이었다. 2막은 그로부터 1주일 후에 이어졌다. 2막은 의학박사 존 스틸링플리트에게서 걸려 온 전화로 시작되었다.

그는 의사답지 않게 경망스러운 말투로 말했다.

"푸아로 씨? 저는 스틸링플리트입니다."

"아, 자네, 웬일인가?"

"지금 노스웨이 저택에서 전화하는 겁니다. 베네딕트 팔리 씨 댁 말입니다."

"그래?"

푸아로의 목소리가 빨라졌다.

"팔리 씨에게 무슨 일이라도?"

"팔리 씨가 죽었습니다. 오늘 오후에 권총으로 자살했습니다."

잠시 말이 끊겼다. 푸아로가 먼저 입을 열었다.

"그런 일이……."

"별로 놀라시지 않는 것 같군요. 뭐 알고 있는 거라도 있나요?"

"어떻게 알았나?"

"뛰어난 추리력이나 텔레파시 같은 것 때문은 아닙니다. 사실은 1주일쯤 전에 팔리 씨가 푸아로 씨에게 보낸 편지가 발견되었죠."

"그랬군."

"지금 여기에 노련한 경감님이 와 있기는 합니다. 아시겠지만 백만장자가 자살을 한 사건은 신중하게 조사를 해야 할 필요가 있죠. 이번 사건에 탐정님이 실마리를 던져 줄 수 있지 않을까 해서요. 이쪽으로 좀 와 주실 수 있겠습니까?"

"곧 가겠네."

"고맙습니다. 지저분한 사건인 것 같아요, 안 그렇습니까?"

푸아로는 곧 가겠다는 말만 되풀이했다.

"전화로는 털어놓지 않으시겠다는 거죠? 좋습니다. 나중에 만나서 얘기하죠."

15분 후에 푸아로는 서재에 앉아 있었다. 노스웨이 저택 1층 뒤편에 있는 낮고 긴 방이었다. 방 안에는 푸아로 이외에 다섯 사람이 있었다. 바네트 경감, 스틸링플리트 박사, 백만장자의 미망인 팔리 부인, 그의 무남독녀 조애나 팔리. 그리고 그의 개인 비서였던 휴고 콘워시였다.

그중에서 바네트 경감은 군인 같은 외모를 지닌 신중한 남자였다. 스틸링플리트 박사는 키가 크고 얼굴이 긴 30세의 청년으로 실제로 만나보니 그의 의사다운 태도는 전화할 때와는 전혀 달랐다. 팔리 부인은 남편보다 나이가 훨씬 젊어 보였고 검은 머리의 아름다운 여인이었다. 그녀의 입술은 굳게 다물어져 있었고 검은 눈동자에는 아무런 감정도 드러나 있지 않았다. 정신적으로 전혀 동요된 기색이 보이지 않았다. 조애나 팔리는 금발이었고 얼굴에는 주근깨가 있었다. 그녀의 코와 턱은 아버지를 닮은 게 분명했고 눈동자는 영리하고 총명해 보였다. 휴고 콘워시는 아주 잘생긴 청년으로 제대로 옷을 갖춰 입고 있었다. 그는 꽤 똑똑하고 현명해 보였다.

서로 인사말과 소개말을 나눈 후 푸아로는 자신이 이 저택을 방문했던 경위와 베네딕트 팔리에게 들은 얘기를 간단히 설명했다. 그는 이 사건에 흥미가 없다는 말을 할 수는 없었다.

경감이 말했다.

"그렇게 이상한 얘기는 처음 들어 보았습니다! 꿈이라니! 이 일에 대해서 알고 계셨습니까?"

그녀는 고개를 끄덕였다.

"남편이 제게 얘기했어요. 그 일 때문에 몹시 불안해했어요. 저는…… 저는 소화불량 때문일 거라고 말했어요. 그이가 먹은 음식은 아주 특이하니까요. 그리고 스틸링플리트 박사에게 진찰을 받아 보라고 권유했어요."

그러자 젊은 의사는 고개를 흔들었다.

"저한테는 오시지 않았습니다. 푸아로 씨의 말을 들어 보니 할리 가로 가셨던 것 같습니다."

"이보게, 그 점에 대해서 한 가지 조언을 구할 게 있네. 팔리 씨는 전문가 세 사람에게 진찰을 받아 보았다고 했네. 그 사람들이 제기한 이론에 대해서 어떻게 생각하나?"

푸아로의 질문에 스틸링플리트는 얼굴을 찌푸리며 말했다.

"뭐라고 말씀드리기 어렵군요. 팔리 씨가 푸아로 씨에게 한 얘기가 그들이 팔리 씨에게 한 얘기와 똑같지 않을 거라는 점을 고려해야 합니다. 그들이 한 얘기는 비전문가의 해석이었을 테니까요."

"그럼 팔리 씨가 의사들의 말을 잘못 이해했다는 건가?"

"반드시 그렇다고 할 수는 없죠. 제 말은 그 의사들은 전문 용어를 사용했을 테고 팔리 씨는 그들의 말을 약간 왜곡해서 받아들여 자기 말로 바꿔서 얘기했을 거라는 겁니다."

"그럼, 팔리 씨가 한 말과 의사들이 한 말이 실제로는 똑같지 않다는 거로군."

"결국 그렇다는 말이죠. 제 말은 팔리 씨가 의사들의 말을 잘못 받아들였을 거라는 뜻입니다."

푸아로는 뭔가 생각하는 표정으로 고개를 끄덕였다.

"팔리 씨를 상담한 사람이 누군지 알고 계십니까?"

그가 물었다.

팔리 부인은 고개를 흔들었다. 그때 조앤나 팔리가 말했다.

"우리는 아빠가 의사에게 진찰을 받았다는 걸 몰랐어요."

"아가씨에게 아버님이 꿈 얘기를 하셨나요?"

푸아로가 물었다.

그녀는 고개를 흔들었다.

"콘워시 씨는요?"

"아무 말씀도 하지 않으셨습니다. 저는 그분이 말씀하시는 대로 선생님께 보낼 편지를 받아 적기는 했지만 선생님과 상의하려는 이유는 몰랐습니다. 사업적으로 법과 관련된 문제가 있어서 문의하시려는 거라고만 생각했죠."

"그럼 팔리 씨가 돌아가실 때의 상황에 대해서 얘기해 주시죠."

바네트 경감은 팔리 부인과 스틸링플리트 박사를 심문하는 듯한 눈초리로 쳐다보더니 자신이 대변인의 역할을 맡았다.

"팔리 씨는 항상 오후에 2층 자기 방에서 일하는 습관이 있었습니다. 어떤 회사와 합병할 계획을 세우고 있었던 것 같습니다."

그는 휴고 콘워시를 쳐다보았다. 그러자 콘워시가 말했다.

"버스 회사 통합 건이었습니다."

"그 문제와 관련해서 팔리 씨는 신문기자 두 사람과 인터뷰를 하기로 약속이 되어 있었지요."

바네트 경감이 말을 이었다.

"팔리 씨는 인터뷰 같은 건 거의 하지 않는 성격인데. 거의 5년 만에 처음 있는 일이었죠. 한 사람은 연합신문협회 소속 기자였고, 다른 한 사람은 합동통신 소속 기자였습니다. 두 기자들은 약속을 하고 3시 15분에 이 집에 도착했다고 했습니다. 두 기자는 2층 팔리 씨 방 밖에서 기다리고 있었습니다. 팔리 씨와 약속한 사람들은 항상 거기서 기다리게 되어 있다고 하더군요. 그런데 3시 20분에 버스 회사 직원이 급한 서류를 가지고 왔다고 합니다. 그는 팔리 씨의 방으로 안내를 받고 직접 팔리 씨에게 그 서류를 전해주었습니다. 팔리 씨는 그 직원을 방문 앞까지 따라 나오면서 기자들에게 이렇게 말했답니다. '기다리게 해서 미안하오. 사업상 급한 일이 생겼소. 최대한 빨리 끝내겠소.' 애덤스와 스토다트라는 두 기자는 팔리 씨에게 일을 끝낼 때까지 기다리겠다고 했습니다. 팔리 씨는 다시 방으로 들어갔고 문을 닫았죠. 그게 팔리 씨의 마지막 모습이었습니다."

"말씀 계속하십시오."

푸아로가 말했다.

경감이 말을 이었다.

"4시가 조금 지났을 때, 콘워시 씨는 팔리 씨 방 옆에 있는 자기 방에서 나오다가 두 기자가 그때까지 기다리고 있는 걸 보고 깜짝 놀랐습니다. 콘워시 씨는 팔리 씨의 서명을 받아야 하는 편지가 몇 통 있었고, 기자들이 아직도 기다리고 있다는 걸 팔리 씨에게 알려야겠다는 생각에 팔리 씨 방으로 들어갔습니다. 그런데 팔리 씨는 보이지 않았고 방 안에는 아무도 없었습니다. 콘워시 씨는 깜짝 놀랐죠. 그때 책상 뒤에 부츠가 삐져나온 게 눈에 들어왔습니다. 책상은 창문 앞에 놓여 있었죠. 얼른 책상 뒤로 가 봤더니 거기에 팔리 씨가 죽은 채 쓰러져 있었습니다. 그의 옆에는 권총 한 자루가 떨어져 있었죠.

콘워시 씨는 황급히 방에서 나와 집사에게 스틸링플리트 박사에게 전화를 걸어 이 사실을 알리게 했습니다. 그리고 박사가 시키는 대로 콘워시 씨가 경찰에 신고를 한 겁니다."

"총소리는 못 들었나요?"

푸아로가 물었다.

"못 들었습니다. 이곳은 자동차 소음이 매우 심한 데다 층계참 창문이 열려 있었습니다. 트럭과 자동차 경적 때문에 아무 소리도 들리지 않거든요."

푸아로는 골똘히 생각하는 표정으로 고개를 끄덕였다.

"사망 시각은 몇 시로 추정됩니까?"

스틸링플리트가 대답했다.

"제가 이곳에 도착한 즉시 시체를 살펴보았습니다. 그때가 4시 32분이었습니다. 팔리 씨는 그 시각보다 적어도 한 시간 전에 사망했습니다."

푸아로의 표정이 심각해졌다.

"그렇다면 그가 나에게 말한 그 시각에 사망했을 수도 있겠군. 그러니까 3시 28분에 말일세."

"맞습니다."

스틸링플리트가 말했다.

"권총에서는 지문이 나왔나?"

"그의 지문이 나왔습니다."

"권총은?"

경감이 이야기를 시작했다.

"팔리 씨가 자신의 책상 오른쪽 두 번째 서랍에 넣어두었던 그 권총입니다. 푸아로 씨도 들으셨다고 했죠? 팔리 부인께서도 그 권총이 분명하다고 하셨습니다. 그 방은 입구가 하나뿐이고 문은 층계참으로 통해 있습니다. 바로 그 문 맞은편에 신문기자 두 사람이 앉아 있었죠. 그들 말로는 팔리 씨가 자기들에게 말을 건 시간부터 4시가 좀 넘어서 콘위시 씨가 그 방으로 들어갈 때까지 그 방에 들어간 사람이 아무도 없었다고 합니다."

"그럼 정황상 팔리 씨가 자살한 것으로 추정할 수밖에 없겠군요."

바네트 경감이 살짝 미소를 지었다.

"한 가지만 제외하고는 모든 정황이 명백합니다."

"한 가지라는 게 뭐죠?"

"푸아로 씨에게 쓴 편지입니다."

푸아로도 미소를 지었다.

"그렇군요! 푸아로가 연관된 곳에는…… 살인 의혹이 일어난다!"

"그렇습니다."

경감이 무뚝뚝하게 말했다.

"그런데 당신의 설명을 듣고 보니……."

푸아로가 그의 말을 가로막았다.

"잠깐만."

그는 팔리 부인 쪽으로 몸을 돌리며 말했다.

"남편께서 최면에 걸린 적이 있습니까?"

"그런 적 없습니다."

"최면을 연구해 본 적도 없나요? 최면술에 관심을 가지고 계시지 않았습니까?"

그녀는 고개를 흔들었다.

"없었어요."

그녀는 갑자기 평정심을 잃은 것처럼 보였다.

"그렇게 끔찍한 꿈을 꾸다니! 정말 소름 끼쳐요. 매일 밤 그런 꿈을 꾼 거예요. 밤마다 죽음의 공포에 시달린 거죠."

푸아로는 베네딕트 팔리가 했던 말을 떠올렸다.

'내가 정말 하기 원하는 행동을 한다는 거지. 내 삶을 끝내는 것 말일세.'

푸아로가 부인에게 말했다.

"남편께서 자살하려는 충동을 느낄지도 모른다는 생각을 해 본 적 없으십니까?"

"네. 적어도…… 가끔 아주 기이한 행동을 하기는 했지만……."

조애나 팔리가 비웃는 듯한 목소리로 끼어들었다.

"아빠는 절대로 자살 같은 걸 하실 뿐이 아니에요. 아빠는 자기 자신을 끔찍이 위하셨어요."

스틸링플리트 박사가 말했다.

"자살하는 사람들이 항상 자살할 조짐을 보이는 건 아니죠. 그렇기 때문에 도저히 자살한 이유를 설명할 수 없는 경우도 있습니다."

푸아로가 자리에서 일어서며 물었다.

"사건이 일어난 방을 좀 살펴봐도 되겠습니까?"

"물론이죠. 스틸링플리트 박사님."

의사가 푸아로와 함께 2층으로 올라갔다.

베네딕트 팔리의 방은 비서의 옆방보다 훨씬 넓었다. 가죽 덮개가 씌워진 깊숙한 안락의자와 두꺼운 양털 카펫, 커다란 고급 책상으로 화려하게 꾸며져 있었다.

푸아로는 책상 뒤로 가서 창문 바로 앞 카펫에 거무스름한 얼룩이 진 곳으로 다가갔다. 그는 백만장자가 했던 말을 떠올렸다.

'3시 28분에, 나는 내 책상 오른쪽에 있는 두 번째 서랍을 열고 거기 넣어 둔 권총을 꺼내서 총알을 넣은 다음 창가로 걸어가지. 그리고…… 그리고…… 나를 쏘는 거야…….'

푸아로는 천천히 고개를 끄덕이고 말했다.

"창문이 이렇게 열려 있었나?"

"네. 그렇지만 그쪽으로는 들어올 수 없었을 겁니다."

푸아로는 창문으로 고개를 내밀었다. 근처에는 문지방도 없었고 난간이나 홈통도 달려 있지 않았다. 고양이 한 마리도 드나들 수 없을 것 같았다. 맞은편에는 공장의 검은색 벽이 우뚝 솟아 있었고 그 벽에는 창문이 하나도 없어서 삭막하기 짝이 없었다.

스틸링플리트가 말했다.

"돈 많은 영감님이 이렇게 전망이 나쁜 방을 서재로 썼다는 게 이상하지 않습니까? 교도소 벽을 보고 있는 것 같잖아요."

"그렇구먼."

푸아로가 말했다. 그는 고개를 숙이고 견고한 벽돌로 쌓아올린 거대한 벽을 한참 동안 쳐다보았다.

"저 벽이 문제인 것 같군."

스틸링플리트가 호기심에 가득 찬 표정으로 그를 쳐다보았다.

"심리학적인 관점에서 말씀하는 건가요?"

푸아로는 책상으로 가 있었다. 그는 태연하게 아니면 그런 척하면서 집게 같은 것을 집어 들었다. 손잡이를 누르자 집게가 넓게 벌어졌다. 푸아로는 조심스럽게 그 집게로 의자 옆에서 조금 떨어진 곳에 떨어진 타다 만 성냥개비 한 개를 집어 올려 쓰레기통에 버렸다.

"그 놀이를 끝내고 나시면……."

스틸링플리트가 안달이 난다는 듯이 말했다.

에르퀼 푸아로가 중얼거렸다.

"이건 천재적인 발명품이야."

그러고는 집게를 책상 위에 반듯하게 올려놓았다.

그런 다음 그가 물었다.

"그때 부인과 팔리 양은 어디에 있었나? 사망 시각에 말일세."

"팔리 부인은 이 방 바로 위층에 있는 자기 방에서 쉬고 있었습니다. 팔리 양은 이 집 맨 위층에 있는 자기 화실에서 그림을 그리고 있었고요."

에르퀼 푸아로는 말없이 책상 위를 손가락으로 툭툭 치고는 말했다.

"팔리 양을 만나봐야겠네. 팔리 양에게 잠깐만 여기로 와 달라고 전해주겠나?"

"원하신다면."

스틸링플리트는 호기심에 가득 찬 눈초리로 푸아로를 쳐다보고 방을 나갔다. 몇 분 후에 문이 열리고 조애나 팔리가 들어왔다.

"제가 몇 가지 물어봐도 괜찮겠습니까, 마드무아젤?"

그녀는 차가운 시선으로 그를 쳐다보았다.

"뭐든 물어보세요."

"아가씨는 아버지께서 책상 속에 권총을 넣어 두고 있다는 사실을 알고 있었나요?"

"아니요."

"아가씨와 어머니는 어디에 계셨습니까? 그러니까 정확하게 말하자면 아가씨의 의붓어머니죠? 내 말이 맞죠?"

"맞아요. 루이스는 아빠의 두 번째 부인이에요. 나보다 겨우 여덟 살 많아요. 뭘 물어보려고 하셨죠?"

"지난주 목요일에 아가씨와 어머니가 어디에 계셨었냐고 물었습니다. 그러니까 목요일 밤에 말입니다."

그녀는 잠시 기억을 더듬는 것 같았다.

"목요일에요? 글쎄요. 아, 맞아요. 극장에 갔었어요. 「작은 개가 웃었다」라는 연극을 보러 갔어요."

"아버님은 같이 가자고 하지 않으시던가요?"

"아빠는 극장에는 가지 않으셔요."

"아버님은 보통 밤에 뭘 하셨습니까?"

"여기 앉아서 책을 읽으셨어요."

"별로 사교적인 분은 아니셨죠?"

그녀는 푸아로를 똑바로 쳐다보며 말했다.

"아빠는 성격이 유별난 분이었어요. 아빠와 가깝게 지내 본 사람은 절대 아빠를 좋아할 수 없을 거예요."

"아주 솔직한 말씀이군요, 마드무아젤."

"시간을 벌어 드리는 겁니다, 푸아로 씨. 선생님이 뭘 알고 싶어 하시는지 잘 알고 있으니까요. 제 의붓어머니는 돈 때문에 아빠와 결혼한 거예요. 제가 이 집에서 살고 있는 건 다른 데서 살 돈이 없기 때문이고요. 결혼하고 싶은 남자가 있지만 가난한 남자예요. 아빠가 그 남자의 일자리를 빼앗아 버렸거든요. 아빠는 저를 좋은 집안으로 시집 보내길 원하셨죠. 내가 아빠의 상속인이 될 테니까 그건 쉬운 일이었겠죠."

"아버님의 재산이 아가씨에게 상속되게 되어 있나요?"

"그래요. 아빠는 의붓어머니 루이스에게는 세금 떼고 25만 파운드하고 그밖에 다른 유산밖에 물려주지 않았어요. 나머지 재산은 모두 제가 물려받게 되어 있어요."

그녀는 갑자기 미소를 지으면서 말했다.

"그러니까 푸아로 씨, 제가 아빠가 돌아가시기를 바라는 것도 당연한 일이잖아요?"

"아가씨는 아버님의 머리를 물려받으신 것 같군요."

그녀는 생각에 잠긴 표정으로 말했다.

"아빠는 머리가 좋았어요……. 아빠와 함께 있는 사람은 느낄 수 있었죠. 아빠에게는 힘이 있었어요. 아주 강력한 힘이죠. 하지만 그 힘이 전부 안 좋은 쪽으로 변해 버렸죠. 비열하게……. 인간적인 면은 전혀 남아 있지 않은……."

에르퀼 푸아로가 나직하게 말했다.

"맙소사, 내가 멍청하게……."

조애나 팔리는 문으로 걸어가다가 몸을 돌렸다.

"더 물어보실 게 있나요?"

"두 가지 사소한 질문을 더 해야겠군요. 이 집게 말입니다."

푸아로는 집게를 집어 들었다.

"항상 이 책상 위에 놓여 있었나요?"

"그랬어요, 아빠는 물건을 집을 때 항상 그 집게를 사용하셨어요.

몸을 굽히는 걸 싫어 하셨으니까요."

"그리고 또 한 가지 질문이 있습니다. 아버님의 시력은 좋은 편이었습니까?"

그녀는 푸아로를 빤히 쳐다보았다.

"아니에요. 아빠는 앞을 전혀 보지 못하셨어요. 안경을 쓰지 않으면 말이에요. 어렸을 때부터 눈이 나쁘셨어요."

"안경을 쓰면 잘 보이셨나요?"

"안경을 쓰면 당연히 잘 보이셨죠."

"신문이나 작은 글씨도 읽을 수 있었나요?"

"당연하죠."

"이제 됐습니다, 마드무아젤."

그녀가 방에서 나갔다.

푸아로는 중얼거렸다.

"내가 멍청했어. 모든 걸 턱 밑에 두고도 보지 못하다니. 등잔 밑이 어두웠던 셈이로군."

그는 다시 한 번 창밖으로 몸을 내밀어 보았다. 창 바로 밑에 저택과 공장 건물 사이에 좁은 골목이 있었고 그곳에서 작은 검은색 물건이 보였다.

에르퀼 푸아로는 만족스러운 듯이 고개를 끄덕이고 다시 아래층으로 내려갔다.

다른 사람들은 아직도 서재에 있었다. 푸아로는 비서에게 말을 걸었다.

"콘워시 씨, 팔리 씨가 나를 부른 정황을 자세히 말씀해 주시죠. 예를 들어 팔리 씨가 언제 그 편지를 받아쓰게 했나요?"

"제 기억으로는 수요일 오후 5시 30분이었습니다."

"편지를 부칠 때 특별한 지시 사항은 없었나요?"

"직접 가서 부치라고 하셨습니다."

"그래서 그렇게 하셨나요?"

"네."

"나를 맞이할 때 집사에게 특별한 지시를 내렸나요?"

"네. 팔리 씨는 저에게 홈즈, 아, 홈즈는 집사입니다. 홈즈에게 9시 30분에 남자분이 오실 거라고 얘기하라고 하셨습니다. 그리고 그 남자분의 성함을 물어보라고 하셨죠. 편지를 보여 달라고 하라고도 하셨습니다."

"좀 유별난 지시 사항이라고 생각하지 않았나요?"

콘워시는 어깨를 으쓱했다.

"팔리 씨는 좀 유별난 분이셨습니다."

그가 조심스럽게 말했다.

"그것 말고 다른 지시는 없었나요?"

"있었습니다. 저에게 그날 밤 외출을 하라고 하셨습니다."

"그래서 외출을 했나요?"

"네. 저녁을 먹고 나서 곧바로 극장에 갔습니다."

"집에 몇 시에 돌아왔나요?"

"11시 15분쯤 되었던 것 같습니다."

"그날 밤에 팔리 씨를 다시 보셨나요?"

"아니요."

"그럼 그다음 날 그 일에 대해서 아무 말씀도 하지 않던가요?"

"네."

푸아로는 잠시 말을 멈추었다가 다시 계속했다.

"내가 이 집에 도착했을 때 팔리 씨 방으로 안내하지 않았죠?"

"그렇습니다. 팔리 씨가 홈즈에게 선생님을 제 방으로 안내하라고 지시했으니까요."

"왜 그랬을까요? 왜 그랬는지 모르시오?"

콘워시는 고개를 끄덕이고 무표정하게 말했다.

"저는 팔리 씨의 명령에 대해 절대로 질문을 하지 않았습니다. 제가 그렇게 했다면 크게 화를 내셨을 겁니다."

"팔리 씨는 보통 자기 방에서 손님을 맞이했나요?"

"대개의 경우 그렇게 하셨지만 항상 그런 건 아니었습니다. 가끔 제 방에서 손님을 만나기도 하셨죠."

"특별한 이유가 있었을까요?"

휴고 콘워시는 잠시 생각해보는 것 같았다.

"아니요. 특별한 이유가 있는 것 같지는 않습니다. 그건 한 번도 생각해 보지 않았던 일입니다."

푸아로는 팔리 쪽으로 몸을 돌리며 말했다.

"집사를 불러도 괜찮겠습니까?"

"그러시죠, 푸아로 씨."

벨을 누르자 매우 예의 바르고 단정한 태도로 홈즈가 들어왔다.

"부르셨습니까, 마님?"

팔리 부인은 몸짓으로 푸아로를 가리켰다. 홈즈는 정중하게 그에게로 몸을 돌리고 말했다.

"무슨 일이십니까?"

"목요일 밤에 내가 이곳에 오면 어떻게 하라는 지시를 받았습니까, 홈즈?"

홈즈는 헛기침을 하고 말했다.

"저녁 식사 뒤에 콘위시 씨가 9시 30분에 에르퀼 푸아로라는 분이 주인어른을 만나러 올 거라고 말씀하시더군요. 저에게 손님의 성함을 확인하고 손님이 하는 말씀이 편지 내용과 일치하는지 확인한 다음 콘위시 씨 방으로 안내해 드리라고 했습니다."

"문을 노크하라는 지시도 받았죠?"

집사의 얼굴에 불쾌한 표정이 스쳐 지나갔다.

"그것도 팔리 씨의 지시 중 하나였습니다. 손님을 안내할 때 항상 노크를 하게 되어 있었으니까요. 물론 사업적인 문제로 오신 손님들일 경우에요."

그가 덧붙였다.

"아. 그것 때문에 좀 당황했었습니다. 나에 관해서 또다른 지시 사항은 없었습니까?"

"없었습니다. 콘위시 씨는 제게 지금 말씀드린 일을 전해 주시고 외출하셨습니다."

"그때가 몇 시였습니까?"

"8시 50분이었습니다."

"그 후에 팔리 씨를 만났습니까?"

"네. 평소처럼 뜨거운 물을 한 잔 갖다 드렸습니다."

"그때 팔리 씨는 자기 방에 계셨습니까, 아니면 콘워시 씨 방에 계셨나요?"

"주인어른 방에 계셨습니다."

"그 방에서 이상한 점을 발견하지 못했나요?"

"이상한 점이라뇨? 아니요, 없었습니다."

"그때 팔리 부인과 팔리 양은 어디에 있었죠?"

"두 분은 극장에 가셨습니다."

"고맙습니다, 홈즈. 이제 됐어요."

홈즈는 인사를 하고 방에서 나갔다. 푸아로는 백만장자의 미망인 쪽으로 몸을 돌렸다.

"한 가지만 더 여쭤 보겠습니다, 팔리 부인. 남편께서는 시력이 좋으셨나요?"

"아니요. 안경이 없으면 아무것도 못 보셨어요."

"그럼 심한 근시였겠군요."

"네. 안경을 쓰지 않으면 아무것도 하지 못했어요."

"안경을 여러 개 갖고 계셨겠군요."

"네."

"흐음."

푸아로가 의자에 깊숙이 몸을 기대며 말했다.

"그게 이번 사건의 결정적인 실마리인 것……."

방 안에 침묵이 흘렀다. 그들은 모두 흡족한 표정으로 콧수염을 쓰다듬고 있는 작은 체구의 남자를 쳐다보았다. 경감의 얼굴에는 당혹스러운 표정이 나타나 있었고, 스틸링플리트 박사는 이마를 잔뜩 찌푸리고 있었고, 콘워시는 무슨 말인지 이해가 안 간다는 멍한 표정이었고, 조애니 팔리는 눈을 동그랗게 뜨고 그를 바라보고 있었다.

팔리 부인이 침묵을 깨뜨렸다.

"무슨 말씀인지 이해가 되지 않네요, 푸아로 씨."

그녀의 목소리는 초조한 기색이 역력했다.

"그 꿈은……."

"그렇습니다. 그 꿈이 아주 중요합니다."

푸아로가 말했다.

팔리 부인은 몸을 떨면서 말했다.

"저는 전에는 초자연적인 일을 전혀 믿지 않았어요. 그런데 지금은 사고가 일어나기 전에 매일 밤 그 꿈을 꾼다는 게……."

"정말 이상하군요."

스틸링플리트가 말했다.

"이상한 일이에요. 만일 푸아로 씨가 우리에게 그런 얘기를 하지 않았다면 말입니다. 팔리 씨의 입에서 직접 푸아로 씨가 그런 얘기를 듣지 않았다면……."

스틸링플리트는 당황한 듯이 헛기침을 하더니 의사다운 태도로 말을 이었다.

"죄송합니다, 팔리 부인. 팔리 씨가 직접 그런 얘기를 하지 않았다면……."

"바로 그걸세."

푸아로가 말했다. 그는 반쯤 감고 있던 눈을 번쩍 떴다. 그의 눈은 짙은 초록색으로 빛나고 있었다.

"베네딕트 팔리가 내게 그 얘기를 하지 않았다면……."

그는 잠시 말을 멈추고 무표정하게 사람들을 둘러보았다.

"그날 밤 일어난 일들 중에서 도저히 설명이 되지 않는 일이 몇 가지 있습니다. 첫째로, 왜 팔리 씨는 나한테 그 편지를 가지고 오라고 했을까요?"

"본인인지 확인하기 위해서였겠죠."

콘워시가 말했다.

"아니. 아닐 겁니다. 그건 아주 엉뚱한 생각이었어요. 뭔가 더 타당한 이유가 있었을 겁니다. 팔리 씨는 그 편지를 보여 달라고 했고, 돌려 달라고까지 했으니까요. 게다가 그 편지를 없애버리지도 않았습니다. 오늘 오후에 다른 서류 속에서 그 편지가 발견되었습니다. 왜 그 편지를 보관하고 있었을까요?"

조애나 팔리가 불쑥 끼어들었다.

"아빠는 만일 자신에게 무슨 일이 생기면, 아빠가 이상한 꿈을 꾸었다는 사실이 알려지길 바랐던 거예요."

푸아로는 맞다는 듯이 고개를 끄덕였다.

"아가씨는 정말 머리가 비상하군요, 마드무아젤. 분명히 그랬을 겁니다. 편지를 갖고 있었던 건 그런 이유에서일 겁니다. 팔리 씨가 죽으면 그 이상한 꿈 얘기가 알려지게 되겠죠. 그 꿈은 아주 중요했습니다. 그 꿈이 결정적인 단서입니다, 마드무아젤!

그렇다면, 다음 문제로 넘어가기로 하죠. 나는 팔리 씨의 얘기를 듣고 난 후에 책상과 권총을 보여 달라고 했습니다. 그는 그렇게 하려는 것처럼 자리에서 일어서더니 갑자기 거절했습니다. 왜 거절했을까요?"

이번에는 아무도 대답을 하지 않았다.

"그럼 이 질문을 다른 말로 표현해 보겠습니다. 옆방에 팔리 씨가 내게 보여 주기 싫어했던 어떤 것이 있었을까요?"

여전히 대답이 없었다.

"좋습니다. 어려운 질문인 것 같군요. 팔리 씨가 나를 비서 방에서 만나자고 했고 자기 방을 보여 달라는 부탁을 거절한 건 분명히 무슨 절박한 이유가 있었을 겁니다. 그 방에 나에게 보여 줄 수 없는 무언가가 있었던 거죠.

이제 그날 밤 일어났던 일 중에서 세 번째로 설명할 수 없는 문제로 넘어가보죠. 내가 그 방에서 나올 때 팔리 씨는 내가 받은 편지를 돌려달라고 했습니다. 그런데 나는 실수로 팔리 씨에게 세탁소 여주인이 보낸 편지를 건네주었습니다. 팔리 씨는 그 편지를 흘깃 보고는 앞에 내려놓았습니다. 나는 방을 나오기 직전에 실수했다는 걸 깨달았습니다. 그래서 실수를 바로잡았죠. 집을 나온 후에, 인정하기 싫지만 그때는 오리무중이었습니다. 모든 것이. 특히 마지막 사건이 도저히 이해가 되지 않았습니다."

푸아로는 한 사람씩 차례로 얼굴을 쳐다보며 말했다.

"내 말이 이해가 안 가십니까?"

스틸링플리트가 말했다.

"세탁소 여주인 얘기는 왜 나오는지 정말 이해가 안 되는군요, 푸아로 씨."

"세탁소 여주인이 매우 중요하네. 내 칼라를 망쳐 놓은 그 딱한 여인은 이제까지 살아오면서 처음으로 누군가에게 도움 되는 일을 한 셈이지. 곧 알게 될 걸세. 명백한 사건이니까. 팔리 씨는 그 편지를 흘낏 훑어보았네. 한눈에 그 편지가 자기가 보낸 편지가 아니라는 걸 알 수 있었을걸세. 그런데도 팔리 씨는 아무것도 몰랐어. 왜? 편지를 읽을 수가 없었기 때문이지."

바네트 경감이 날카롭게 물었다.

"안경을 쓰고 있지 않았단 겁니까?"

에르퀼 푸아로는 미소를 지었다.

"아니, 안경을 쓰고 있었습니다. 그래서 더 흥미롭다는 거죠."

그는 앞으로 몸을 숙이며 말했다.

"팔리 씨의 꿈은 아주 중요한 의미를 지니고 있습니다. 팔리 씨는 자기가 자살하는 꿈을 꾸었어요. 그런데 그 후 얼마 지나지 않아서 실제로 자살을 했죠. 그는 방 안에 혼자 있었고 옆에는 권총 한 자루가 발견되었습니다. 팔리 씨가 권총으로 자살을 한 시간에 그 방에 들어가거나 나온 사람은 아무도 없었죠. 이게 무얼 뜻하는 걸까요? 그건 그 죽음이 자살이라는 걸 의미하는 거죠, 안 그렇습니까?"

"그렇죠."

스틸링플리트가 말했다.

에르퀼 푸아로는 고개를 흔들었다.

"아닐세. 타살이었네. 아주 교묘하게 계획된 살인이었지."

그는 다시 몸을 앞으로 기울이고 탁자를 두드렸다. 그의 눈이 초록빛으로 빛나고 있었다.

"팔리 씨는 왜 그날 밤 나를 자기 방으로 데려가지 않았을까요? 그 방에 내가 보면 안 될 무엇인가가 있었던 것일까요? 여러분, 그 방에는…… 바로 베네딕트 팔리가 있었던 겁니다."

그는 멍한 표정을 짓고 있는 사람들을 쳐다보면서 빙그레 미소를 지었다.

"그렇습니다. 내가 한 말은 사실입니다. 나와 대화를 나누었던 팔리 씨가 왜 전혀 다른 두 장의 편지를 구별하지 못했을까요? 그건 정상적인 시력을 가진 사람이 도수가 매우 높은 안경을 끼고 있었기 때문입니다. 정상적인 시력을 가진 사람이 그런 안경을 쓰면 아무것도 볼 수 없죠. 그렇지 않나, 스틸링플리트?"

스틸링플리트가 더듬거리며 말했다.

"그야 물론 그렇죠."

"팔리 씨와 얘기를 나누고 있을 때 왜 나는 사기꾼이나 연극배우와 대화를 하고 있는 것 같은 느낌을 받았을까요? 그날 밤 무대 장치를 생각해 봅시다. 방 안은 어두컴컴했고, 녹색 갓을 씌운 스탠드는 의자에 앉아 있는 사람이 잘 보이지 않도록 방향이 잡혀 있었죠. 내가 본 건 그 유명한 누더기 가운과 매부리코, 앵무새의 볏처럼 삐쭉 선 백발과 눈동자를 감추고 있는 도수 높은 안경뿐이었습니다. 물론 그 코는 인조 코를 붙인 거지만. 팔리 씨가 매일 밤 같은 꿈을 꾸었다는 증거가 어디에 있나요? 내가 들은 이야기와 팔리 씨의 증언밖에 없습니다. 따라서 두 사람이 이 사기극을 만들어냈다는 게 분명해졌습니다. 팔리 부인과 휴고 콘워시! 콘워시는 나에게 편지를 보내고 집사에게 몇 가지 지시를 내린 후에 일부러 극장에 갔습니다. 하지만 곧 집으로 돌아와서 열쇠로 집 안에 들어와 자기 방으로 올라가서 분장을 했습니다. 그리고 베네딕트 팔리의 역할을 연기했던 겁니다.

이제 오늘 오후로 돌아가 봅시다. 콘워시 씨가 기다리던 기회가 왔습니다. 층계참에는 베네딕트 팔리의 방으로 들어간 사람도 없었고 방에서 나온 사람도 없었다는 사실을 증명해 줄 증인이 두 사람 있습니다. 콘워시는 자동차의 행렬이 요란한 소음을 내면서 지나가기를 기다립니다. 그때 그는 창밖으로 몸을 내밀고 옆방에 있는 책상에서 미리 가져다놓은 집게로 어떤 물건을 집어서 옆방 창문 쪽으로 내밉니다. 베네딕트 팔리는 그것을 보고 창문으로 다가옵니다. 콘워시는 재빨리 집게를 끌어당깁니다. 팔리 씨는 창밖으로 몸을 내밀고 트럭들이 요란한 소리를 내면서 지나가는 걸 본 순간 콘워시는 미리 준비했던 권총으로 팔리 씨를 쏩니다. 맞은편에는 삭막한 벽만 보입니다. 범행을 목격할 수 있는 사람이 아무도 없는 겁니다. 콘워시는 30분쯤 기다리다가 서류 몇 장을 챙겨 그 사이에 집게와 권총을 숨기고 층계참으로 나가서 옆방으로 들어갑니다. 그는 책상 위에 집게를 올려놓고 권총에 죽은 팔리 씨의 지문을 찍은 다음 그 총을 바닥에 놓아둡니다. 그런 다음 황급히 밖으로 뛰쳐나와서 사람들에게 팔리 씨가 자살했다고 말합니다.

그는 나에게 온 편지가 발견되고 내가 들은 이야기, 그러니까 내가 팔리 씨의 입에서 직접 들은 얘기를 하게 꾸며 놓았던 겁니다. 팔리 씨의 이상한 꿈 이야기와 그가 자살할 것 같은 이상한 충동을 느낀다는 얘기를 하게 말이죠. 그 말을 곧이곧대로 믿은 몇몇 사람들은 최면 이론을 늘어놓을 겁니다. 하지만 결국 권총을 잡은 손이 베네딕트 팔리 자신의 손이었다는 결론이 나게 되었겠지요."

에르퀼 푸아로의 시선이 미망인의 얼굴로 향했다. 그는 그녀의 얼굴에서 낭패한 표정과 새파랗게 질린 얼굴빛과 극도의 공포심을 읽고 만족스러운 표정을 지었다.

"그리고 얼마 후에 행복한 결말이 났겠지요. 25만 파운드를 손에 넣게 된 두 연인은……."

존 스틸링플리트 박사와 에르퀼 푸아로는 노스웨이 저택의 옆길을 따라 걷고 있었다. 오른쪽에는 공장의 벽이 높이 솟아 있었다. 왼쪽 위에는 베네딕트 팔리의 방 창문과 휴고 콘워시 방의 창문이 보였다. 에르퀼 푸아로는 걸음을 멈추고 바닥에서 작은 물건을 집어 들었다. 헝겊으로 만든 작은 고양이 인형이었다.

"이것 좀 보게!"

푸아로가 말했다.

"이게 콘워시가 집게로 팔리의 창문으로 들이민 거야. 자네도 기억하나? 팔리 씨가 고양이를 끔찍하게 싫어했다는 거 말일세. 당연히 그는 창문으로 달려갔겠지."

"왜 콘워시는 이 인형을 떨어뜨린 후에 다시 이걸 주우러 오지 않았을까요?"

"어떻게 그렇게 할 수 있었겠나? 그런 짓을 하면 틀림없이 의심을 받을 텐데. 그리고 이 물건이 발견된다고 해도 사람들은 어떤 어린애가 여기서 놀다가 떨어뜨렸을 거라고 생각할 테니 말일세."

스틸링플리트가 한숨을 쉬면서 말했다.

"그렇군요. 평범한 사람이라면 그렇게 생각했을 겁니다. 하지만 천하의 에르퀼 탐정은 그렇지 않았죠. 저는 탐정님이 이번 사건을 미묘한 '암시 살인' 사건으로 끌고 갈 거라고 생각했습니다. 두 사람도 분명히 그렇게 생각하고 있었던 것 같았죠. 추악한 인간들! 팔리 집안 사람들 말입니다. 그 여자가 날뛰던 모습이라니! 그 여자가 히스테리 발작을 일으키면서 손톱으로 탐정님의 얼굴을 할퀴려고 하지 않았다면 콘워시가 교묘하게 빠져나갔을지도 모르죠. 제가 때마침 그 여자를 탐정님한테서 떼어 내서 천만다행이었죠."

그는 잠시 쉬었다가 말을 이었다.

"그 아가씨는 마음에 들더군요. 배짱도 있고 머리도 좋은 것 같았어요. 제가 그 아가씨에게 작업을 건다면 사람들은 저를 재산을 노린 사기꾼으로 몰아가겠죠?"

"한발 늦었네. 그 아가씨는 벌써 마음에 두고 있는 남자가 있어. 아버지가 죽었으니 그 아가씨에게 행복의 문이 활짝 열린 셈이지."

"그 아가씨한테도 고약한 아버지를 살해할 만한 충분한 동기가 있었던 건 사실이잖아요."

"동기와 기회만으로는 충분하지 않아. 범죄를 저지를 만한 기질이 있어야지."

"탐정님이 범죄를 저지른다면 어떨까요?"

스틸링플리트가 말했다.

"교묘하게 잘 빠져나갈 겁니다. 솔직히 말해서 탐정님한테 그런 일은 식은 죽 먹기일 테죠. 제 말은 그렇게 뻔한 일은 자존심이 상해서 안 하실 거라는 뜻입니다."

"그건 전형적인 영국인의 생각이로군."

푸아로가 말했다.

노란 아이리스

에르퀼 푸아로는 벽에 달려 있는 전기 라디에이터 앞으로 발을 뻗었다. 빨갛게 달아오른 전열선의 규칙적인 모양이 질서정연한 것을 좋아하는 그의 마음에 들었다.

"석탄불은 모양이 제멋대로인 게 볼품이 없어. 절대 대칭을 이루는 법이 없단 말이지."

전화벨이 울렸다. 푸아로는 시계를 보면서 일어섰다.

11시 30분이었다. 그는 이런 시간에 전화를 건 사람이 누굴까 궁금했다. 잘못 걸려온 전화일 것 같았다.

"어쩌면……."

그는 묘한 미소를 지으며 중얼거렸다.

"신문사를 소유하고 있는 백만장자가 별장 서재에서 죽은 채로 발견되었다는 소식일지도 몰라. 왼손에는 점무늬가 있는 아이리스를 들고 가슴에는 요리책에서 찢어 낸 페이지가 핀으로 꽂혀 있는 거야."

그는 흥미로운 상상에 혼자 미소를 지으면서 수화기를 들었다.

수화기에서 여자의 목소리가 들려왔다. 부드럽고 허스키한 목소리를 통해 절박하고 다급한 느낌이 전해 왔다.

"에르퀼 푸아로 씨인가요? 에르퀼 푸아로 씨인가요?"

"네, 에르퀼 푸아로입니다."

"푸아로 씨, 지금 와 주실 수 있나요? 지금 당장요. 저는 위험에 빠져 있어요. 너무 위험해요. 위험하다고요……."

푸아로가 날카로운 목소리로 말했다.

"누구십니까? 어딘가요?"

그녀의 목소리는 아까보다 작았지만 훨씬 더 다급했다.

"빨리요…… 생사가 달린 문제에요. 여긴 '백조의 정원'이에요. 당장…… 노란 아이리스가 있는 테이블……."

말이 끊어지더니 이상한 신음이 나고 전화가 끊어졌다.

에르퀼 푸아로는 수화기를 내려놓았다. 그의 얼굴에는 당황한 기색이 역력했다. 그는 입속으로 중얼거렸다.

"이건 아주 특이한 사건인 것 같군."

'백조의 정원' 입구에서 뚱뚱한 루이지가 헐레벌떡 달려 나왔다.

"어서 오세요, 푸아로 씨. 테이블로 안내해 드릴까요?"

"아니 됐네, 루이지. 친구들을 만나기로 했네. 둘러봐야겠어. 아직 안 왔을 거야. 아, 잠깐 저 구석 테이블에 노란 아이리스가 꽂혀 있군그래. 괜찮다면 한 가지 물어봐도 되겠나? 다른 테이블에는 튤립이 꽂혀 있군. 핑크색 튤립이. 그런데 저 테이블에는 왜 노란 아이리스를 꽂아 두었나?"

루이지는 과장되게 어깨를 으쓱하며 말했다.

"손님이 부탁하셔서요. 특별한 주문입니다. 틀림없이 그 숙녀분들 중에서 한 분이 좋아하시는 꽃일 겁니다. 바턴 러셀 씨가 예약하신 테이블입니다. 어마어마한 미국인 부호죠."

"아, 숙녀들의 취향을 맞춰 드리려는 거군."

"말씀대로입니다."

"저쪽 테이블에 아는 사람이 앉아 있군. 가서 인사를 해야겠네."

푸아로는 두세 쌍의 남녀가 춤을 추고 있는 플로어로 조심스럽게 다가갔다. 그 테이블에는 여섯 사람의 자리가 준비되어 있었지만 지금은 한 사람만 자리에 앉아 있었다. 그 청년은 뭔가 생각하는 우울한 표정으로 샴페인을 마시고 있었다.

그는 푸아로가 생각했던 것과는 전혀 다른 모습이었다. 토니 채플과 어울리는 사람들에게서 위험한 사건이나 멜로드라마를 연상하는 것은 불가능한 일로 생각되었다.

푸아로는 테이블 옆에서 조심스럽게 걸음을 멈추었다.

"아, 앤터니 채플 아닌가?"

청년이 큰 소리로 말했다.

"반갑습니다. 명탐정 푸아로 씨. 앤터니라고 부르지 마십시오. 친구들은 토니라고 부릅니다."

그는 의자를 끌어냈다.

"앉으시죠. 범죄에 관한 강의 좀 들려주세요. 우리 함께 범죄를 위해서 건배할까요?"

그는 빈 잔에 샴페인을 따라 주었다.

"춤과 노래와 주흥의 자리에 어쩐 일이십니까? 이곳에는 시체 같은 건 없을 텐데요. 살펴보실 시체가 여기 있을 리가요."

푸아로는 샴페인을 한 모금 마셨다.

"기분이 아주 좋은 것 같군그래."

"기분이 좋다고요? 저는 불행에 빠져 있답니다. 우울증에 푹 절어 있지요. 지금 연주하고 있는 저 곡이 무슨 곡인지 아십니까?"

푸아로는 틀릴 셈치고 맞춰 보았다.

"애인에게 차인 것과 관계가 있는 곡인가?"

"그럴 듯하게 맞추셨군요. 하지만 정확하게 맞추신 건 아닙니다. 「사랑만큼 사람을 비참하게 만드는 건 없어」라는 곡입니다."

"그렇군."

"제가 좋아하는 곡이죠."

토니 채플이 슬픈 표정으로 말했다.

"거기다 제가 좋아하는 레스토랑, 제가 좋아하는 밴드가 연주를 하고 있고, 제가 좋아하는 여자까지 여기 있는데, 그 여자가 다른 남자와 춤을 추고 있네요."

"그래서 그렇게 우울한 건가?"

"그렇습니다. 폴린과 저는 서로 천박한 말을 퍼부으며 싸웠습니다. 100마디 말을 주고받았다면 그중에서 95마디는 폴린이 했어요. 제가 한 다섯 마디는 '하지만, 자기야. 내가 설명할게.' 같은 말뿐이었습니다. 폴린은 계속 자기가 할 말만 퍼부었고 우리는 더 이상 대화가 되지 않았죠."

토니가 슬픈 목소리로 중얼거렸다.

"약을 먹고 죽어 버리고 싶어요."

"폴린이라고?"

푸아로가 중얼거렸다.

"폴린 웨더비. 바턴 러셀의 처제예요. 젊고, 예쁘고, 엄청난 부자죠. 오늘 밤에 바턴 러셀이 파티를 연답니다. 그 사람 아시죠? 큰 사업을 운영하는 멀끔하게 잘생긴 미국인이죠. 패기 넘치고 정력적인 사람이고요. 그의 아내가 폴린의 언니입니다."

"이 파티에 참석하는 다른 사람은 누군가?"

"음악이 끝나면 곧 만나게 되실 겁니다. 롤라 발데즈라고. 아시겠지만, 메트로폴의 새 쇼에 출연하는 남미의 댄서죠. 그리고 스티븐 카터. 카터는 외무부에서 일하고 있어요. 아주 입이 무거워서 말없는 스티븐이라고 불린답니다. 늘 '나는 국가에 대해 말할 자유가 없다'는 말을 하지요. 아, 저기 오는군요."

푸아로는 자리에서 일어섰다. 그는 바턴 러셀, 스티븐 카터, 세뇨라 롤라 발데즈에게 소개되었다. 그녀는 검은 머리에 아주 섹시한 여성이었다. 폴린 웨더비는 젊고 수레국화 같은 눈을 가진 무척 아름다운 여성이었다.

바턴 러셀이 말했다.

"이분이 그 유명한 에르퀼 푸아로 씨로군요. 만나 뵈어서 큰 영광입니다. 저희와 합석하시는 게 어떻겠습니까? 다른 약속이 없으시면……."

토니 채플이 끼어들었다.

"다른 약속이 있으실걸요. 시체를 검사한다든가, 실종된 백만장자나 아니면 인도 왕자가 잃어버린 커다란 루비 반지를 찾는다든가 하는."

"자네 너무하는군. 나도 쉬는 날이 있단 말일세. 탐정은 즐길 줄도 모른다고 생각하면 오해일세."

"카터와 약속이 있어서 오신 거겠죠. 최근 UN의 국제적인 상황이 아주 긴박하게 돌아가니까요. 도둑맞은 설계도를 찾지 못하면 내일 전쟁이 일어날지도 모릅니다!"

폴린 웨더비가 신랄한 말투로 말했다.

"토니, 바보 멍청이 같은 소리 그만해."

"미안해, 폴린."

토니 채플은 금방 기가 죽어서 입을 다물었다.

"말투가 가차 없으시군요."

"저는 바보 같은 소리를 하는 사람은 못 참아요."

"저도 조심해야겠는데요. 신중한 말만 해야겠어요."

"아니에요, 푸아로 씨. 선생님을 두고 한 말은 아니에요."

그녀는 푸아로를 향해 미소를 지으며 물었다.

"정말 셜록 홈즈처럼 놀라운 추리를 하시나요?"

"아. 추리! 실제로는 그렇게 쉬운 일이 아니죠. 하지만 한번 해 볼까요? 저 노란 아이리스는 아가씨가 좋아하는 꽃입니다."

"틀렸어요, 푸아로 씨. 제가 좋아하는 꽃은 은방울꽃이나 아니면 장미예요."

푸아로는 한숨을 내쉬었다.

"실패로군요. 그럼, 다시 한 번 해 보겠습니다. 오늘 밤 아가씨는 누군가에게 전화를 걸었죠?"

폴린이 큰 소리로 웃으면서 손뼉을 쳤다.

"맞아요."

"여기 도착한 후에 곧 전화를 걸었죠?"

"역시 맞았어요. 저 문 안으로 들어가서 전화를 걸었어요."

"아, 그럼 정확히 맞추진 못했네요. 이 테이블에 오기 전에 전화를 걸었다는 거로군요."

"네."

"완전히 빗나갔군요."

"아, 그렇지 않아요. 정말 머리가 비상하시다고 생각했어요. 제가 전화를 했다는 걸 어떻게 아셨죠?"

"그건 유능한 탐정의 비밀입니다, 마드무아젤. 그리고 아가씨가 전화한 사람은 이름이 P자로 시작하거나 아니면 H자로 시작하는 사람, 맞죠?"

폴린이 웃었다.

"틀렸어요. 하녀에게 전화했어요. 아주 중요한 편지를 부쳐 달라고 부탁하기 위해서요. 제가 깜빡 잊고 부치지 않았거든요. 하녀의 이름은 루이즈예요."

"내가 헷갈렸군. 많이 헷갈렸어."

푸아로가 말했다.

다시 연주가 시작되었다.

"한번 출까, 폴린?"

토니가 물었다.

"또 추고 싶지 않아, 토니."

"너무 심한 거 아냐?"

토니가 누구에게랄 것도 없이 퉁명스럽게 쏘아붙였다.

푸아로는 옆에 앉아 있는 남미 아가씨에게 말을 걸었다.

"세뇨라, 춤을 청하고 싶지만, 제가 너무 나이가 많아서."

롤라 발데즈가 말했다.

"어머나! 그런 말씀 마세요. 아직 젊으신데요. 머리도 아직 검으시잖아요."

그때 바턴 러셀이 진지한 목소리로 말했다.

"폴린, 형부로서 보호자로서 처제와 플로어로 나가고 싶은데 어때? 이 곡은 왈츠곡이로군. 왈츠는 내가 출 수 있는 유일한 춤이지."

"기꺼이 응해 드리죠. 바턴, 플로어로 나가요."

"고마워, 폴린. 정말 고마워."

두 사람은 플로어로 걸어 나갔다. 토니는 의자에 몸을 젖히고 앉아 스티븐 카터를 보며 말했다.

"자네는 너무 말수가 적어, 카터. 재미있는 얘기로 분위기를 좀 띄워보는 게 어때?"

"무슨 말이야, 채플. 무슨 말인지 모르겠군."

"무슨 말인지 모르겠군. 모르겠어."

토니가 그의 말을 흉내 냈다.

"왜 그러나?"

"술이나 마셔. 말하기 싫으면 술이나 마시라고."

"아니, 마시고 싶지 않아."

"그럼 내가 대신 마시지."

스티븐 카터는 어깨를 으쓱했다.

"실례하겠네. 저기 아는 사람이 있어서 아는 체를 해야겠어. 이튼 학교에 같이 다녔던 친구야."

스티븐 카터는 자리에서 일어나 몇 테이블 건너에 있는 테이블로 걸어갔다.

토니가 우울하게 말했다.

"이튼 동문들은 다 없애 버려야 해."

에르퀼 푸아로는 아직도 옆자리에 있는 검은 피부의 미인에게 정중하게 말을 걸고 있었다.

그가 조심스럽게 말했다.

"마드무아젤은 어떤 꽃을 좋아하시는지 여쭤 봐도 될까요?"

"어머, 그런 건 왜 알려고 하시죠?"

롤라가 쌀쌀맞게 말했다.

"숙녀분에게 꽃을 보낸다면 어떤 꽃을 좋아할지 궁금해서요."

"정말 멋지세요, 푸아로 씨. 그렇다면 말씀드릴게요. 저는 크고 짙은 빨간 카네이션을 좋아해요. 아니면 흑장미도 좋고요."

"취향이 훌륭하시군요. 훌륭해요. 노란 아이리스는 좋아하지 않으시나요?"

"노란 꽃을요? 그런 꽃은 제 취향에 맞지 않아요."

"그러시군요. 그럼 여기에 온 이후에 친구에게 전화를 건 적이 있으십니까?"

"제가요? 친구에게 전화를 했냐고요? 아니요. 그거 참 이상한 질문이네요."

"아, 제가 워낙 궁금한 게 많은 사람이라서."

"정말 그러신 것 같아요. 아주 위험한 분이시네요."

그녀는 검은 눈동자를 굴리면서 그를 쳐다보았다.

"아, 그렇지는 않습니다. 쓸모 있는 사람이죠, 위험한 순간에. 제 말 이해하시겠습니까?"

롤라가 킥킥대며 웃었다. 희고 가지런한 이가 드러났다.

"아니에요. 위험한 분이세요."

그녀는 웃으면서 말했다.

에르퀼 푸아로는 한숨을 쉬었다.

"제 말을 이해하지 못하시는군요. 그런데 정말 이상하군요."

토니가 갑자기 정신이 든 것처럼 불쑥 말했다.

"롤라, 나와서 한판 돌자고. 빨리 나와."

"좋아요. 푸아로 씨는 춤을 청할 용기가 없으시니까."

토니는 그녀에게 팔을 두르고 플로어로 나가면서 어깨 너머로 푸아로에게 말했다.

"선생님은 앞으로 일어날 사건이나 연구하시죠."

"그 말은 의미심장하군. 그래, 아주 의미심장한 말이야."

푸아로가 말했다.

그는 잠깐 생각에 잠겨 있다가 손가락을 들어 올렸다. 이탈리아인이 만면에 미소를 가득 머금고 즉시 달려왔다.

"내가 알고 싶은 게 있는데."

"무슨 일인지 말씀만 하십시오."

"이 테이블 손님 중에서 오늘 밤에 전화를 쓴 사람이 몇 명이나 되는지 알고 싶네."

"그거라면 말씀드릴 수 있습니다. 하얀 드레스를 입은 젊은 숙녀분입니다. 그분은 여기 도착하자마자 전화를 하셨습니다. 그분이 소지품을 맡기고 나서 다른 숙녀분이 거기서 나오셔서 전화 부스로 들어가셨습니다."

"그럼 그 세뇨라도 전화를 했다는 말이군. 레스토랑에 들어가기 전이었나?"

"그렇습니다, 선생님."

"다른 사람은?"

"다른 사람은 전화를 걸지 않았습니다."

"그렇다면 루이지, 그건 생각 좀 해 봐야겠군."

"그렇습니까?"

"그래. 밤새도록 생각해야 할 것 같아. 정신을 바짝 차려야겠어. 뭔가 일어날 것 같네, 루이지. 그게 뭔지는 아직 모르지만 말일세."

"무슨 일이든 제가 할 수 있는 일이 있으면 말씀해 주십시오."

푸아로가 신호를 보냈다. 루이지는 눈치 빠르게 자리를 비켜 주었다. 스티븐 카터가 테이블로 돌아왔다.

"우리 둘만 남았네요, 카터 씨."

푸아로가 말했다.

"아. 정말 그렇군요."

카터가 말했다.

"바턴 러셀 씨와 잘 아는 사이인가요?"

"네, 아주 오랫동안 알고 지낸 사이죠."

"그분의 처제인 웨더비 양은 무척 매력적인 아가씨죠."

"네, 정말 아름답죠."

"웨더비 양과도 친하신가요?"

"네. 무척 친한 사이예요."

"무척 친하다고요?"

푸아로가 말했다.

카터는 그를 쳐다보았다.

연주가 끝나자 모두들 테이블로 돌아왔다.

바턴 러셀이 웨이터에게 말했다.

"샴페인 한 병 더 가져와. 빨리."

그러고는 그는 잔을 들어올렸다.

"자, 여러분. 건배합시다. 사실 오늘 밤 작은 파티를 마련한 데는 이유가 있습니다. 저는 여섯 사람의 자리를 준비하게 했습니다. 지금 여기에 있는 사람은 모두 다섯입니다. 빈자리가 하나 있죠. 그런데 절묘하게도 우연히 푸아로 씨가 지나가시기에 합석하시라고 권했습니다. 이게 얼마나 기막힌 우연이었는지 여러분은 아직 잘 모를 겁니다. 오늘 밤 그 빈자리는 한 숙녀분을 위해 마련한 자리입니다. 그녀를 기념하기 위해 여기에 모인 겁니다. 여러분! 이 파티는 제 사랑하는 아내 아이리스를 기념하기 위한 겁니다. 4년 전 오늘 죽은 제 아내를 위해서요."

테이블 둘레에서 웅성거리는 소리가 들렸다. 바턴 러셀은 무표정한 얼굴로 잔을 들어올렸다.

"그녀를 기념하기 위해 이 잔을 마십시다. 아이리스를 위하여!"

"아이리스라고?"

푸아로가 날카롭게 외쳤다.

그는 꽃을 쳐다보았다. 바턴 러셀은 그의 시선을 눈치채고 말없이 고개를 끄덕였다.

테이블 주위에서 수군대는 소리가 들렸다.

"아이리스. 아이리스……."

모두들 놀라고 당황스러운 표정을 짓고 있었다.

바턴 러셀은 미국인 특유의 느리고 일정한 악센트로 단어마다 힘을 주어 말했다.

"여러분에게는 이런 방법으로 죽은 사람을 기념하는 것이 이상하게 보일지도 모릅니다. 고급 레스토랑에서 만찬을 연다는 게 말입니다. 하지만 저에게는 나름대로 이유가 있습니다. 그럴 만한 이유가요. 푸아로 씨를 위해서 설명해 드리죠."

그는 푸아로 쪽으로 고개를 돌리고 말했다.

"4년 전 오늘 밤 뉴욕에서 만찬이 열렸습니다, 푸아로 씨. 그 자리에는 제 아내와 저, 워싱턴 대사관의 스티븐 카터, 그 당시 우리 집에 몇 주일 동안 묵고 있던 앤터니 채플, 그리고 세뇨라 발데즈가 있었습니다. 이분은 그 무렵 뉴욕시에서 명성을 날리는 댄서였죠. 여기 있는 폴린……"

그는 폴린의 어깨를 가볍게 두드렸다.

"제 처제는 그때 겨우 열여섯 살이었지만 파티에 참석하게 했습니다. 기억하지, 폴린?"

"네, 기억해요."

그녀의 목소리가 약간 흔들렸다.

"푸아로 씨, 그날 밤 비극적인 일이 일어났습니다. 드럼이 울리고 쇼가 시작되었을 때였습니다. 불이 꺼졌습니다. 플로어 가운데 있는 스포트라이트만 빼고요. 불이 다시 켜지고 나자, 푸아로 씨, 제 아내가 테이블에 엎드린 모습이 보였습니다. 아내는 죽어 있었습니다. 완전히 숨이 끊어져 있었죠. 아내의 포도주 잔에서 청산가리가 발견되었습니다. 그 약을 싼 종이가 아내의 핸드백에서 발견되었죠."

"자살하신 건가요?"

푸아로가 물었다.

"그게 배심원의 판결이었죠……. 저는 절망에 빠졌습니다. 자살을 할 만한 이유가 있었을 거라고 경찰은 그렇게 추측했습니다. 저는 그들의 판결을 받아들일 수밖에 없었죠."

러셀은 갑자기 테이블을 두드렸다.

"하지만 저는 도저히 납득할 수가 없었습니다……. 4년 동안 저는 생각하고 또 생각했지만 아직도 이해할 수가 없습니다. 저는 아이리스가 자살했다고 생각하지 않습니다. 푸아로 씨, 저는 아이리스가 살해당했다고 생각합니다. 그 테이블에 앉아 있던 사람들 중 한 사람 손에 의해서요."

"뭐라고?"

토니 채플이 벌떡 일어섰다.

러셀이 말했다.

"조용히 하게, 토니. 내 얘기 아직 끝나지 않았어. 그 자리에 있었던 사람들 중 한 사람이 죽인 거야. 지금도 그 확신은 변함없어. 누군가 어둠을 틈타서 반쯤 남은 청산가리를 싼 종이를 아이리스의 핸드백에 넣은 거야. 누가 그런 짓을 했는지 나는 알아. 나는 진실을 알고 있단 말이야."

롤라의 목소리가 날카롭게 울렸다.

"미쳤군. 미쳤어. 누가 아이리스를 죽였단 거야? 말도 안 돼. 미쳤어. 난 여기 있기 싫어."

그녀가 말을 마치자 드럼이 울리기 시작했다.

바턴 러셀이 말했다.

"쇼가 시작됩니다. 쇼가 끝난 후에 얘기를 계속하겠습니다. 그 자리에 그대로 앉아 계십시오. 나는 밴드에게 가서 얘기를 하고 돌아올 겁니다. 그들에게 부탁해 둔 게 있어서요."

그는 일어나서 테이블을 떠났다.

"정말 이상한 행동을 하는군. 제정신이 아닌 것 같아."

카터가 말했다.

"정말 미쳤나 봐요."

롤라가 말했다.

조명이 어두워졌다.

"그냥 확 가 버릴까 보다."

토니가 말했다.

"안 돼!"

폴린이 비명을 질렀다. 그리고 나서 그녀는 더듬거리며 말했다.

"하느님! 오, 하느님!"

"왜 그래요, 마드무아젤?"

푸아로가 낮은 목소리로 물었다.

그녀는 거의 속삭이듯이 대답했다.

"무서워요! 그날 밤과 모든 게 똑같아요."

"쉿! 조용히 해요!"

사람들이 조용히 말했다.

푸아로는 목소리를 낮추었다.

"귀에 대고 얘기해요."

그는 이렇게 말하면서 그녀의 어깨를 두드려 주었다.

"괜찮아질 거예요."

"하느님 맙소사! 저 소리 좀 들어 보세요."

롤라가 소리를 질렀다.

"왜 그러세요, 세뇨라?"

"똑같은 곡이에요. 그날 밤 뉴욕에서 연주했던 그 곡 말이에요. 바턴 러셀이 연주하게 한 게 분명해요. 이런 건 정말 싫어요."

"용기를 내세요. 용기를……."

테이블이 다시 조용해졌다.

젊은 여자가 플로어 중앙으로 걸어 나왔다. 흑인 여자의 커다란 눈동자와 하얀 이가 반짝였다. 그녀는 깊고 허스키한 목소리로 노래를 부르기 시작했다. 묘하게 마음을 움직이는 목소리였다.

    난 당신을 잊었어요
    생각도 하지 않아요
    당신이 걷던 모습
    당신이 말하던 모습
    당신이 하던 말들
    난 당신을 잊었어요

생각도 하지 않아요

기억나지 않아요

지금은

당신의 눈이 파란색이었는지

회색이었는지

난 당신을 잊었어요

생각도 하지 않아요

난 당신을 생각하지 않아요

정말이에요

생각하지 않아요

당신을······

당신을······

당신을······

 흐느끼는 듯한 흑인 특유의 진한 허스키 음성이 사람들의 가슴을 울렸다. 모두들 마법에 걸린 것처럼 혼이 빠져 있었다. 웨이터도 감동에 사로잡힌 것 같았다. 실내에 있는 모든 사람들이 그녀에게서 뿜어져 나오는 진하고 끈끈한 감상에 젖어 빠져들 듯이 그녀를 바라보고 있었다.

 한 웨이터가 발소리를 죽여 테이블을 돌아가며 잔에 술을 따랐다. 그는 낮은 소리로 "샴페인입니다."라고 속삭였지만 모두들 스포트라이트를 받으며 굵고 낮은 목소리로 노래를 부르고 있는 아프리카의 후손인 검은 피부의 여자에게 몰입하고 있었다.

난 당신을 잊었어요
생각하지도 않아요

아니, 그건 거짓말이에요
난 당신을 생각할 거예요
생각할 거예요
생각할 거예요

내가 죽을 때까지……

열광적인 박수가 터져 나왔다. 불이 켜졌다. 바턴 러셀이 돌아와 자리에 앉았다.
"훌륭해, 훌륭한 가수야……."
토니가 외쳤다.
그러나 그의 목소리는 롤라가 낮게 외치는 소리에 묻혀 버렸다.
"여기 좀 봐요. 여기 좀……."
모두들 놀라서 그녀가 가리키는 곳을 쳐다보았다. 폴린 웨더비가 테이블에 엎드려 있었다.
롤라가 소리쳤다.

"죽었어요. 아이리스처럼, 뉴욕에서 아이리스가 죽은 것처럼."

푸아로는 자리에서 벌떡 일어나 다른 사람들에게 제자리에 앉아 있으라는 몸짓을 했다. 그는 웅크리고 엎드려 있는 여자 위로 몸을 굽혀 축 늘어진 손을 가만히 들어 올려서 맥을 짚었다.

그의 얼굴은 창백하게 굳어 있었다. 다른 사람들은 숨을 죽인 채 그를 쳐다보고 있었다.

푸아로는 천천히 고개를 끄덕였다.

"사망했습니다. 정말 유감입니다. 바로 옆에 앉아 있었는데! 아! 하지만 이번에는 범인이 절대 빠져나가지 못할 겁니다."

얼굴이 창백하게 질린 바턴 러셀이 중얼거렸다.

"아이리스와 똑같아……. 처제는 뭔가를 봤어. 그날 밤 폴린도 뭔가를 봤어……. 뭔지 확신이 없었을 뿐이야. 내게도 그렇게 말했어. 확실하지는 않지만……. 경찰을 불러야 해. 가엾은 폴린!"

푸아로가 말했다.

"폴린의 잔이 이건가요?"

그는 잔을 코로 가져갔다.

"청산가리 냄새가 나는군. 강한 아몬드 냄새. 같은 수법이야. 같은 독을 썼어."

그는 폴린의 핸드백을 집어 들었다.

"핸드백을 조사하겠습니다."

바턴 러셀이 소리쳤다.

"이번에도 자살이라고 생각하는 건 아니겠죠? 절대로 그럴 리가 없습니다."

"기다리시오."

푸아로가 명령하듯이 말했다.

"안에 아무것도 들어 있지 않습니다. 불이 너무 빨리 켜졌기 때문에 범인은 시간이 없었을 겁니다. 따라서 독은 아직 그자의 손에 있습니다."

"여자일지도 모르죠."

카터가 말했다.

그는 롤라 발데즈를 쳐다보았다.

그녀는 쏘아붙였다.

"그게 무슨 말이죠? 지금 뭐라고 했어요? 내가 폴린을 죽였다는 거예요? 말도 안 돼. 말도 안 된다고. 내가 왜 그런 짓을 한단 말이죠?"

"당신은 뉴욕에 있을 때부터 바턴 러셀을 좋아했어. 내가 들은 소문이 있어. 아르헨티나 여자들은 질투가 심하니까."

"다 거짓말이에요. 그리고 난 아르헨티나에서 오지도 않았어요. 난 페루에서 왔어요. 빌어먹을! 난……."

그녀는 스페인 어로 말을 쏟아 냈다.

푸아로가 소리쳤다.

"조용히 좀 하십시오. 제가 얘기하던 중이었잖습니까."

바턴 러셀이 비통한 듯이 말했다.

"모두 몸수색을 해야 합니다."

푸아로가 침착하게 대꾸했다.

"아니. 그럴 필요 없습니다."

"그럴 필요 없다니, 무슨 말입니까?"

"이 에르퀼 푸아로는 알고 있습니다. 저는 마음의 눈으로 보고 있습니다. 이제 설명하지요. 카터 씨, 윗주머니에 들어 있는 종이봉투를 보여 주시지요."

"내 주머니에는 아무것도 없습니다. 도대체……."

"토니, 수고스럽지만……."

"뭐하는 거야?"

카터가 소리쳤다.

토니는 카터가 저항할 틈을 주지 않고 그의 주머니에서 잽싸게 종이봉투를 빼냈다.

"있습니다, 푸아로 씨. 말씀하신 대로 있어요."

"새빨간 거짓말이야!"

카터가 소리쳤다.

푸아로는 종이봉지를 들고 라벨을 읽었다.

"'청산가리.' 이걸로 사건은 해결되었군."

바턴 러셀이 쉰 목소리로 말했다.

"카터! 줄곧 그렇게 생각했었어. 아이리스는 너와 사랑하는 사이였어. 아이리스는 너와 도망가고 싶어 했지. 너는 네가 중요하게 생각하는 출세 때문에 스캔들이 나는 걸 두려워했어. 그래서 아이리스를 독살한 거야. 이 짐승보다 못한 놈! 넌 교수형을 당할 거야!"

"조용히 하시오!"

푸아로의 단호하고 위엄 있는 목소리가 울려 퍼졌다.

"아직 사건이 종결된 게 아닙니다. 이 에르퀼 푸아로가 할 말이 있습니다. 제가 여기 도착했을 때 여기 있는 제 친구 토니 채플이 범죄 사건을 찾아서 왔냐고 묻더군요. 그 말은 반은 사실이었습니다. 저는 사건을 예상하고 그 사건을 미리 막기 위해서 온 겁니다. 그리고 저는 그 사건을 미리 막았습니다. 살인자는 아주 철저하게 계획을 세웠지요. 하지만 에르퀼 푸아로는 그보다 한 발 더 빨랐습니다. 저는 재빨리 머리를 굴려서 불이 꺼질 때 마드무아젤의 귀에 대고 속삭였습니다. 마드무아젤 폴린 역시 아주 영리하고 민첩했습니다. 맡은 역할을 멋지게 연기해 냈지요. 마드무아젤, 이제 죽지 않았다는 것을 보여 주시죠."

폴린이 일어났다. 그녀는 어색하게 웃음을 터뜨렸다.

"폴린의 부활이에요."

그녀가 말했다.

"폴린, 정말 다행이야."

"토니!"

"내 사랑!"

"자기야!"

바턴 러셀이 숨을 헉하고 들이쉬었다.

"난 도무지 어떻게 된 건지 모르겠군."

"제가 이해하도록 도와 드리죠, 바턴 러셀 씨, 당신의 계획은 실패한 겁니다."

"내 계획이라니?"

"그래요. 당신의 계획. 불이 꺼지고 깜깜할 때 알리바이가 있었던 사람은 당신뿐이었습니다. 당신은 그때 테이블을 떠나 있었으니까요, 바턴 러셀 씨. 하지만 당신은 어둠을 틈타서 테이블로 돌아와 샴페인 병을 들고 테이블을 돌아가며 술잔을 채웠습니다. 그리고 폴린 양의 잔에 청산가리를 넣고 잔을 치우는 척하면서 카터에게 몸을 구부려 그의 주머니에 반쯤 남은 청산가리 봉지를 집어넣은 겁니다. 깜깜한 어둠 속에서 모든 사람의 시선이 다른 곳에 쏠려 있을 때 웨이터인 척 행동하는 것은 아주 쉬운 일이었죠. 당신이 오늘 밤 이 모임을 주선한 진짜 이유는 거기에 있었던 겁니다. 살인을 저지르기에 가장 안전한 장소는 많은 사람이 모여 있는 곳이니까요."

"내가 왜 대체 뭣 때문에 폴린을 죽이려고 한다는 겁니까?"

"돈 때문이겠죠. 당신의 부인은 당신을 동생의 후견인으로 지명했습니다. 당신 스스로 오늘 밤 그 사실을 언급했죠. 폴린 양은 이제 스무 살입니다. 21세가 되거나 결혼을 하게 되면 당신이 그동안 관리했던 폴린 양의 재산에 대한 회계 장부를 제출해야 합니다. 하지만 당신은 아마도 그렇게 할 수 없었을 겁니다. 그 돈을 투기하는 데 써 버렸으니까요. 바턴 러셀 씨, 당신이 같은 방법으로 부인을 살해했는지, 아니면 부인이 정말 자살을 했고 거기서 힌트를 얻어서 이 범죄를 계획했는지 그건 나도 모릅니다. 하지만 오늘 밤 당신이 살인 미수를 저질렀다는 사실은 확실합니다. 당신이 기소될지 아닐지는 폴린 양에게 달려 있습니다."

"전 기소하지 않겠어요. 제 눈에서 보이지 않게 이 나라를 떠나게 해 주세요. 스캔들은 원하지 않아요."

폴린이 말했다.

"당장 떠나는 게 좋겠습니다, 바턴 러셀 씨. 앞으로 정신 차리고 살아가길 바라겠소."

바턴 러셀이 얼굴을 실룩거리며 일어섰다.

"빌어먹을! 쥐새끼만 한 건방진 벨기에 놈이 내 앞길을 막다니!"

그는 분을 참지 못하겠다는 듯이 씩씩거리며 걸어 나갔다.

폴린은 한숨을 내쉬었다.

"푸아로 씨, 정말 멋졌어요."

"아가씨야말로 훌륭했습니다. 샴페인을 쏟고 죽은 사람의 연기를 그렇게 감쪽같이 해내다니."

"아, 정말 섬뜩했어요."

그녀가 몸서리를 치며 말했다.

푸아로가 나직하게 말했다.

"제게 전화한 사람이 아가씨였죠?"

"네."

"왜 그러셨죠?"

"저도 모르겠어요. 왜 그런지 모르게 불안하고 두려웠어요. 형부는 아이리스 언니의 죽음을 기억하기 위해 모임을 갖기로 했다고 했어요. 저는 뭔가 계획이 있다는 걸 알았지만 형부는 말해 주지 않앉어요. 형부는 정말 이상했어요. 무척 흥분한 것 같았고 하여튼 이상했어요. 뭔가 끔직한 일이 일어날 것 같은 느낌이 들었죠. 하지만 물론 저를 죽이려고 한다는 건 꿈에도 생각하지 못한 일이었어요."

"그래서요, 마드무아젤?"

"선생님에 관한 명성은 들어서 알고 있었죠. 저는 선생님이 그 자리에 있어 주신다면 무서운 일이 일어나는 걸 막을 수 있을 거라고 생각했어요. 그래서 저는…… 외국인이니까…… 전화를 걸어서 위험에 빠져 있는 것처럼 하면 선생님이 미스터리한 사건이라고 생각해서……."

"멜로드라마로 저를 유인할 수 있을 거라고 생각한 거로군요. 전 무척 당황했습니다. 전화 내용이, 그러니까 아가씨 말대로 '가짜' 내용이 진짜 같지가 않더란 말이죠. 하지만 그 목소리에 담긴 두려움. 그건 진짜였죠! 그래서 여기에 온 겁니다. 아가씨는 저에게 전화를 했다는 사실을 딱 잡아뗐죠."

"그럴 수밖에 없었어요. 전화를 건 사람이 저라는 걸 알리고 싶지 않았으니까요."

"아! 하지만 전 아가씨라는 걸 확신하고 있었어요. 처음에는 잘 몰랐죠. 하지만 테이블에 있는 사람들 중에서 노란 아이리스에 대해 알 만한 사람은 두 사람밖에 없다는 걸 깨달았죠. 아가씨와 바턴 러셀 씨."

폴린은 고개를 끄덕였다.

"저는 형부가 테이블을 장식하라고 지시하는 말을 들었어요. 여섯 사람이 앉을 자리를 주문하는 것도 들었죠. 다섯 명이 모일 걸로 알고 있었기 때문에 수상하다고 생각했죠."

그녀는 입술을 깨물면서 말을 멈추었다.

"뭐가 수상했나요, 마드무아젤?"

그녀가 천천히 말했다.

"저는 카터 씨에게 무슨 일이 일어날 것 같아서 겁이 났어요."

스티븐 카터가 헛기침을 했다. 그는 서두르지는 않았지만 뭔가 결심한 듯이 테이블에서 일어섰다.

"아. 제가 푸아로 씨에게 감사해야겠군요. 큰 신세를 졌습니다. 실례지만 저는 먼저 가 봐야겠습니다. 오늘 밤 사건은 정말 충격적이었습니다."

멀어져 가는 그의 모습을 보며 폴린이 격한 목소리로 말했다.

"저 남자는 정말 꼴도 보기 싫어요. 항상 아이리스 언니가 저 남자 때문에 자살했다고 생각했어요. 아니면 바턴이 죽인 건지도 모르지만. 정말 증오스러워요."

푸아로가 다정하게 말했다.

"잊어버리세요, 마드무아젤. 잊어버려요. 지나간 일은 잊어버리고 현재만 생각해요."

폴린이 작은 소리로 대답했다.

"네, 선생님 말씀이 옳아요."

푸아로는 롤라 발데즈를 돌아보며 말했다.

"세뇨랴, 밤이 깊으니 용기가 생기는군요. 춤을 청해도 될까요?"

"아, 좋아요. 선생님은 정말 최고세요, 푸아로 씨. 선생님과 춤을 추게 되어 영광이에요."

"황송한 말씀입니다, 세뇨라."

토니와 폴린만 테이블에 남았다. 그들은 테이블 너머로 서로 다정하게 몸을 앞으로 기울였다.

"내 사랑 폴린."

"오, 토니. 오늘 하루 종일 짜증만 부려서 미안해요. 용서해 줄 거죠?"

"내 천사! 우리가 좋아하는 곡이로군. 나갑시다."

그들은 서로 미소를 지어 보이며 나직하게 노래를 부르면서 플로어로 나갔다.

사랑만큼 외롭게 하는 건 없어
사랑만큼 우울하게 하는 건 없어
절망하고
빠져들고
쓸쓸하고
변덕스럽게 만들지

사랑만큼 우울하게 하는 건 없어

사랑만큼 미치게 만드는 건 없어

사랑만큼 분노로 타오르게 하는 건 없어

모욕

암시

자살

살인

사랑 같은 건 없어

사랑 같은 건 없어……

두 번째 종소리

조앤 애슈비는 침실에서 나와 문밖의 층계참에 잠시 서 있었다. 그녀가 방으로 돌아가려고 반쯤 몸을 돌렸을 때 발아래에서 종소리가 울렸다.

조앤은 뛰다시피 앞으로 나갔다. 너무 서두르는 바람에 커다란 층계 꼭대기에 다다랐을 때 반대쪽에서 오던 한 젊은 남자와 부딪치고 말았다.

"이봐, 조앤! 왜 그렇게 허둥지둥해?"

"미안해요, 해리. 못 봤어요."

해리 데일하우스가 무뚝뚝하게 말했다.

"그랬겠지. 그런데 왜 그렇게 서두르는 거지?"

"종소리가 났어요."

"알고 있어. 하지만 그건 첫 번째 종소리잖아."

"아니에요, 두 번째예요."

"첫 번째야."

"두 번째예요."

그들은 옥신각신하며 계단을 내려갔다.

홀에 들어서자 집사가 종치는 막대기를 제자리에 놓고 엄숙하고 위엄 있는 걸음걸이로 그들을 향해 오고 있었다.

"두 번째예요."

조앤이 고집을 부렸다.

"분명해요. 시간을 봐도 알 수 있잖아요."

해리 데일하우스는 추가 달린 커다란 시계를 힐끗 쳐다보았다.

"정각 8시 20분이군. 조앤, 당신 말이 맞는 것 같아. 하지만 난 첫 번째 종소리는 못 들었어, 딕비!"

그는 집사를 보며 말했다.

"지금 친 게 첫 번째 종인가, 두 번째 종인가?"

"첫 번째입니다."

"8시 20분인데? 딕비, 이 일로 누군가 해고당하겠군."

집사의 얼굴에 잠깐 미소가 스쳐 지나갔다.

"오늘 밤은 만찬이 10분 늦게 준비될 겁니다. 주인님의 명령이십니다."

해리 데일하우스가 외쳤다.

"믿기 어려운 일이로군! 쯧쯧! 틀림없이 무슨 일이 생긴 거야! 놀랄 일이 끊임없이 일어나는군. 존경하는 아저씨가 어디 아프시기라도 하신 건가?"

"7시 기차가 30분 연착이랍니다. 그래서……."

채찍질을 하는 것 같은 소리가 들리는 바람에 집사는 말을 중단했다.

"대체 뭐지? 꼭 총소리 같은데."

해리가 말했다.

서른다섯 살의 피부가 검은 잘생긴 남자가 그들의 왼쪽에 있는 응접실에서 나왔다. 그가 물었다.

"무슨 소리지? 꼭 총 쏘는 소리 같았는데."

집사가 말했다.

"자동차가 역화할 때 나는 소리 같습니다. 도로가 집에 너무 가까이 나 있는 데다가 2층 창문이 열려 있어서 소리가 크게 들렸을 겁니다."

"그럴지도 모르지. 하지만 도로는 저쪽이잖아요."

조앤이 미심쩍은 듯이 오른쪽을 가리켰다.

"난 소리가 이쪽에서 난 것 같은데요."

그녀는 왼쪽을 가리켰다.

피부가 어두운 남자가 고개를 흔들었다.

"난 아닌 것 같소. 난 응접실에 있었는데 이쪽에서 소리가 난 것 같아서 여기로 나온 거요."

그는 종이 있는 쪽과 현관을 보며 고개를 끄덕였다.

"동쪽, 서쪽, 남쪽이라!"

해리가 성급하게 말했다.

"그럼 내가 완성해 주지, 킨. 나는 북쪽으로 하겠소. 나는 우리 뒤쪽에서 소리가 난 것 같소. 이제 답을 맞춰 보죠."

제프리 킨이 웃으면서 말했다.

"살인은 언제든 일어날 수 있죠. 죄송합니다, 애슈비 양."

"약간 오싹할 뿐이에요. 하지만 별거 아니에요. 뭐랄까 온몸에 소름이 끼친다고나 할까요?"

조앤이 말했다.

"좋은 발상이에요. 살인이라! 그런데 신음도 피도 없지 않나요. 나는 토끼 밀렵꾼이 정답이라고 생각하는데요."

해리가 말했다.

킨이 동의했다.

"좀 시시하기는 하지만 그게 정답인 것 같군. 그런데 소리가 너무 가깝게 들렸소. 어쨌든 응접실로 갑시다."

"다행히 늦지는 않았어요. 나는 두 번째 종소리인 줄 알고 헐레벌떡 뛰어 내려왔지 뭐예요."

조앤이 열띤 어조로 말했다.

모두들 웃으며 커다란 응접실로 들어갔다.

리챔 클로즈는 영국에서 가장 유명한 유서 깊은 저택 중 하나였다. 이 저택의 주인인 허버트 리챔 로체는 오랜 가문의 마지막 인물이었다. 그의 먼 친척들은 "허버트 노인네는 정신병원에 들어가야 해. 완전히 미쳤어. 불쌍한 노인네야."라고 말하곤 했다.

친구들이나 친척들은 원래 과장해서 말하는 게 당연한 일이기는 하지만, 그들의 말에는 어느 정도 진실이 담겨 있었다. 허버트 리챔 로체는 분명히 괴짜였다. 그는 매우 뛰어난 음악가였지만 성격이 급하고 자존심이 지나칠 정도로 강했다. 그 집에 묵고 있는 사람들은 그의 편견을 절대적으로 존중해 주어야 했다. 그렇지 않으면 다시는 초대를 받지 못하기 때문이었다.

그런 편견 중 하나가 그의 연주였다. 그는 저녁에 자주 손님들 앞에서 연주를 했는데 그가 연주할 때는 모두들 반드시 조용히 해야 했다. 누군가 한 마디라도 소리를 내거나 드레스를 바스락거리거나 살짝 움직이기만 해도 그는 몸을 휙 돌리고 험악한 눈초리로 쏘아보고는 다시는 그 불행한 손님을 초대하지 않았다.

또 다른 편견은 하루 중 가장 중요한 만찬 시간을 절대적으로 엄수해야하는 것이었다. 아침 식사는 별로 중요하게 여기지 않아서 원한다면 정오에 내려와도 상관없었다. 점심 식사도 냉동 고기와 과일 스튜로 간단히 먹었다. 그러나 만찬은 그가 엄청난 보수를 지급하고 큰 호텔에서 데려온 일류 요리사가 준비한 하나의 의식이자 향연이었다.

첫 번째 종소리는 8시 5분에 울렸다. 8시 15분에 두 번째 종소리가 울리고 문이 활짝 열리자마자 모여 있는 손님들에게 저녁 식사를 알린 후 식당으로 엄숙한 행렬이 이동했다. 무엄하게도 두 번째 종소리에 늦은 손님은 그 즉시 추방되었고 리챔 클로즈는 그 불행한 만찬을 영원히 닫아버렸다.

그날 저녁에 그 신성한 의식이 10분이나 늦어진다는 소식을 듣고 조앤 애슈비가 불안해하는 것이나 해리 데일하우스가 놀라는 것도 당연한 일이었다. 그는 자기 아저씨와 그렇게 친한 사이는 아니었지만 이런 일이 얼마나 이례적인 경우인지 알 만큼 리챔 클로즈 저택에 자주 드나들었던 것이다.

리챔 로체의 비서인 제프리 킨도 꽤 놀란 모양이었다.

"정말 이상한 일이로군. 지금까지 이런 일은 한 번도 본 적이 없는데. 확실합니까?"

"딕비 집사가 그렇게 말했어요."

"기차가 어떻게 됐다든가 그런 말을 했어요. 내가 들은 바로는 그래요."

조앤 애슈비가 말했다.

"정말 이상하군. 곧 무슨 얘기가 있겠지. 어쨌든 아주 이상한 일입니다."

킨이 생각에 잠긴 표정으로 말했다.

두 남자는 잠시 말없이 아가씨를 지켜보았다. 조앤 애슈비는 푸른 눈과 금발과 개구쟁이 같은 표정을 가진 매력적인 아가씨였다. 오늘이 그녀가 리챔 클로즈 저택을 처음으로 방문하는 날이었다. 그녀의 방문은 해리의 주선으로 이루어진 것이었다.

문이 열리고 리챔 로체의 양녀인 다이애나 클리브스가 들어왔다. 매력적인 검은 눈동자와 비웃는 듯한 그녀의 말투는 어딘지 사람을 사로잡는 저돌적인 매력이 있었다. 다이애나에게 반하지 않는 남자는 거의 없었다. 그녀는 남자들을 정복하는 것을 즐겼다. 뜨거운 말로 유혹하다가도 갑자기 얼음처럼 차가워지는 알 수 없는 여자였다. 그녀가 말했다.

"노인네가 한 번쯤 힘이 빠진 거죠. 그 노인네가 처음으로 내려오지 않은 건 몇 주 동안 처음 있는 일이네요. 먹이 먹을 시간을 노리는 호랑이처럼 시계를 보면서 왔다 갔다 하더니 말이죠."

젊은 남자들이 앞으로 튀어나갔다. 그녀는 그들에게 매혹적인 미소를 지어 보이고는 해리를 향해 돌아섰다. 제프리 킨은 뒤로 물러서면서 검은 뺨을 붉혔다.

그러나 잠시 후 리챔 로첸 부인이 들어서자 그는 정신을 가다듬은 것 같았다. 그녀는 키가 크고 피부가 검은 여자였다. 그녀의 태도는 어딘지 넋이 나간 것 같았다. 그녀는 초록색 계열의 풍성한 드레스를 입고 있었다. 그녀의 옆에는 매부리코에 고집 센 턱을 가진 중년의 그레고리 발랑이 있었다. 그는 금융계에서 꽤 유명한 인물이었고 어머니 쪽 집안이 명문가였다. 그는 몇 년간 허버트 리챔 로체와 친한 친구 사이로 지내고 있었다.

땡!

종소리가 당당하게 울렸다. 종소리가 잦아들자 문이 활짝 열리고 딕비가 말했다.

"만찬이 준비되었습니다."

그는 잘 훈련된 하인이었지만 그 순간 그의 무표정한 얼굴에 경악스러운 표정이 스쳐 지나갔다. 방 안에 그의 주인이 없었던 것이다. 그가 기억하기로는 처음 있는 일이었다.

다른 사람들도 모두 놀란 표정이 역력했다. 리챔 로체 부인은 어색하게 웃었다.

"정말 놀라운 일이군요. 정말이지 당황스럽네요."

모두들 놀라고 당황한 게 분명했다. 리챔 클로즈의 전통이 깨진 것이다. 도대체 무슨 일이 일어난 것일까? 대화가 중단되었다. 모두들 긴장한 채 기다리고 있었다.

드디어 문이 다시 한 번 열렸다. 그 상황에 어떻게 대처해야 할지 걱정하면서도 모두들 안도의 한숨을 내쉬었다. 주인이 그 집의 엄격한 규칙을 위반했다는 사실을 강조하는 말은 절대로 해서는 안 되는 일이었다.

그러나 들어온 사람은 리챔 로체가 아니었다. 큰 체격에 턱수염을 기른 북유럽의 해적 같은 모습 대신 달걀형의 머리에 불꽃 모양의 콧수염을 기른 땅딸막한 외국인이 흠잡을 데 없이 완벽하게 야회복을 차려입고 응접실로 들어왔다.

그는 눈을 반짝이며 리챔 로체 부인을 향해 걸어갔다.

"죄송합니다, 부인. 제가 몇 분 늦은 것 같군요."

"천만에요!"

리챔 로체 부인이 작은 목소리로 모호하게 말했다.

"괜찮습니다, 미스터……"

"푸아로입니다, 부인. 에르퀼 푸아로."

그의 등 뒤에서 나직하게 "오……." 하는 소리가 들렸다. 그것은 단어라기보다는 헐떡이는 여자의 숨소리 같았다. 아마도 푸아로의 기분을 맞춰 주려는 의도인 것 같았다.

"제가 오는 걸 알고 계셨습니까?"

푸아로가 부드럽고 낮은 목소리로 말했다.

"아…… 아, 네."

리챔 로체 부인이 말했다. 그녀의 태도는 불안정하고 모호하기 짝이 없었다.

"그런 것 같아요. 저는 아무것도 제대로 하는 게 없답니다, 푸아로 씨. 기억을 전혀 못 해요. 다행히 딕비가 모든 일을 알아서 처리해 주죠."

"제가 탄 기차가 연착되었습니다. 우리 앞 선로에서 사고가 났거든요."

"아, 그래서 만찬이 지연된 거군요."

조앤이 큰 소리로 말했다.

그의 시선이 재빨리 그녀에게로 옮겨졌다. 기분 나쁠 정도로 사람을 꿰뚫어보는 시선이었다.

"아주 드문 경우인가 보죠?"

"저는 정말 어떻게 생각해야 할지……."

리챔 로체 부인이 말을 시작하다가 중단했다. 그녀는 어찌할 바를 모르는 듯이 말을 이었다.

"그러니까, 정말 이상한 일이에요. 허버트는 절대로……."

푸아로는 재빨리 사람들을 훑어보았다.

"리쳄 로체 씨가 아직 안 내려오셨나요?"

"네, 정말 이상한 일이에요……."

그녀는 애원하듯이 제프리 킨을 쳐다보았다.

킨이 설명했다.

"리쳄 로체 씨는 시간을 철저히 지키시는 분입니다. 만찬에 늦으시는 분이 아닙니다. 한 번이라도 늦으신 적이 있는지 모르겠군요."

이 집에 처음 온 사람에게는 우스꽝스러운 장면이 아닐 수 없었다. 당황해서 어쩔 줄 모르는 사람들의 얼굴이며 놀란 표정이 그야말로 가관이었다.

"종을 울려서 딕비를 불러 봐야겠어요."

리쳄 로체 부인이 문제를 해결할 생각인지 이렇게 말했다.

그녀는 그 말을 행동으로 옮겼다. 즉시 집사가 들어왔다.

"딕비, 주인어른이……."

늘 그랬던 것처럼 그녀는 문장을 끝내지 못했다. 집사도 그녀가 끝까지 말을 하지 않으리라는 걸 알고 있었던 것처럼 그녀의 말뜻을 알아듣고 즉시 대답했다.

"리쳄 로체 씨는 7시 55분에 내려오셨다가 서재로 들어가셨습니다, 마님."

"아!"

그녀는 잠시 말을 멈추었다.

"그럼 그이가 종소리를 못 들었단 말인가요?"

"분명히 들으셨을 겁니다. 종이 서재 바로 문밖에 있으니까요."

"그럼, 그렇지. 그렇고말고."

리챔 로체 부인이 더욱 모호하게 말했다.

"만찬이 준비되었다고 주인님께 알릴까요, 마님?"

"아, 고마워요, 딕비. 그래, 그래야 할 것 같아."

집사가 물러가자 리챔 로체 부인이 손님들을 둘러보며 말했다.

"딕비가 없으면 난 아무것도 못 해요."

잠시 침묵이 흘렀다.

그때 딕비가 다시 방으로 들어왔다. 훌륭한 집사치고는 너무 거친 태도로.

"죄송합니다, 마님. 서재 문이 잠겨 있습니다."

에르퀼 푸아로는 그 순간 상황을 지휘했다. 그는 이렇게 말했다.

"서재로 가 보는 게 좋겠습니다."

푸아로를 따라서 모두들 서재로 갔다. 푸아로가 그 상황을 지휘하는 것이 지극히 당연한 것처럼 보였다. 그는 이제 우스꽝스럽게 생긴 손님이 아니었다. 그 황당한 상황을 이끌고 지휘할 사람이었다.

그는 홀로 들어가서 계단을 지나고 커다란 시계를 지나 종이 있는 벽감으로 갔다. 벽감 맞은편에 있는 문은 닫혀 있었다.

푸아로는 처음에는 조용히 문을 두드리다가 점점 더 세게 두드렸다. 그러나 아무런 대답이 없었다. 그는 재빠르게 무릎을 꿇고 열쇠구멍을 들여다보았다. 그러고는 일어나서 주위를 둘러보았다.

"여러분, 이 문을 부수어서 열어야 합니다."

이번에도 아무도 그의 권위에 이의를 제기하지 않았다. 제프리 킨과 그레고리 발랑이 가장 덩치가 큰 남자들이었다. 그들은 푸아로가 시키는 대로 문을 부수기 시작했다. 그것은 쉬운 일이 아니었다. 리챔 클로즈 저택의 문들은 견고했다. 현대의 싸구려 건물이 아니었다. 문은 완강하게 공격에 저항했다. 그러나 남자들이 힘을 합해서 공격하자 드디어 문이 안쪽으로 무너졌다.

사람들은 문 앞에서 망설이고 있었다. 그들은 무의식적으로 두려워하던 장면을 보게 된 것이었다. 그들 맞은편에는 창문이 있고 문과 창문 사이에 왼쪽으로 커다란 책상이 있었다. 책상 옆에 비스듬하게 거구의 남자가 앉아 있었다. 그의 몸은 앞으로 축 늘어져 있었다.

그의 등은 그들을 향하고 있었고 얼굴은 창문을 향하고 있었지만 그의 자세는 벌어진 상황을 알려 주고 있었다. 오른손은 힘없이 축 늘어져 있었고, 그 아래 카펫 위에는 작은 권총 한 자루가 반짝거리고 있었다.

푸아로는 그레고리 발랑에게 날카롭게 말했다.

"리챔 로체 부인을 데려가세요. 다른 두 숙녀분도."

그레고리 발랑은 알았다는 표시로 고개를 끄덕였다. 그는 여주인의 팔을 잡았다. 그녀는 벌벌 떨고 있었다.

"자살한 거야!"

그녀가 중얼거렸다.

"세상에 이런 일이!"

그녀는 다시 몸서리를 치며 자기를 부축하는 손길에 몸을 맡겼다. 두 여자들도 그 뒤를 따라갔다.

푸아로가 방으로 들어가자 두 젊은이가 그의 뒤를 따라 들어갔다. 푸아로는 그들에게 뒤로 조금 물러서 있으라는 몸짓을 하고 시체 옆에 무릎을 꿇었다. 그는 시체의 머리 오른쪽에 난 총알구멍을 발견했다. 총알은 반대편으로 나와서 왼쪽 벽에 있는 거울에 맞은 게 분명했다. 거울은 산산조각이 나 있었다. 책상 위에는 종이 한 장이 놓여 있고, 그 종이에는 머뭇거리고 떨리는 필체로 '미안해'라는 한 단어가 쓰여 있었다.

푸아로의 눈은 문을 보고 있었다.

"열쇠가 자물통에 꽂혀 있지 않군요. 제 생각으로는……."

그는 죽은 사람의 호주머니에 손을 집어넣었다.

"여기 있군. 그럴 줄 알았어. 한번 열어 보시겠습니까?"

제프리 킨이 열쇠를 받아 자물통에 꽂았다.

"맞습니다."

"창문은?"

해리 데일하우스가 창문으로 성큼성큼 걸어갔다.

"잠겨 있습니다."

"그래요?"

푸아로는 빠른 걸음으로 창가에 서 있는 남자에게로 다가갔다. 긴 프랑스식 창문이었다. 푸아로는 창문을 열고 그 앞에 펼쳐진 잔디밭을 잠시 내다보고 다시 문을 닫았다.

"여러분, 경찰에 신고하십시오. 경찰이 와서 자살이라고 확인할 때까지 절대 아무것도 건드려서는 안 됩니다. 사망한 지 15분밖에 안 된 걸로 보입니다."

"총소리를 들었어요."

해리가 쉰 목소리로 말했다.

"뭐라고요? 무슨 말입니까?"

해리는 제프리 킨의 도움을 받아 설명했다. 그의 말이 끝나자 발랑이 다시 나타났다.

푸아로는 좀 전에 한 말을 다시 반복했다. 그리고 킨이 전화를 하러 간 동안 발랑에게 잠깐 얘기를 나누고 싶다고 말했다.

딕비에게 서재 문 밖에서 지키고 서 있으라고 지시한 다음 그들은 작은 거실로 들어갔다. 그 동안 해리는 여자들을 찾으러 나갔다.

"발랑 씨, 리챔 로체 씨의 절친한 친구라고 알고 있습니다."

푸아로가 입을 열었다.

"제가 먼저 말씀을 나누자고 청한 것도 그런 이유에서입니다. 부인과 먼저 말씀을 나누는 게 예의겠지만 지금은 그렇게 하는 게 더 현실적인 것 같습니다."

그는 잠시 말을 중단했다.

"저는 지금 아주 난감한 상황에 처해 있습니다. 솔직히 말씀드리지요. 제 직업은 사립 탐정입니다."

금융가는 희미하게 미소를 지었다.

"말씀하지 않으셔도 됩니다, 푸아로 씨. 이 집 사람들 모두 선생님의 이름을 알고 있으니까요."

"정말 친절하시군요."

푸아로가 고개를 숙이며 말했다.

"그럼 시작해 볼까요. 저는 런던에서 리챔 로체 씨가 보낸 편지를 한 통 받았습니다. 리챔 씨는 거액의 돈을 사기당한 것 같다고 썼습니다. 가정적인 이유로 경찰에 수사를 요청하는 건 원하지 않는다고 하면서 제게 와서 조사해 달라고 부탁했습니다. 저는 물론 승낙했습니다. 그래서 오늘 이 집에 온 겁니다. 리챔 로체 씨가 원했던 시간에 오지는 못했습니다. 다른 볼일도 있으니까요. 리챔 로체 씨는 스스로 그렇게 생각했는지 모르지만 그분이 영국의 왕은 아니니까요."

발링은 쓴웃음을 지었다.

"그 친구는 정말 자신을 그렇게 생각했습니다."

"그렇습니다. 편지에도 정말 괴짜라는 게 그대로 드러나 있더군요. 그분은 정신이상이라기보다는 불안정한 사람이었습니다. 안 그런가요?"

"행동하는 걸 보면 그랬죠."

"하지만 불안정한 사람들이 늘 자살을 하는 건 아니죠. 검시 배심원들은 그렇게 말하겠지만 그건 남은 사람들의 마음을 배려해서 하는 말입니다."

"허버트는 정상적인 사람이 아니었습니다."

발링이 단정적으로 말했다.

"그는 분노를 통제하지 못했고 자기 가문에 대해 편집증적인 자부심을 가지고 있었어요. 여러 가지 면에서 머리가 좀 이상한 것 같았죠. 그러면서도 빈틈없이 약은 사람이었습니다."

"맞는 말씀입니다. 자기가 사기를 당하고 있다는 사실을 눈치 챌 만큼 빈틈없었죠."

"사기를 당했다고 자살하는 사람도 있습니까?"

"옳은 말씀이십니다. 그건 말도 안 되는 일이죠. 그래서 저는 이 사건을 신속하게 조사해야겠다고 마음먹었습니다. 그의 편지에 가정적인 문제라고 쓰여 있었으니까요. 발링 씨는 경험이 많은 분이니 한 남자가 가정적인 이유 때문이라면 자살을 하기도 한다는 걸 아실 겁니다."

"무슨 뜻이죠?"

"표면적으로는 불쌍한 한 남자가 뭔가 불행한 사실을 알게 되고 자신이 알게 된 사실을 감당할 수가 없었던 것으로 보이죠. 하지만 아시다시피 제게는 의무가 있습니다. 저는 이미 고용되었고 의뢰를 받았습니다. 저는 그 임무를 수락했습니다. 죽은 사람은 그 '가정적인 이유'를 경찰에 알리고 싶어 하지 않았습니다. 그렇기 때문에 저는 신속하게 행동해야만 합니다. 진실을 알아내야 합니다."

"진실을 알게 되면요?"

"그때는 신중하게 생각해야겠죠. 제가 할 수 있는 일을 해야 합니다."

"알겠습니다."

발링은 잠시 말없이 담배를 피우더니 말을 이었다.

"유감스럽지만 제가 이 일을 도와 드릴 수 없을 것 같습니다. 허버트는 제게 아무것도 털어놓지 않았습니다. 저는 아무것도 아는 게 없습니다."

"그래도 부탁입니다, 이 불쌍한 신사의 돈을 사기칠 만한 사람이 누군지 얘기해 주시지요."

"말씀드리기 어렵습니다. 부동산 대리인이 있기는 합니다. 새로 온 사람이죠."

"대리인이라고요?"

"네. 마셜, 마셜 대위입니다. 아주 훌륭한 사람이죠. 전쟁에서 한쪽 팔을 잃었습니다. 1년 전에 여기로 왔죠. 허버트는 그를 좋아했고 또 믿었던 것 같습니다."

"그를 속인 사람이 마셜 대위라면 가정적인 이유로 비밀을 지켜야 할 필요가 없었을 텐데요."

"그건 그렇죠."

푸아로는 그가 망설이는 것을 놓치지 않았다.

"말씀해 보세요. 솔직하게 말씀해 주세요. 부탁합니다."

"그냥 소문일지도 모릅니다."

"말해 주세요."

"좋습니다. 그럼 말씀드리죠. 아까 응접실에서 아주 매력적인 젊은 여자를 보셨나요?"

"네, 아주 매력적인 젊은 여자를 두 분 보았습니다."

"아, 그렇죠. 애슈비 양이 있죠. 아주 예쁜 아가씨입니다. 그 아가씨는 오늘 이 집에 처음 왔습니다. 해리 데일하우스가 리챔 로체 부인에게 그 아가씨를 초대하라고 권유했죠. 그 아가씨 말고 피부가 검은 아가씨 말입니다. 다이애나 클리브스요."

"아, 봤습니다. 그녀는 남자라면 누구나 눈길을 돌릴 만한 아가씨더군요."

"작은 악마 같은 아가씨죠. 이 근방에서 30킬로미터 이내에 있는 남자들은 다 가지고 놀았죠. 조만간 어떤 남자가 그 아가씨를 죽일지도 모릅니다."

발링은 손수건으로 이마를 닦았다. 푸아로가 자기를 예리하게 주시하고 있다는 걸 망각한 것 같았다.

"그런데 이 아가씨가……?"

"그 아가씨는 리챔 로체의 양녀입니다. 그들 부부는 아이를 갖지 못하는 걸 무척 실망스러워했습니다. 결국 다이애나 클리브스를 입양했죠. 사실 먼 사촌이었습니다. 허버트는 다이애나를 헌신적으로 아끼고 돌봐주었습니다."

"당연히 다이애나가 결혼하는 걸 싫어했겠군요."

푸아로가 넌지시 말했다.

"제대로 된 남자와 결혼한다면 싫어하지 않았겠죠."

"제대로 된 남자란 발링 씨 당신입니까?"

발링은 움찔하더니 얼굴을 붉혔다.

"전 그런 말은 하지 않았습니다."

"그럼요. 물론 그런 말은 하지 않았죠. 아무 말도 하지 않았습니다. 하지만 그렇게 된 거죠, 아닙니까?"

"저는 그녀와 사랑에 빠졌습니다, 네, 그래요. 리챔 로체는 흡족하게 생각했죠. 자신이 다이애나를 위해 세운 계획과 잘 맞는 일이었거든요."

"그럼 마드무아젤은 어떻게 생각했나요?"

"말씀드렸듯이 그녀는 악마의 화신입니다."

"무슨 말인지 알겠습니다. 자기 생각대로 세상을 즐기는군요. 그런데 마셜 대위는 무슨 상관이 있는 거죠?"

"다이애나는 그 남자와 아주 많이 만나 왔습니다. 사람들이 그렇게 말하더군요. 저는 대수롭게 생각하지 않습니다. 그녀의 또 다른 전리품 정도에 불과한 남자죠."

푸아로는 고개를 끄덕였다.

"하지만 두 사람이 심각한 사이라면, 그렇다면 리챔 로체 씨가 비밀리에 일을 진행하기를 원했던 이유가 설명이 될 수도 있겠군요."

"마셜 대위가 위탁금을 유용했다고 의심할 만한 근거는 전혀 없지 않습니까?"

"그렇지요. 맞는 말입니다. 집안 식구 중 누군가가 관련된 위조 수표 사건일 수도 있죠. 데일하우스라는 청년은 누굽니까?"

"조카입니다."

"그가 상속받겠군요, 당연히."

"그는 여동생의 아들입니다. 물론 그가 가문을 이어받을지도 모르죠. 리챔 로체 집안 남자는 한 명도 남아 있지 않으니까요."

"그렇군요."

"이 집은 사실상 상속인이 한정되어 있지 않습니다. 아버지에게서 아들에게로 물려주는 게 관례이긴 하지만요. 저는 그동안 그 친구가 이 집을 생전에는 아내에게 물려주었다가 그다음에는 다이애나에게 물려줄 거라고 생각해 왔습니다. 단 다이애나의 결혼을 승낙했을 경우라는 단서를 붙였을 테지만요. 그녀의 남편은 이 집안의 이름을 써야 됐을 겁니다."

"알겠습니다. 친절하게 많은 도움을 주셔서 감사합니다. 한 가지 더 부탁드려도 될까요? 리챔 로체 부인에게 지금 제가 한 말을 모두 설명해 주시고 제게 잠시만 시간을 내 달라고 부탁해 주시겠습니까?"

푸아로가 예상했던 것보다 빨리 문이 열리고 리챔 로체 부인이 들어왔다. 그녀는 미끄러지듯이 걸어와서 의자에 앉았다.

"발링 씨가 다 설명해 주셨어요. 당연히 스캔들이 나게 하면 안 되겠죠. 저는 그게 운명이라고 느껴지기는 하지만요. 거울과 모든 게 그래요."

"그건 무슨 말이죠? 거울이라니요?"

"거울을 보는 순간, 그게 하나의 상징으로 보였어요. 허버트에 관한 상징으로요. 저주예요. 오래된 가문은 저주를 받는 일이 종종 있죠. 허버트는 언제나 정말 이상했어요. 최근에는 더 이상해졌죠."

"이런 질문을 드려서 죄송합니다만, 부인. 경제적으로 어려움을 겪지는 않으셨나요?"

"돈 말인가요? 저는 돈에는 전혀 관심 없어요."

"사람들이 뭐라고 말하는지 아십니까? 돈에 관심이 없는 사람은 돈이 많이 필요한 사람이다. 그렇게 말하죠."

그는 대담하게도 잠깐 웃었다. 그녀는 아무 대답도 하지 않았다. 그녀의 눈은 먼 곳을 바라보고 있었다.

"감사합니다, 부인."

그는 이렇게 말하고 그녀와의 대화를 끝냈다.

푸아로가 종을 울리자 딕비가 들어왔다.

"몇 가지 질문을 해야겠습니다."

푸아로가 말했다.

"나는 주인이 죽기 전에 의뢰를 받았던 사립 탐정입니다."

집사는 놀란 듯이 숨을 몰아쉬었다.

"탐정이라고요? 아니, 왜?"

"내 질문에 대답해요. 총소리에 대해서……."

그는 집사의 설명을 들었다.

"그러니까 홀에 네 사람이 있었던 거죠?"

"그렇습니다. 데일하우스 씨와 애슈비 양과 킨 씨는 응접실에서 나왔습니다."

"나머지 사람들은 어디 있었죠?"

"나머지 사람들이라뇨?"

"그래요, 리챔 로체 부인과 클리브스 양, 그리고 발링 씨 말입니다."

"리챔 로체 부인과 발링 씨는 나중에 내려왔습니다."

"클리브스 양은?"

"클리브스 양은 응접실에 있었을 겁니다."

푸아로는 몇 가지 더 물어본 다음 클리브스 양을 들여보내라고 지시하고 집사를 내보냈다. 클리브스 양이 금방 들어왔다. 그는 발링이 한 말을 생각하면서 그녀를 유심히 관찰했다. 하얀 공단 드레스를 입고 어깨에 장미꽃을 단 그녀는 분명히 무척 아름다웠다.

그는 자기가 리챔 로체 저택에 오게 된 상황을 설명하면서 그녀를 자세히 관찰했다. 그러나 그녀는 전혀 놀라거나 걱정하는 기색을 보이지 않았다. 그녀는 마셜 대위에 대해 얘기할 때 무관심하고 시큰둥한 표정이었다. 발링에 대해서 얘기할 때만 적극적인 반응을 보였다.

"그 사람은 사기꾼이에요."

그녀는 날카롭게 말했다.

"제가 노인네한테 그렇게 말했지만 내 말을 듣지 않았어요. 되지도 않는 일에 돈을 쏟아 부었죠."

"아버지가 돌아가신 게 슬프신가요, 마드무아젤?"

그녀가 그를 똑바로 쳐다보았다.

"물론이에요. 전 구식은 아니에요, 푸아로 씨. 울고불고 하는 짓은 하지 않아요. 하지만 저는 그 노인네를 좋아했어요. 그렇지만 그분을 위해서는 차라리 잘된 일이에요."

"그분을 위해서는 잘된 일이라고요?"

"네. 조만간 감금당하게 됐을 거예요. 점점 더 심해지고 있었으니까요. 리챔 클로즈 가문의 마지막 리챔 로체가 전지전능하다는 망상 말이에요."

푸아로는 곰곰이 생각하는 표정으로 고개를 끄덕였다.

"네. 그건 틀림없이 정신질환 증세죠. 그런데 아가씨 핸드백을 좀 살펴봐도 괜찮겠습니까? 참 멋지군요. 실크 장미꽃이네요. 어디까지 얘기했죠? 아. 맞다. 총소리를 들었나요?"

"네, 들었어요. 하지만 저는 자동차에서 나는 소리거나 밀렵꾼이 쏜 총소리라고 생각했어요."

"아가씨는 응접실에 있었나요?"

"아니에요. 정원에 나가 있었어요."

"알겠습니다. 감사합니다, 마드무아젤. 다음에는 킨 씨를 만나 보고 싶군요. 이름이 맞나요?"

"제프리요? 제가 들어오라고 할게요."

킨이 들어왔다. 긴장되고 흥분한 표정이었다.

"발링 씨가 당신이 이 집에 온 이유를 얘기해 주었습니다. 제가 알려 드릴 얘기가 있을지 모르지만, 할 수 있다면……."

푸아로가 그의 말을 막았다.

"제가 알고 싶은 건 한 가지뿐입니다, 킨 씨. 아까 우리가 서재 문에 도착하기 전에 허리를 구부리고 주웠던 게 뭐였습니까?"

"저는……."

킨은 자리에서 반쯤 몸을 일으키다가 다시 앉았다.

"무슨 말씀인지 모르겠군요."

그가 아무렇지 않은 것처럼 말했다.

"아실 텐데요. 그때 제 뒤에 계셨지만 제 친구 말이 저는 뒤통수에도 눈이 달렸다고 하더군요. 당신은 뭔가를 주워서 야회복 오른쪽 호주머니에 넣었습니다."

잠시 침묵이 흘렀다. 킨의 잘생긴 얼굴에는 망설이는 표정이 역력했다. 드디어 그가 마음을 정한 것 같았다.

"이중에서 한번 골라 보시죠, 푸아로 씨."

그는 앞으로 몸을 기울이고 자기 호주머니를 뒤집었다. 담배 파이프와 손수건, 작은 비단 장미꽃, 그리고 자그마한 금색 성냥갑이 들어 있었다. 킨은 잠시 묵묵히 있다가 말했다.

"사실을 말씀드리면, 오늘 저녁에 떨어뜨렸던 건 이거였습니다."

"아닐 텐데요."

"무슨 말씀이죠?"

"제 말은 제가 정리정돈과 질서와 체계적인 걸 좋아하는 사람이라는 뜻입니다. 만일 바닥에 성냥갑이 떨어져 있었다면 제가 먼저 발견하고 주웠을 겁니다. 그 물건이 아니었어요. 이것보다 훨씬 작은 물건이었습니다. 이 정도 크기였을 거예요. 아마."

그는 작은 비단 장미꽃을 집어 들었다.

"클리브스 양 가방에서 떨어진 것 같은데."

킨은 잠시 입을 다물고 있다가 웃으면서 시인했다.

"맞습니다. 클리브스 양이 어젯밤에 제게 준 겁니다."

"그랬군요."

푸아로가 말했다.

그때 문이 열리더니 신사복을 입은 키가 큰 금발의 남자가 방으로 들어왔다.

"킨, 도대체 이게 무슨 일입니까? 리챔 로체 씨가 자살했다니? 말도 안 돼! 도저히 믿어지지가 않는군."

"에르퀼 푸아로 씨를 소개해 드리죠."

킨이 말했다.

그 사람은 깜짝 놀라는 것 같았다.

"저분이 모든 얘기를 해 드릴 겁니다."

그는 문을 닫고 방에서 나갔다.

존 마셜이 열띤 표정으로 말했다.

"푸아로 씨. 만나 뵙게 돼서 정말 기쁩니다. 이곳에 오시다니 영광입니다. 리챔 로체는 당신이 오실 거라는 얘기를 한 적이 없는데요. 열렬한 팬입니다, 푸아로 씨."

'상대방을 무장 해제시키는 능력이 있는 친구로군.'

푸아로는 그렇게 생각했다. 관자놀이 부근에 난 흰 머리와 이마의 주름살을 보면 그렇게 젊은 나이는 아닌 것 같았다. 그의 목소리와 태도가 소년 같은 인상을 풍기는 것이었다.

"경찰은?"

"방금 도착했습니다. 소식을 듣고 저도 그들과 함께 올라왔습니다. 경찰은 별로 놀라는 것 같지 않더군요. 물론 리챔이 제정신이 아니긴 했지만, 그래도…….”

“당신도 리챔 씨가 자살했다는 소식을 듣고 놀랐습니까?”

“솔직히 말해서 그렇습니다. 리챔이 자기가 없어도 세상이 돌아갈 거라고 생각했다는 게 믿어지지 않는군요.”

“최근에 돈 문제로 고민한 걸로 알고 있는데요.”

마셜이 고개를 끄덕였다.

“투기를 했어요. 발링의 무모한 계획에.”

푸아로가 조용하게 말했다.

“솔직하게 말하죠. 리챔 로체 씨가 당신이 그의 재산에 손댔다는 의혹을 가지고 있었다고 생각하지 않았나요?”

그는 아연실색한 표정으로 푸아로를 쳐다보았다. 그의 표정이 너무 멍청해 보여서 푸아로는 웃지 않을 수 없었다.

“너무 당황하신 것 같군요, 마셜 대위님.”

“네. 그렇습니다. 그건 터무니없는 생각입니다.”

“아! 질문이 하나 더 있습니다. 당신이 자기 양녀를 뺏어갈 거라고 의심하지 않았나요?”

“저와 디의 관계를 알고 계시군요.”

그는 당황한 듯이 웃었다.

“그렇습니다. 그럼?”

마셜는 고개를 끄덕였다.

“하지만 그분은 그 일에 대해서는 전혀 몰랐습니다. 디가 말하지 않았을 겁니다. 디의 생각이 옳았다고 생각합니다. 펄펄 뛰고 난리가 났겠죠. 저는 당연히 해고당했을 거고요."

"그럼 당신은 어떻게 할 계획이었죠?"

"맹세컨대 저는 아무 계획도 없었습니다. 디에게 모든 일을 맡겼죠. 디도 알아서 하겠다고 했고요. 사실 저는 일자리를 찾아보고 있었습니다. 다른 일자리를 얻으면 이 일은 당장 그만 두려고 했습니다."

"그리고 마드무아젤과 당신이 결혼하고요? 하지만 그랬다면 리챔로체 씨는 딸에게 돈을 더 이상 주지 않았을지도 모릅니다. 다이애나 양은 돈을 좋아하는 것 같던데요."

마셜은 불쾌한 표정을 지었다.

"제가 대신 채워 줬을 겁니다."

제프리 킨이 방으로 들어왔다.

"경찰이 가기 전에 푸아로 씨를 만나 뵙고 싶답니다."

"알겠습니다. 가지요."

서재에 건장한 체격의 경감과 경찰의가 있었다.

경감이 말했다.

"푸아로 씨? 말씀은 많이 들었습니다. 저는 리브스 경감입니다."

"반갑습니다."

푸아로가 악수를 하면서 말했다.

"제 도움은 필요하지 않으신 것 같습니다만?"

"이번에는 그럴 것 같습니다. 모든 일이 순조롭게 진행되고 있으니까요."

"이 사건은 아주 단순 명확한 사건인 모양이군요?"

"물론입니다. 문과 창문이 모두 잠겨 있고, 열쇠도 죽은 사람의 주머니 속에 들어 있었습니다. 지난 며칠 동안 그의 행동도 아주 이상했다고 합니다. 의심할 여지가 없는 사건이죠."

"모든 게 아주 자연스러웠다는 거군요."

의사가 투덜거렸다.

"총알이 거울을 뚫고 들어간 걸 보면 피해자가 아주 이상한 각도로 앉아 있었던 게 분명합니다. 그런 자세로 자살을 한다는 건 좀 이상하군요."

"총알을 찾았나요?"

의사가 총알을 내밀었다.

"네. 여기 있습니다. 거울 아래 벽 근처에 있었습니다. 권총은 로체 씨의 것이었습니다. 항상 책상 서랍에 넣어 두고 있었다고 하더군요. 사건 배후에 뭔가 있는 것 같은데 그건 우리가 알아내지 못할 것 같습니다."

푸아로가 고개를 끄덕였다.

시체는 침실로 옮겨져 있었다. 경찰이 그만 가 보겠다고 말했다. 푸아로는 현관에 서서 그들의 뒷모습을 쳐다보고 있었다. 그때 무슨 소리가 나자 그는 뒤를 돌아보았다. 해리 데일하우스가 그의 뒤에 다가와 있었다. 푸아로가 물었다.

"혹시 손전등 있습니까?"

"네. 있습니다. 갖다 드리죠."

해리가 손전등을 가지고 왔을 때는 그의 옆에 조앤 애슈비가 있었다.

"괜찮으시다면 같이 가시죠."

푸아로가 친절하게 말했다.

그는 현관에서 오른쪽으로 돌아 서재 창문 앞에 걸음을 멈췄다. 집과 오솔길 사이에 2미터 정도 되는 잔디밭이 있었다. 푸아로는 몸을 굽히고 잔디밭에 손전등을 비추었다. 그러고는 다시 허리를 펴고 머리를 흔들었다.

"아니. 여기가 아니야."

그는 잠시 걸음을 멈추었다. 천천히 그의 표정이 굳었다. 잔디밭 양쪽에 꽃이 활짝 피어 있는 화단이 있었다. 푸아로는 갯개미취와 달리아가 가득 피어 있는 오른쪽 화단을 유심히 살펴보았다. 그의 손전등이 화단 앞을 비추었다. 부드러운 땅 위에 선명하게 발자국이 나 있었다.

"발자국이 네 개로군."

푸아로가 중얼거렸다.

"두 개는 창문을 향해 나 있고 두 개는 창문에서 나온 발자국이야."

"정원사겠죠."

조앤이 말했다.

"아닙니다, 마드무아젤. 아니에요. 잘 봐요. 이 신발은 작고 앙증맞은 굽 높은 신발이에요. 여자들이 신는 신발이죠. 다이애나 양이 정원에 나왔었다고 했어요. 아가씨가 내려오기 전에 다이애나 양이 아래층에 내려갔는지 알고 있나요, 마드무아젤?"

조앤은 고개를 흔들었다.

"기억이 안 나요. 종이 울려서 허둥지둥 내려왔거든요. 첫 번째 소리를 들은 것 같았어요. 다이애나의 방을 지나갈 때 방문이 열려 있었던 것 같기도 한데 확실하지는 않아요. 리챔 로체 부인의 방문은 닫혀 있었어요."

"알겠습니다."

그의 목소리가 심상치 않다고 느꼈는지 해리가 날카롭게 그를 쳐다봤지만 푸아로는 살짝 눈살을 찌푸리고 있었다.

현관에서 그들은 다이애나 클리브스와 마주쳤다. 그녀가 말했다.

"경찰은 갔어요. 이제 다 끝났어요."

그녀는 깊은 한숨을 내쉬었다.

"잠깐 얘기 좀 할 수 있겠습니까, 마드무아젤?"

그녀가 오전용 거실로 들어가자 푸아로가 뒤를 따라 들어가서 문을 닫았다.

"무슨 말씀이시죠?"

그녀는 약간 당황한 표정이었다.

"한 가지 물어볼 게 있습니다, 마드무아젤. 오늘 저녁에 창문 밖에 있는 화단에 간 적이 있습니까?"

그녀가 머리를 끄덕였다.

"네. 7시쯤 한 번 갔었고, 만찬 직전에 갔었죠."

"이해할 수가 없군요."

"거기에 뭐 '이해할 만한' 일이 있나요?"

그녀가 차가운 말투로 말했다.

"테이블을 장식하려고 갯개미취를 꺾고 있었어요. 저는 늘 꽃꽂이를 하거든요. 그때가 7시경이었어요."

"그리고 나중에는요?"

"아, 그거요! 그건 제가 드레스에 머리에 바르는 오일을 떨어뜨려서…… 여기 어깨에요. 막 내려오려고 하던 참이라 드레스를 갈아입기가 귀찮더라고요. 화단에 철 지난 장미가 피어 있던 게 생각났어요. 그래서 뛰어나가서 장미를 꺾어다가 핀으로 꽂은 거예요. 보세요……."

그녀는 푸아로에게 바싹 다가와서 장미 꽃봉오리를 들어 보였다.

드레스 어깨 부분에 작은 오일 얼룩이 보였다. 그녀는 푸아로의 어깨에 스칠 만큼 가까이 다가왔다.

"그게 몇 시였죠?"

"아마 8시 10분쯤 되었을 거예요."

"창문으로 나갈 생각은 하지 않았나요?"

"생각했던 것 같아요. 맞아요. 창문으로 나가는 게 더 빠를 거라고 생각했어요. 그런데 문이 잠겨 있었어요."

"알겠습니다."

푸아로는 깊이 숨을 들이 쉬고 나서 말했다.

"총소리가 났을 때, 그 소리를 들었을 때 아가씨는 어디에 있었나요? 그때도 화단에 있었습니까?"

"아, 그건 아니에요. 2~3분쯤 뒤였어요. 제가 옆문으로 들어오기 직전에요."

"이게 뭔지 아십니까, 마드무아젤?"

그의 손바닥 위에 작은 실크 장미꽃을 내밀었다. 그녀는 태연한 표정으로 그것을 살펴보았다.

"이건 제 야회용 가방에서 떨어진 장미네요. 어디서 찾으셨죠?"

"킨 씨 호주머니 안에 들어 있었습니다. 아가씨가 킨 씨에게 주었나요, 마드무아젤?"

푸아로가 냉정하게 말했다.

"킨 씨가 제가 줬다고 하던가요?"

푸아로가 미소를 지었다.

"언제 주었나요, 마드무아젤?"

"어젯밤에요."

"킨 씨가 그렇게 말하라고 하던가요, 마드무아젤?"

"무슨 뜻이죠?"

그녀가 화난 표정으로 물었다.

그러나 푸아로는 대답하지 않았다. 그는 방에서 걸어 나와 응접실로 들어갔다. 발링, 킨, 그리고 마셜이 있었다. 그는 곧바로 그들에게 다가갔다.

"모두들 저를 따라 서재로 와 주시겠습니까?"

그가 딱딱한 어조로 말했다.

그는 홀을 지나가다가 존과 해리에게도 이렇게 말했다.

"두 사람도 와 주시죠. 그리고 누가 부인께도 와 달라고 전해 주시겠습니까? 감사합니다. 아! 그리고 여기 딕비가 있군요. 딕비, 한 가지만 물어보죠. 간단하지만 아주 중요한 문제입니다. 클리브스 양이 만찬 시간 전에 갯개미취로 꽃꽂이를 했나요?"

집사는 어리둥절한 표정을 지었다.

"네. 했습니다."

"틀림없나요?"

"네, 틀림없습니다."

"그럼 모두들 들어오십시오. 모두들."

서재 안에서 푸아로는 사람들과 마주 보고 섰다.

"제가 여기로 오라고 한 건 이유가 있어서입니다. 사건은 종결되었고 경찰이 왔다 갔습니다. 경찰은 리챔 씨가 자살했다고 합니다. 사건은 종결되었습니다."

그는 잠시 말을 멈추었다가 다시 말했다.

"하지만 이 에르퀼 푸아로는 사건이 아직 끝나지 않았다고 말하겠습니다."

모두들 놀란 눈으로 그를 쳐다보았다. 그때 문이 열리고 리챔 로체 부인이 미끄러지듯이 방으로 걸어 들어왔다.

"부인, 지금 이 사건이 아직 끝나지 않았다는 말을 하고 있었습니다. 이 사건은 심리학적인 사건입니다. 리챔 로체 씨는 자신이 왕이라는 편집증적인 망상을 가지고 있었습니다. 그런 사람은 자살하지 않습니다. 절대로. 그런 사람은 미쳤을지는 모르지만 자살은 하지 않습니다. 리쳄 로체 씨는 자살하지 않았습니다."

그는 말을 멈추었다.

"그는 살해당했습니다."

마셜이 짧게 웃음을 터뜨렸다.

"살해당했다고요? 문도 창문도 다 잠겨 있는 방에 혼자 있었는데도요?"

"그랬죠. 그렇지만 그는 살해당했습니다."

푸아로가 고집스럽게 말했다.

"그런 다음에 일어나서 문을 잠갔거나 창문을 닫았겠네요."

다이애나가 비꼬듯이 말했다.

"제가 보여 드리죠."

푸아로는 창문으로 가서 프랑스식 창문의 손잡이를 돌리고 가만히 잡아당겼다.

"보십시오. 창문은 열려 있습니다. 이제 창문을 닫겠습니다. 손잡이는 돌리지 않습니다. 이제 창문은 닫혀 있지만 잠기지는 않은 상태입니다. 자!"

푸아로가 손잡이를 잠깐 흔들자 손잡이가 돌아가면서 빗장이 구멍으로 들어갔다.

"보셨죠?"

푸아로가 부드럽게 말했다.

"이건 아주 헐겁게 되어 있습니다. 바깥에서도 쉽게 열 수 있습니다."

그는 단호한 태도로 몸을 돌렸다.

"8시 20분에 누군가 총을 쐈을 때 홀 안에는 네 사람이 있었습니다. 그 네 사람에게는 알리바이가 있는 겁니다. 다른 세 사람은 어디에 있었을까요? 부인은? 부인 방에 있었습니다. 발링 씨, 발링 씨도 방에 있었나요?"

"그렇습니다."

"그리고 마드무아젤은 정원에 있었습니다. 그렇다고 시인했죠?"

"저는 무슨 말인지……."

다이애나가 뭔가 말하려고 했다.

"잠깐만요."

그는 리챔 로체 부인에게 몸을 돌렸다.

"부인은 남편이 재산을 어떤 방식으로 남겼는지 알고 있습니까?"

"허버트가 남편의 유언장을 읽어 주었어요. 저도 알아야 한다고 하면서. 남편은 제게 부동산에서 나오는 연 3000파운드를 남겨 주고 제게 상속권이 있는 이 집과 시내에 있는 집에서 원하는 집을 선택할 수 있게 했어요. 그 이외의 전 재산은 다이애나에게 물려준다고 했어요. 단 다이애나의 남편이 이 집안의 이름을 써야 한다는 조건을 붙였어요."

"아!"

"하지만 그 후에 다른 조항을 추가했어요. 바로 몇 주 전에요."

"그게 무슨 조항이었죠, 부인?"

"다이애나에게 모든 재산을 남겨 주되 발링 씨와 결혼하는 경우라는 조건을 붙였어요. 다이애나가 다른 사람과 결혼하는 경우에는 모두 그이의 조카인 해리 데일하우스에게 가게 되어 있어요."

"그 추가 조항은 불과 2~3주 전에 만들어진 거죠?"

푸아로가 낮은 목소리로 말했다.

"마드무아젤은 그 사실을 몰랐을 겁니다."

그는 앞으로 걸어 나가서 비난하는 말투로 말했다.

"다이애나 양, 당신은 마셜 대위와 결혼하기를 원하나요? 아니면 킨 씨하고?"

그녀는 방을 가로질러 가서 마셜의 굵은 팔에 자기 팔을 끼고 말했다.

"계속하시죠."

"아가씨에게 불리한 얘기를 할 겁니다, 마드무아젤. 당신은 마셜 대위를 사랑했지요. 하지만 돈도 사랑했습니다. 당신의 양아버지는 당신이 마셜 대위와 결혼하는 것을 절대로 승낙하지 않았겠지요. 하지만 당신은 양아버지가 죽으면 모든 것을 갖게 된다고 확신했습니다. 그래서 당신은 밖으로 나가 화단을 밟고 열려 있는 창문으로 들어갔죠. 책상 서랍에서 꺼낸 권총을 들고. 당신은 다정한 말을 하면서 당신의 희생자에게 다가갔습니다. 그리고 총을 쏘았습니다. 권총을 닦고 그의 손가락을 권총에 대고 누른 다음 그의 손 가까이에 권총을 떨어뜨려 놓았습니다. 그런 다음 다시 밖으로 나와 창문을 흔들어서 빗장을 떨어뜨린 거고요. 그러고는 다시 집으로 들어왔던 겁니다. 제가 말한 게 맞습니까? 당신에게 묻고 있습니다, 마드무아젤?"

"아니에요!"

다이애나는 소리를 질렀다.

"아니에요. 아니라고요."

푸아로는 그녀를 보면서 미소를 지었다.

"아니겠죠. 그렇게 된 게 아니었습니다. 그럴 수도 있었을 겁니다. 그럴 듯한 설정이죠. 충분히 가능한 일입니다. 그렇지만 그렇게 될 수 없었던 두 가지 이유가 있습니다. 첫 번째는 당신이 7시에 갯개미취를 꺾었다는 것이고 두 번째는 여기 있는 마드무아젤이 제게 해 준 얘기입니다."

푸아로가 조앤에게 고개를 돌리자 그녀는 어리둥절한 표정으로 그를 쳐다보았다. 그는 그녀를 격려하는 듯이 고개를 끄덕였다.

"그렇습니다, 마드무아젤. 당신은 첫 번째 종소리를 이미 들었기 때문에 그것이 두 번째 종소리인 줄 알고 황급히 아래층으로 뛰어내려갔다고 했습니다."

그는 방 안을 휙 둘러보았다.

"제 말이 무슨 뜻인지 이해가 안 되나 보군요."

그가 소리쳤다.

"이해가 안 됩니까? 보세요! 여기를 보세요!"

그는 희생자가 앉아 있었던 의자를 향해 앞으로 튀어나갔다.

"시체가 어떻게 놓여 있었는지 보셨지요? 책상에 정면으로 앉아 있지 않았습니다. 비스듬히 앉은 채로 창문을 마주 보고 있었습니다. 그런 자세가 자살을 하기에 자연스러운 자세일까요? 천만에요! 종이에 '미안하다'라는 말을 쓰고 서랍을 열고 권총을 꺼내고 자기 머리에 대고 쏩니다. 자살을 했다면 그렇게 했겠죠. 하지만 타살이라고 생각해 봅시다. 희생자는 책상에 앉아 있고 살인범은 그의 옆에 서 있습니다. 뭔가 말을 하면서. 그리고 계속 말을 하면서 총을 쏩니다. 그러면 총알이 어디로 가겠습니까?"

그는 거기서 말을 멈추었다.

"총알은 머리를 관통한 다음, 만일 문이 열려 있었다면 문을 통과해서 종에 맞았을 겁니다.

이제 알겠습니까? 그게 첫 번째 종소리였습니다. 마드무아젤만 들었겠죠. 방이 바로 위에 있었으니까요.

그다음에 살인범은 어떻게 했을까요? 문을 잠근 다음 열쇠를 죽은 사람의 호주머니에 넣고 시체를 의자에 비스듬하게 올려놓고, 죽은 사람의 손가락을 권총에 대고 누르고 그의 옆에 떨어뜨려 놓습니다. 그러고는 마지막으로 벽에 걸려 있는 거울을 깨뜨려서 극적인 장면을 연출합니다. 한마디로 그가 자살한 것처럼 꾸민 겁니다. 그런 후에 창문을 통해 밖으로 나와서 창문을 흔들어 빗장이 걸리게 하고 화단을 밟은 다음에 흔적을 없앱니다. 잔디밭은 발자국이 드러날 테니 밟지 않은 거죠. 그런 다음 집으로 돌아와서 혼자 응접실에 들어가 8시 12분에 응접실 창문 밖으로 권총을 쏩니다. 그러고는 혼자 뛰쳐나온 겁니다. 제 설명이 맞습니까, 제프리 킨 씨?"

 비서는 자신을 비난하면서 가까이 다가오는 푸아로를 넋이 빠진 표정으로 쳐다보았다. 그러더니 목구멍에서 나는 것 같은 이상한 비명을 지르며 바닥에 쓰러졌다.

 "이걸로 충분한 대답을 들은 것 같군요. 마셜 대위, 경찰에 전화를 걸어 주시겠소?"

 푸아로는 엎어져 있는 남자에게 몸을 굽혔다.

 "경찰이 올 때까지 의식이 돌아오지 않을 것 같군."

 "제프리 킨. 이 사람이 왜 그런 짓을?"

 다이애나가 중얼거리듯이 말했다.

 "비서였으니까 기회가 있었을 겁니다. 장부나 수표를 관리했을 테니까요. 어떤 일로 리챔 로체 씨가 의심을 갖게 되었겠죠. 그래서 저를 불렀을 거고."

 "왜 하필 당신을 불렀을까요? 경찰에 신고하면 될 텐데."

 "마드무아젤은 그 질문에 대한 답변을 알고 있을 겁니다. 리챔 로체 씨는 당신과 이 젊은이 사이에 뭔가가 있다는 걸 의심했을 겁니다. 당신은 리챔 씨가 마셜 대위를 의심하기 않게 하기 위해서 몰염치하게도 킨 씨를 이용한 거죠. 킨 씨는 제가 온다는 소문을 듣고 재빨리 조치를 취했습니다. 킨 씨에게는 자기에게 알리바이가 있는 8시 12분에 범죄가 저질러진 것처럼 꾸미는 게 가장 중요했죠. 한 가지 문제는 분명히 종 근처에 떨어져 있을 총알을 가지러 갈 시간이 없다는 거였습니다. 그는 우리가 모두 서재로 갈 때 그 총알을 집어 들었죠. 그렇게 정신이 없는 상황에서는 아무도 자기가 그걸 줍는 걸 눈치 채지 못할 거라고 생각했겠죠. 하지만 저는! 이 에르퀼 푸아로는 절대 놓치는 법이 없습니다!

저는 그에게 질문을 했습니다. 그는 잠시 생각하는 것 같더니 코미디를 연출하더군요. 자기가 주운 것이 실크 장미꽃이었다고 하면서 사랑하는 아가씨를 보호하는 젊은 남자의 역할을 연기하더군요. 아주 영리한 행동이었지요. 아가씨가 갯개미취를 꺾지 않았다면……."

"그게 무슨 상관이 있다는 거죠?"

"모르겠습니까? 들어보세요. 화단에는 발자국이 네 개밖에 없었지요. 하지만 아가씨가 꽃을 꺾었다면 발자국을 더 많이 만들었을 겁니다. 그러니까 아가씨가 꽃을 꺾고 나중에 다시 장미를 꺾으러 온 사이에 누군가 화단의 발자국을 없애 버렸다는 말이 됩니다. 정원사가 한 일은 아닙니다. 정원사는 7시 이후에는 일을 하지 않죠. 그렇다면 누군가 범행을 저지른 사람이 한 짓이 틀림없습니다. 살인범이 한 짓이 분명한 거죠. 총소리가 들리기 전에 이미 살인을 저질렀던 겁니다."

"하지만 왜 아무도 진짜 총소리를 듣지 못했을까요?"

해리가 물었다.

"소음 때문이었죠. 경찰이 관목 숲 속에 던져져 있는 소음기와 권총을 찾아낼 겁니다."

"그렇게 위험천만한 짓을!"

"위험천만하다고요? 모두들 위층에서 만찬을 위해 옷을 입고 있었습니다. 아주 적절한 시간이었죠. 단지 총알이 문제였지만 그는 그것도 잘 넘어갈 거라고 생각했던 겁니다."

푸아로는 총알을 주웠다.

"그는 제가 데일하우스 씨와 창문을 살펴보고 있을 때 이 총알을 거울 밑에 던져 놓았습니다."

"오!"

다이애나가 마셜에게로 휙 돌아섰다.

"나랑 결혼해요, 존. 나를 데리고 떠나요."

발링은 헛기침을 했다.

"사랑하는 다이애나. 내 친구의 유언장에는……."

"상관없어요. 길에서 그림을 그려서 먹고 살 수 있을 거예요."

그녀가 외쳤다.

"그럴 필요 없어. 우리가 반씩 나눠 가지면 돼. 디, 나는 아저씨가 머리가 돌아 버렸다는 이유로 재산을 다 차지하지는 않을 거야."

해리가 말했다.

갑자기 외마디 비명이 났다. 리챔 로체 부인이 벌떡 일어났다.

"푸아로 씨, 저 거울. 저 거울. 그 사람이 일부러 부숴 버린 게 틀림없어요."

"그렇습니다, 부인."

"아! 하지만 거울을 깨뜨리면 불행이 찾아온다는데."

그녀가 그를 빤히 쳐다보며 말했다.

"제프리 킨 씨가 불행해진 걸로 증명이 된 셈이죠."
푸아로가 유쾌하게 말했다.

성역

    목사 부인은 국화를 손에 가득 안고 목사관 모퉁이를 돌아섰다. 그녀가 신고 있는 질긴 가죽 구두에는 기름진 정원 흙이 잔뜩 붙어 있고 코에도 흙이 묻어 있었다. 그러나 그녀는 그런 걸 전혀 의식하지 못하는 것 같았다.
    그녀는 녹이 슬어 돌쩌귀가 반쯤 빠져나간 목사관 문을 힘들게 밀었다. 그때 바람이 휙 불어와 그녀가 쓰고 있던 낡은 가죽 모자가 더 비스듬하게 주저앉아 버렸다.
    "아휴, 귀찮아!"
    번치가 소리 질렀다.
    낙천적인 부모님은 그녀에게 다이애나라는 세례명을 붙여 주었지만, 무슨 이유에서인지 하먼 부인은 어릴 때부터 '번치'라는 이름으로 불렸고 그때부터 그 이름은 줄곧 그녀를 따라다녔다. 그녀는 국화를 가슴에 꼭 안은 채 목사관 문을 들어서서 교회 안뜰로 들어가 교회 문 앞으로 걸어갔다.

11월의 공기는 온화하고 축축했다. 파란 하늘에는 조각구름이 떠 있었다. 교회 안은 어둡고 추웠다. 예배 시간 외에는 난방을 하지 않는 탓이었다.

번치는 몸을 부르르 떨며 소리쳤다.

"으으으으! 빨리 끝내야지. 얼어 죽겠다."

그녀는 익숙한 동작으로 민첩하게 꽃병과 물, 꽃 받침대를 가져왔다.

"백합이 있으면 좋을 텐데. 이 말라빠진 국화는 정말 지겨워."

번치는 혼자 중얼거렸다.

그녀의 민첩한 손가락이 국화 송이들을 받침대에 꽂았다.

그녀의 꽃꽂이는 독창적이거나 예술적인 구석은 전혀 없었다. 번치 하면은 워낙 독창적이거나 예술적인 사람이 아니었다. 하지만 그런 대로 소박하고 보기 좋은 꽃꽂이였다.

꽃꽂이를 끝내고 번치는 조심스럽게 수반을 들고 강단 계단을 올라가 제단으로 다가갔다. 그러는 사이에 하늘에서 태양이 고개를 내밀었다.

햇살은 주로 파란색과 붉은색의 조잡한 색유리로 되어 있는 서쪽 창문을 통해 비쳐 들어왔다. 그 스테인드글라스는 빅토리아 여왕 시대에 한 부유한 신자가 기증한 것이었다. 순간적인 화려한 빛의 장관에 번치는 숨이 막힐 듯한 감동을 느꼈다.

"보석 같아."

번치는 속으로 중얼거렸다. 그녀는 갑자기 걸음을 멈추고 앞을 보았다. 강단으로 올라가는 계단 위에 뭔가 웅크리고 있는 게 보였다.

번치는 조심스럽게 수반을 내려놓고 계단으로 올라가 허리를 굽히고 들여다보았다. 어떤 남자가 몸을 웅크린 채 엎드려 있었다. 번치는 그의 옆에 무릎을 꿇고 앉아서 천천히 조심스럽게 그의 몸을 젖혔다. 그녀는 손가락으로 그의 맥을 짚었다. 맥박은 약하고 불규칙하게 뛰고 있었다. 그의 얼굴은 죽은 사람처럼 창백했다. 죽어 가고 있는 게 분명했다.

그는 45세가량 되어 보였고 초라한 검은 양복을 입고 있었다. 그녀는 들어 올렸던 그의 축 늘어진 손을 내리고 다른 손을 살펴보았다. 그 남자는 그 손을 가슴에 대고 꽉 쥐고 있었다. 자세히 들여다보니 그의 손가락은 커다란 종이나 손수건처럼 보이는 것을 움켜잡고 있었다. 꽉 쥐고 있는 손 주위에 여기 저기 갈색 액체가 말라붙어 있었다. 번치는 그 얼룩이 피가 말라붙은 것이라고 추측했다. 번치는 얼굴을 찌푸리고 뒤로 물러나 앉았다.

그때 감겨 있던 남자의 눈이 갑자기 열리더니 번치의 얼굴을 똑바로 쳐다보았다. 그의 눈빛은 흐릿하거나 흔들리고 있지 않았다. 오히려 생기 있고 총명해 보였다. 그의 입술이 달싹거리자 번치는 그의 말을 알아들으려고 허리를 굽혔다. 그의 입에서 흘러나온 말은 한 마디뿐이었다.

"성역."

그녀는 그가 이 단어를 말하는 순간 그의 얼굴에서 희미한 미소를 보았다고 생각했다. 그녀가 잘못 들은 것이 아니었다. 잠시 후 그는 같은 단어를 반복했다.

"성역……."

그러고 나서 그는 힘없이 긴 한숨을 내쉬고는 다시 눈을 감았다. 번치는 다시 손가락으로 그의 맥박을 짚어 보았다. 아직 맥박이 뛰고 있기는 했지만 아까보다 약하고 불규칙적이었다. 그녀는 단호하게 일어섰다.

"움직이지 마세요. 꼼짝도 하면 안 돼요. 사람을 불러 올게요."

남자의 눈이 다시 열렸다. 그러나 이번에는 동쪽 창문을 통해 들어오는 화려한 햇빛에 시선을 고정하고 있는 것 같았다. 그가 뭐라고 중얼거렸지만 번치는 무슨 말인지 알아들을 수가 없었다. 그녀는 자기 남편의 이름인 것 같은 생각이 들어서 움찔하며 놀랐다.

"줄리언이라고 했어요? 줄리언을 찾으러 여기 온 거예요?"

하지만 남자는 눈을 감은 채 아무 대답도 하지 않았다. 그의 호흡은 느리고 약했다.

번치는 몸을 돌려 황급히 교회를 나왔다. 시계를 내려다보고 그녀는 다행스러운 듯이 고개를 끄덕였다. 그리피스 선생이 아직 진료실에 있을 시간이었다. 병원은 교회에서 몇 분밖에 걸리지 않는 곳에 있었다. 그녀는 병원에 도착하자 노크를 하거나 벨을 울릴 생각도 하지 않고 곧장 대기실을 거쳐 진료실로 들어갔다.

"빨리 좀 가 주세요. 교회 안에서 어떤 남자가 죽어 가고 있어요."

몇 분 후 그리피스 선생은 그 남자를 대충 진찰하고 나서 무릎을 세웠다.

"이 사람을 목사관으로 옮길 수 있겠습니까? 목사관에서 진찰해야 제대로 진찰할 수 있을 것 같은데. 그렇다고 별다를 건 없지만."

"그럼요. 제가 가서 준비해 놓겠어요. 하퍼하고 존스를 보내면 되겠죠? 환자를 옮기시는 걸 도와 드리게요."

"고맙습니다. 목사관에 가서 구급차를 부르지요. 그런데 구급차가 도착할 때쯤이면⋯⋯."

그는 말을 얼버무렸다.

번치가 물었다.

"내출혈인가요?"

그리피스는 고개를 끄덕였다.

"저 사람이 어떻게 여기 온 겁니까?"

번치가 생각하는 표정으로 답했다.

"밤새 여기 있었던 것 같아요. 하퍼가 아침에 일하러 가면서 교회 문을 열긴 하지만 보통 교회 안에 들어가지는 않거든요."

약 5분 후에 그리피스 씨는 수화기를 내려놓고 거실로 들어갔다. 그곳에 부상당한 남자가 소파에 담요를 덮고 누워 있었다. 번치는 의사가 진찰을 끝내자 물이 담긴 대야를 옮겨 놓고 뒷정리를 했다.

그리피스가 말했다.

"이제 됐습니다. 구급차를 불렀고 경찰에게도 알렸어요."

그는 일어서서 눈을 감은 채 누워 있는 환자를 내려다보며 얼굴을 찡그렸다. 그의 왼쪽 손은 발작적으로 옆구리를 쥐었다 놨다 하고 있었다.

"총에 맞았어요. 아주 가까운 거리에서. 총에 맞았을 때 이 남자는 출혈을 멈추기 위해서 손수건을 말아서 상처에 쑤셔 넣은 거죠."

"총을 맞았는데 이렇게 먼 데까지 걸어올 수 있었을까요?"

"그럴 수도 있죠. 치명적인 부상을 입은 사람도 아무 일도 없었던 것처럼 일어나서 걸어갈 수 있습니다. 그러다가 5분이나 10분쯤 후에 갑자기 푹 고꾸라지는 거죠. 그러니까 이 남자도 꼭 교회 안에서 총을 맞았다고 볼 수 없어요. 꽤 멀리 떨어진 곳에서 총을 맞았을 수도 있는 겁니다. 아니면 총으로 자기를 쏘고 권총을 떨어뜨리고는 정신없이 교회 쪽으로 비틀거리면서 걸어왔을지도 모르죠. 그런데 왜 목사관으로 가지 않고 교회로 왔는지 모르겠군요."

"아, 그건 제가 알 것 같아요. 저 사람이 '성역'이라고 말했어요."

의사는 번치를 의아한 듯이 쳐다보았다.

"성역이라고요?"

"줄리언이 오네요."

번치는 남편이 홀 안에 들어오는 발소리를 듣고 고개를 돌렸다.

"줄리언! 이리로 좀 와 보세요."

줄리언 하먼 목사가 방에 들어왔다. 그의 얼빠진 듯한 학자다운 태도는 그를 항상 자기 나이보다 훨씬 많이 들어 보이게 했다.

"세상에!"

줄리언 하먼은 진료 기구들과 소파에 엎어져 있는 남자를 놀란 표정으로 쳐다보았다.

번치는 평소에 하던 습관대로 말을 아껴서 간단히 설명했다.

"교회에서 죽어 가고 있었어요. 총을 맞았어요. 이 사람 아는 사람이에요, 줄리언? 당신 이름을 얘기한 것 같았는데."

목사는 소파로 다가가서 죽어 가고 있는 남자를 내려다보았다.

"불쌍하군."

그는 고개를 내저었다.

"아니, 난 모르는 사람인데. 한 번도 본 적 없는 사람이야."

그때 죽어 가던 남자가 번쩍 눈을 떴다. 그는 의사와 줄리언 하먼, 그의 아내를 차례로 쳐다보았다. 그의 눈은 하먼의 얼굴을 뚫어지게 쳐다보았다. 그리피스는 한 걸음 앞으로 나섰다.

"말을 할 수 있으면 해 보세요."

그가 다급하게 말했다.

그러나 남자는 번치에게 시선을 고정한 채 죽어 가는 목소리로 말했다.

"제발…… 제발……."

그러고는 몸을 가늘게 떨면서 죽어 갔다.

헤이스 경사는 연필에 침을 묻히고 수첩을 넘겼다.

"이게 말씀해 줄 수 있는 전부인가요, 하먼 부인?"

"네. 그게 다예요."

번치가 말했다.

"이건 그 사람의 코트 주머니에서 나온 물건들이에요."

탁자 위에 놓인 헤이스 경사의 팔꿈치 옆에 지갑과 'WS'라는 머리글자가 새겨진 낡은 시계와 런던으로 돌아가는 기차표 한 장이 있었다. 그것뿐이었다.

"그 사람이 누군지 알아냈나요?"

번치가 물었다.

"에클스 부부가 경찰서로 전화를 했습니다. 이 사람은 에클스 부인의 오빠인 것 같습니다. 그의 이름은 샌드본이라고 합니다. 건강이 안 좋은 상태였고 신경 쇠약에 걸렸다고 하더군요. 최근에는 건강이 더 악화되었답니다. 그저께 집밖으로 나간 후에 돌아오지 않았다더군요. 권총을 가지고 나갔답니다."

"그런 다음에 여기로 와서 그 권총으로 자살했다는 건가요? 도대체 왜요?"

"글쎄요. 우울증에 걸렸을 수도 있고……."

번치가 그의 말을 잘랐다.

"내 말은 그런 뜻이 아니에요. 왜 하필 '여기'였냐는 거죠."

헤이스 경사는 그 말에는 할 대답이 없는지 애매모호하게 얼버무렸다.

"여기에 5시 10분 버스로 도착했다더군요."

"그래요, 그런데 왜?"

번치가 다시 물었다.

"그건 저도 모릅니다, 부인."

헤이스 경사가 말했다.

"설명할 근거가 없어서요. 제정신이 아니었다면······."

번치가 그의 말을 마무리했다.

"그런 사람은 어디서든 자살할 수 있죠. 하지만 일부러 이런 작은 촌구석까지 버스를 타고 올 필요가 있었을까요? 여기 아는 사람도 없다면서요."

"지금까지 조사한 바로는 그렇습니다."

헤이스 경사는 민망한 듯이 기침을 하고는 자리에서 일어서면서 말했다.

"에클스 씨 부부가 여기로 와서 부인을 만나 뵙고 싶어 할지도 모릅니다. 괜찮으시겠습니까?"

"괜찮고말고요. 당연한 일이죠. 그 사람들한테 해 드릴 말이 없어서 걱정이군요."

"저는 이만 가 보겠습니다."

헤이스 경사가 말했다.

번치는 그와 함께 현관으로 나가면서 말했다.

"살인 사건이 아니라서 정말 다행이에요."

그때 차 한 대가 목사관 앞에 멈춰 섰다.

헤이스 경사가 차를 보더니 말했다.

"에클스 부부가 부인을 만나러 온 것 같군요."

번치는 힘든 일을 견뎌 내야 한다고 마음을 가다듬었다.

'언제든지 줄리언에게 도움을 청할 수 있으니까 괜찮을 거야. 슬픔에 빠진 사람에게는 목사의 위로가 큰 도움이 되거든.'

그녀는 속으로 중얼거렸다.

에클스 부부가 어떤 사람들일지 미리 예상한 건 아니었지만 그들과 인사를 나눌 때 의외라는 생각이 들었다. 에클스 씨는 천성이 유쾌하고 익살맞을 것 같은 혈색 좋고 뚱뚱한 남자였다. 에클스 부인은 화려한 외모에 요란한 치장을 하고 있었다. 그녀의 작고 뾰족하게 오므린 입은 심술궂게 보였다.

그녀가 입을 열었다.

"짐작하시겠지만 이 일은 저희에게 큰 충격이었어요, 하먼 부인."

"그러시겠죠. 당연히 그러셨을 겁니다. 좀 앉으세요. 좀 이른 것 같지만 차를……."

에클스 씨는 통통한 손을 내저었다.

"아니에요, 아무것도 내오지 마세요. 정말 친절하시군요. 그냥 저희는 가엾은 윌리엄이 뭐라고 했는지 알고 싶어서요."

"오빠는 오랫동안 외국에 있었어요."

에클스 부인이 그의 말을 잘랐다.

"외국에서 뭔가 아주 나쁜 일을 겪었던 것 같아요. 집에 돌아온 후로는 말도 없고 우울해했으니까요. 이 세상이 자기가 살아가기에는 맞지 않는 것 같고 희망이 없다는 말을 했어요. 가엾은 빌, 항상 우울해했었죠."

번치는 잠시 아무 말 없이 두 사람을 쳐다보고 있었다.

에클스 부인이 말을 이었다.

"남편의 권총을 훔쳐갔어요. 저희 몰래요. 여기로 버스를 타고 온 것 같아요. 오빠에게는 그게 편했던 모양이죠. 저희 집에서 그런 일을 하고 싶지는 않았을 거예요."

에클스 씨가 한숨을 쉬며 말했다.

"가엾은 친구, 정말 안됐어. 왜 그런 짓을 했는지 모르겠군."

잠깐 다시 침묵이 흘렀다. 에클스 씨가 침묵을 깼다.

"윌리엄이 무슨 말을 남기지 않았나요? 마지막으로 유언 같은 것 말입니다."

돼지의 눈을 닮은 듯한 그의 반짝거리는 눈이 번치를 쳐다보았다. 에클스 부인도 대답을 기다리는 것처럼 몸을 앞으로 뺐다.

"아니요. 그분은 죽어 가면서 성역을 찾아 교회 안으로 들어온 거예요."

번치가 조용히 말했다.

에클스 부인은 당황한 목소리로 말했다.

"성역이라뇨? 전 무슨 말인지······."

에클스 씨가 그녀의 말을 잘랐다.

"성스러운 곳 말이야, 여보."

그가 성급하게 말했다.

"목사님 부인은 그런 뜻으로 말씀하신 거야. 죄악이잖아, 자살 말이야. 속죄하려고 했던 거겠지."

"죽기 전에 뭔가 말을 하려고 했어요. '제발'이라고 말하고는 더 아무 말도 못하셨어요."

번치의 말에 에클스 부인은 눈가에 손수건을 갖다 대고 훌쩍거리며 울기 시작했다.

"여보, 정말 어떻게 이런 일이 있을 수 있죠?"

그녀의 남편이 달랬다.

"그만, 팸. 이제 그만 진정해. 이런다고 무슨 도움이 되겠어? 가엾은 월리. 하지만 이제 편해졌을 거야. 정말 감사합니다, 하먼 부인. 시간을 너무 많이 뺏은 것 같군요. 사모님은 항상 바쁘실 텐데 말입니다."

두 사람은 번치와 악수를 했다. 그러고 나서 에클스 부부는 갑자기 돌아서더니 말했다.

"한 가지 잊어버릴 뻔했네요. 오빠 코트가 여기 있죠?"

"코트요?"

번치는 약간 미간을 찌푸렸다.

에클스 부인이 말했다.

"오빠 물건을 모두 가지고 있는 게 좋을 것 같아서요. 감상적인 거죠."

"주머니에 시계하고 지갑, 열차표가 들어 있었어요. 헤일스 경감에게 드렸죠."

"그럼 됐네요."

에클스 씨가 말했다.

"그분이 우리한테 돌려주겠지. 그 지갑 안에 편지 같은 게 들어 있을 테고."

"지갑 안에는 1파운드짜리 지폐밖에 없었어요."

"편지가 들어 있지 않았나요? 편지 같은 게 없던가요?"

번치는 고개를 저었다.

"그렇군요. 하여튼 감사합니다, 하먼 부인. 입고 있던 코트도 경사가 가지고 갔나요?"

번치는 기억해 내려고 이마를 찌푸렸다.

"아니, 그건 안 가져갔을 거예요. 의사 선생님과 제가 상처를 살펴보려고 코트를 벗겼어요."

그녀는 방 안을 둘러보았다.

"수건하고 대야랑 함께 2층으로 가져간 것 같네요."

"번거롭게 해 드려서 죄송합니다만, 그 코트를 가져가고 싶군요. 고인이 마지막으로 입고 있던 거라서. 아내가 그 코트에 마음이 쓰이나 봅니다."

"그러죠. 세탁을 해서 드릴까요? 그게 좀 얼룩이 져서."

"아닙니다. 아니에요. 상관없습니다."

번치가 이마를 찡그렸다.

"그게 어디 있지…… 잠깐 기다리세요."

그녀는 2층으로 올라갔다가 잠시 후에 돌아왔다.

"죄송합니다."

그녀는 숨을 헐떡거리며 말했다.

"청소부가 다른 옷하고 같이 세탁소로 보내려고 치워 두었던가 봐요. 찾느라고 한참 시간이 걸렸네요. 자, 여기 있습니다. 종이에 싸 드릴게요."

그녀는 그들이 괜찮다고 하는데도 코트를 종이에 싸서 주었다. 에클스 부부는 또 한 번 야단스럽게 작별 인사를 하고 목사관을 나섰다.

번치는 천천히 홀을 지나 서재로 들어갔다. 줄리언 하면 목사가 고개를 돌리고 그녀를 보더니 찡그리고 있던 이미를 폈다. 그는 예배 시간에 할 설교 내용을 쓰고 있는 중이었다. 그는 퀴로스 2세 통치 시대 때 페르시아와 유대 땅 사이에 있었던 정치적인 관계에 흥미가 쏠려 설교 주제가 다른 방향으로 흐르는 것 같아 고민하고 있었다.

"여보, 무슨 일이야?"

그가 뭔가 기대하는 듯한 말투로 물었다.

"줄리언, 성역이 정확히 뭐예요?"

줄리언 하면은 아내의 질문이 반갑다는 듯이 설교지를 옆으로 밀어놓았다.

"로마와 그리스 사원의 성역은 신의 조각상을 모셔 놓은 방을 가리키는 거야. 라틴어로 제단을 뜻하는 '아라'는 보호 구역을 의미하기도 했고."

그는 유식한 학자답게 설명을 계속했다.

"서기 399년에 마침내 기독교 교회의 성역의 권한이 확고하게 인정을 받았거든. 영국에서 성역의 권한이 처음 논의된 건 서기 600년에 에텔베르트가 제정한 법정인데…….”

그는 한참 동안 설명을 계속했다. 그러나 종종 그랬던 것처럼 자신의 웅변에 아내가 시큰둥한 반응을 보이는 것을 보고 실망했다.

"여보, 정말 대단해요."

번치가 말했다.

그녀는 허리를 굽히고 남편의 콧등에 키스를 했다. 줄리언은 마치 영리한 재주를 부리고 나서 칭찬받는 개가 된 기분이었다.

"에클스 부부가 왔다 갔어요."

목사는 미간을 찌푸렸다.

"에클스 부부? 누군지 기억이 안 나는데…….”

"당신은 모를 거예요. 교회에 쓰러져 있던 남자의 누이하고 그녀의 남편이에요."

"그럼, 나를 부르지 그랬어."

"그럴 필요가 없었어요. 위로를 해 줄 만큼 슬퍼하지는 않는 것 같았으니까요. 지금 생각해 보니 좀 이상한 것 같기도 하네요.”

그녀는 살짝 얼굴을 찡그렸다.

"내일 오븐에 캐서롤을 해 놓을 테니 당신이 데워서 먹을 수 있겠어요, 줄리언? 세일 물건을 사러(for the sales) 런던에 가야겠어요.”

"세일(The sails)?"

줄리언이 멍한 표정으로 그녀를 쳐다보았다.

"요트나 보트를 타는 거 말이야?”('할인 판매'를 뜻하는 세일(sale)과 '항해'를 뜻하는 세일(sail)의 발음이 같아 줄리언이 착각한 것이다 ─ 옮

긴이)

번치가 웃었다.

"그게 아니라 '버로스 앤드 포트 맨' 상점에서 특별히 화이트 세일을 한단 말이에요. 시트며 테이블 보며 수건하고 유리 그릇 닦는 천 같은 것들을 염가에 파는 거죠. 집에 있는 건 너무 낡아서 도저히 쓸 수가 없어요. 그리고 런던에 가서 제인 이모도 만나 봐야 할 것 같아요."

상냥한 노부인 제인 마플 양은 조카의 원룸 아파트에서 2주 동안 대도시의 생활을 즐기고 있었다.

"레이먼드는 정말 착해. 그 애는 조카며느리 조앤하고 2주 동안 미국에 가야 할 일이 있다면서 나한테 굳이 이 집에 와서 편하게 지내라고 하지 뭐니. 그건 그렇고, 번치. 네 걱정거리는 뭐니?"

번치는 마플 양이 특별히 아끼는 대녀였다. 노부인은 번치를 사랑스러운 눈으로 쳐다보았다. 번치는 자기가 갖고 있는 모자 중에서 가장 좋은 펠트 모자를 머리 뒤로 넘기면서 이야기를 시작했다.

번치의 말은 간결하고 명확했다. 번치가 얘기를 끝내자 마플 양은 고개를 끄덕였다.

"알겠다. 알겠어."

"그래서 이모님을 뵙고 싶었어요. 아시다시피 전 별로 머리가 좋지 않잖아요."

"아니야. 넌 똑똑해."

"아니에요. 그렇지 않아요. 줄리언만큼 똑똑하지 못해요."

"줄리언이야 머리가 무척 좋지."

"정말 그래요. 줄리언은 정말 지성이 풍부해요. 하지만 저는 반면에 감각이 발달한 편이죠."

"넌 상식이 풍부하잖니, 번치. 너도 똑똑하고 지성적이야."

"이번 일은 어떻게 해야 할지 모르겠어요. 줄리언에게 물어보기도 그렇고. 줄리언은 너무 강직한 사람이라……."

마플 양은 그녀의 말을 정확히 알아들은 듯이 이렇게 말했다.

"무슨 말인지 알겠다. 우리 여자들은 다르지. 너는 사건의 사실만 얘기했지만 나는 네가 어떻게 생각하는지 알고 싶구나."

"뭔가 이상하다는 생각이 들어요. 교회에 쓰러져 있던 남자는 성역에 대해서 잘 알고 있었어요. 그 남자는 줄리언이 말하던 것처럼 말했어요. 제 말은 그 남자가 박식하고 교육을 많이 받은 사람 같았다는 뜻이에요. 만일 그 남자가 자살한 거라면 억지로 몸을 끌고 교회에 와서 '성역'이라는 말을 할 리가 없잖아요? 성역은 쫓기는 사람이 교회 안으로 들어오면 안전하다는 뜻이에요. 교회 안에 들어가면 쫓아오던 사람이 접근할 수 없어요. 예전에는 법률로 접근할 수 없게 정했잖아요."

그녀는 대답을 기다리는 표정으로 마플 양을 쳐다보았다. 마플 양이 고개를 끄덕였다. 번치는 말을 이었다.

"그 에클스 부부라는 사람들은 그 남자하고 많이 달랐어요. 무식하고 천박한 사람들이었어요. 또 하나 이상한 게 있어요. 시계, 죽은 남자가 차고 있었던 시계 말인데요. 뒷면에 'WS'라는 머리글자가 새겨져 있었어요. 뚜껑을 열어 보니까 그 안에 아주 작은 글자로 '아버지가 월터에게'라는 글씨와 날짜가 새겨져 있더군요. 하지만 에클스 부부는 계속 그 사람을 윌리엄이나 빌이라고 부르더라고요."

마플 양이 얘기를 하려는 참에 번치가 다시 말을 시작했다.

"아. 보통 사람들이 세례명으로 이름을 부르지 않는다는 건 저도 알아요. 윌리엄이라는 세례명을 가지고 있어도 '포기'나 '홍당무' 같은 별명으로 부르는 건 이해할 수 있어요. 하지만 월터라는 이름이 버젓이 있는데 누이가 윌리엄이나 빌이라고 부르는 건 좀 이상하잖아요?"

"네 말은 그 여자가 죽은 남자의 누이가 아니라는 거니?"

"네. 전 아니라고 확신해요. 그 사람들은 둘 다 인상이 좋지 않았어요. 그 사람들이 목사관에 찾아온 건 죽은 남자의 물건을 찾고 죽기 전에 그가 남긴 말이 없는지 알아보기 위해서였어요. 제가 아무 말도 남기지 않았다고 하자 그들의 얼굴에 안도하는 표정이 나타나는 걸 똑똑히 봤어요. 저는 그 남자를 쏜 사람이 바로 에클스 부부라는 생각이 들어요."

"살인이라는 말이니?"

"네. 살인이에요. 그래서 제가 찾아온 거예요."

번치의 말은 이런 일에 무지한 사람에게는 황당한 얘기처럼 들릴 수도 있었다. 하지만 마플 양은 살인 사건을 다루는 데 상당한 명성을 날리고 있었다.

번치가 다시 말을 이었다.

"그 남자는 죽기 전에 '제발'이라고 했어요. 제가 뭔가 해 주기를 바랐던 거죠. 그런데 전 지금 그 사람을 위해서 뭘 해야 하는 건지 도무지 모르겠어요."

마플 양은 뭔가 곰곰이 생각하는 것 같았다. 그녀는 번치가 이상하게 생각했던 일을 짚어 냈다.

"그런데 그 사람은 하필이면 왜 네 교회에 간 걸까?"

"아주머니 말씀은 그러니까, 죽을 생각을 한 사람이 성역에 가려고 했다면 자기 집 근처에 있는 아무 교회에나 갔을 거란 거죠? 하루에 네 번밖에 다니지 않는 버스를 타고 우리 동네처럼 한적한 시골까지 올 필요가 없었단 말씀이죠?"

마플 양은 다시 골똘히 생각하는 표정을 지었다.

"그 사람이 거기에 간 건 분명 무슨 이유가 있을 거야. 분명히 누군가 만날 사람이 있었던 거야. 치핑 클레그혼은 큰 고장이 아니잖니, 번치? 그 사람이 누구를 만나러 갔는지 생각나는 게 없니?"

번치는 자기 동네에 사는 사람들을 머릿속으로 떠올려 보고는 모르겠다는 듯이 고개를 저었다.

"어떻게 생각하면 그게 누구라도 가능할 것 같아요."

"그 사람이 어떤 사람의 이름을 말한 건 아니고?"

"줄리언이라고 했어요. 아니, 줄리언이라고 했던 것 같아요. 어쩌면 줄리아라고 했는지도 몰라요. 그런데 제가 알기로는 치핑 클레

그 혼에 줄리아라는 사람은 없거든요."

그녀는 눈을 굴리며 그때의 장면을 다시 생각해보았다. 그 남자는 강단 계단에 누워 있었고, 창문으로 붉은색과 파란색의 햇빛이 보석처럼 찬란하게 쏟아져 들어오고 있었다.

"주얼(jewel)하고 발음이 비슷하구나."

마플 양이 중얼거렸다.

"방금 가장 중요한 게 생각났어요. 제가 오늘 여기 온 것도 그것 때문이에요. 에클스 부부는 그 사람의 코트에 무척 신경을 썼어요. 의사가 그 사람을 진찰할 때 그가 입고 있던 코트를 벗겼거든요. 낡고 초라한 코트였어요. 그 사람들이 가져갈 만한 이유가 없었거든요. 그 사람들은 죽은 사람을 기념하기 위해서 그런다고 했지만 그건 헛소리였어요.

어쨌든 그 코트를 가지러 계단을 올라갈 때 그 사람이 코트를 만지작거리면서 뭔가 손으로 집어 드는 것 같은 몸짓을 했던 게 기억났어요. 그래서 저는 코트를 들고 자세히 살펴봤죠. 코트 한구석에 솔기가 다른 곳과 다른 실로 꿰맨 곳이 있더라고요. 실을 뜯고 헤쳐보았더니 안에 작은 쪽지가 들어 있는 거예요. 저는 종이쪽지를 빼내고 그 자리를 다른 솔기를 꿰맨 실과 비슷한 실로 꿰맸어요. 아주 세밀하게 했기 때문에 에클스 부부가 전혀 알아차리지 못할 거예요. 하지만 확신할 수는 없어요. 저는 코트를 가지고 내려가서 늦은 이유를 적당히 둘러댔죠."

"쪽지라고?"

번치는 핸드백을 열었다.

"이건 줄리언에게도 보여 주지 않았어요. 틀림없이 에클스 부부에게 돌려줘야 한다고 할 테니까요. 저는 이모님께 가져오는 게 낫다고 생각했어요."

"휴대품 보관증이로구나. 패딩턴 역이야."

마플 양이 종이쪽지를 보면서 말했다.

"그 사람 주머니에 패딩턴 역으로 돌아가는 열차표가 있었어요."

순간 두 여자의 시선이 마주쳤다.

마플 양이 씩씩하게 말했다.

"당장 행동 개시를 해야겠구나. 하지만 조심하는 게 좋을 거야. 오늘 런던에 올 때 누군가 미행하는 것 같은 눈치를 채거나 했니?"

번치가 놀라서 소리를 질렀다.

"미행이라고요? 설마……."

"충분히 있을 수 있는 일이야. 무슨 일이든 가능성이 있다고 생각될 때는 조심하는 게 최선이야."

그녀는 말을 마치고 기운차게 일어났다.

"번치, 넌 분명히 세일하는 데 가려고 온 거야. 우리가 할 일은 세일하는 데 가는 거야. 하지만 출발하기 전에 한두 가지 준비할 게 있단다."

마플 양은 혼잣말을 하듯이 덧붙였다.

"지금 비버 칼라가 달린 얼룩무늬 트위드 재킷을 입을 필요는 없겠지."

한 시간 반 정도 후에 두 여자는 초라한 옷차림을 하고 양쪽 손에 힘들게 구입한 리넨 제품을 한 가득 안고 '애플 보'라는 작고 한적한 여관 식당에 앉아 있었다. 두 사람은 스테이크와 콩팥 푸딩으로 기운을 보충하고 사과 타르트와 커스터드를 디저트로 먹었다.

마플 양이 약간 숨이 찬 듯이 말했다.

"그 타월은 전쟁 전에 나오던 타월만큼 품질이 좋더구나. 'J'라는 머리글자까지 있으니. 레이먼드 부인의 이름이 조앤이니 얼마나 운이 좋은 건지 몰라. 난 정말 필요할 때까지 그냥 보관해 둬야겠어. 내가 생각보다 일찍 죽으면 조앤이 쓸 수 있을 테니까."

"유리 닦는 헝겊은 정말 필요했어요. 가격도 정말 쌌고요. 그 갈색 머리 여자가 저한테서 잡아채 간 것만큼 싸지는 않았지만요."

그때 진하게 립스틱을 바른 멋있는 젊은 여자가 '애플 보'에 들어섰다. 그녀는 식당 안을 휙 둘러보고는 두 사람이 앉아 있는 테이블로 다가왔다. 그녀는 마플 양의 팔꿈치 밑에 봉투를 내려놓았다.

"여기 있습니다."

그녀가 활달하게 말했다.

마플 양이 말했다.

"정말 고마워, 글래디스. 정말 고맙구나. 친절하기도 하지."

"언제든지 시키기만 하세요. 어니는 항상 제게 이렇게 말한답니다. '당신이 모셨던 마플 양에게서 배운 건 다 훌륭한 것들이야.'라고요. 언제든 필요한 일이 있으면 제게 부탁하세요."

글래디스가 식당에서 나가자 마플 양이 말했다.

"정말 좋은 아가씨야. 언제든지 내 일을 친절하게 도와준단다."

그녀는 봉투 안을 들여다보고 나서 번치에게 건네주었다.

"조심해야 한다. 번치. 그런데 멜체스터에는 아직도 그 친절한 젊은 경감이 있을까?"

"글쎄요, 저도 모르겠어요. 있으면 좋겠지만."

"그 사람이 없으면 경찰서장에게 연락하면 되겠지. 그 사람이 나를 기억할 거야."

마플 양이 신중하게 말했다.

"당연히 기억하겠죠. 이모님을 기억하지 않을 사람이 어디 있겠어요? 워낙 독특하신 분인 걸요."

그녀는 자리에서 일어섰다.

패딩턴 역에 도착하자 번치는 수하물 보관소에 가서 보관증을 내밀었다. 잠시 후에 낡은 가방 하나가 그녀에게 전해졌다. 그녀는 그 가방을 들고 플랫폼을 향해 걸어갔다.

집으로 돌아갈 때는 아무 일도 일어나지 않았다. 기차가 치핑 클레그혼에 가까워지자 번치는 자리에서 일어나 낡은 가방을 집어 들었다. 객차에서 막 내리려고 할 때 한 남자가 플랫폼으로 달려오더니 그녀의 손에서 가방을 낚아채 도망가기 시작했다.

"잡아요! 저 남자 좀 잡아 주세요! 내 가방을 뺏어갔어요."

번치는 소리를 질렀다.

시골역에서 일하는 개표원이 그렇듯이 동작이 굼뜬 개표원이 "이봐, 그런 짓을 하면······."이라고 말하는 동시에 가슴에 일격을 당하고 옆으로 고꾸라졌다. 가방을 든 남자는 쏜살같이 역에서 빠져나갔다. 그가 곧장 기다리고 있던 차로 달려가서 가방을 던져 넣고 타려고 할 때 누군가의 손이 그의 어깨 위에 올려졌다.

애블 경관의 목소리가 울렸다.

"지금 뭐하는 짓이지?"

번치가 숨을 헐떡거리며 역에서 달려 나왔다.

"이 사람이 내 가방을 뺏어 갔어요!"

"말도 안 되는 소리요. 이 여자분이 무슨 말을 하는 건지 도통 모르겠소. 이건 내 가방입니다. 방금 기차에서 들고 내렸단 말이오."

그는 냉정한 표정으로 번치를 쳐다보았다. 누구도 애블 경관과 하면 부인이 애블 경관이 비번일 때 장미 덩굴에 주는 비료와 골분의 장점에 대한 논쟁으로 함께 시간을 보냈다는 걸 상상하지 못할 것이다.

"부인은 이게 자기 가방이라고 주장하는 거죠?"

애블 경관이 물었다.

"네. 분명히 그래요."

번치가 대답했다.

"그럼 당신은?"

"이 가방은 내 겁니다."

사내는 키가 크고 검은 피부에 옷을 잘 차려 입고 있었다. 느릿느릿한 말투에 태도는 거만했다. 그때 차 안에서 여자의 음성이 들렸다.

"당신 가방이잖아요, 에드윈. 저 여자가 도대체 무슨 말을 하는지 모르겠네."

"확실하게 밝혀야겠군. 이게 부인 가방이라면 안에 뭐가 들어있는지 말씀해 보시죠."

애블 경관이 말했다.

"옷이에요. 비버 칼라가 달린 긴 얼룩무늬 코트 하고 모직 점퍼 두 벌, 그리고 신발 한 켤레가 들어 있어요."

"알겠습니다."

애블 경관은 이번에는 남자 쪽을 보았다.

검은 피부의 남자가 으스대며 말했다.

"나는 무대 의상 업자요. 이 가방에는 아마추어 연극 공연에 필요한 장비들이 들어 있소."

"좋습니다. 그럼 가방을 열어 봅시다. 경찰서로 가든지, 아니면 두 분이 시간이 없으시면 역으로 다시 가지고 가서 거기서 열어 보도록 하죠."

"그러는 게 좋겠소. 내 이름은 모스, 모스 에드윈입니다."

경관은 가방을 들고 역으로 향했다.

"수하물 사무실로 이 가방을 가지고 가는 중이네, 조지."

그가 개표원에게 말했다.

애블 경관은 수하물 보관소 카운터에 가방을 올려놓고 가방 고리를 밀었다. 가방은 잠겨 있지 않았다. 번치와 에드윈 모스는 경관 양옆에 서서 서로 노려보고 있었다.

"아!"

애블은 뚜껑을 열면서 소리를 질렀다.

가방 안에는 낡은 트위드 코트가 얌전하게 개어져 있었다. 비버 모피 칼라가 달린 코트였다. 그리고 모직 점퍼 두 벌과 장화 한 켤레도 있었다.

"부인이 말씀하신 대로군요."

애블 경관이 번치에게 말했다.

에드윈 모스가 연기를 하고 있다는 걸 눈치 챌 사람은 아무도 없었을 것이다. 그의 낭패한 듯한 표정은 정말 훌륭했다.

"정말 죄송합니다. 사과드리겠소. 제발 믿어 주시오, 부인. 정말이지 죄송하오. 뭐라고 용서를 빌어야 할지 모르겠소."

그는 시계를 보았다.

"이제 서둘러야겠소. 내 가방은 기차에 실려가 버린 것 같군."

그는 모자를 집어 들면서 번치를 향해 다시 한 번 말했다.

"부디 용서해 주시오."

그는 쏜살같이 사무실을 나갔다.

"저 사람 그냥 가게 내버려 둘 건가요?"

번치는 애블 경관에게 나직하게 속삭였다.

애블 경관은 능청맞게 윙크를 했다.

"멀리는 못 갈 겁니다. 부인. 제 말뜻 아시겠죠? 가는 곳까지 사람이 따라붙을 거란 말이죠."

"그렇군요."

번치는 안심하는 표정으로 말했다.

애블 경관이 말했다.

"그 노부인께서 전화를 하셨답니다. 몇 년 전에 여기 오셨던 바로 그 분요. 아주 머리가 좋은 분이죠, 그렇지 않나요? 하지만 오늘 밤에는 사기꾼들이 너무 많아서 말입니다. 내일 아침에 경감님이나 경사님이 이 일 때문에 부인을 찾아갈지도 모릅니다."

번치를 찾아온 사람은 크래독 경감이었다. 마플 양은 그를 기억하고 있었다. 그는 오랜 친구처럼 친근한 미소를 지으면서 번치에게 인사를 건넸다.

"치핑 클레그혼에 또 범죄가 일어났군요."

그가 명랑한 음성으로 말했다.

"부인께서는 그런 일에는 감각이 뛰어나시죠. 안 그렇습니까, 하먼 부인?"

"감각이 부족했으면 좋겠어요. 제게 물어보실 게 있어서 오신 건가요, 아니면 뭔가 정보를 교환하러 오신 건가요?"

"제가 먼저 몇 가지 말씀드리죠."

경감이 말했다.

"먼저, 에클스 부부는 오랫동안 경찰의 감시를 받고 있었습니다. 그 사람들이 영국에서 일어난 몇 건의 도난 사건에 연루되어 있다고 믿을 만한 근거가 있거든요. 그리고 또 한 가지는 에클스 부인에게 얼마 전에 외국에서 돌아온 오빠가 있다는 건 사실이지만 어제 부인이 교회에서 발견했던 그 남자는 샌본이 아닌 게 틀림없다는 겁니다."

"저도 그건 알고 있었어요. 우선 그 사람의 이름은 윌리엄이 아니라 월터였어요."

경감은 고개를 끄덕였다.

"그 사람의 이름은 월터 세인트 존이었습니다. 48시간 전에 캐링턴 교도소에서 탈출했습니다."

"아! 그랬군. 법망을 피해서 성역으로 들어온 거였어."

번치는 혼자 중얼거리더니 경감에게 물었다.

"그 사람의 죄목이 뭐였나요?"

"그걸 말하자면 오래전으로 거슬러 올라가야 합니다. 좀 복잡한 얘기죠. 몇 년 전에 뮤직홀에서 한창 인기를 끌던 댄서가 있었습니다. 부인은 아마 들어 보지 못하셨을 겁니다. 그 여자는 「아라비안 나이트」에 나오는 '동굴 속의 보물'이라는 춤을 특히 잘 추었죠. 그 여자는 알몸에 모조 다이아몬드만 걸치고 춤을 추었다고 합니다.

그 여자는 대단한 댄서는 아니었지만 꽤 매력적이었던 것 같습니다. 어쨌든 아시아의 어떤 왕족이 그 여자에게 완전히 빠져 버린 겁니다. 그는 온갖 선물을 그 여자에게 갖다 주었는데 그중에서도 가장 비싼 선물은 어마어마한 에메랄드 목걸이였죠."

"그 역사적인 '라자의 보석' 말인가요?"

번치가 흥분한 목소리로 물었다.

크래독 경감은 헛기침을 했다.

"그건 아니고 현대적인 기법으로 만든 보석입니다, 하먼 부인. 어쨌든 그들의 애정 행각은 그리 오래가지 못했죠. 그 아시아의 왕족이 다른 영화배우에게 정신을 파는 바람에 둘 사이가 파탄난 겁니다. 그런데 그 여배우가 요구하는 게 또 대단했던 모양입니다.

그 후에 조베이다는…… 아, 그 댄서의 예명입니다, 그 댄서는 에메랄드 목걸이를 계속 보관하고 있었죠. 그런데 얼마 후에 그 목걸이를 도난당한 겁니다. 극장 분장실에서 없어졌다는데 경찰은 그 댄서가 보석을 숨겨 놓고 도난당한 것처럼 꾸민 게 아닌가 하는 의심을 하고 있었죠. 사람들의 주목을 받기 위해 그런 일을 하는 경우도 있고 아니면 더 불순한 동기에서 그런 짓을 할 수도 있으니까요.

어쨌든 그 목걸이는 발견되지 않았어요. 그런데 조사하는 과정에서 바로 이 월터 세인트 존이라는 사람에게 경찰의 주의가 쏠리게 된 겁니다. 그는 교육도 많이 받았고 비록 몰락한 집안이지만 좋은 가문 출신이라고 합니다. 그는 도난당한 보석을 매입하는 곳으로 의심받고 있는 어떤 회사에서 보석세공사로 일하고 있었죠.

그 문제의 목걸이가 그의 손을 거쳐서 어디론가 흘러갔다는 단서가 있었습니다. 하지만 그는 다른 보석 도난 사건에 연루되어 형을 선고받고 감옥에 들어갔습니다. 형기가 얼마 남지 않은 시기였기 때문에 그 사람이 탈옥한 건 의외의 사건이었죠."

"그런데 왜 그 사람이 하필이면 여기에 왔을까요?"

번치가 물었다.

"우리도 그 점이 너무 궁금합니다, 하먼 부인. 그의 행적을 조사해 보니 먼저 런던으로 갔던 것 같습니다. 그는 예전에 같이 일했던 사람들을 찾아간 게 아니라 제이콥스라는 노부인을 찾아갔습니다. 제이콥스 부인은 전에 연극 의상 담당이었다고 합니다. 그 여자는 월터가 무슨 일로 자기를 찾아왔는지 털어놓으려고 하지 않았습니다. 하지만 그 집에 세 들어 살고 있는 사람들 말로는 그가 가방 하나를 들고 집에서 나갔다고 합니다."

"그랬군요. 그 사람은 가방을 역 보관소에 맡겨 놓고 이리로 내려온 거네요."

크래독 경감이 그녀의 말을 이었다.

"그 무렵 에클스 부부와 에드윈 모스라는 남자가 그를 쫓고 있었죠. 그들은 그 가방을 노리고 있었습니다. 그가 버스를 타는 걸 보고 차를 몰고 앞질러 가서 월터가 버스를 내릴 때 그곳에서 기다리고 있었던 게 분명합니다."

"그리고 살해당한 거군요."

"네. 총을 맞았습니다. 에클스의 권총이었죠. 하지만 총을 쏜 건 모스였을 겁니다. 자, 하면 부인, 우리가 알고 싶은 건 월터 세인트 존이 패딩턴 역에 맡긴 진짜 가방이 어디에 있느냐는 겁니다."

번치는 씩 웃으면서 말했다.

"지금쯤 제인 이모님이 가지고 계실 거예요. 마플 양 말이에요. 그게 이모님의 계획이었죠. 제인 이모님은 전에 밑에서 일했던 하녀를 보내서 옷을 몇 벌 챙겨 패딩턴 역 보관소에 갖다 놓게 했어요. 우리는 보관증을 바꿔치기 했죠. 저는 이모님의 가방을 찾아서 기차에서 내린 거고요. 제인 이모님은 분명히 누군가가 그 가방을 제게서 빼앗을 거라고 예상하신 거죠."

이번에는 크래독 경감이 씩 웃었다.

"제게 전화했을 때도 그렇게 말씀하셨습니다. 저는 지금 런던으로 갈 생각입니다. 같이 가시겠습니까, 하먼 부인?"

번치는 고민하는 눈치였다.

"글쎄요. 으음……, 솔직히 잘된 일이긴 해요. 어젯밤에 치통 때문에 고생했는데 런던에 가면 치과에 가야겠어요."

"잘됐군요."

크래독 경감이 말했다.

마플 양은 크래독 경감의 얼굴과 번치 하먼의 진지한 얼굴을 차례로 쳐다보았다. 가방은 탁자 위에 놓여 있었다.

"아직 열지 않았어요. 공식적인 입회인이 올 때까지 그런 일은 절대로 하지 않는답니다. 더구나……."

그녀는 점잖으면서도 짓궂은 미소를 지으면서 말했다.

"이 가방은 잠겨 있습니다."

"안에 뭐가 들어 있는지 맞춰 보시겠습니까, 마플 양?

"내가 생각하기에는 조베이다의 무대 의상이 들어 있을 것 같군요. 끌을 갖다 주시겠어요, 경감님?"

끌을 사용하자 가방이 금방 열렸다. 뚜껑이 열리는 순간 두 여자는 숨을 헉하고 들이쉬었다. 창문에서 쏟아져 들어온 햇빛이 가방 안에 들어 있던 빨강, 파랑, 초록, 오렌지색의 무궁무진한 보석들을 비추고 있었다.

"알라딘의 동굴 같군요. 그 여자가 춤출 때 몸에 걸쳤던 가짜 보석들이에요."

마플 양이 말했다.

"아! 이게 얼마나 대단한 거라고 한 남자가 이걸 손에 넣기 위해서 살해되었다는 겁니까?"

크래독 경감이 말했다.

마플 양이 생각하는 표정으로 말했다.

"그 여자는 아주 머리가 좋은 여자였을 겁니다. 그 여자는 죽었죠, 경감님?"

"네. 3년 전에 죽었습니다."

마플 양은 생각에 잠긴 표정으로 말했다.

"그 여자는 그 에메랄드 목걸이를 갖고 있었죠. 그 여자는 보석을 세팅에서 빼내서 무대 의상에 여기 저기 붙였을 겁니다. 거기에 달아 놓으면 누구든지 그 보석을 가짜라고 생각할 테니까요. 그러고는 진짜 목걸이와 똑같은 모조품을 만들었죠. 그때 도둑맞았다고 했던 목걸이는 당연히 가짜 목걸이였던 겁니다. 그 목걸이가 장물 시장에 나오지 않은 것도 당연한 일이었죠. 그 목걸이를 훔쳐간 사람이 그 보석이 가짜라는 걸 금방 알아냈을 테니까요."

"여기 봉투가 있어요."

번치가 반짝이는 가짜 보석을 밀어놓으면서 말했다.

크래독 경감은 번치에게서 봉투를 받아들고 서류처럼 보이는 종이 두 장을 꺼내 소리를 내서 읽었다.

"'월터 에드먼드 세인트 존과 메리 모스의 결혼 증명서.' 메리 모스는 조베이다의 본명이었습니다."

"두 사람은 결혼한 사이였군요. 그랬었군요."

마플 양이 말했다.

"다른 한 장은요?"

번치가 물었다.

"딸의 출생 신고서입니다, 주얼이라고."

번치가 소리쳤다.

"주얼이라고요? 그래, 맞았어. 주얼. 바로 그거야. 이제 그 사람이 치핑 클레그혼으로 온 이유를 알겠어요. 그 사람이 제게 말하려던 게 바로 그거였어요. 주얼. 먼디 노부부 말이에요. 래버넘 별장. 두 사람은 어린 소녀를 맡아서 길러 주고 있어요. 그 아이를 무척 사랑하죠. 친손녀같이 귀여워해요. 맞아요. 이제 기억나요. 그 아이의 이름이 주얼이었어요. 먼디 부부는 질이라고 부르지만.

먼디 부인은 1주일 전에 뇌졸중으로 쓰러졌어요. 먼디 씨는 폐렴으로 심하게 앓고 있고요. 두 분 모두 병원에 입원하셔야 할 형편이죠. 저는 질을 길러 줄 좋은 가정을 사방으로 수소문하고 있었어요. 그 애를 고아원에 보내고 싶지 않아서요.

그 애의 아버지가 교도소에서 그 소식을 듣고 탈출해서 낡은 옷장에서 이 가방을 찾아 들고 왔던 거예요. 그 남자나 그의 아내가 옷장 안에 넣어 두었겠죠. 이 보석이 정말 그 애의 어머니 물건이었다면 이제 그 아이를 위해 써도 되겠군요."

"제 생각도 그렇습니다, 하먼 부인. 그 보석이 정말 이 안에 있다면요."

"분명히 이 안에 있을 겁니다."

마플 양이 명랑하게 말했다.

"돌아왔군, 여보."

줄리언 하먼은 아내를 반갑게 맞이하고 다행스럽다는 듯이 안도의 한숨을 내쉬었다.

"당신이 없을 때 버트 부인이 정성껏 일해 주기는 하지만 점심 때 아주 이상한 어육 완자를 주지 뭐야. 난 버트 부인의 기분을 상하지 않으려고 디글랏빌레셀(성경에 나오는 왕의 이름—옮긴이)에게 던져 주었어. 그런데 그 녀석도 먹으려 들지 않는 거야. 그래서 어쩔 수 없이 창밖으로 던져 버리고 말았지."

"디글랏빌레셀은 생선을 까다롭게 골라 먹는다니까요. 그래서 가끔 네 배는 왜 그렇게 고급이냐고 야단을 치죠."

번치가 목사관에서 기르는 고양이를 쓰다듬자 고양이는 가르릉거리는 소리를 내며 그녀의 무릎에 털을 비벼댔다.

"그래, 이는 어떻게 되었어? 치과에 갔었어?"

"네, 많이 아프지는 않았어요. 제인 이모님께도 갔었어요."

"그랬군, 건강하셔야 할 텐데."

"정정하셔요."

번치가 싱긋 웃으면서 말했다.

다음 날 아침 번치는 새로 꺾은 국화를 들고 교회로 갔다. 동쪽 창문으로 다시 햇빛이 비쳐들고 있었다. 번치는 강단으로 올라가는 계단에서 보석처럼 반짝이는 햇살을 받고 서 있었다. 그녀는 나직하게 혼자 중얼거렸다.

"당신 딸은 잘 지낼 거예요. 제가 잘 돌봐 줄게요. 약속해요."

그녀는 교회를 청소하고 긴 의자 사이에 무릎을 꿇고 앉아 잠시 기도를 드렸다. 그러고는 이틀 동안 집을 비운 탓에 잔뜩 쌓여 있는 집안일을 하기 위해 목사관으로 돌아갔다.

마플 양의 이야기

　이 이야기는 아무한테도 한 적이 없단다. 레이먼드, 조앤. 몇 년 전에 일어났던 꽤 재미있는 사건이야. 공연히 내 자랑을 늘어놓으려는 걸로 생각하지는 말아라. 젊은 사람들에 비하면 내 머리가 좋다고 할 수도 없지.
　레이먼드는 젊은 남녀들에 관한 현대적인 책을 쓰고, 조앤 넌 이상한 혹이 붙어 있는 정사각형의 특이한 그림들을 그리지. 정말 똑똑한 젊은이들이야. 레이먼드가 늘 말하다시피 (물론 나를 걱정해서 하는 말인 거 안단다. 조카들 중에서 제일 착하니까.) 나는 어쩔 수 없는 빅토리아 시대 사람이니까. 나는 알마 타데마와 프레드릭 레이턴을 좋아하지만 너희들 눈에는 구제불능의 구식으로 보이겠지.
　그건 그렇고 내가 어디까지 얘기했더라? 맞아. 내가 자랑을 늘어놓으려는 건 아니라고 했지. 그래도 아주 조금은 자랑스러운 기분이 들기도 하는 건 어쩔 수 없구나. 나보다 훨씬 머리가 좋은 사람들도 도저히 풀어내지 못한 문제를 내가 약간의 상식을 적용해서 해결했으니 말이야. 내가 보기에는 처음부터 모든 게 명백했지만······.

어쨌든 내가 짧은 얘기를 하나 들려줄게. 자기 자랑처럼 들릴지 모르지만 적어도 큰 고통에 빠져 있던 불쌍한 한 사람을 구한 건 사실이란다.

처음 이 사건에 대해 알게 된 건 어느 날 밤 9시쯤이었지. 그웬(그웬 기억나니? 우리 집에 있던 빨간 머리 하녀 말이야.)이 들어와서 페트릭 씨와 어떤 신사분이 찾아오셨다고 하는 거야. 그웬은 두 분을 거실로 안내해 드렸다고 했어. 나는 식당에 앉아 있었지. 이른 봄이라 난로를 두 개나 피우는 건 낭비라고 생각했거든.

나는 그웬에게 체리 브랜디와 잔을 몇 개 가져오라고 하고 곧바로 응접실로 들어갔지. 페트릭 씨를 기억하는지 모르겠구나. 2년 전에 세상을 떠났지만 내 법률적인 일을 맡아 준 분이고 나와는 오랫동안 친구로 지냈던 분이지. 아주 머리가 좋고 똑똑한 변호사였어. 그분의 아들이 지금 내 일을 돌봐주고 있는데 아주 훌륭하고 현대적인 청년이기는 하지만 아무래도 페트릭 씨만큼 신뢰가 가지는 않는구나.

나는 페트릭 씨에게 요즘 난로를 하나밖에 피우지 않는다고 말했단다. 그랬더니 당장 식당으로 가자고 하더구나. 그러면서 로드스 씨라는 자기 친구를 소개해 주었어.

그 사람은 나이가 마흔 조금 넘은 것 같았는데 한눈에 뭔가 심각한 일이 있다는 게 보이더구나. 태도가 아주 이상했어. 큰 고민이 있다는 걸 몰랐더라면 무례하다고 생각할 수도 있었을 거야.

식당에 가서 앉자 그웬이 체리 브랜드를 가지고 왔어. 페트릭 씨가 나를 찾아온 용건을 설명하더구나.

"마플 양. 이렇게 갑자기 찾아온 걸 양해해 주시기 바랍니다. 상의드릴 일이 있어서 왔습니다."

나는 무슨 일인지 알 수가 없었단다. 그는 얘기를 계속했어.

"병에 걸리면 두 의사의 견해를 듣게 되죠. 전문의의 견해와 주치의의 견해입니다. 전문의의 의견을 중요시하는 경우가 대부분이지만 저는 반드시 그렇지는 않다고 생각합니다. 전문의는 자기 분야에 대해서만 경험이 많으니까요. 주치의는 지식은 전문의보다 적을지 모르지만 넓은 분야의 경험을 쌓았다고 봅니다."

나는 페트릭 씨가 하는 말을 이해할 수 있었어. 그즈음에 내 조카 하나가 자기 아기가 피부병이 나자 그 아기를 주치의에게 데리고 가지 않고 유명한 피부과 전문의에게 데리고 갔단다. 주치의가 너무 늙어서 구식이라고 생각했던 거지. 그런데 그 전문의는 엄청나게 돈이 많이 드는 치료를 했단다. 나중에 아기의 병이 약간 변종된 홍역이라는 게 밝혀진 거야.

얘기가 딴 데로 흘렀는지 모르지만 내가 이 얘기를 한 건 페트릭 씨의 견해를 충분히 이해한다는 걸 보여 주기 위해서였지. 하지만 그가 왜 그런 얘기를 꺼냈는지는 아직 알지 못했단다.

"로드스 씨가 편찮으시다면……."

나는 말을 꺼내려다가 그만 중단하고 말았단다. 그 불쌍한 남자가 깜짝 놀랄 만큼 큰 소리로 웃음을 터뜨린 거야.

그는 이렇게 말했어.

"나는 몇 달 후 목 매달려 죽을 겁니다."

사정을 듣고 보니 이랬어. 그 무렵 여기서 30킬로미터쯤 떨어진 반체스터라는 마을에서 살인 사건이 일어났단다. 그때 나는 그 사건에 별로 관심이 없었어. 왜냐하면 그 당시 우리 마을이 방문 간호사 일로 온통 시끌벅적했기 때문이지. 인도에서 난 지진이나 반체스터에서 일어난 살인 사건 같은 건 우리에게는 관심 밖이었어. 원래 마을이라는 게 다 그렇지. 그래도 이름은 기억나지 않지만 신문에서 어떤 여자가 호텔에서 칼에 찔려 죽었다는 기사를 본 기억이 나더구나. 순간 나는 그 여자가 로드스 씨의 부인이라는 생각이 들었는데 역시 내 짐작이 맞았어. 게다가 더 심각한 건 로드스 씨가 부인을 살해한 혐의를 받고 있다는 거였지.

페트릭 씨는 사건을 아주 명확하게 설명해 주더구나. 검시재판에서 배심원들이 한 사람이나 몇 사람에 의해서 저질러진 살인이라고 했다는 거야. 그런데 로드스 씨는 하루 이틀 내로 체포될 것 같다고 했어. 그래서 페트릭 씨를 찾아가 사건을 의뢰했다는 거야. 페트릭 씨는 그날 오후 말콤 올드 경에게 로드스 씨의 변호를 맡아 달라는 부탁을 하자고 했다는구나.

페트릭 씨는 말콤 경이 현대적인 수사 방법을 추구하는 젊은 변호사라고 하더구나. 그는 자신의 변호 방향을 지시했는데 페트릭 씨는 그의 방식이 별로 마음에 들지 않았던 모양이야.

페트릭 씨는 이렇게 말하더구나.

"뭔가 전문가적인 견해가 너무 강하다는 생각이 들더군요. 말콤 경은 사건을 볼 때 오로지 한 가지 관점에서만 생각하는 것 같았어요. 가장 효과적인 변호 방법 말이죠. 하지만 저는 아무리 훌륭한 변호라도 가장 중요한 요소를 간과할 수 있다고 생각합니다. 사건의 정확한 실상을 밝히지 않는 경향이 있다는 말이죠."

그러고 나서 그는 내가 예리하다는 둥, 판단력이 뛰어나다는 둥, 인간의 본성에 대한 지식이 깊다는 둥 한참 치켜세우더니 사건의 진상을 들어 보고 나서 해결할 수 있는 힌트를 줄 수 없느냐고 하는 것이었어.

로드스 씨는 내가 정말 도움이 될지 의심하는 눈치더구나. 여기에 왜 왔는지 귀찮아하는 것 같았어. 그러나 페트릭 씨는 그런 건 아랑곳하지 않고 3월 8일 밤에 일어난 사건을 내게 설명하기 시작했지.

로드스 씨 부부는 반체스터 크라운 호텔에 묵고 있었다더구나. 로드스 부인은 약간 우울증을 앓고 있었는데(나는 페트릭 씨가 조심스럽게 하는 이야기에서 그걸 알았지.) 그날 밤 식사를 마치고 나서 곧장 잠자리에 들었다고 했어. 두 사람은 각각 다른 방을 쓰고 있었는데 두 방은 붙어 있고 방 사이에 문이 있었다고 하더구나.

로드스 씨는 선사시대의 부싯돌에 관한 책을 쓰고 있는 중이어서 옆방에서 일을 하고 있었단다. 11시가 되자 원고를 정리하고 잠자리에 들 준비를 하고 있었다고 했어. 그런데 침대에 들어가기 전에 부인에게 필요한 게 없나 해서 잠깐 들여다보았다고 해. 그런데 불은 켜져 있고 부인이 침대에서 흉기에 찔린 채 누워 있는 걸 발견한 거야. 죽은 지 적어도 한 시간은 지났던 거야. 아니 어쩌면 그보다 오래전에 죽었는지도 모르지.

그때 상황은 이랬다고 했어. 로드스 부인 방에는 복도 쪽으로 난 문이 하나 더 있었는데 그 문에는 열쇠가 채워져 있었고 더군다나 안에서 고리가 걸려 있었다는 거야. 하나뿐인 창문 역시 잠겨 있었고. 로드스 씨가 하는 말로는 자기가 일을 하고 있던 방을 지나간 사람은 그 방 담당 하녀뿐이었다는 거였어. 그 하녀는 부인이 자는 방에 뜨거운 물이 담긴 병을 가지고 갔다고 해.

상처에서 발견된 무기는 로드스 부인의 화장대 위에 놓여 있던 작은 칼이었대. 부인은 그 칼을 종이 자르는 칼로 사용하곤 했다는구나. 그 칼에는 지문이 묻어 있지 않았대.

상황을 요약해서 말하면 피해자의 방에 들어갔던 사람은 로드스 씨와 그 하녀뿐이었다는 거지.

나는 하녀에 대해서 물어보았어.

페트릭 씨는 이렇게 답변했지.

"우리가 제일 처음 조사한 사람도 바로 그 하녀였습니다. 메리 힐이라고 그 동네 여자였습니다. 크라운 호텔에서 10년 동안 객실 담당 하녀로 일했죠. 그 여자가 손님에게 그렇게 돌발적으로 엄청난 짓을 할 이유를 전혀 찾아낼 수 없었어요. 그 여자는 거의 정신박약에 가까운 모자란 여자였습니다. 그 여자가 하는 말은 처음부터 끝까지 똑같았어요. 로드스 부인 방에 뜨거운 물이 든 병을 가지고 갔는데 부인은 막 잠이 들려는 참이었다는 겁니다. 솔직히 말해서 어떤 배심원도 그 여자가 그런 범죄를 저질렀다고 생각하지 않을 겁니다."

페트릭 씨는 몇 가지 얘기를 덧붙였단다.

크라운 호텔에는 계단 끝에 작은 라운지가 있는데 거기서 손님들이 가끔 커피를 마신다고 하더구나. 그 라운지 오른쪽에 복도가 있고 그 복도 가장 안쪽에 있는 문을 열면 로드스 씨가 묵고 있던 방이 있다고 했어. 거기서 복도는 다시 직각으로 오른쪽으로 꺾여서 나 있고 모퉁이를 돌면 첫 번째 방이 로드스 부인이 묵던 방이었던 거야. 사건이 일어났을 때 이 문 모두 목격자들이 볼 수 있었어. 첫 번째 문, 그러니까 로드스 씨의 방문을 A문이라고 부르기로 하자. A문은 네 사람의 손님이 볼 수 있었어. 두 사람은 사업상 여행하는 사람이었고 또 다른 두 사람은 노부부였는데 그 네 사람이 라운지에서 커피를 마시고 있었다는 거야. 그 사람들의 말에 따르면 A문으로 출입한 사람은 로드스 씨와 객실 담당 하녀뿐이었단다. 복도가 꺾어진 곳에 있는 또 다른 문을 B라고 하자. 그때 마침 복도에서 수리를 하고 있던 전기공이 그 문을 보고 있었어. 그 사람 역시 객실 담당 하녀 이외에는 그 문으로 출입한 사람이 없었다는 똑같은 증언을 했지.

정말 이상하고 흥미진진한 사건이었어. 표면적으로는 로드스 씨가 부인을 죽인 게 틀림없는 것처럼 보이거든. 하지만 페트릭 씨가 의뢰인의 결백을 확신하고 있다는 걸 알 수 있었고, 페트릭 씨는 아주 머리가 비상한 사람이었지.

검시 재판에서 로드스 씨는 처음에는 망설이는 것 같더니 아주 장황한 이야기를 하더라는 거야. 어떤 여자가 자기 아내에게 협박 편지를 보냈다는 거였어. 하지만 아무도 그 얘기를 믿지 않았던 모양이야. 로드스 씨도 페트릭 씨에게 이렇게 말했대.

"솔직히 말해서 나는 그 말을 믿지 않았습니다. 에이미가 꾸며 낸 얘기라고 생각했죠."

내가 추측하기로는 로드스 부인은 자기에게 일어나는 일을 모두 과장되게 꾸며 대기를 좋아하는 로맨틱한 거짓말쟁이였던 것 같아. 그녀의 말을 곧이곧대로 믿으면 1년 동안 그녀에게 일어난 사건이 수없이 많다는 거야. 바나나 껍질에 미끄러진 일은 거의 죽을 뻔한 사건이 되고, 램프 갓에 불이 붙은 건 불이 난 빌딩에서 구사일생으로 구조된 사건으로 변하는 거지. 그래서 그녀의 남편은 아내가 하는 말을 대충 줄여서 듣게 된 거야. 자동차 사고로 어떤 아이를 다치게 한 적이 있었는데 그 아이의 엄마가 보복하겠다고 협박한다는 얘기를 들었을 때도 로드스 씨는 그냥 흘려들어 버린 거지. 그 사건은 로드스 씨가 아내와 결혼하기 전에 일어난 일이었어. 부인은 미친 사람이 쓴 것 같은 편지를 로드스 씨에게 읽어 주었다는 거야. 그렇지만 로드스 씨는 부인의 자작 편지라고 생각했던 거지. 전에도 한두 번 그런 짓을 한 적이 있었으니까. 부인은 항상 자극적인 일이 일어나는 걸 즐기는 히스테릭한 여자였어.

그제야 모든 게 납득이 가더군. 내가 살고 있는 마을에도 그 부인과 똑같은 젊은 여자가 한 명 있었거든. 문제는 그런 사람에게 정말 큰일이 일어났을 때 아무도 그 이야기를 믿어 주지 않는다는 거야. 나는 그 일이 그런 경우가 아닌가 하는 생각이 들었지. 경찰은 로드스 씨가 자신의 혐의를 벗기 위해 엉터리 같은 얘기를 꾸며낸 거라고 생각하는 것 같았어.

나는 호텔에 묵고 있는 다른 여자가 있는지 물어보았지. 두 명이 있었던 것 같았어. 한 명은 그랜비 부인이라는 인도계 혼혈 미망인이었고, 다른 한 명은 캐러더스라는 독신녀였는데 체격이 크고 말할 때 항상 g자를 빼고 말하는 습관이 있었다고 했어. 페트릭 씨는 자세히 조사를 했지만 범행 현장 부근에서 그 여자들을 본 사람이 아무도 없었고, 두 사람을 범행에 연관시킬 수 있는 게 아무것도 없었다고 하더군. 나는 그들의 생김새에 대해서 물어보았지. 페트릭 씨는 그랜비 부인은 붉은 머리를 제대로 손질도 하지 않고 다니고 혈색이 나쁘다고 했어. 그런데 옷은 실크로 만든 고급스러운 걸 입고 있었다고 하더군. 캐러더스 양은 40대이고 코안경을 끼고 머리는 남자처럼 짧게 깎고 남자들이 입는 코트에 스커트를 입고 있었다고 했어.

나는 "아주 어려운 사건이로군요."라고 말했지.

페트릭 씨는 내 설명이 무척 궁금한 눈치였지만 나는 그때는 자세한 이야기를 하고 싶지 않았어. 그래서 말콤 올드 경이 무슨 얘기를 했는지 물었지.

말콤 경은 의학적인 증거를 제시해서 지문이 남아 있지 않은 곤란한 상황을 해결할 수 있을 것으로 확신하고 있었어. 나는 로드스 씨의 의견을 물었지. 그는 의사들은 다 멍청하지만 자기 아내가 자살했다고 생각하지 않는다고 하더구나.

"아내는 그런 짓을 할 여자가 아닙니다."라고 잘라 말했어. 나는 그의 말을 믿었지. 히스테릭한 사람들은 대부분 자살을 하지 않으니까.

나는 잠시 생각해 보고 나서 로드스 부인의 방문이 직접 복도로 통해 있었냐고 물었지. 로드스 씨는 그렇지 않다고 하더군. 욕실과 화장실이 붙어 있는 좁은 홀이 있고, 침실과 그 홀 사이에 문이 있었는데 그 문은 안에서 열쇠를 채우도록 고리가 걸려 있었다고 했어.

"그렇다면 문제는 아주 간단한 것 같군요."라고 내가 말했지.

정말 그랬어. 세상에서 가장 간단한 일인 것 같았지. 그런데 아무도 그렇게 생각하지 않는 것 같았단다.

페트릭 씨와 로드스 씨가 나를 빤히 쳐다보고 있는 바람에 꽤 당황스러웠지.

"마플 양은 이 사건이 얼마나 어려운 사건인지 이해를 못 하시는 것 같군요."

로드스 씨가 그렇게 말했어.

"아니요. 알고 있어요. 이 사건은 네 가지 가능성이 있어요. 로드스 부인이 남편에게 살해당했다. 하녀에게 살해당했다. 자살했다. 아무도 들어가거나 나오는 것을 보지 못한 외부인에게 살해당했다."

로드스 씨가 내 말에 끼어들었지.

"그건 불가능한 일입니다. 그 방을 출입하려면 내 방을 지나가야 하기 때문에 내가 볼 수밖에 없습니다. 누군가가 전기공이 보지 못하는 사이에 들어올 수 있었다고 칩시다. 안에서 문에 자물쇠를 잠그고 고리까지 걸었는데 어떻게 나갈 수 있었을까요?"

페트릭 씨는 나를 보면서 재촉하듯이 말했어.

"마플 양? 어떻게 생각하십니까?"

"한 가지 묻고 싶은 게 있군요, 로드스 씨. 객실 하녀는 어떻게 생겼던가요?"

내가 물었지.

로드스 씨는 확실히 기억이 안 난다고 하더구나. 키가 컸고, 머리 색깔은 금발인지 검은 머리였는지 잘 모르겠다는 거야. 나는 페트릭 씨에게도 같은 질문을 했어.

그는 중간 키에 머리는 금발이고 파란 눈에 혈색이 좋았다고 대답했단다.

로드스 씨가 말했어.

"나보다 관찰력이 뛰어나군요, 페트릭 씨."

나는 그 의견에는 동의하지 않는다고 말했지. 그런 다음 로드스 씨에게 우리 집에 있는 하녀의 생김새를 설명해 보라고 했어. 로드스 씨나 페트릭 씨 두 사람 모두 설명을 하지 못하더구나.

"그게 뭘 의미하는지 아세요?"

내가 말했어.

"두 분 모두 우리 집에 찾아오실 때 머릿속에 걱정이 가득 차 있었죠. 그래서 두 분을 안내해 준 사람이 하녀였다는 것만 기억하고 있는 거예요. 호텔에 계실 때 로드스 씨도 마찬가지였어요. 로드스 씨가 보셨던 건 객실 담당 하녀의 제복과 에이프런뿐이었어요. 머릿속이 일로 가득 차 있었던 거죠. 페트릭 씨는 똑같은 하녀를 봤지만 마음의 여유가 있었기 때문에 그 하녀를 한 사람으로 보았던 겁니다. 살인을 한 그 여자도 그 점을 노렸던 거예요."

그들이 아직도 이해를 하지 못하는 것 같아서 나는 설명을 할 수밖에 없었어.

"내 생각에는 이렇게 된 거 같아요. 객실 담당 하녀가 A문으로 들어갑니다. 물병을 들고 로드스 씨 방을 지나 로드스 부인 방으로 들어갔다가 홀을 지나 B복도로 나갑니다.

살인을 한 여자를 X라고 부르기로 하죠. 그 X는 B문을 통해 홀로 들어가서 숨어 있습니다. 홀에 있는 욕실이나 화장실에 숨어 있었겠죠. 객실 담당 하녀가 지나가는 걸 기다리는 겁니다. 그런 다음에 부인의 방에 몰래 들어가서 화장대에서 칼을 꺼냅니다. 미리 방 안을 살펴보았던 게 틀림없습니다. 그러고는 침대로 다가가서 잠들어 있는 부인을 찌릅니다. 그런 다음 칼에서 지문을 지우고 들어온 문

안쪽에서 자물쇠를 잠그고 고리를 건 다음 로드스 씨가 일하고 있는 방을 지나서 나온 겁니다."

로드스 씨가 소리쳤다.

"그랬다면 내가 못 봤을 리가 없어요. 전기공도 그 여자가 방에 들어가는 걸 봤을 겁니다."

"그렇지 않아요. 그게 잘못 생각하고 있는 점입니다. 당신은 그 여자를 볼 생각도 하지 않았죠. 그 여자는 객실 담당 하녀의 옷을 입고 있었으니까요."

그가 내 말 뜻을 이해할 때까지 기다렸다가 나는 말을 이었어.

"당신은 자기 일에 열중하고 있었어요. 그래서 하녀가 부인의 방에 들어가는 것도 나오는 것도 곁눈으로 슬쩍 보았을 뿐입니다. 같은 복장을 하고 있었지만 그 여자는 같은 여자가 아니었죠. 커피를 마시고 있던 사람들도 하녀가 들어갔다가 나오는 걸 봤을 뿐입니다. 전기공 역시 마찬가지였죠. 그 하녀가 아주 아름다운 여자였다면 남자들이 그녀의 얼굴을 신경 써서 보았겠죠. 그게 인간의 본능이니까요. 하지만 그 여자는 평범한 중년 여자였습니다. 당신이 본 건 하녀의 옷뿐이었죠. 그 여자를 본 게 아니에요."

로드스 씨가 소리쳤다.

"그럼 그 여자가 누구죠?"

"글쎄요. 그게 좀 어려운 문제로군요. 그랜비 부인이나 캐러더스 양. 두 사람 중 하나인 건 분명합니다. 그랜비 부인이라고 하면 평소에 가발을 쓰고 있었을 겁니다. 하녀처럼 자기 머리를 땋았을 테죠.

만일 캐러더스라고 하면 머리가 짧다고 했으니까 범행 때만 가발을 쓰면 하녀처럼 보였겠죠. 두 사람 중 누군지 두 분은 쉽게 알아낼 수 있을 것 같군요. 개인적으로 나는 캐러더스 양 쪽으로 심증이 가지만."

이게 그 이야기의 전부란다. 캐러더스는 가명이었어. 그 여자가 맞았어. 그 여자의 집안은 유전적으로 정신병이 있었어. 로드스 부인은 난폭하고 위험하게 운전을 하다가 그 여자의 딸을 치었던 거야. 그러자 그 여자는 머리가 돌아 버린 거지. 그 여자는 자기가 미쳤다는 걸 교묘하게 숨겼어. 하지만 자기가 범행 대상으로 삼고 있는 여자에게 미친 사람이 쓴 게 분명한 편지를 보내는 실수를 저질렀던 거야. 그 여자는 한참 동안 로드스 부인의 뒤를 따라다니면서 치밀하게 계획을 세웠지. 다음 날 아침 그녀가 소포로 부친 가발과 하녀 복장이 첫 번째 증거였어. 사실을 캐묻자 그 여자는 금방 허물어지면서 사실을 자백했다더구나. 불쌍한 그 여자는 지금 브로드무어에 있어. 물론 제정신이 아니었지만 아주 교묘하게 계획된 범죄였지.

페트릭 씨는 나중에 내게 찾아와서 로드스 씨의 정중한 감사 편지를 전해 주었어. 어찌나 정중한지 읽는데 얼굴이 화끈거릴 정도였단다. 그때 내 오랜 친구가 묻더구나.

"한 가지 궁금한 게 있는데. 그랜비 양보다 캐러더스 양 쪽으로 심증이 간다고 했는데 어째서 그렇게 생각한 거죠? 두 사람 다 한 번도 만난 적이 없는데……."

"그건, g자 때문이었어요. 그 여자가 g자를 빼먹는다고 했죠? 책에서 사냥하는 사람들이 많이 그렇게 한다는 건 읽었지만 실제로 그렇게 하는 사람은 많지 않죠. 더구나 60세 이하인 사람들 중에는 아무도 없을 거예요. g자를 빼먹는 건 그 여자가 일부러 위장하는 거라는 생각이 들었죠."

페트릭 씨가 그 말을 듣고 어떤 말을 했는지는 얘기하지 않으련다. 아무튼 입에 침이 마르게 칭찬을 하더구나. 나도 좀 어깨가 으쓱해지기는 했지.

세상에는 전화위복이 되는 경우도 많단다. 로드스 씨는 재혼을 했어. 아주 착하고 참한 아가씨랑. 두 사람은 예쁜 아기도 낳았대. 그런데 나한테 그 아기의 대모가 되어 달라지 뭐냐? 정말 좋은 사람들이야.

내 얘기가 너무 길다고 생각하지 않았으면 좋겠구나…….

스페인 궤짝의 미스터리

I

에르퀼 푸아로는 늘 그렇듯 정해진 시간에 딱 맞춰 자신의 작은 사무실로 들어섰다. 유능한 비서인 레몬 양이 그날의 업무 지시를 기다리고 있었다.

레몬 양의 엄격하고 딱딱한 외모는 언뜻 보기에도 푸아로가 좋아하는 균형미가 완벽하게 갖춰진 모습이었다.

그러나 푸아로가 기하학적으로 완벽한 아름다움에 열광하기는 해도, 여성에게까지 그런 모습을 바라지는 않았다. 그의 여성 취향은 오히려 구식에 가까웠다. 유럽 본토 사람답게 푸아로는 육감적인 몸매를 가진 여성에게, 특히 풍만한 여성에게 끌렸다. 여자라면 *여자다워야* 했다. 화사하고 눈에 띄는 이국적인 여성이 좋았다. 옛날에 그런 러시아 백작 부인이 있었지. 이미 오래전의 이야기지만. 푸아로는 어리석었던 젊은 날의 추억 한 조각을 떠올렸다.

푸아로에게는 레몬 양이 한 명의 여성처럼 느껴지지 않았다. 그녀는 인간의 모습을 한 로봇 같았다. 정확성에 집착하는 정밀한 기계 로봇. 그녀가 보여 주는 효율성은 정말이지 놀라웠다. 게다가 48살의 이 여성에게는 한 톨의 상상력도 없었다. 그녀 자신은 그런 점을 다행이라 여길 테지만.

"안녕하세요. 레몬 양."

"안녕하세요. 무슈 푸아로."

푸아로가 자리에 앉자마자 레몬 양은 그날 아침에 도착한 우편물을 책상 위에 가지런히 늘어놓았다. 우편물은 종류별로 잘 정리되어 있었다. 그러고는 자기 자리에 앉아 공책과 연필을 꺼내 들고 푸아로의 지시를 받아 적으려는 자세를 취했다.

그러나 오늘 아침은 평소와는 조금 다르게 흘러갔다. 푸아로는 들고 온 조간신문을 펼치고 흥미로운 눈길로 기사를 죽 훑어보았다. 그날의 헤드라인이 크고 굵은 글씨로 쓰여 있었다.

스페인 궤짝의 미스터리. 최신 뉴스.

"레몬 양, 조간신문은 이미 읽었겠죠?"

"네, 무슈 푸아로. 제네바에서 온 소식이 별로 좋지 않더군요."

푸아로는 손을 크게 흔들며 제네바에서 온 소식을 쫓아 버렸다.

"스페인 궤짝이라."

푸아로가 조용히 중얼거리더니 질문을 던졌다.

"레몬 양, 스페인 궤짝이 무엇인지 설명해 줄 수 있습니까?"

"무슈 푸아로, 제 생각에는 스페인에서 만들어진 궤짝을 말하는 게 아닐까 싶습니다."

"합리적인 추측이군요. 그밖에 달리 알고 있는 사실은?"

"대부분 엘리자베스 여왕 시대에 생산된 걸로 알고 있어요. 큼지막하고 놋쇠 장식이 많이 붙어 있지요. 잘 닦고 관리된 상태의 물건은 보기에도 아주 멋져요. 우리 언니도 하나 샀지요. 언니는 거기다가 리넨 식탁보나 냅킨, 침대보 따위를 보관한답니다. 꽤 멋있는 가구예요."

"레몬 양의 언니라면 틀림없이 모든 가구를 아주 잘 관리하겠지요."

푸아로는 우아하게 머리를 숙이며 칭찬의 말을 건넸다.

그러나 레몬 양은 슬픈 말투로 요즘 하인들은 팔꿈치 기름이 뭔지도 모를 거라고 대꾸했다. 푸아로는 그 말에 약간 당황했다. 그러나 '팔꿈치 기름(무엇을 닦거나 광을 내는 힘든 일 — 옮긴이)'이라는 알쏭달쏭한 단어의 속뜻을 묻지는 않기로 마음먹었다.

푸아로는 다시 신문을 내려다보며 기사 속의 이름들을 훑어보았다. 리치 공군 소령, 클레이턴 부부, 매클래런 해군 중령, 스펜스 부부. 그저 낯선 이름들의 나열에서 미움, 사랑, 두려움 같은 인간적인 냄새가 풍겼다. 이 극적인 드라마에 에르퀼 푸아로를 위한 자리는 없었다. 그러나 자신도 이 드라마에 뛰어들고 싶었다! 그날 저녁 모임에 참석한 사람은 모두 6명이었다. 그날 밤, 한쪽 벽 앞에 커다란 스페인 궤짝이 놓인 방 안에는 여섯 사람이 있었다. 그중 다섯 사람은 대화를 나누며 뷔페식 저녁 식사를 하고 레코드판으로 음악을 들으며 춤을 췄다. 나머지 한 사람이 스페인 궤짝 안에 죽은 채로 있는 동안…….

아, 푸아로는 생각했다. 나의 사랑하는 친구, 헤이스팅스라면 이 사건에 푹 빠졌을 텐데! 얼마나 낭만적인 상상의 나래를 펼쳤을까. 또 얼마나 말도 안 되는 이야기를 늘어놓았을까! 아, 세 세르(친애하는) 헤이스팅스, 지금 이 순간 그 친구가 얼마나 그리운지……. 대신 여기에는…….

푸아로는 한숨을 내쉬며 레몬 양을 쳐다보았다. 눈치 빠른 레몬 양은 푸아로가 편지를 구술할 기분이 아님을 알아차리고는 벌써 타자기 덮개를 벗긴 채 다른 업무를 시작할 기회를 노리고 있었다. 시체가 들어 있는 불길한 스페인 궤짝 따위에는 한 치의 관심도 없이.

푸아로는 다시 한번 한숨을 내쉬며 기사 사진 속의 얼굴을 내려다보았다. 신문에 인쇄된 사진의 상태야 늘 별로지만, 이 사진은 특히 더 흐릿했다. 하지만 이 얼굴은 굉장한데!

'죽은 남자의 아내인 클레이턴 부인'이라고 적혀 있었다.

충동적으로 푸아로는 레몬 양 앞에 신문을 불쑥 내밀었다.

"이것 좀 보세요. 이 얼굴을요."

레몬 양은 무표정한 얼굴로 고분고분 사진을 쳐다보았다.

"그녀를 어떻게 생각하나요, 레몬 양? 클레이턴 부인입니다."

신문을 받아 든 레몬 양은 무심하게 사진을 흘낏 보고는 이렇게 말했다.

"우리 가족이 크로이든 히스에 살았는데 그곳에 있던 은행 지점장의 부인과 살짝 닮았네요."

"흥미롭군."

푸아로가 중얼거렸다.

"괜찮다면 그 부인 이야기를 들려줘요."

"글쎄요, 별로 듣기 좋은 이야기는 아니에요. 무슈 푸아로."

"저한테는 그렇지 않을 수도 있지요. 자, 계속 이야기해 봐요."

"당시 무성한 소문이 떠돌았어요. 그 애덤스 부인과 어떤 젊은 화가에 관해서요. 그러다가 남편인 애덤스 씨가 권총으로 자살을 했지요. 하지만 애덤스 부인은 그 화가와 결혼할 생각이 없어 보였어요. 그래서 그 젊은이도 무슨 독약 같은 것을 마셨지요. 사람들이 제때 발견해서 아무 일도 없었지만요. 애덤스 부인은 젊은 변호사와 재혼했답니다. 그 뒤에도 다른 말썽이 더 있었던 것 같은데, 그때쯤 크로이든 히스를 떠나게 되어서 더 이상의 소문은 듣지 못했어요."

에르퀼 푸아로는 진지한 표정으로 고개를 끄덕였다.

"아름다운 여자였습니까?"

"글쎄요, 그런 얼굴을 아름답다고 할 수 있을는지. 하지만 무어라 말할 수 없는 매력이 있었지요."

"바로 그것입니다! 이 세상의 요부들! 트로이 전쟁을 일으킨 헬레나나 이집트의 여왕 클레오파트라 같은 여자들이 지닌 특별한 점이란 과연 무엇일까요?"

레몬 양은 힘찬 몸짓으로 자기 앞의 타자기에 종이를 1장 끼워 넣었다.

"정말이지, 무슈 푸아로, 저는 그런 생각은 절대로 하지 않는답니다. 전부 쓸데없는 일처럼 여겨지는걸요. 사람들이 자기들 일이나 열심히 하고 그런 객쩍은 생각 같은 걸 하지 않는다면 훨씬 더 좋을 텐데 말이에요."

인간적인 감정이나 약점 따위는 벌써 내던져 버린 레몬 양은 얼른 다른 일을 시작하고 싶어 타자기의 자판 위에서 초조하게 손가락을 움찔거렸다.

"그게 레몬 양의 견해로군요. 그리고 지금 당신은 당신의 업무를 시작하고 싶어 하는군요. 하지만, 레몬 양, 당신의 일은 내 말을 받아 적거나 사무실 서류를 정리하고, 또 전화에 응대하고 편지를 타이핑하는 것만이 아닙니다. 물론 당신은 이런 일들을 아주 훌륭히 해내고 있긴 합니다. 하지만 내 일은 서류만이 아니라 인간도 다루는 일입니다. 그러니 당신이 그런 종류의 일도 도와주면 좋겠군요."

"그렇군요, 무슈 푸아로. 제가 무엇을 도와 드릴까요?"

레몬 양이 참을성 있게 대답했다.

"지금 이 사건이 관심을 끄는군요. 오늘 여러 조간신문에 보도된 내용과 또 좀 있으면 나올 석간신문의 보도 내용을 모두 모아 정리해 주면 고맙겠군요. 정확한 사건 보고서가 필요합니다."

"잘 알겠습니다. 무슈 푸아로."

푸아로는 서글픈 미소를 띤 채 자기 자리로 돌아가며 혼잣말을 내뱉었다.

"참 아이러니하기도 하지. 친애하는 친구 헤이스팅스가 떠나간 자리를 대신한 사람이 레몬 양이라니. 이렇게 서로 대조되는 사람들이 또 있을까? 세 세르 헤이스팅스. 그 친구라면 얼마나 이 사건을 만끽했을까. 사건의 모든 사실에 대해 가장 낭만적인 추측을 늘어놓으며 이리저리 걸어 다녔겠지. 신문 기사에 쓰인 문장을 무슨 복음인 양 읊어 대면서. 그런데 불쌍한 레몬 양은 내가 시킨 일을 오히려 질색하고 있으니!"

잠시 후 레몬 양이 타이핑한 종이를 가지고 들어왔다.

"원하시는 정보입니다, 무슈 푸아로. 하지만 모든 내용을 무조건 믿어서는 안 될 것 같아요. 신문마다 보도 내용에 차이가 큽니다. 그러니, 보고서에 적힌 내용의 정확도는 60퍼센트 정도라고 생각해 주시면 좋겠습니다."

"지나친 걱정 같군요. 고맙습니다, 레몬 양. 수고했어요."

자극적인 사건 내용에 비해 진상은 상당히 간단했다. 부유한 독신남인 찰스 리치 공군 소령이 친구 몇 명을 초대한 저녁 모임을 자신의 아파트에서 열었다. 참석한 손님에는 클레이턴 부부와 스펜스 부부, 그리고 매클래런 중령이 있었다. 매클래런 중령은 리치 소령과 클레이턴 부부 모두의 오랜 친구였고, 스펜스 부부는 이들보다 다소 젊은 사람들로 최근에 알게 된 사이였다. 아널드 클레이턴은 재무부에서 일하고 있었는데, 제러미 스펜스는 그 밑에서 일하는 부하 직원이었다. 리치 소령이 48살, 아널드 클레이턴이 55살, 매클래런 중령이 46살, 그리고 제러미 스펜스는 37살이었다. 클레이턴 부인은 '남편보다 다소 어리다'고만 알려져 있었다. 참석 예정이었던 아널드 클레이턴에게 그날 저녁 모임에 갈 수 없는 갑작스러운 사정이 생겼다. 약속 시간을 즈음해서 그는 스코틀랜드에서 건 급한 사업상 전화를 받았다. 그래서 그는 저녁 8시 15분에 킹스 크로스역에서 스코틀랜드행 기차를 타야 했다.

그날의 모임은 여타의 다른 파티들과 비슷하게 흘러갔다. 모든 이가 즐거운 시간을 보냈다. 광적인 분위기도 술을 진탕 마시는 분위기도 아니었다. 모임은 밤 11시 45분에 파했고, 4명의 손님은 함께 택시를 타고 떠났다. 제일 먼저 매클래런 중령이 자신의 클럽 앞에서 내렸고, 다음으로 마르가리타 클레이턴이 슬론 거리 옆의 카디건 가든스에서, 그리고 마지막으로 스펜스 부부가 첼시의 자택에서 내렸다.

다음 날 아침, 리치 소령의 하인 윌리엄 버제스가 이 끔찍한 살인을 발견했다. 버제스는 리치 소령과 같이 살지는 않았지만 소령에게 아침 차를 가져다주기 전 응접실을 먼저 청소하려 일찍 출근한 참이었다. 방을 치우던 버제스는 스페인 궤짝 밑의 옅은 색 양탄자 위에서 커다란 얼룩을 발견하고 깜짝 놀랐다. 얼룩은 궤짝 안에서 흘러나온 액체 때문에 생긴 듯했다. 그래서 그는 즉시 궤짝의 뚜껑을 열어젖히고 안을 들여다보았다. 그리고 눈 앞에 펼쳐진 끔찍한 광경에 온몸이 얼어붙었다. 궤짝 안에는 목에 칼이 꽂힌 클레이턴의 시체가 들어 있었다.

두 번 생각지 않고 본능이 시키는 대로 버제스는 밖으로 뛰어나갔고, 근처에서 마주친 경찰을 집으로 데려왔다.

여기까지가 이 사건의 대략적인 줄거리였다. 그리고 그 후의 내용은 다음과 같았다. 경찰은 즉시 이 소식을 클레이턴 부인에게 전했는데, 부인은 '완전히 비탄에 빠졌다.' 그녀가 남편을 마지막으로 봤을 때는 전날 저녁 6시가 조금 지났을 때였다. 클레이턴은 매우 짜증이 난 채 귀가해서는 자기 소유의 부동산과 관련된 일 때문에 급히 스코틀랜드로 가야 한다고 말했다. 그러면서 자신은 못 가지만 부인에게는 저녁 모임에 참석하라고 강하게 권했다. 그 후, 자신과 매클래런 중령, 둘 다 회원으로 있는 클럽에 잠시 들러 중령과 함께 술을 마시며 자신의 상황을 이야기했다. 그러다 손목시계를 보며 킹스 크로스역으로 가기 전 잠시 리치 소령에게 들러 양해를 구할 짬이 날 듯하다고 말했다. 전화로 자신의 사정을 전하려 했는데 고장이라도 났는지 전화 연결이 되지 않았다고 설명했다.

 윌리엄 버제스의 증언에 따르면 클레이턴은 저녁 7시 55분쯤 아파트에 들렀다. 당시 리치 소령은 외출 중이었지만 곧 돌아올 예정이었기에 버제스는 그에게 들어와 기다리라고 말했다. 그러자 클레이턴은 시간이 없으니 들어가 메모만 남겨 놓겠다고 답했다. 기차를 타러 킹스 크로스역으로 가야 한다는 이유를 덧붙이며. 버제스는 그를 응접실로 안내해 주고는 부엌으로 돌아와 그날의 저녁 모임에 내놓을 카나페 요리에 온 신경을 쏟았다. 주인이 들어오는 소리를 듣지는 못했지만, 10분 후 리치 소령이 부엌을 들여다보며 버제스에게 서둘러 나가 스펜스 부인이 즐겨 피우는 터키산 담배를 사 오라고 부탁했다. 하인은 물론 이 요청에 따랐고, 담배를 사서 응접실의 주인에게 가져다주었다. 그때 클레이턴의 모습이 보이지 않았으므로 당연하게도 하인은 그가 이미 기차를 타러 떠났다고만 여겼다.

리치 소령의 진술은 더 짧고 간단했다. 그는 집에 돌아왔을 때 클레이턴을 보지 못했으며 클레이턴이 방문한 사실도 몰랐다. 남겨진 메모는 없었으며 클레이턴이 스코틀랜드로 떠났다는 사실도 클레이턴 부인과 다른 손님들이 도착했을 때 들었다고 말했다.

이날 석간에는 2개의 새로운 소식이 실려 있었다. 첫 번째 기사는 '충격으로 쓰러진' 클레이턴 부인이 카디건 가든스에 있는 자신의 아파트를 떠나 친구의 집에 머무르고 있다는 내용이었다.

두 번째 기사는 인쇄 직전 추가된 듯했는데, 찰스 리치 소령이 아널드 클레이턴에 대한 살인 혐의로 체포되었다는 내용이었다.

푸아로는 레몬 양을 쳐다보며 말했다.

"흠, 역시 그랬군요. 리치 소령을 체포한 것은 당연한 결과라고 할 수 있어요. 그러나 정말 괴상한 사건입니다. *너무나 괴상한 사건이란 말입니다!* 그렇게 생각하지 않습니까?"

"이런 일은 흔하다고 생각합니다만, 무슈 푸아로."

레몬 양이 무심하게 대꾸했다.

"오, 물론입니다! 매일 어디선가 살인이 발생하지요. 아니, 거의 매일이라고 해야 할까요? 하지만 보통은 다 납득 가능한 사건들입니다. 참담하기는 해도 말이지요."

"정말로 끔찍한 사건이긴 하지요."

"희생자로서는 칼에 찔려 죽은 채 스페인 궤짝에 담긴다면 당연히 끔찍하겠지요. 더할 나위 없을 정도로 말입니다. 하지만, 내가 이 사건이 괴상하다고 말하는 이유는 리치 소령의 이해할 수 없는 행동 때문입니다."

레몬 양이 희미한 불쾌감을 드러내며 말했다.

"리치 소령과 클레이턴 부인이 매우 가까운 사이라는 소문이 있어요. ……추측일 뿐이지 입증된 사실은 아니라서 보고서에는 포함하지 않았습니다."

"당신은 정확성을 중시하는 사람이니까요. 하지만 그 소문은 아마 사실일 겁니다. 그밖에 다른 할 말은 없습니까?"

레몬 양의 얼굴은 무표정했다. 푸아로는 한숨이 나왔다. 헤이스팅스의 다채롭고 풍부한 상상력이 그리웠다. 레몬 양과 사건을 의논하는 일은 힘겹기 그지없었다.

"리치 소령의 입장에서 생각해 봅시다. 그는 클레이턴 부인과 사랑에 빠진 상태입니다. 아무렴. 당연하게도 남편이 사라졌으면 싶었겠지요. 하지만 부인도 리치 소령을 사랑하고 있다면, 그래서 둘이 불륜 관계라면 굳이 이렇게 살인을 저지를 필요가 있었을까요? 어쩌면 클레이턴 씨가 아내에게 이혼을 안 해 준다고 해서일까요? 하지만 제가 진짜 하고 싶은 말은 이겁니다. 리치 소령은 퇴역 군인입니다. 그리고 군인들이 그리 똑똑한 사람들은 아니라고들 합니다만, 뚜 드 멤(그래도) 이 리치 소령이란 자가 그토록 바보천치일까요?"

레몬 양은 아무런 대답도 하지 않았다. 그녀는 푸아로의 이 질문을 단순한 수사의문문으로 여기는 듯했다.

푸아로는 대답을 재촉했다.

"자, *당신 생각은 어떻습니까?*"

"제 생각이요?"

레몬 양이 흠칫 놀라며 되물었다.

"메 위(그렇고말고). 당신의 생각 말입니다!"

레몬 양은 부담을 느끼며 마음을 가다듬었다. 그녀는 누군가가 요청하지 않는 한 어떠한 상상도 하지 않는 사람이었다. 잠시 한가한 순간이라도 생기면 그녀의 머릿속은 완벽한 파일 정리법에 대한 생각으로 가득 찼다. 그것이 그녀의 유일한 정신적 오락이었다.

"글쎄요……."

레몬 양은 입을 떼긴 했지만 곧 할 말이 없어졌다.

"그날 저녁 무슨 일이 있었을지, 당신이 생각하기에 있었을 법한 일을 말해 봐요. 클레이턴 씨가 응접실에서 메모를 남기고 있는 와중에 리치 소령이 돌아왔습니다. 그리고 무슨 일이 벌어졌을까요?"

"리치 소령이 클레이턴 씨를 봤어요. 그리고 아마 말다툼을 했겠죠. 이때 리치 소령이 클레이턴 씨를 칼로 찔렀어요. 곧 자신이 한 짓을 깨닫고 그는, 그러니까 리치 소령은 시체를 궤짝에 넣었어요. 이제 곧 손님들이 도착할 시간이니까요."

"그래요, 그래요. 손님들이 왔습니다! 시체를 궤짝 안에 넣은 채로 그렇게 저녁이 흘러갔습니다. 손님들이 돌아가고. 그다음에는?"

"글쎄요. 잠자리에 들었을 것 같은데요. 오!"

"아. 이제야 알아차렸군요. 누군가를 살해하고는 그 시체를 궤짝 안에 숨겼습니다. 그러고는 마음 편하게 자러 가다니요. 다음 날 아침, 하인이 자신의 범죄를 발견하리라는 사실에 전혀 신경 쓰지 않고 말입니다."

"하인이 궤짝 안을 들여다보지 않았을 가능성도 있지 않을까요?"

"궤짝 아래 깔아 놓은 양탄자로 엄청난 양의 피가 흘러나왔는데도 말입니까?"

"아마도 리치 소령은 그 피를 못 봤겠지요."

"그 정도도 눈치채지 못할 만큼 정신없는 사람일까요?"

"아마 속상해서 그랬겠지요."

어이가 없어진 푸아로가 양손을 높이 쳐들었다.

레몬 양은 그 기회를 틈타 재빨리 방을 빠져나갔다.

II

스페인 궤짝 사건은 엄밀히 말해서 푸아로가 상관할 일이 아니었다. 그는 지금 대형 석유 회사 하나가 의뢰한 민감한 사건을 조사 중이었다. 회사의 고위층 임원 하나가 수상한 거래에 연루되었을 가능성이 있는 사건이었다. 중요한 사건이라 비밀리에 진행해야 했고 보수도 매우 높았다. 적당히 흥미로운 데다 조사를 위해 돌아다닐 필요가 없다는 커다란 장점도 있었다. 유혈과 폭력이 배제된 최고 수준의 지능 범죄였다.

반면 스페인 궤짝 사건은 극적이고 감정적이었다. 푸아로도 종종 지적했듯이 헤이스팅스는 이런 면에 지나치게 매료되었다. 그리고 그는 실제로도 감정에 자주 좌우되는 면이 있었기에 푸아로는 그 점에 있어서는 세 세르 헤이스팅스에게 엄격한 태도를 취했다. 그런데 지금 자신이 헤이스팅스처럼 굴고 있었다. 아름다운 여성이 등장하고 치정과 질투, 증오 같은 낭만적인 살인 동기가 가득한 범죄 사건에 집착하고 있는 것이다! 이 사건의 모든 것을 알고 싶었다. 리치 소령과 그의 하인 버제스가 어떤 인물일지, 마르가리타가 어떤 여성일지 (이미 충분히 짐작할 수 있었지만) 알고 싶었다. 그리고 죽은 아널드 클레이턴은 또 어떤 성격의 소유자일지 궁금했다(피해자의 성격이야말로 살인 사건에 있어 가장 중요한 요소라는 것이 푸아로의 생각이었다). 심지어는 오래되고 충실한 친구인 매클래런 중령과 최근에 친해졌다는 스펜스 부부에 대해서도 알고 싶었다.

하지만 아쉽게도 호기심을 충족시킬 방법이 없었다!

푸아로는 그날 늦게까지 이 사건에 대해 곰곰이 생각했다.

어째서 이 사건에 이토록 끌리는 걸까? 깊은 고찰 끝에, 푸아로는 사건을 여러 측면에서 고려했을 때 전체적으로 다소 말이 안 된다는 결론을 내렸다! 그렇다. 완벽한 불가능 범죄가 기하학적 아름다움처럼 그를 끌어당겼다.

납득 가능한 사실부터 시작해 보자면 두 남자 사이에 말다툼이 있었을 것이다. 짐작건대 여자 때문이겠지. 한 남자가 분노에 휩싸여 상대 남자를 죽였다. 그래, 일은 그런 식으로 벌어졌을 것이다.

남편이 정부를 죽이는 편이 더 자연스럽긴 하지만. 아무튼 정부가 남편을 단도(?)로 찔러 죽였다. 왠지 생뚱맞은 흉기 같은데. 혹시 리치 소령의 어머니가 이탈리아 혈통일까? 사건을 파악하다 보면 흉기로 단도를 선택한 이유도 알아낼 수 있겠지. 어쨌든 흉기로는 단도가 사용되었다. (그걸 이탈리아산 단검이라고 말하는 신문들도 있다!) 가까이 있었기에 사용했겠지. 그리고 시체는 궤짝 안에 숨겼고. 어쩔 수 없었겠지. 계획된 행동은 아니었을 거야. 하인이 언제 들어올지 알 수 없는 데다, 또 4명의 손님이 곧 들이닥칠 테니, 그것만이 유일한 해결책이었을 거야.

 모임이 끝나고 손님들은 떠났다. 하인도 자기 집으로 돌아갔다. ……그리고 리치 소령은 자러 간다!

 어떻게 그런 일이 일어날 수 있었는지 이해하려면 리치 소령을 만나 도대체 어떤 작자기에 그렇게 행동했는지 알아내야겠군.

 자신이 저지른 일에 대한 두려움과 멀쩡해 보이려 애쓰느라 저녁 내내 느낀 스트레스 때문에 수면제나 진정제 따위를 먹어서 평소와 달리 다음 날 늦잠을 자 버린 걸까? 가능한 일이다. 아니면 심리학자들이 흔히 떠들 듯이, 무의식적인 죄책감 때문에 자신의 범죄가 들키기를 *바랐던* 걸까? 어느 쪽인지 알아내려면 리치 소령을 만나 보는 수밖에. 모든 일이…….

 순간, 전화벨이 울렸다. 푸아로는 전화를 받지 않고 내버려 두었다. 그러나 레몬 양이 자신에게서 편지의 서명을 받은 다음 퇴근했다는 사실을 깨달았다. 아마 하인 조지도 지금은 집으로 돌아갔을 게 분명했다.

푸아로는 수화기를 들었다.

"무슈 푸아로?"

"네, 접니다!"

"오, 다행이에요."

푸아로는 열렬한 기쁨을 띠는 이 매력적인 여성의 목소리에 눈만 끔벅거렸다.

"애비 채터턴이에요."

"아, 레이디 채터턴. 어쩐 일이십니까?"

"제가 여는 소박하고 끔찍한 칵테일파티에 지금 당장 와 주세요. 하지만 칵테일파티 초대가 전화드린 목적은 아니에요. 사실은 부탁드릴 다른 일이 있어요. 선생님이 필요해요. 단연코 *생사가 걸린 문제예요.* 제발, *제발, 제발* 저를 실망시키지 마세요! 오실 수 없다는 대답은 받아들일 수 없어요."

푸아로는 물론 거절할 생각이 전혀 없었다. 그녀의 남편인 채터턴 경은 왕실의 일원이라는 점과 가끔 하원에서 지루한 연설을 하는 일 말고는 별 볼 일 없는 인물이었다. 그러나 레이디 채터턴은 푸아로가 르 오뜨 몽드(상류사회)라고 일컫는 사교계에서 가장 빛나는 보석 중의 하나였다. 그녀가 하는 행동이나 말은 모두 뉴스거리가 되었다. 그녀는 뛰어난 지성과 외모, 개성을 모두 갖춘 데다 로켓을 달로 보낼 만한 활력까지 지니고 있었다.

그녀가 다시 말했다.

"탐정님이 필요해요. 그 멋진 콧수염만 한 번 비틀어 주면 금세 완벽한 모습으로 변신하시잖아요. 그러니 얼른 오세요!"

말처럼 순식간에 외출 준비가 끝나지는 않았다. 푸아로는 먼저 꼼꼼하게 몸단장을 했다. 그다음 콧수염을 한 번 비틀어 주고 집을 나섰다.

체리턴 거리에 있는 레이디 채터턴의 매력적인 저택의 문은 살짝 열려 있었다. 집 안에서는 동물원의 동물들이 폭동을 일으키는 듯한 소음이 들려왔다. 2명의 대사와 국제적인 럭비 선수, 그리고 미국인 전도사에게 둘러싸여 있던 레이디 채터턴은 교묘한 손놀림으로 재빨리 그들을 깔끔하게 떨치고는 푸아로에게 다가왔다.

"무슈 푸아로, 오셔서 정말이지 기뻐요! 그 고약한 마티니는 드시지 마세요. 탐정님을 위해 준비한 특별 음료가 있어요. 모로코의 이슬람 족장들이 마시는 시럽이랍니다. 위층의 제 개인 응접실에 있어요."

그녀가 위층으로 앞장섰고 푸아로는 뒤를 따랐다. 도중에 잠시 멈춰 선 그녀는 어깨 너머로 말을 건넸다.

"파티를 취소할 수는 없었어요. 아무도 우리 집에 무슨 일이 있다고 생각지 않기를 바랐거든요. 소문이 한 마디도 새 나가지 않으면 하인들에게 금일봉을 듬뿍 주기로 약속했어요. 어쨌든, 자기 집이 기자들에게 둘러싸이는 걸 반길 사람은 없으니까요. 게다가 그 불쌍한 애는 이미 시달릴 만큼 시달렸어요."

레이디 채터턴은 2층 입구에서 발걸음을 멈추지 않고 드레스 자락을 휘날리며 한 층 더 올라갔다.

푸아로는 숨을 헐떡이며 약간 당황한 채 그녀를 뒤따랐다.

어느 방 앞에 멈춰선 레이디 채터턴은 재빨리 난간 아래를 슬쩍 내려다보고는 문을 열어젖히며 외쳤다.

"그분을 모셔 왔어, 마르가리타! 내가 모셔 왔어! 지금 여기 오셨어!"

레이디 채터턴은 승리에 찬 모습으로 푸아로가 들어갈 수 있게 한 걸음 옆으로 물러섰다. 그리고 재빨리 두 사람을 소개했다.

"이쪽은 마르가리타 클레이턴이에요. 저의 아주 아주 가까운 친구랍니다. 그녀를 도와주실 거죠, 그렇죠? 마르가리타, 이분이 그 대단한 에르퀼 푸아로 씨야. 네가 원하는 대로 뭐든지 해 주실 거야. 그렇게 하실 거죠? 그렇죠, 친애하는 무슈 푸아로?"

(평생 버릇없는 미녀로 살아오며 많은 것을 얻은) 레이디 채터턴은 푸아로가 당연히 승낙할 거라 여기고는 그의 대답을 기다리지도 않고 서둘러 방을 나갔다. 그녀는 아래층으로 향하며 다소 경솔하게 중얼거렸다.

"저는 저 지긋지긋한 사람들에게 다시 돌아가야 한답니다······."

창문 옆 의자에 앉아 있던 여성이 일어나 푸아로에게 다가왔다. 레이디 채터턴이 이름을 말해 주지 않았더라도 누구인지 알아보았을 사람이었다. 넓은, 아주 넓은 이마, 그 이마 양옆으로 날개처럼 펼쳐진 검은 머리, 미간이 넓은 회색 눈동자. 목을 전부 가리며 몸에 달라붙은 차분한 검은색 드레스가 그녀의 아름다운 몸매와 목련꽃처럼 하얀 피부를 돋보이게 했다. 아름답다기보다는 개성적인 얼굴이었다. 13세기 이탈리아의 원시주의 회화에서 가끔 볼 수 있는 기묘한 비율의 얼굴로, 중세 시대의 간결미를 생각나게 했다. 그 어떤 관능적이고 세련된 아름다움보다 더 위력적인 묘한 순수함이 있다고 푸아로는 생각했다. 그녀가 입을 열자 말투에서 어린아이 같은 솔직함이 묻어났다.

"애비의 말로는 저를 도와주실 거라고······."

그녀는 미심쩍은 얼굴로 푸아로를 진지하게 바라보았다.

잠시 동안 푸아로는 조용히 서서 그녀를 자세하게 뜯어보았다. 전혀 무례하지 않은 태도로, 단지 유명한 의사가 새로운 환자를 만났을 때의 친절하지만 날카로운 눈빛과 비슷했다.

마침내 푸아로가 물었다.

"그렇게 생각하십니까, 마담? 제가 당신을 도울 수 있다고?"

마르가리타의 두 볼이 살짝 붉게 물들었다.

"질문의 의미를 잘 모르겠어요."

"마담, 제가 무슨 일을 해 주길 원하십니까?"

"오."

그녀는 놀란 듯 보였다.

"제 생각엔······ 제가 누구인지는 아시죠?"

"부인이 누구인지는 알고 있습니다. 부인의 남편이 살해당했지요······. 칼에 찔려서 말입니다. 그리고 리치 소령이 그 살인범으로 체포되었습니다."

그녀의 얼굴이 더욱 붉어졌다.

"찰스는 제 남편을 죽이지 않았어요."

그 말에 푸아로가 재빨리 되물었다.

"어째서인가요?"

푸아로의 말에 당황한 그녀가 그를 빤히 쳐다보았다.

"저…… 저 뭐라고 하셨죠?"

"제가 부인을 혼란스럽게 했군요. 저는 뻔한 질문은 하지 않습니다. 경찰이나 변호사들은 아마 이렇게 묻겠죠……. '리치 소령이 아널드 클레이턴을 죽인 이유는 무엇인가?' 하지만 저는 거꾸로 묻겠습니다. 마담, 왜 부인께서는 리치 소령이 남편분을 죽이지 않았다고 그토록 확신하십니까?"

"왜냐하면."

마르가리타는 잠시 머뭇거렸다.

"왜냐하면 저는 리치 소령을 너무 잘 알기 때문이에요."

"부인은 리치 소령을 너무 잘 아시는군요."

푸아로가 무심하게 그녀의 말을 되풀이했다.

그리고 잠시 뜸을 들이다 날카롭게 되물었다.

"얼마나 잘 아십니까?"

그녀가 푸아로의 이 말뜻을 잘 이해했는지는 짐작할 수 없었다. 그는 속으로 생각했다. 이 여자는 아주 단순한 성격이거나 혹은 반대로 매우 교활한 성격일 거야……. 아마 많은 사람이 마르가리타 클레이턴을 향해 같은 의문을 품었겠지…….

"얼마나 잘 아냐고요?"

그녀는 어리둥절한 눈빛으로 푸아로를 바라보았다.

"알게 된 지는 5년 정도예요. 아니, 거의 6년이네요."

"제가 알고 싶은 것은 그런 것이 아닙니다만……. 마담, 제가 무례한 질문을 할 수밖에 없는 사정을 이해해 주시기를 바랍니다. 당신은 제 질문에 사실대로 대답할 수도 있고 거짓말을 할 수도 있겠지요. 여성에게는 때때로 거짓말을 해야 하는 상황이 있으니까 말입니다. 그리고 여성이 스스로를 지켜야 할 때, 거짓말은 좋은 무기니까요. 하지만 세상에는 여성이 꼭 진실을 말해야 할 세 사람이 있습니다. 고해 신부와 미용사, 그리고 사립 탐정이지요. ……물론, 그 사람들을 믿을 수 있다면 말입니다. 마담, 저를 믿으십니까?"

마르가리타 클레이턴이 깊이 숨을 들이켰다.

"네. 선생님을 믿어요."

그리고 덧붙였다.

"게다가 믿어야 하고요."

"그럼, 좋습니다. 부인이 저에게 바라는 것은 남편을 죽인 범인을 찾아내는 일인가요?"

"그런 것 같아요……. 네, 그래요."

"하지만 그것만이 아니겠죠? 또, 제가 리치 소령의 혐의를 벗겨 주기를 바라시죠?"

마르가리타가 재빨리 고개를 끄덕였다. 고마워하는 표정으로.

"그게, 그러니까 그것이 전부입니까?"

불필요한 질문이라고 생각했지만 푸아로는 물었다. 마르가리타 클레이턴은 한 번에 한 가지밖에 생각하지 못하는 여성이었다.

"그렇다면 지금 다소 불쾌한 질문 하나를 드리겠습니다. 당신과 리치 소령은 연인 사이죠, 그렇죠?"

"우리가 부정을 저지르고 있는지 물어보시는 건가요? 그렇지 않아요."

"하지만 리치 소령은 부인을 사랑하고 있지요?"

"그래요."

"그리고 부인도…… 그를 사랑하십니까?"

"그렇다고 생각해요."

"확신이 없으신가요?"

"확실히 그이를 *사랑해요*. ……지금은요."

"아! 그렇다면 남편은 사랑하지 않으셨나요?"

"네."

"놀라울 정도로 쉽게 대답하시는군요. 대부분의 여성은 자신의 감정을 장황스럽게 설명하고 싶어 하는데 말입니다. 결혼 생활은 얼마나 되셨습니까?"

"11년이요."

"남편에 대해 좀 설명해 주시겠습니까? 어떤 사람이었습니까?"

마르가리타는 눈살을 찌푸렸다.

"대답하기 힘든 질문이네요. 아널드가 실제로 어떤 사람이었는지는 잘 모르겠어요. 남편은 매우 조용한 성격인 데다가…… 매우 내

성적인 사람이었어요. 속으로 무슨 생각을 하는지 아무도 알 수 없었죠. 물론 머리는 좋았어요. 모두들 남편이 뛰어난 인재라고 말했어요. 직업적인 분야에서 말이에요. 그는, 그러니까…… 어떻게 말해야 할지…… 남편은 타인에게 자기 이야기를 전혀 늘어놓지 않았어요…….”

"그분은 부인을 사랑했습니까?”

"오, 네, 저를 사랑했어요. 확실히 그랬다고 생각해요. 아니라면 그렇게 신경 썼을 리가…….”

그녀가 갑자기 말을 멈췄다.

"다른 남자들에 대해서 말입니까? 그게 하려던 이야기지요? 그렇다면, 남편은 질투가 심한 편이었습니까?”

마르가리타가 다시 입을 열었다.

"확실히 그런 면이 있었어요.”

그리고 그녀는 설명이 더 필요하다고 느꼈는지 말을 이었다.

"종종 남편은 며칠 동안이나 제게 말을 걸지 않곤 했어요…….”

푸아로가 생각에 잠겨 고개를 끄덕였다.

"그리고 지금처럼 끔찍한 사건이…… 일어나 버렸군요. 이런 일이 처음입니까?”

"끔찍한 사건 말인가요?”

마르가리타는 눈살을 찌푸렸다가 곧 얼굴을 붉혔다.

"저…… 그 가여운 청년이 권총으로 자살한 사건 같은 걸 말씀하시는 건가요?”

"그렇습니다. 그런 종류의 사건 말입니다."

"저는 그 청년이 그런 감정을 갖고 있는지 전혀 몰랐어요. ……저는 단지 그에게 동정심을 느꼈어요. 너무 수줍어하고…… 또 너무 외로워 보였거든요. 제 생각엔 심한 신경 쇠약에 걸렸던 게 아니었나 싶어요. 그리고 2명의 이탈리아인이 있었어요. 둘이 결투를 했지요. 어처구니가 없었죠! 어쨌든, 감사하게도 그때는 아무도 죽지 않았어요. 솔직히 둘 중 *아무*에게도 관심이 없었는데! 맹세코 관심 있는 척한 적도 없어요."

"그러셨겠죠. 부인은 단지 거기 있었을 뿐이었겠죠! 그리고 부인이 있는 곳에서는…… 언제나 말썽이 생기죠! 저도 살아오면서 그런 일들을 종종 봤습니다. 원인은 전부 부인이 당신에게 미쳐 가는 남자들을 신경 쓰지 않는 데 있다고 할 수 있죠. 하지만 리치 소령에게는 마음을 쓰시는군요. 그러니 우리도 우리가 할 수 있는 일은 해 보아야……."

푸아로가 잠시 침묵 속으로 빠져들었다.

마르가리타는 그런 그를 바라보며 심각한 표정으로 앉아 있었다.

"지금은 사람들의 성격보다는 실제 일어난 일을 조사해야겠군요. 물론 때로는 성격이 사건 해결에 있어 정말 중요한 요소지만 말입니다. 저는 신문 기사에 실린 사실밖에 모릅니다. 기사에 따르면, 오직 두 사람에게만 부인의 남편을 살해할 수 있는 기회와 *가능성*이 있었습니다. ……리치 소령과 리치 소령의 하인이죠."

마르가리타가 고집스레 말했다.

"찰스는 죽이지 않았어요. 나는 알아요."

"자, 그렇다면 분명 하인이 그랬겠군요. 동의하십니까?"

마르가리타가 머뭇거리며 대답했다.

"무슨 말씀인지는…… 알겠어요."

"하지만 부인은 이런 결론도 납득하기 어려우시죠?"

"그건…… 너무 편리한 해결책 같으니까요!"

"그렇지만 가능성은 있습니다. 부인의 남편이 그 아파트에 갔다는 데에는 의심의 여지가 없습니다. 그의 시체가 거기서 발견되었으니까 말입니다. 하인의 이야기가 사실이라면 리치 소령이 그를 죽였습니다. 하지만 하인이 거짓말을 했다면? 그랬다면 그 사람이 부인의 남편을 죽이고 주인이 돌아오기 전에 그 시체를 궤짝에 숨겼을 수 있습니다. 시체를 처리하기에 아주 훌륭한 방법처럼 생각되었겠지요. 단지 다음 날 아침에 '핏자국을 눈치채고', 시체를 '발견하기'만 하면 되니까 말입니다. 사람들의 의심은 리치 소령에게 향할 테고요."

"하지만 그 하인이 왜 아널드를 죽이고 싶어 했을까요?"

"아, 왜일까요? 확실한 동기가 불분명하긴 합니다. 그런 게 있었다면 경찰이 이미 밝혀냈을 겁니다. 부인의 남편이 그 하인의 어떤 허물을 알게 되어서 리치 소령에게 그걸 알려 주려고 했을 수도 있습니다. 남편이 이 '버제스'라는 남자에 대해 이야기한 적이 있나요?"

마르가리타가 고개를 저었다.

"남편분이 실제로 그런 상황에 처했다면 그런 행동을 하셨을 거라고 생각하십니까?"

그녀가 미간을 찡그렸다.

"대답하기가 쉽지 않네요. 하지만 아마 아니었을 거예요. 아널드가 남들에 대한 이야기를 한 적은 한 번도 없었어요. 제가 남편이 내성적이라고 말씀드렸죠? 그는 말이 많은 사람이 아니었어요. 절대로요."

"속마음을 꺼내 놓지 않는 사람이었군요. ……좋습니다. 그럼, 버제스는 어떻게 생각하십니까?"

"그는 딱히 눈에 띄는 사람은 아니에요. 하인으로는 꽤 괜찮아요. 일은 잘하지만 세련되지는 않은, 그런 사람이에요."

"몇 살쯤 되었나요?"

"서른일고여덟쯤 되어 보였어요. 전쟁 중에 장교의 개인 비서로 일했지만, 정규 군인은 아니었어요."

"리치 소령 아래서 일한 지는 얼마나 되었습니까?"

"그다지 오래되지는 않았어요. 한 1년 6개월 정도라고 생각해요."

"그 하인이 남편분을 대할 때 혹시라도 이상한 점이 있었습니까?"

"우리는 그 집에 그다지 자주 가지 않아서. 아니요, 없었어요. 그 사람한테서 이상한 점이라고는 전혀 눈치채지 못했어요."

"이제 그날 저녁에 있었던 일들에 대해 말씀해 주십시오. 약속 시간은 언제였습니까?"

"8시 30분이었는데 15분에 도착했어요."

"그러면 정확히 어떤 종류의 모임이었습니까?"

"음, 술을 마시며 뷔페식으로 차린 저녁 식사를 즐기는 그런 파티였어요. 대개는 음식이 아주 훌륭했어요. 따뜻한 푸아그라 샌드위치나 훈제 연어 요리 같은 것이 나왔어요. 때로는 뜨거운 쌀 요리가 나올 때도 있었어요. 찰스가 극동 아시아에 있을 때 특별한 조리법을 얻었다나요. 겨울에 자주 나왔죠. 식사 후에는 주로 음악을 즐겼어요. 찰스한테 아주 좋은 스테레오 축음기가 있거든요. 제 남편과 조크 매클래런, 둘 다 클래식 음악을 아주 좋아했어요. 그리고는 댄스 음악을 틀었죠. 스펜스 부부가 춤추는 걸 매우 좋아했거든요. 보통 그런 식이었어요. 별로 격식을 차리지 않는 모임이었죠. 찰스는 손님 접대를 아주 잘했어요."

"그럼 그 문제의 저녁도 예전과 똑같았습니까? 특이한 점, 혹은 무언가 평소와 다른 점이 없었습니까?"

"평소와 다른 점이요?"

그녀가 잠시 미간을 찡그렸다.

"그렇게 말씀하시니 어쩐지……. 아, 아무래도 기억이 안 나네요. 하지만 뭔가……."

그녀가 다시 고개를 저었다.

"아니요, 없었어요. 질문에 답해 드리자면 그날 저녁 이상한 일이라고는 전혀 없었어요. 우리는 즐거웠어요. 모두 편안하고 행복해 보였어요."

갑자기 그녀가 몸을 떨었다.

"그런데 내내 거기에 있었다니……."

푸아로가 재빨리 그녀의 손을 잡고 토닥였다.

"자, 생각하지 마십시오. 그건 그렇고 스코틀랜드에 가야 했던 남편의 일에 대해서는 얼마나 알고 계십니까?"

"아는 게 별로 없어요. 남편 소유의 토지 매매를 둘러싸고 분쟁이 생겼다고 했어요. 거래가 순조롭게 진행되다가 갑자기 문제가 발생했다고."

"남편분이 정확히 무어라고 설명했습니까?"

"남편은 그날 전보 1장을 손에 들고 귀가했어요. 그리고 제가 기억하는 바로는 '이것 참 귀찮게 되었군요. 오늘 밤 기차를 타고 에든버러로 가서 내일 아침 일찍 존스턴을 만나야 할 것 같은데……. 모든 일이 잘 진행되고 있다고 생각했는데, 정말 실망스럽군.'이라고 말했어요. 그러고는 '조크에게 전화해 당신을 데리러 오라고 할까요?'라고 말하기에 내가 '그러지 마세요. 택시를 타면 돼요.'라고 대답했어요. 그러자, 내가 귀가할 때는 조크나 스펜스 부부가 바래다줄 거라고 하더군요. 뭐 필요한 건 없냐고 물었더니, 그는 그냥 가방에 몇 가지 물건만 챙기면 된다고, 그리고 기차를 타기 전에 클럽에서 간단히 요기를 하고 가겠다고 대답했어요. 그러고는 집을 나섰어요. 그때가…… 그때가 남편을 마지막으로 본 순간이었어요."

말을 끝맺는 그녀의 목소리가 약간 갈라졌다.

푸아로는 그녀를 매우 유심히 바라보았다.

"남편분이 부인에게 그 전보를 보여 줬나요?"

"아니요."

"거참 아쉽군요."

"어째서요?"

푸아로는 그녀의 질문을 무시하고는 씩씩한 태도로 다른 이야기를 꺼냈다.

"이제 본론으로 돌아갑시다. 리치 소령의 변호사는 누구입니까?"

푸아로는 마르가리타가 말하는 이름과 주소를 받아 적었다.

"소개장을 몇 자 적어 주시겠습니까? 리치 소령을 만날 약속을 잡는 데 필요합니다."

"그이는…… 지금 일주일째 구류 중이에요."

"그렇겠죠. 보통 진행되는 절차입니다. 매클래런 중령과 스펜스 부부에게 보여 줄 소개장도 써 주시겠습니까? 그들을 모두 만나 보고 싶습니다. 문전박대를 당하지 않으려면 꼭 필요하죠."

그녀가 책상에서 일어나자 푸아로가 말했다.

"하나만 더 묻겠습니다. 물론 저도 직접 알아볼 거긴 하지만 부인의 감상도 듣고 싶습니다. 매클래런 중령과 스펜스 부부에 대해서 말입니다."

"조크는 우리 부부의 오랜 친구 중 하나예요. 저는 어린 시절부터 그를 알았답니다. 겉으로는 무뚝뚝해 보이지만 실제로는 다정한 사람이에요. 항상 한결같으며 언제나 믿을 수 있는 존재지요. 명랑하거나 쾌활하지는 않지만 버팀목 같은 사람이에요. 아널드와 저는 그에게 많은 일을 의논하곤 했어요."

"그리고 당연하게도 그 남자 역시 당신을 사랑하고 있겠지요?"

푸아로의 눈이 살짝 빛났다.
"오, 그래요."
마르가리타가 즐거워하며 대답했다.
"그는 언제나 나를 사랑해 왔어요. ……그리고 이제는 그게 그저 습관처럼 되어 버렸답니다."
"스펜스 부부는 어떤 사람들입니까?"
"그들은 재미있는 사람들이에요. 같이 있으면 매우 즐겁죠. 린다 스펜스는 정말 영리한 여자예요. 아널드는 그녀와 대화하기를 좋아했어요. 외모도 매력적이고요."
"당신들은 친구 사이인가요?"
"린다랑 제가요? 어느 정도는요. 하지만 제가 그녀를 정말 좋아하는지는 잘 모르겠어요. 그녀는 너무 심술궂거든요."
"그럼, 그녀의 남편은 어떻습니까?"
"제러미는 정말 마음에 들어요. 음악을 매우 좋아하지요. 영화에 대해서도 잘 알고요. 같이 자주 영화도 많이 보러 간답니다……."
"아, 좋아요, 이제 제가 직접 알아보러 가겠습니다."
푸아로가 그녀의 손을 잡았다.
"마담, 당신이 제게 도움을 요청한 것을 후회하지 않기를 바랍니다."
"왜 제가 후회하겠어요?"
그녀가 눈을 크게 떴다.
"그건 아무도 모르죠."

푸아로가 의미심장한 말투로 답했다.

"그리고 나 자신도…… 나도 역시 모르겠거든."

푸아로는 계단을 내려오며 혼자 중얼거렸다. 칵테일파티가 여전히 한창이었지만, 그는 살며시 사람들을 지나쳐 거리로 빠져나왔다.

"모르겠군. 정말 모르겠단 말이야."

푸아로가 다시 중얼거렸다.

그는 마르가리타 클레이턴에 대해 생각했다.

겉으로 드러나는 어린아이 같은 솔직함, 그 순진무구함. 보이는 그대로일까? 아니면 그 아래에 무언가를 숨기고 있을까? 중세 시대에도 그런 여성들이 있었다. 역사가들의 의견이 분분한 여성들. 푸아로는 스코틀랜드의 여왕, 메리 스튜어트를 떠올렸다. 메리는 그 문제의 밤, 커크 오필즈에서 벌어질 일(메리 스튜어트 여왕의 남편 단리 백작이 머무르고 있던 커크 오필즈의 집에서 괴한들에 의한 폭발 사건이 일어났으며, 단리 백작은 탈출을 꾀하던 중 목이 졸려 살해당했다 — 옮긴이)을 알고 있었을까? 아니면 전혀 몰랐을까? 과연 그 음모를 꾸민 사람들이 그녀에게 아무것도 알려 주지 않았을까? 그녀 역시 '저는 아무것도 몰랐어요.'라고 말하고는 사람들이 그 말을 믿기를 바라는 아이처럼 단순한 여자 중 하나였을까? 푸아로는 마르가리타 클레이턴의 마법 같은 매력을 느꼈다. 하지만 그녀를 완전히 믿는 것은 아니었다…….

그런 여성들은 자신은 결백할지라도 범죄의 원인이 될 수 있었다.

직접 행동하지는 않지만, 다른 사람을 부추기고 조종하는 짓을 저지를 수는 있었다.

그들은 결코 손수 칼을 들지는 않을 것이다.

하지만 마르가리타 클레이턴의 경우에는 알 수 없었다……. 푸아로는 알 수 없었다!

III

에르퀼 푸아로는 리치 소령의 변호사들에게서 그다지 도움 되는 이야기를 듣지 못했다. 물론 기대하지도 않았지만 말이다.

변호사들은 대놓고 말하지는 않았지만 클레이턴 부인이 리치 소령을 위해 나서지 않는 편이 자신들의 의뢰인에게 더욱 이로울 것이라는 사실을 은근히 내비쳤다.

푸아로가 그들을 방문한 이유는 사건을 '정확하게' 파악하고 싶었기 때문이었다. 용의자를 면담하기 위해서라면 내무부와 범죄수사국의 내부 인맥만으로도 충분했다.

클레이턴 사건을 담당하는 밀러 경감은 푸아로의 입맛에 맞는 사람은 아니었다. 그러나 밀러 경감은 푸아로의 방문을 꺼리지 않았다. 단지 오만한 태도로 그를 맞이했다.

"그 비실거리는 늙은이한테 허비할 시간은 없어. 그래도 공손하게 대해 줘야겠지."

밀러 경감은 푸아로를 만나기 전 자신의 부하 경사에게 이렇게 말했다.

"이 사건에서 뭐라도 해 보실 요량이라면 모자에서 토끼라도 꺼내야 할 겁니다, 무슈 푸아로. 그 남자를 죽일 수 있었던 사람은 리치 소령뿐이니까 말입니다."

밀러 경감이 유쾌하게 이야기했다.

"하인을 제외한다면 그렇죠."

"오, 하인이 있었죠! 가능성이 없다고는 못하겠습니다. 하지만 그 남자에게서는 어떤 용의점도 찾을 수 없을 겁니다. 어쨌든 동기가 없으니까요."

"완전히 확신하기는 어렵죠. 매우 별난 동기일 수도 있으니까요."

"글쎄요, 어쨌든 그 하인은 클레이턴을 잘 알지 못했습니다. 과거도 완벽하게 깨끗했고요. 정신도 온전해 보이던걸요. 더 이상 뭘 원하십니까?"

"리치 소령이 그 범죄를 저지르지 않았다는 사실을 밝혀내고 싶습니다."

"그 숙녀를 기쁘게 해 주고 싶어서요?"

밀러 경감이 짓궂게 웃었다.

"그 여자에게 홀딱 넘어가셨구먼. 그 부인, 상당히 매력적이더군요. 그렇죠? 세르세 라 펨므(여자를 찾아라). 복수심에 불타는 여성을 찾아라. 하지만 아시다시피 적당한 기회가 있었다면 그녀가 직접 저질렀을지도 모릅니다."

"그건 아닙니다!"

"제 말에 놀라셨군요. 예전에 비슷한 여성 범죄자를 만난 적이 있습니다. 순진한 푸른 눈동자를 한 번 깜박이지도 않고 남편 여럿을 죽여 버렸답니다. 그때마다 슬퍼하던 모습이란. 배심원들은 아마 조금의 빈틈만 있었어도 그 여자에게 무죄를 선고했을 겁니다. 하지만 전혀 없었죠. 증거가 워낙 철통같았거든요."

"글쎄요, 친구. 말싸움은 그만합시다. 나는 단지 사건의 세부 사항 몇 가지만 확실하게 알고 싶을 뿐입니다. 신문에 실리는 것은 뉴스지…… 진실이 아니니까요!"

"그치들도 재미 좀 봐야죠. 그래, 뭘 알고 싶으십니까?"

"가능한 정확한 사망 시간을 알고 싶습니다."

"확실한 시간은 모릅니다. 시체를 발견한 다음 날 오전에 검시를 해서 말입니다, 살인은 발견 시점에서 10시간에서 13시간 전에 발생한 걸로 추정하고 있습니다. 그 말인즉슨, 전날 저녁 7시에서 10시 사이에…… 피해자는 목의 경정맥을 찔렸다는 거죠. 즉사했을 겁니다."

"흉기는 무엇이었습니까?"

"이탈리아산 단도의 한 종류였습니다. 상당히 작으면서도 면도날처럼 날카로운 칼입니다. 아무도 그걸 본 적이 없고 어디서 왔는지도 모른답니다. 하지만 결국에는 알게 되겠죠. …… 시간을 들여 인내심 있게 찾는다면 말입니다."

"싸움 도중에 집어 든 건 아니겠군요."

"그렇습니다. 하인 말로는 원래 그 집에 있던 물건은 아니랍니다."

"이 사건에서 흥미로운 점은 전보입니다. 아널드 클레이턴을 멀리 스코틀랜드로 불러들이려던 그 전보 말입니다. ……그 전보 속 내용은 진짜였습니까?"

"아닙니다. 그곳에는 아무런 분쟁도 말썽거리도 없었습니다. 토지 이전인가 뭔가 하는 일은 전부 정상적으로 진행되고 있었습니다."

"그렇다면 누가 그 전보를 보냈을까…… 정말 전보가 존재하긴 했습니까?"

"있긴 있었나 봅니다. …… 클레이턴 부인의 증언만 듣고 이러는 건 아닙니다. 소령의 하인도 클레이턴에게서 직접 스코틀랜드로 오라는 전보를 받았다는 말을 들었습니다. 또, 매클래런 중령도 같은 말을 들었고요."

"클레이턴과 매클래런은 몇 시에 만났습니까?"

"클럽에서, 그러니까 군인 클럽에서 둘이 함께 간단한 식사를 했을 때가 대략 7시 15분쯤입니다. 그 후에 클레이턴은 택시를 타고 리치 소령의 아파트로 갔는데 8시가 되기 조금 전에 도착했습니다. 그 뒤의 일은 아시다시피……."

밀러 경감이 양손을 펼쳐 보였다.

"그날 저녁 리치 소령의 행동이 뭔가 이상했다고 하는 사람은 없습니까?"

"오 글쎄요, 사람들이 어떤지 아시잖습니까. 일단 사건이 일어나고 나면 사람들은 자신들이 많은 것을 알아차렸다고 생각하지요. 장담하건대, 그때는 하나도 몰랐을걸. 스펜스 부인은 이제 와서 리치 소령이 그날 저녁 내내 넋이 나가 있었다고 합니다. 묻는 말에 제대로 대답도 못 했답니다. 마치 '뭔가 마음에 걸린' 듯했다더군요. 그랬겠죠. 궤짝 안에 시체가 있었으니까요! 저놈의 시체를 어쩌나 하고 있었겠죠!"

"왜 없애지 않았을까요?"

"저도 모르죠. 정신이 없었나 보죠. 하지만 다음 날까지 그냥 내버려 둔 것은 정말 미쳤다고밖에 말할 수 없습니다. 그날 밤이 시체를 없앨 절호의 기회였는데 말입니다. 밤에는 그 건물에 경비가 없거든요. 차를 몰고 나가면 됐을 텐데. 그러니까 자동차 트렁크에 시체를 실어서 말입니다. 그 사람 차 트렁크가 꽤 넉넉한 크기거든요. 근처 시골로 가서 대충 아무 데나 버릴 수 있었을 겁니다. 물론 자동차에 시체를 싣다가 누군가에게 들켰을 수도 있습니다. 하지만 아파트 건물이 골목길에 있는 데다 차가 들어올 수 있는 뒷마당도 있습니다. 새벽 3시쯤이면 안성맞춤이었을 겁니다. 그런데 그 작자가 뭘 했습니까? 침대로 가서 다음 날 아침 늦게까지 잠을 잤지요. 그러고는 일어나서 자기 집에 경찰이 와 있는 걸 발견했다 아닙니까!"

"결백한 사람처럼 잠자리에 들어 푹 잤군요."

"좋을 대로 말씀하십시오. 하지만 정말로 그렇게 생각하십니까?"

"그 남자를 직접 만나 볼 때까지 그 질문에 대한 대답은 잠시 미뤄두겠습니다."

"직접 만나면 결백한 사람인지 아닌지 알 수 있다고 생각하십니까? 거참 쉽지 않을 텐데요."

"쉬운 일은 아니지요. 그리고 내게 그런 능력이 있다고 큰소리칠 마음도 없습니다. 다만, 나는 그 남자가 지금 말하는 것처럼 정말 멍청한 사람인지 알아보고 싶습니다."

IV

푸아로는 사건 관계자들을 모두 만나기 전에는 찰스 리치를 보러 가지 않을 생각이었다.

그는 제일 먼저 매클래런 소령에게 갔다.

매클래런 소령은 키가 크고 피부가 거무스름하며 말수가 적은 남자였다. 얼굴 생김새는 투박했지만 상냥한 표정을 띠고 있었다. 수줍음이 많아 대화하기가 쉽지는 않았다. 하지만 푸아로는 굴하지 않았다.

마르가리타가 써 준 편지를 만지작거리며, 매클래런은 마지못해 입을 열었다.

"글쎄요, 제가 아는 모든 걸 당신에게 이야기해 주기를 마르가리타가 원한다면 당연히 그렇게 해야겠죠. 하지만 제가 달리 아는 것이 있는지는 모르겠습니다. 사건에 대해서는 이미 다 들으셨을 겁니다. 하지만 마르가리타가 원한다니…… 저는 그녀가 원하는 건 전부 합니다. ……그녀가 16살이 되었을 때부터 줄곧 말입니다. 아시겠지만 그녀는 나름대로 고집이 있습니다."

"압니다."

푸아로가 대꾸하고는 말을 이었다.

"먼저 제 질문에 솔직하게 대답해 주셨으면 합니다. 당신은 리치 소령이 범인이라고 생각하십니까?"

"네, 그렇게 생각합니다. 그가 결백하다고 생각하고 싶어 하는 마르가리타에게는 이렇게 말하지 않겠지만 말입니다. 하지만 다른 가능성이 없어 보입니다. 전체적으로 봤을 때, 그 친구가 분명 범인입니다."

"리치 소령과 클레이턴 씨 사이에 나쁜 감정이라도 있었습니까?"

"전혀 없었습니다. 아널드와 찰스는 좋은 친구였습니다. 그러니 이 사건 전부가 참 이상하게 생각됩니다."

"아마도 리치 소령과 클레이턴 부인 사이의 우정 때문에……."

매클래런이 푸아로의 말을 끊었다.

"흥! 전부 헛소문입니다. 신문마다 전부 교묘하게 그런 식으로 내비치고 있지만……. 그 빌어먹을 풍자들! 클레이턴 부인과 찰스 리치 소령은 친한 친구 사이일 뿐인데 말입니다! 마르가리타에게는 친구가 많습니다. 나도 그녀의 친구입니다. 오랜 친구지요. 그렇다고 그걸 세상에다 광고할 필요는 없습니다. 찰스와 마르가리타의 사이도 마찬가지입니다."

"그렇다면 당신은 그 둘이 불륜 관계가 아니라고 생각하십니까?"

"당연하지요! 심술쟁이 스펜스 부인의 말은 들으러 가지도 마십시오. 아무 말이나 지껄여 대는 여잡니다."

매클래런이 성난 얼굴로 답했다.

"그러나 클레이턴 씨는 자기 부인과 리치 소령 사이를 의심했을지도 모릅니다."

"그런 일은 없었다는 제 말을 믿으십시오! 그랬다면 제가 알았을 겁니다. 아널드와 나는 매우 친했으니까요."

"그는 어떤 사람이었습니까? 당신이라면 누구보다 잘 아시겠죠."

"글쎄요, 아널드는 조용한 성격의 소유자였습니다. 하지만 똑똑했어요. 상당히 머리가 좋은 사람이었다고 생각합니다. 재정 분야에 뛰어난 재능이 있다고들 했지요. 아시다시피 그 친구는 재무부에서 꽤 높은 자리에 있었습니다."

"네, 그렇게 들었습니다."

"다독가였습니다. 우표를 수집하는 취미도 있었지요. 그리고 상당한 음악 애호가이기도 했습니다. 하지만 춤을 춘다거나 놀러 나가는 일은 별로 좋아하지 않았습니다."

"당신 생각에 그 부부의 결혼 생활은 행복했습니까?"

매클래런 소령은 이 질문에는 그다지 재빠르게 답하지 않았다. 적당한 대답을 궁리하는 듯했다.

"쉽게 대답하기 어려운 질문입니다만……. 예, 둘 다 행복해 보였습니다. 그는 자신만의 조용한 방식으로 마르가리타에게 헌신적이었습니다. 그녀도 자기 남편을 좋아했다고 확신합니다. 그 둘이 헤어질 가능성은 별로 없었습니다. 알고 싶으신 게 그거라면 말입니다. 하지만 공통점이 많았다고는 말씀드리지 못하겠군요."

푸아로가 고개를 끄덕였다. 이 대답 이상의 것을 얻어 낼 수는 없어 보였다. 그래서 푸아로는 질문의 방향을 바꿨다.

"이제, 그날 저녁에 대해 이야기해 봅시다. 클레이턴 씨는 클럽에서 당신과 저녁을 먹었습니다. 그때 무슨 말을 했습니까?"

"아널드는 스코틀랜드로 가야 한다고 말했습니다. 그 때문에 약간 짜증 난 듯 보였습니다. 그건 그렇고, 온전한 저녁 식사를 함께한 것은 아닙니다. 그럴 시간이 없었거든요. 간단하게 술을 한 잔 마시며 샌드위치를 먹었습니다. 그것도 아널드만 먹었습니다. 저는 술만 마셨고요. 기억하시겠지만, 저는 저녁 모임에서 뷔페를 먹을 예정이었으니까요."

"클레이턴 씨가 전보 이야기를 했습니까?"

"네."

"그가 당신에게 그 전보를 실제로 보여 줬습니까?"

"아니요."

"리치 소령에게 들를 거라고 말하던가요?"

"전혀 아닙니다. 오히려 그 친구는 시간이 빠듯하다고 하며, '마르가리타나 자네가 잘 말해 주게.'라고 이야기했습니다. 그리고 제게 '마르가리타가 집에 잘 들어가는지도 신경 써 주게. 알았지?'라고 부탁하고는 자리를 떴습니다. 모든 게 자연스러웠고 어색한 점이라고는 없었습니다."

"자신이 받은 전보가 가짜 같다고 의심하는 모습을 보이지는 않았습니까?"

"진짜가 아니었나요?"

매클래런 중령은 깜짝 놀란 듯했다.

"확실히 가짜였습니다."

"정말 이상한데……."

매클래런 중령은 잠시 멍하니 있다가 갑자기 말을 이었다.

"하지만 거참 이상한 일입니다. 그러니까 제 말은, 무엇 때문에요? 도대체 뭐 때문에 그 친구를 스코틀랜드로 보낸답니까?"

"확실히 거기에 관해서는 알아볼 필요가 있습니다."

에르퀼 푸아로는 여전히 혼란스러워하며 그 문제를 생각하는 매클래런 중령을 뒤로하고 그 집을 나섰다.

V

스펜스 부부는 첼시의 아담한 집에서 살고 있었다.

린다 스펜스는 진심으로 반가워하며 푸아로를 맞았다.

"자, 말씀해 주세요. 마르가리타의 소식을 몽땅 알고 싶어요! 지금 어디 있나요?"

"제게는 그것을 말할 권한이 없습니다, 마담."

"이렇게 꼭꼭 숨어 버리다니! 마르가리타가 그런 쪽으로는 꽤 약삭빠르다니까요. 하지만, 증언 때문에 재판에는 싫어도 나와야 할 걸요, 그렇죠? 그녀도 그걸 피해 갈 수는 없을 거예요."

푸아로는 그녀를 찬찬히 뜯어보았다. 그리고 마지못해 그녀가 현대적인 관점으로는 미인이라고 판단했다(즉, 그녀는 마치 굶주린 고아처럼 보였다). 그가 좋아하는 유형은 아니었다. 잔뜩 부풀린 다음 예술적으로 흩뜨린 머리카락. 선홍색의 입술을 제외하고는 화장을 전혀 하지 않은 약간 지저분한 얼굴, 그리고 자신을 바라보고 있는 영리해 보이는 두 눈동자. 거의 무릎까지 내려오는 커다란 연노란 스웨터와 꽉 끼는 검은색 바지.

스펜스 부인이 캐물었다.

"이 사건에서 선생님의 역할은 뭔가요? 남자 친구를 곤경에서 구해 내는 건가요? 그런가요? 꿈도 크셔라!"

"그러면 부인은 그가 유죄라고 생각하십니까?"

"당연하죠. 아니면 누가 그랬겠어요?"

바로 그것이 문제라고 푸아로는 생각했다. 그는 슬쩍 다른 질문을 던지며 말머리를 돌렸다.

"부인이 보기에 사건이 일어난 그날 저녁 리치 소령은 어떤 모습이었습니까? 평소대로였나요? 아니면 이상했나요?"

린다 스펜스는 눈을 가늘게 뜨고 기억을 더듬었다.

"그래요, 평상시 모습이 아니었어요. 뭔가 달랐어요."

"무엇이 달랐습니까?"

"글쎄요, 확실히, 막 사람을 찔러 죽인 냉혈한 같은……."

"하지만 당시 부인은 그가 방금 잔인하게 사람을 찔렀다는 사실을 모르고 있었습니다, 그렇지 않습니까?"

"네, 당연히 몰랐죠."

"그렇다면 그의 '평소와 다른' 모습을 더 구체적으로 묘사해 주시겠습니까? 어떤 점이 달랐습니까?"

"그게…… 넋이 나간 듯했어요. 오, 잘 모르겠어요. 하지만 나중에 되짚어 보니 분명히 뭔가 있었다는 생각이 들던걸요."

푸아로가 한숨을 내쉬었다.

"누가 제일 먼저 도착했습니까?"

"우리 부부가요. 저랑 짐이요. 그다음으로 조크가 왔어요. 그리고 마르가리타가 제일 늦게 왔어요."

"클레이턴 씨가 스코틀랜드로 간다는 이야기가 맨 처음 언급된 때는 언제였습니까?"

"마르가리타가 왔을 때예요. 그녀가 찰스에게 말하더군요. '아널드가 정말 미안하대요. 급하게 오늘 밤 기차를 타고 에든버러로 가야 한대요.'라고. 그러자 찰스가 '오, 아쉽네요.'라고 대답했어요. 이어서 조크가 '저런. 자네가 이미 알고 있는 줄로 생각했는데.'라고 말했어요. 그리고 우리 모두 술을 마셨지요."

"리치 소령이 그날 저녁 클레이턴 씨를 만났다는 이야기를 전혀 안 했습니까?"

"저는 듣지 못했어요."

"전보에 대해서는 이상하다고 생각하지 않았습니까?"

"뭐가 이상한가요?"

"가짜였습니다. 에든버러에서는 그 전보에 대해 아는 사람이 아무도 없습니다."

"어쩐지. 그때도 묘하다고 생각했어요."

"전보에 대해 알고 있는 게 있습니까?"

"너무 뻔한 일이라고 말하고 싶네요."

"그게 무슨 뜻입니까?"

"이보세요, 탐정님. 순진한 척하지 마세요. 거짓말쟁이 하나가 정체를 숨기고 남편을 치워 버리려는 거잖아요! 그날 밤 파티가 끝나고 나면, 방해꾼 없는 순탄한 항해가 기다리는 거죠."

"그러니까 부인 말씀은 리치 소령과 클레이턴 부인이 그날 밤을 함께 보낼 계획이었다는 뜻이군요."

"탐정님도 그런 이야기를 많이 들어 보셨을 거예요, 그렇죠?"

린다는 즐거워 보였다.

"그렇다면 전보는 그 둘 중 한 사람이 보냈다는 겁니까?"

"놀랄 일도 아니죠."

"리치 소령과 클레이턴 부인이 불륜 관계라고 생각하십니까?"

"그렇다고 해도 제가 별로 놀라지 않을 거라고만 말씀드리죠. 사실인지는 저도 잘 모르지만요."

"클레이턴 씨도 그렇게 생각했습니까?"

"아널드는 특이한 사람이었어요. 모든 걸 자기 안에 꼭꼭 담아 두는 사람이라고나 할까요. 제 생각에는 그가 알고 있었을 것 같아요. 하지만 속마음을 어떠한 경우에도 겉으로 드러내지 않는 남자였어요. 감정이라곤 전혀 없는 나무막대기 같은 사람이었어요. 하지만 그 사람도 속으로는 괴로웠을 거라고 확신해요. 이상한 점은 찰스가 아널드를 찔렀다는 거예요. 반대였다면 제가 지금처럼 놀라지는 않았을 텐데 말이죠. 아널드가 실제로는 질투심이 심한 사람이라고 생각했거든요."

"그것참 흥미로운 이야기입니다."

"사실, 그가 마르가리타에게 그런 일을 저질렀을 가능성이 더 크지만요. 오셀로(셰익스피어의 희곡. 주인공 오셀로는 아내가 자신의 부하와 불륜을 저지르고 있다고 믿어 아내를 목 졸라 죽인다—옮긴이)를 생각해 보세요. 아시다시피 마르가리타는 남자를 홀리는 특별한 매력을 지녔잖아요."

"외모가 훌륭한 여성이지요."

푸아로는 신중하고 절제된 표현을 사용했다.

"외모만이 아니에요. 그녀에게는 뭔가가 있어요. 남자라면 전부 곁으로 끌어모아서는 자신에게 목을 매게 만들어요. 그러고는 뒤돌아서서 눈을 크게 뜬 놀란 얼굴로, 남자들을 미치게 만드는 그 표정을 하고 그들을 쳐다보죠."

"윈 팜므 파탈(치명적인 여자)."

"외국어로는 그렇게 말하나 봐요."

"그녀를 잘 압니까?"

"친애하는 탐정님, 그녀는 저랑 아주 가까운 친구 중 하나예요. 하지만 저는 그녀에게 손톱만큼의 믿음도 없답니다!"

"아."

푸아로는 이렇게 대꾸하며 화제를 매클래런 중령에게로 돌렸다.

"조크요? 오래되고 충실한 친구죠. 반려동물 같은 존재예요. 그 부부의 친구가 되기 위해 태어난 사람이죠. 조크랑 아널드는 진짜 친했어요. 제가 보기에 아널드는 누구보다 조크에게 마음을 터놓고 지냈어요. 그리고 물론 마르가리타 앞에서 조크는 한 마리의 잘 길들여진 고양이 같았죠. 그는 오랫동안 그녀에게 헌신적이었어요."

"그러면 클레이턴 씨가 그 사람도 질투했습니까?"

"조크를 질투했냐고요? 무슨 그런 말씀을! 마르가리타가 조크를 좋아하는 건 맞지만, 그를 그런 쪽으로 생각해 본 적은 절대로 없을걸요. 저는 진짜, 그런 생각은 한 번도…… 왜인지는 모르겠어요……. 좀 안됐지요. 정말 괜찮은 사람인데."

그는 리치 소령의 하인으로 이야기의 방향을 바꿨다. 하지만 린다 스펜스는 그 하인이 매우 훌륭한 사이드카 칵테일을 만든다는 미적지근한 대답 말고는, 버제스에 대해 전혀 아는 바가 없어 보였다. 사실 그를 눈여겨본 적이 거의 없는 듯했다.

하지만 스펜스 부인은 눈치가 꽤 빨랐다.

"제가 보니깐 선생님은 그 하인이 찰스만큼이나 쉽게 아널드를 죽일 수 있었을 거라고 생각하시는군요? 그럴 가능성은 거의 없어 보이는데 말이지요."

"저를 실의에 빠뜨리시는군요, 마담. 하지만, 제가 보기에는 (아마 부인은 동의하지 않으시겠지만) 지금 상황이 더 말이 안 되는 것 같습니다. 살인 자체가 아니라 살인이 일어난 방식이 말입니다."

"단도 때문에요? 네, 확실히 찰스의 성격과는 맞지 않지요. 둔기라면 더 잘 어울렸을 텐데. 아니면 목을 졸라 죽이던가. 그렇죠?"

푸아로가 한숨 쉬었다.

"다시 오셀로 이야기로 돌아왔군요. 그래요. 오셀로라……. 부인 덕분에 작은 실마리가 떠올랐습니다."

"저 때문에요? 어떤……."

그때 현관에서 열쇠 소리와 함께 문이 열리는 소리가 들렸다.

"오, 제러미가 왔어요. 그이와도 말씀을 나누실 건가요?"

제러미 스펜스는 상냥한 얼굴을 지닌 30대 남자로 차림새가 말쑥했으며 지나칠 정도로 신중한 태도를 지니고 있었다. 스펜스 부인은 찜 요리가 어찌 되었는지 보러 주방으로 가야겠다고 말하며 두 남자를 남겨 두고 자리를 떴다.

제러미 스펜스는 자기 아내처럼 매력적일 만큼 솔직한 모습을 보여 주지 않았다. 확실히 이 사건에 휘말리고 싶어 하지 않았다. 그의 조심스러운 대답은 전혀 쓸모가 없었다. 자기들 부부는 얼마 전에 클레이턴 부부를 알았으며 리치 소령은 그리 잘 알지 못하는 사이지만 유쾌한 친구처럼 보였다는 것이다. 그가 기억하는 한 그 문제의 저녁에 리치 소령의 모습은 평소와 다른 데가 전혀 없었다. 클레이턴과 리치는 언제나 사이가 좋아 보였다. 이 사건 전체가 더없이 말도 안 되는 일이다.

대화 내내, 제러미 스펜스는 푸아로가 어서 떠나 주길 바라는 마음을 분명히 내비쳤다. 겉으로는 예의 발랐지만 단지 그뿐이었다.

"이런 질문들이 마음에 들지 않으십니까?"

"글쎄요, 우리 부부는 경찰에게 이 사건에 대해 상당히 긴 진술을 했습니다. 그 정도면 충분하다고 생각합니다. 우리가 알고 있거나 목격한 모든 사실을 이미 이야기했습니다. 이제…… 저는 이 사건을 잊어버리고 싶습니다."

"이해합니다. 이런 사건에 관련되는 것 자체가 참 불쾌한 일이지요. 경찰은 당신이 알고 있거나 목격한 사실뿐만 아니라 생각까지 물어보았겠지요?"

"이런 일에 대해서는 생각하지 않는 것이 최선입니다."

"하지만 생각을 피할 수 있을까요? 이를테면 당신은 클레이턴 부인도 이 사건과 관련이 있다고 생각하십니까? 리치 소령과 함께 남편의 죽음을 공모했을까요?"

스펜스가 경악하며 대답했다.

"맙소사, 그럴 리가요. 그런 의문이 있을 거라고는 감히 상상도 못 했습니다."

"부인이 그런 추측을 한 번도 언급하지 않았습니까?"

"오 린다! 선생님도 여자들이 어떤지 아시잖아요. 항상 서로를 향해 칼을 갈고 있죠. 마르가리타는 좀처럼 같은 여자들로부터는 호감을 얻지 못해요. ……외모가 너무 매력적이어서 그렇겠죠. 하지만 리치 소령과 마르가리타가 함께 살인을 모의했을 거라는 생각은…… 너무 지나칩니다!"

"그런 일들은 많습니다. 예를 들어 흉기만 해도 그렇습니다. 남자보다는 여자가 지닐 만한 물건이지요."

"경찰이 그 물건의 소유자가 그녀라고 밝혀냈다는 말씀입니까? 그럴 리가 없을 텐데요! 제 말은……."

"저는 아무것도 모릅니다."

푸아로가 솔직하게 대답하며 재빨리 자리에서 일어났다.

스펜스의 얼굴에 떠오른 깜짝 놀란 표정을 보며, 푸아로는 자신이 이 신사에게 마침내 생각할 거리를 남겼다는 결론을 내렸다!

VI

"무슈 푸아로, 이런 말씀을 드려서 죄송하지만 선생님이 제게 어떤 도움을 주실 수 있다는 건지 잘 모르겠습니다."

푸아로는 이 말에 대꾸하지 않고, 친구였던 아널드 클레이턴을 살해한 혐의로 기소된 이 남자를 꼼꼼히 살펴보았다.

단단한 턱과 폭이 좁은 얼굴이 눈에 들어왔다. 피부색이 어둡고 늘씬한 남자로 운동선수처럼 몸매가 탄탄했다. 어딘지 그레이하운드 사냥개를 생각나게 했다. 그는 무기력한 표정을 하고 시큰둥하게 방문객을 대했다.

"클레이턴 부인이 좋은 의도로 선생님을 제게 보냈다는 건 잘 알고 있습니다. 하지만 솔직히 말해 그다지 현명한 행동은 아니라고 생각됩니다. 그녀를 위해서도 저를 위해서도 말입니다."

"무슨 말씀인지?"

리치 소령은 신경질적으로 자신의 어깨 너머를 흘깃 바라보았다. 교도관은 규정이 정한 거리만큼 떨어져 있었다. 소령은 목소리를 낮추었다.

"경찰은 이 어처구니없는 기소를 위한 동기를 찾아내야 합니다. 클레이턴 부인과 제가 부정한 관계라고 주장할 겁니다. 클레이턴 부인도 당연히 부인할 테지만 그건 전혀 사실이 아닙니다. 우리는 친구 사이일 뿐 그 이상의 관계가 아닙니다. 그러니 저를 위한다면 그녀가 아무 일도 안 하는 편이 더 낫지 않겠습니까?"

에르퀼 푸아로는 그 질문에 대답하는 대신 소령의 말 한 단어를 꼬집었다.

"'어처구니없는' 기소라. 하지만 꼭 그렇지는 않습니다. 아시겠지만."

"저는 아널드 클레이턴을 죽이지 않았습니다."

"그럼, 무고라고 하십시오. 그 혐의가 거짓이라고 말하십시오. 하지만 *어처구니없다고는* 하지 마십시오. 오히려 매우 그럴듯한 혐의입니다. 당신은 그 사실을 명심해야 합니다."

"제가 하고 싶은 말은 이게 모두 터무니없다는 것뿐입니다."

"그런 말은 이 상황에 전혀 도움이 되지 않습니다. 우리는 현재 상황에 실질적인 도움이 되는 것을 생각해야 합니다."

"저는 변호사의 도움을 받고 있습니다. 제가 알기론 저를 변호하기 위해 저명한 변호사들이 선임되었습니다. 선생님이 '우리'라는 말을 사용하는 의미를 모르겠습니다."

푸아로가 갑자기 미소 지었다. 그러고는 엄청나게 외국인 티를 내기 시작했다.

"그 말 참 불쾌합니다. 좋습니다. 갑니다. 당신을 만나고 싶었습니다. 그리고 만났습니다. 그전에 이미 당신의 경력을 조사했습니다. 샌드허스트 육군사관학교를 높은 성적으로 졸업했으며, 스태프 군사 대학도 다니셨지요. 그 밖에도 기타 등등 여러 일을 했습니다. 오늘 당신에 대해 제 나름의 판단을 내렸습니다. 당신은 멍청한 사람이 아닙니다."

"도대체 그런 것들이 지금 이 일과 무슨 상관이랍니까?"

"전부 상관이 있습니다! 당신같이 똑똑한 사람이 이런 식으로 살인을 저지를 리가 없습니다. 아주 좋습니다. 당신은 결백합니다. 자, 이제 하인인 버제스에 대해 말씀해 주십시오."

"버제스요?"

"예. 당신이 클레이턴을 죽이지 않았다면 버제스가 그랬겠지요. 어쩔 수 없이 그런 결론밖에 나오지 않습니다. 하지만 무슨 동기로? '이유'가 있을 겁니다. 그걸 짐작할 수 있을 정도로 버제스를 잘 아는 사람은 당신밖에 없습니다. 왜일까요, 리치 소령님. 그가 왜 그랬을까요?"

"짐작이 안 됩니다. 도무지 모르겠습니다. 저도 선생님과 비슷한 추리를 했습니다. 네, 버제스에게는 기회가 있었습니다. 저를 제외하고 유일하게 기회가 있었던 사람이죠. 문제는 저는 그냥 그게 믿기지 않는다는 겁니다. 버제스는 누가 봐도 살인을 저지를 만한 사람이 아닙니다."

"당신의 변호사들은 어떻게 생각하고 있습니까?"

리치 소령의 입이 굳게 다물어졌다.

"제 변호사들은 제게 스스로의 행동을 기억하지 못하는 정신 착란 증상을 혹시 겪은 적은 없는지 끈질기게 묻는 데다 시간을 쏟고 있습니다!"

"거참 안타까운 일입니다. 글쎄요, 어쩌면 정신 착란을 앓고 있는 사람이 버제스라는 사실을 발견할지도 모르죠. 그것도 하나의 가능성입니다. 그럼 이제 흉기에 대해서 말해 봅시다. 경찰이 흉기를 보여 주며 당신 것인지 물었지요?"

"그건 제 것이 아닙니다. 한 번도 본 적 없는 물건입니다."

"그렇군요. 당신 것이 아니군요. 그러면, 과거에도 전혀 본 적이 없습니까?"

"네."

대답에 희미한 망설임이 서려 있었나?

"그건 일종의 장식품입니다. 그렇습니다. 그러니 집집마다 그런 것들이 널브러져 있는 걸 쉽게 볼 수 있을 겁니다."

"어쩌면, 어떤 여성의 응접실에 있던 물건일 수도 있습니다. 클레이턴 부인의 응접실이라든가?"

"절대로 아닙니다!"

소령이 자기도 모르게 큰 소리를 내자 교도관이 그들을 쳐다보았다.

"트레 비앙(아주 좋습니다). 확실히 아니라는 말씀이군요. 그렇게 소리칠 필요는 없습니다. 하지만 언젠가 어딘가에서 비슷한 물건을 본 적이 있군요. 그렇죠? 내 말이 맞습니까?"

"그렇지는 않습니다만……. 어디 골동품 가게 같은 데서……. 어쩌면 말입니다."

"아, 가능성이 있습니다."

푸아로가 자리에서 일어났다.

"전 이만 가 보겠습니다."

VII

"자, 이제 버제스 차례로군. 그래. 마침내, 버제스를 만날 때가 되었어."

푸아로는 관련자들의 직접적인 진술과 그들의 인물평을 통해 이 살인 사건에 관계된 사람들을 잘 알게 되었다. 하지만 버제스에 대해 말한 사람은 아무도 없었다. 그가 어떤 사람인지 알 수 있는 어떤 꼬투리나 실마리도 없었다.

그리고 버제스를 만나자마자 푸아로는 그 이유를 알게 되었다.

하인은 리치 소령의 아파트에서 푸아로를 기다리고 있었다. 매클래런 중령이 전화로 푸아로의 방문을 미리 알린 터였다.

"에르퀼 푸아로입니다."

"네, 선생님, 기다리고 있었습니다."

버제스는 정중한 손짓으로 문을 열어젖혔고 푸아로는 안으로 들어갔다. 정사각형 모양의 작은 현관으로 들어서자 거실로 향하는 왼쪽 문이 열려 있었다. 버제스는 푸아로의 모자와 코트를 벗겨 준 다음, 그의 뒤를 따라 거실로 들어왔다.

탄성을 뱉으며 푸아로가 주위를 둘러보았다.

"여기로군요. 그 일이 일어난 곳이?"

"네, 선생님."

버제스는 조용한 남자로 하얀 얼굴에 몸은 약간 마른 편이었다. 어깨와 팔을 어색하게 움직였고, 푸아로에게는 낯선 지방의 억양이 섞인 평범한 목소리를 지니고 있었다. 아마도 동부 해안 출신인 듯했다. 다소 신경이 예민한 남자 같았다. 하지만 그밖에 특별한 특징은 없었다. 버제스에게서는 긍정적인 속성을 찾기가 어려웠다. 하지만 그렇다고 해서 그가 살인자일까?

그의 연한 푸른색 눈동자가 불안하게 흔들렸다. 잘 모르는 사람들이 종종 부정직한 사람에게서 볼 수 있다고 여기는 특성이었다. 하지만 거짓말쟁이들은 오히려 대담하고 자신감 넘치는 눈빛을 하고 사람들을 바라본다.

"이 아파트는 어찌 되었습니까?"

"여전히 제가 관리하고 있습니다, 선생님. 리치 소령님이 급료를 미리 주셨습니다. 그러니까 한동안은……."

하인의 눈동자가 불안하게 흔들렸다.

"한동안이라."

푸아로가 하인의 말을 되풀이했다.

그러고는 사무적인 말투로 덧붙였다.

"소령은 확실히 재판을 받을 겁니다. 아마 3개월 이내에 재판이 열릴 겁니다."

버제스가 고개를 절레절레 흔들었다. 푸아로의 말을 부정해서가 아니라 단순히 당황해서 하는 행동이었다.

"말도 안 되는 일입니다."

"리치 소령이 살인자라는 사실이 말입니까?"

"전부 다요. 그 궤짝에……."

하인의 눈이 방의 저편으로 향했다.

"아, 그럼 저것이 그 유명한 궤짝입니까?"

거대한 나무 궤짝은 아주 짙은 색으로 광택이 흘렀다. 놋쇠 장식이 박혀 있는 그 궤짝에는 커다란 놋쇠 걸쇠가 질러진 골동품 자물쇠가 달려 있었다.

"멋진 물건이로군요."

푸아로가 궤짝으로 다가갔다.

궤짝은 창문 근처 벽에 붙어 있었고, 그 왼쪽으로 레코드판을 넣어 놓은 현대식 수납장이 있었다. 오른쪽으로는 반쯤 열려 있는 문이 보였다. 문의 일부분을 채색된 큰 가죽 가림막이 가리고 있었다.

"저곳은 리치 소령님의 침실입니다."

푸아로는 고개를 끄덕였다. 그는 방의 나머지 부분을 눈으로 훑었다. 낮은 탁자 위에 뱀처럼 구불구불한 전선을 늘어뜨린 스테레오레코드 플레이어 2대가 놓여 있었다. 안락의자 몇 개와 큰 탁자도 있었다. 벽에는 일본 판화가 여럿 걸려 있었다. 호화스럽지는 않지만, 편안하고 보기 좋게 꾸며진 방이었다.

푸아로는 버제스를 다시 바라보았다.

"시체를 발견했을 때 몹시 놀랐겠군요."

푸아로가 친절하게 말했다.

"오, 그랬습니다, 선생님. 저는 그걸 절대로 잊을 수 없을 겁니다."

하인은 서둘러 말을 이었다. 입에서 말이 마구 쏟아져 나왔다. 아마도 말을 많이 할수록 자기 마음속에서 그 장면을 지울 수 있을 거라 생각한 듯했다.

"저는 방을 이리저리 돌아다녔습니다, 선생님. 청소를 하느라 말입니다. 컵이나 뭐 그런 것들을 치웠습니다. 그러다 바닥에 떨어진 올리브 몇 알을 집으려 몸을 굽혔죠. 그리고 그걸 보았습니다. 양탄자 위에 있는 암갈색의 짙은 얼룩을 말입니다. 아니요, 그 양탄자는 지금 없습니다. 세탁소에 보냈습니다. 경찰이 다 조사한 뒤에 말입니다. 도대체 저게 뭐지 하고 생각했습죠. 반쯤 농담 삼아 혼잣말로 중얼거렸습니다. '마치 피 같군! 근데 어디서 흘러나온 걸까? 뭘 흘렸나?' 곧 그게 궤짝에서 흘러나왔다는 사실을 눈치챘습니다. 여기 아래쪽에, 갈라진 틈이 있거든요. 그때도 아무 생각 없이 '이런, 뭐가……?' 하고 중얼거리며 궤짝의 뚜껑을 이렇게…… (버제스는 직접 행동으로 보여 주었다.) 그랬더니 거기에 있었습니다. 허리를 구부린 채 옆으로 누워 있는 한 남자의 시체가 말입니다. 마치 잠을 자는 것 같았습니다. 그때 그 남자의 목에 튀어나와 있는 그 망할 외국산 칼인지 단도인지가 눈에 띄었습니다. 그 광경은 절대로 잊지 못할 겁니다. 절대로요! 제가 살아 있는 한 말입니다! 그때의 충격이란……. 전혀 예상치 못한 광경이었습니다, 이해하시겠지만…….”

버제스는 숨을 깊이 들이켰다.

“저는 뚜껑을 떨어뜨리고 서둘러 아파트를 나와 거리로 뛰어나갔습니다. 경찰을 찾아서 말입니다. 그리고 다행히도 금세 1명과 마주쳤습니다. 바로 길모퉁이에서요.”

푸아로는 생각에 잠긴 채 하인을 자세히 살펴보았다. 이것이 만약 연기라면 매우 훌륭한 연기이리라. 그러나 연기가 아니라는 생각이 들었다. 실제로 모든 것이 그가 말한 대로였을 것이다.

“먼저 리치 소령을 깨울 생각은 하지 못했습니까?”

“그런 생각은 전혀 들지 않았습니다, 선생님. 너무 놀랐거든요. 저는, 저는 그냥 이 방에서 나가고 싶었습니다.”

하인은 침을 꿀꺽 삼켰다.

“그리고, 또 도움을 요청하고 싶었습니다.”

푸아로는 고개를 끄덕였다.

“당시에 그 시체가 클레이턴 씨라는 사실을 알아차렸습니까?”

“그랬어야 했습죠, 선생님. 하지만 아시다시피 그러지 못했습니다. 하지만 경찰과 같이 돌아와 그걸 다시 보자마자 외쳤습니다. ‘어째서 이런 일이! 클레이턴 씨예요!’ 그러자 경찰이 묻더군요. ‘클레이턴 씨가 누굽니까?' 그래서 제가 대답했습니다. '간밤에 여길 오신 손님입니다.'하고 말입니다."

"아. 어젯밤이라……. 정확히 언제 클레이턴 씨가 이곳에 도착했는지 기억하십니까?"

"정확한 시간은 모르겠습니다. 8시가 되기 15분쯤 전인 듯합니다만……."

"그를 평소 잘 알았습니까?"

"제가 이 집에서 일한 1년 반 동안 클레이튼 부부는 꽤 자주 이곳을 방문하셨습니다."

"그날 그가 평소와 똑같아 보였습니까?"

"그랬다고 생각됩니다. 약간 숨을 헐떡이고 계셨지만 저는 그분이 서둘러 오시느라 그렇다고 여겼습니다. 곧 기차를 타러 가야 한다고 말씀하셨습니다."

"그가 가방을 지니고 있었습니까? 내 생각엔 그랬을 것 같은데요. 스코틀랜드로 갈 예정이었으니까 말입니다."

"아니요, 선생님. 저는 그분이 밑에다가 택시를 세워 두었다고 생각했습니다."

"리치 소령이 집에 없다는 사실에 클레이턴 씨가 실망하는 모습이었습니까?"

"그렇게 보이지는 않았습니다. 메모를 남기겠다고만 말씀하셨죠. 그분은 들어와서 책상 쪽으로 갔고 저는 주방으로 돌아갔습니다. 안초비 달걀 요리가 조금 늦어지고 있었거든요. 주방은 복도 끝에 있어서 거실에서 나는 소리가 잘 들리지 않습니다. 저는 그분이 나가는 소리도 소령님이 들어오는 소리도 듣지 못했습니다. 들릴 거라 기대도 하지 않았지만요."

"그리고 그 후에는 무슨 일이 일어났습니까?"

"리치 소령님이 저를 부르셨죠. 거실 문 앞에 서 계셨습니다. 스펜스 부인이 피는 터키산 담배를 사는 걸 잊으셨다고 말씀하셨습니다. 서둘러 나가서 사 오라고 하시기에 그렇게 했습니다. 담배를 사 와서 거실 테이블 위에 올려놓았습니다. 물론 그때는 클레이턴 씨가 기차를 타러 이미 떠나신 거라고 생각했습니다."

"그러면 리치 소령이 외출한 동안, 그리고 당신이 부엌에 있는 동안 아파트에 온 다른 사람은 없었습니까?"

"네, 없었습니다, 선생님. 아무도 안 왔습니다."

"확신할 수 있습니까?"

"그때 누가 왔겠습니까, 선생님? 누군가 왔다면 초인종을 눌렀겠지요."

푸아로는 고개를 저었다. 누가 왔겠냐고? 스펜스 부부와 매클래런 중령이 올 수 있었다. 마찬가지로 클레이턴 부인도 가능했다. 하지만 자신은 이미 그들의 알리바이를 샅샅이 조사했다. 매클래런 중령은 클럽에서 지인들과 함께 있었고, 스펜스 부부는 모임에 오기 전 친구 몇 명과 술을 마셨다. 마르가리타 클레이턴은 마침 그때 어떤 친구와 전화 통화를 했다. 그들 중 누군가가 그때 여길 몰래 들어왔으리라고는 생각되지 않았다. 그리고 그들에게는 아널드 클레이턴을 죽이는 데 이보다 더 좋은 방법이 있었을 것이다. 언제 주인이 돌아올지 알 수 없는 데다 하인까지 있는 아파트 안에서 살인을 저지르는 것보다는 말이다. 그리하여 푸아로는 '정체불명의 낯선 사람'이 범인일지도 모른다는 마지막 희망을 품었다! 겉보기에는 흠잡을 데 없던 클레이턴의 과거에서 튀어나온 누군가가 거리에서 그를 알아보고는 그를 따라 여기까지 왔을 것이다. 이탈리아산 단도로 그를 공격하고는 시체를 궤짝에 밀어 넣은 후, 도망쳐 버린 것이다. 논리도 개연성도 없는 순수한 멜로드라마 같군! 낭만적인 역사 소설 같은 이야기야. 스페인 궤짝과 어울리는군.

푸아로는 다시 방을 가로질러 궤짝으로 다가가 뚜껑을 들어 올렸다. 뚜껑은 소리 없이 수월하게 열렸다.

버제스가 흐릿한 목소리로 말했다.

"흔적은 전부 지웠습니다, 선생님. 제가 확인했습니다."

푸아로는 궤짝 속으로 몸을 숙였다. 그리고는 나직하게 감탄사를 내뱉으며 더욱 몸을 기울였다. 손가락으로 궤짝 안을 더듬었다.

"여기 구멍이 있군요. 궤짝의 뒷면과 옆면에. 모양과 감촉으로 보아 꽤 최근에 생긴 걸로 보이는데."

"구멍이라고요, 선생님?"

하인도 몸을 숙여 바라보았다.

"뭐라 드릴 말씀이 없습니다. 이제껏 알아차리지도 못했습니다."

"그다지 눈에 띄지는 않아요. 하지만 확실히 있습니다. 이 구멍들이 무엇 때문이라고 생각하나요?"

"잘 모르겠습니다, 선생님. 어쩌면 벌레가 그런 게 아닐까요? 그러니까, 딱정벌레나 뭐 그런 것들 말입니다. 나무를 갉아 먹는 그런 벌레의 소행이 아닐까요?"

"벌레라고요? 그런 것 같지는 않은데."

푸아로는 궤짝에서 물러나 방의 중앙으로 걸어갔다.

"그날 담배를 사서 이 방에 들어왔을 때와 지금을 비교했을 때, 뭔가 다른 점이 있습니까? 아주 사소한 것이라도? 의자나 탁자, 뭐 그런 것들의 위치가 다르다던가?"

"이상한 말씀을 하시는군요, 선생님. …… 하지만 그 말씀을 들으니 한 가지 생각났습니다. 침실 문 앞에서 찬 바람을 막는 저 가림막이 그때는 좀 더 왼쪽에 있었습니다."

"이렇게 말입니까?"

푸아로가 재빨리 가림막을 옮겼다.

"좀 더 왼쪽으로……. 네, 됐습니다."

궤짝의 절반 정도를 가리고 있던 가림막은 이제 궤짝을 완전히 가리고 있었다.

"그날 저녁, 가림막이 옮겨진 이유가 뭐라고 생각했습니까?"

"이유 같은 건 생각하지 않았습니다, 선생님."

(레몬 양 같은 사람이 여기 또 있군!)

버제스가 확신 없는 말투로 덧붙였다.

"아마 침실로 가는 통로가 더 잘 보이도록 하려고 그랬을 듯합니다. 숙녀분들이 외투를 거기다 두고 싶을 때를 위해서 말입니다."

"그럴 가능성도 있지요. 하지만 아마 다른 이유가 있었을 겁니다."

버제스가 호기심 어린 얼굴로 푸아로를 바라보았다.

"이렇게 하면 가림막이 궤짝을 가립니다. 그리고 궤짝 아래 양탄자도 가려지고 말입니다. 리치 소령이 클레이턴 씨를 찔렀다면, 피는 궤짝 아래 갈라진 틈을 통해 흘러나왔을 겁니다. 누군가가 곧 눈치챘겠지요. 다음 날 아침에 당신이 발견했던 것처럼 말입니다. 그래서 가림막을 옮긴 겁니다."

"그런 생각은 못 했습니다, 선생님."

"그날 저녁, 이 방의 조명은 어땠습니까? 밝았나요, 어두웠나요?"

"제가 보여 드리겠습니다, 선생님."

하인은 재빨리 커튼을 내리고 램프 몇 개를 켰다. 불빛은 부드럽고 은은했다. 책을 읽을 정도로 환하지는 않았다. 푸아로는 천장에 달린 등을 올려다보았다.

"그날은 천장 등을 켜지 않았습니다, 선생님. 사실 저 등은 거의 사용하지 않습니다."

푸아로는 희미한 조명 속에서 주위를 둘러보았다.

"너무 어두워서 핏자국을 눈치채기는 힘들어 보입니다, 선생님."

"당신 말이 맞는 것 같습니다. 그렇다면, 왜 가림막을 저리로 옮겼을까요?"

순간 버제스가 몸을 부르르 떨었다.

"생각만 해도 끔찍합니다. ······리치 소령님처럼 훌륭한 신사분이 그런 일을 저질렀다니."

"소령이 그랬다는 데 한 치의 의심도 없습니까? 그가 왜 그랬을까요, 버제스?"

"글쎄요, 그분은 전쟁을 겪으셨죠. 그때 머리에 부상을 입었을 수도 있습니다. 그렇게 생각지 않으십니까? 사람들 말로는 가끔은 시간이 지난 후에 증상이 나타나기도 한답니다. 갑자기 정신이 이상해져서 자기가 무슨 짓을 하고 있는지 모른다고 말입니다. 흔한 일은 아니지만 가장 가깝고 친한 사람을 공격한답니다. 그렇게 된 일이 아닐까요?"

푸아로는 하인을 가만히 바라보았다. 그러고는 한숨을 내쉬며 고개를 돌렸다.

"아니요, 그런 게 아닐 겁니다."

푸아로의 마술사같이 재빠른 손놀림 아래 빳빳한 지폐 한 장이 버제스의 손에 쥐어졌다.

"오, 감사합니다, 선생님. 하지만 저는 정말……."

"도와준 대가입니다. 당신이 내게 이 방을 보여 주고 방 안에 어떤 물건이 있는지 보여 준 것이, 그리고 그날 저녁 무슨 일이 일어났는지를 알려 준 것이 큰 도움이 되었습니다. 불가능하다고 생각했던 일이 결코 불가능하지 않았습니다! 이 말을 명심하십시오. 나는 오직 두 가지 가능성만 존재한다고 했습니다. 하지만 내가 틀렸습니다. 이 사건에는 세 번째 가능성이 존재합니다."

푸아로는 다시 한번 방을 둘러보더니, 약간 몸을 떨었다.

"커튼을 걷으세요. 방 안으로 빛과 공기가 들어오게 해요. 이 방은 그럴 필요가 있습니다. 이곳은 정화되어야 합니다. 이 방을 더럽힌 감정의 응어리로부터 이 방이 벗어나려면 오랜 시간이 걸릴 겁니다. 여전히 씁쓸한 증오의 기억이 여길 떠돌고 있군요."

버제스는 얼빠진 사람처럼 입을 딱 벌린 채 푸아로에게 모자와 코트를 건네주었다. 푸아로의 말에 당황한 듯했다.

푸아로는 수수께끼 같은 말을 즐겁게 늘어놓고선 가벼운 발걸음으로 거리를 향해 나아갔다.

VIII

푸아로는 집으로 돌아와 밀러 경감에게 전화를 걸었다.

"클레이턴의 가방은 어찌 되었습니까? 그 사람 부인 말로는 가방을 하나 가져갔다던데 말입니다."

"클럽에 있었습니다. 수위에게 맡겨 두었더군요. 그러고는 잊어버리고 나간 게 분명합니다."

"뭐가 들어 있었습니까?"

"뻔한 물건들이죠. 잠옷과 여분의 셔츠 그리고 세면도구 따위가 들어 있었습니다."

"상당히 철저하군요."

"달리 뭐가 있었을 거라고 생각하셨습니까?"

푸아로는 경감의 질문을 못 들은 척하고는 다른 이야기를 꺼냈다.

"그런데 단도 말입니다. 스펜스 부인의 청소 도우미에게 연락해 보시기 바랍니다. 그 집에서 그런 단도를 본 적이 있는지 알아보십시오."

"스펜스 부인이요?"

밀러 경감이 휘파람을 불었다.

"생각이 그리로 흘렀습니까? 스펜스 부부에게 단도를 보여 줬는데, 모르는 물건이라고 했습니다."

"다시 물어보십시오."

"그러니까 선생님 말씀은……."

"그런 다음, 그들의 대답을 알려 주시기를 바랍니다."

"도무지 선생님 심중을 헤아릴 수가 없습니다!"

"오셀로를 읽어 보십시오, 밀러 경감님. 오셀로에 나오는 사람들을 생각해 보십시오. 우리는 등장인물 중 하나를 용의자에서 빠뜨렸습니다."

푸아로는 경감과의 통화를 마치고, 레이디 채터턴에게로 다이얼을 돌렸다. 그녀는 통화 중이었다.

조금 기다렸다 다시 전화를 걸었다. 여전히 통화 중이었다. 푸아로는 하인 조지를 불러 통화가 될 때까지 그 번호로 계속 전화를 걸라고 지시했다. 그가 알기론 레이디 채터턴은 구제 불능의 수다쟁이였다.

그러고 나서 그는 의자에 앉아 에나멜가죽 구두를 조심스럽게 벗었다. 이어서 발가락을 쭉 뻗고 등받이에 몸을 기대고 중얼거렸다.

"나도 이제 늙었군. 금세 피곤해지니……."

그러다 곧 얼굴이 밝아졌다.

"하지만 뇌세포는……. 그래, 아직도 잘 작동하지. 느리긴 하지만 여전히 잘 작동한단 말이야. ……오셀로라, 그렇지. 누가 그 이야기를 했더라? 아 그래, 스펜스 부인이었지. 그 가방……. 그 가림막……. 잠자는 듯 누워 있던 시체. 참 교묘한 살인이야. 모든 걸 고려해 계획을 세웠겠지. ……그리고 즐거웠겠지!"

조지가 다가와 레이디 채터턴과 전화가 연결되었다고 전했다.

"마담, 에르퀼 푸아로입니다. 부인의 손님과 통화할 수 있을까요?"

"당연하지요! 오, 무슈 푸아로, 문제를 근사하게 해결하셨나요?"

"아직은 아닙니다. 하지만, 아마도 곧 그렇게 될 겁니다."

이내 마르가리타의 목소리가 수화기 저편에서 대답했다. 여전히 조용하고 부드러웠다.

"마담, 제가 그날 저녁 모임에서 뭔가 부자연스러운 게 있었냐고 물었더니 언뜻 떠오르는 게 있는 듯 미간을 찡그리셨죠. 그러다 생각이 안 난다고 하셨고요. 혹시 그것이 그날 밤 가림막의 위치였습니까?"

"가림막이요? 아, 그래요, 맞아요. 그게 평소와 다른 곳에 있었어요."

"그날 밤 춤을 추셨습니까?"

"네, 조금 췄어요."

"주로 누구와 춤을 추셨습니까?"

"제러미 스펜스요. 그 사람이 춤을 정말 잘 추거든요. 찰스도 괜찮게 추지만, 그 사람처럼 잘 추지는 못해요. 찰스는 린다와 짝을 이뤄 췄고, 가끔 파트너를 바꾸기도 했어요. 조크 매클래런은 춤을 안 추거든요. 조크는 레코드를 뒤적이며 적당한 음악을 골라 트는 일을 했어요."

"나중에는 클래식 음악도 들으셨나요?"

"네."

잠시 침묵이 흘렀다. 곧 마르가리타가 입을 열었다.

"무슈 푸아로, 어째서…… 왜 이런 걸 물으시나요? 선생님이…… 혹시라도 *희망이*……?"

"마담, 주변 사람들이 당신에게 어떤 감정을 지녔는지 알고는 계십니까?"

마르가리타가 희미하게 놀란 말투로 대답했다.

"저…… 알고 있다고 생각해요."

"모르셨을 것 같습니다. 전혀 모르셨을 겁니다. 그리고 제 생각에는 그것이 바로 부인의 삶이 지닌 비극입니다. 하지만 그 비극의 희생자는 다른 사람들이지 부인이 아닙니다. 오늘 누군가가 제게 오셀로 이야기를 하더군요. 내가 부인께 남편이 질투심 강한 사람이냐고 물었더니 그런 것 같다고 대답하셨죠. 아주 가벼운 말투로 말입니다. 오셀로의 아내인 데스데모나가 자신이 처한 위험을 깨닫지 못했듯이 부인도 모르셨겠죠. 데스데모나는 질투가 뭔지는 알았지만, 어떤 감정인지는 이해하지 못했습니다. 왜냐하면 그녀 자신은 결코 질투라는 감정을 경험한 적도 없고 경험할 수도 없었기 때문입니다. 아마도 그녀는 거센 육체적 열정이 얼마나 강렬한지 잘 몰랐겠지요. 그녀의 남편을 향한 사랑은 영웅 숭배라는 낭만적인 감정이었습니다. 그리고 친구 카시오를 향한 사랑은 아주 순수한 우정이었습니다. ……그렇게 그녀가 열정에 무관심했던 점이 바로 남자들을 미치게 만들었다고 생각합니다. 제 말이 이해됩니까, 마담?"

잠시 침묵이 흐르더니 이윽고 마르가리타가 대답했다. 다소 당황한 듯이, 그러나 여전히 침착하고 사랑스러운 목소리로.

"아니요. 저는…… 저는 선생님이 무슨 말씀을 하시는지 잘 모르겠어요……."

푸아로는 한숨을 내쉬더니 사무적인 말투로 말을 이었다.

"오늘 저녁에 방문토록 하겠습니다."

IX

밀러 경감은 설득하기 쉽지 않은 사람이었다. 하지만 에르퀼 푸아로 또한 자신의 의지를 관철하는 데 있어서 만만치 않은 사람이었다. 경감은 투덜거리긴 했지만 결국 푸아로에게 손을 들었다.

"하지만 레이디 채터턴이 이 사건에 끼어든 행동을 따져 보면……."

"별일도 아닙니다. 그 부인은 단지 친구에게 피난처를 제공한 것

뿐입니다."

"그런데 스펜서 부부 말입니다. ……어떻게 아셨습니까?"

"살인에 사용된 단도가 그 집 물건이라는 사실 말입니까? 그냥 추측이었을 뿐입니다. 제러미 스펜스의 발언 가운데 뭔가가 마음에 걸리더군요. 그래서 그 단도가 마르가리타의 것이 아닐까 넌지시 떠보았습니다. 그랬더니 그 남자가 그렇지 *않다는* 사실을 확실히 알고 있는 게 표가 나더군요."

푸아로는 잠시 말을 멈추더니 호기심을 띠며 물었다.

"그들이 뭐라고 대답하던가요?"

"자신들이 예전에 가지고 있던 장난감 단검과 매우 비슷하다고는 인정했습니다. 다만 몇 주 전부터 그 단검은 제자리에 없었답니다. 그리고 자기들 부부는 그 물건의 존재 자체를 까맣게 잊어버리고 있었답니다. 저는 리치 소령이 훔쳐 갔을 거로 생각합니다."

"제러미 스펜스라는 양반은 참 조심스러운 사람이군요."

에르퀼 푸아로가 말했다. 그러고는 혼잣말로 중얼거렸다.

"몇 주 전이라……. 그래, 이미 오래전부터 계획된 일이었군."

"에? 그게 무슨 말씀입니까?"

"도착했습니다."

푸아로가 말했다. 택시가 체리턴 거리에 있는 레이디 채터턴의 저택 앞에 멈춰 섰다. 푸아로가 요금을 지불했다.

마르가리타 클레이턴이 위층에서 그들을 기다리고 있었다. 밀러 경감을 보자, 그녀의 얼굴이 딱딱하게 굳었다.

"저는 몰랐어요……."

"제가 데려올 친구가 누군지 정말 모르셨습니까?"

"밀러 경감은 제 친구가 아니에요."

"그건 부인이 정의가 실현되는 것을 보고 싶은지 아닌지에 달려 있습니다, 클레이턴 부인. 부인의 남편이 살해되었으니까 말입니다."

푸아로가 재빨리 덧붙였다.

"그리고 이제 우리는 누가 그를 죽였는지에 대해 이야기해야 합니다. 앉아도 되겠습니까, 마담?"

천천히 마르가리타는 두 남자를 마주 보며 등받이가 높은 의자에 앉았다.

"인내심을 가지고 제 이야기를 들어 주시기 바랍니다."

푸아로가 두 청중을 바라보며 이야기를 시작했다.

"나는 이제 그 운명의 날 저녁에 리치 소령의 아파트에서 무슨 일이 일어났는지 알 것 같습니다. ……우리 모두가 틀린 가정에서 추리를 시작했죠. 시체를 궤짝에 넣을 기회가 있던 사람은 단지 두 사람뿐이라는 가정 말입니다. 우리는 리치 소령과 하인 윌리엄 버제스만이 그럴 수 있었다고 생각했습니다. 하지만 그건 잘못된 생각이었습니다. 똑같이 좋은 기회를 지녔던 세 번째 사람이 그날 저녁 그 아파트에 있었습니다."

"대체 그게 누구란 말입니까? 승강기 담당 하인?"

밀러 경감이 회의적인 말투로 물었다.

"아니요. 아널드 클레이턴입니다."

"뭐라고요? 자기가 자기 시체를 숨겼다고요? 당신 미쳤군요."

"당연히 시체가 아닙니다. 살아 있는 자신이지요. 간단히 말해, 스스로 궤짝 안에 숨은 겁니다. 그런 일은 옛날부터 많이 있었습니다. '겨우살이 가지' 전설(영국의 유명한 전설로, 결혼식 날 신부가 다락방의 궤짝에 숨었다가 나오지 못해 죽어 버리고, 세월이 지난 후 잠긴 궤짝 안에서 웨딩드레스를 입은 채 해골로 발견된다는 내용의 무서운 이야기 — 옮긴이)이나 미덕의 화신인 이모젠과 야키모 이야기(셰익스피어의 희곡 「심벌린」에 나오는 등장인물로, 청년 야키모가 심벌린 왕의 큰딸 이모젠을 속이려 몰래 가방 속에 몸을 숨기는 장면이 나온다 — 옮긴이)를 생각해 보십시오. 그 외에도 비슷한 이야기가 많습니다. 궤짝에 최근 뚫린 듯한 구멍을 보자마자 그런 이야기들이 떠올랐습니다. 왜 뚫었을까요? 그 구멍들은 궤짝 속으로 공기가 넉넉히 통하도록 하는 숨구멍이었습니다. 그날 저녁, 가림막이 평소와 다른 곳에 있던 이유는 무엇이었을까요? 방에 있는 사람들의 눈으로부터 궤짝을 가리기 위해서였습니다. 그래야 그 안에 숨어 있던 남자가 때때로 뚜껑을 열어 놓고 몸을 펴 근육에 쥐가 나는 것을 막을 수도 있고 또 밖에서 나는 소리를 더 잘 들을 수 있으니 말입니다."

"하지만 왜요? 어째서 아널드가 궤짝에 숨고 싶어 한단 말인가요?"

푸아로의 이야기에 놀란 마르가리타가 눈을 크게 뜨며 물었다.

"마담, 당신이 그런 질문을 하시다니요? 부인의 남편은 질투심이 심한 남자였습니다. 그런 데다 감정 표현도 서투른 성격이었지요. '속에다가 모든 걸 꾹꾹 담아 두는 사람', 부인의 친구인 스펜스 부인은 클레이턴 씨를 그렇게 묘사하더군요. 그의 질투심은 점점 쌓여 갔습니다. 그리고 그것이 그를 지독히 괴롭혔습니다! 부인과 리치 소령은 연인 관계일까 아닐까? 그는 알지 못했습니다! 하지만 알아내야만 했습니다! 그래서…… '스코틀랜드에서 온 전보'가 등장했습니다. 보낸 사람도 본 사람도 아무도 없는 그 전보 말입니다! 클레이턴은 일부러 여행 짐을 꾸린 다음, 잊어버린 척 클럽에다 두고 갔습니다. 그리고 리치 소령이 없을 때를 노려 그의 아파트로 갑니다. 하인에게 메모를 남기겠다고 말하고는, 하인이 방을 떠나자마자 궤짝에 구멍을 뚫고 가림막을 옮기고 궤짝 안으로 숨어듭니다. 오늘 밤 진실을 알게 되리라 생각하면서 말입니다. 자신의 아내가 다른 손님들이 떠난 후에도 남아 있을까? 아니면 아파트를 나섰다가 다시 몰래 돌아올까? 그날 밤, 절망적이고 질투에 사로잡힌 그 남자는 드디어 알게 될 예정이었습니다……."

"설마 클레이턴이 스스로를 찔러 자살했다는 말씀은 아니겠죠? 그건 말도 안 되는 소리입니다!"

밀러 경감의 목소리에 의심이 묻어났다.

"오, 당연히 아닙니다. 그를 찌른 사람은 따로 있습니다. 클레이턴이 궤짝 안에 있다는 걸 알고 있는 사람이 그를 찔렀습니다. 명백한 살인 사건입니다. 그것도 미리 치밀하고 신중하게 계획된 살인입니다. 오셀로의 등장인물들을 한번 떠올려 봅시다. 그중 우리가 주목해야 할 인물이 바로 '이아고(오셀로의 곁에서 거짓말과 계략으로 오셀로의 질투심을 부추긴 인물 — 옮긴이)'입니다. 아널드 클레이턴의 곁에도 그의 마음에 교묘히 독을 뿌린 사람이 있었습니다. 넌지시 말을 흘리며 그의 의심을 부채질했습니다. 정직한 이아고, 충실한 친구, 언제나 믿을 수 있는 사람! 아널드 클레이턴은 그 남자를 믿었습니다. 그래서 그 남자는 클레이턴의 질투심을 부추겨 극도로 악화시켰습니다. 궤짝 안에 숨을 계획을 생각해 낸 사람이 정말 클레이턴일까요? 아마도 클레이턴 자신은 그렇게 생각했을지도 모릅니다. 아니, 자신의 생각이라고 여겼을 것입니다. 자, 이제 무대는 갖춰졌습니다. 흉기인 단검도 몇 주 전 조용히 훔쳐 숨겨 놓았습니다. 마침내 저녁이 되었습니다. 조명은 어둡고 음악이 흐르는 가운데, 네 사람은 짝을 지어 춤을 추고 있습니다. 짝 없이 혼자 남은 남자는 레코드판을 뒤적이며 음악을 트는 척 바쁘게 움직입니다. 스페인 궤짝과 그것을 가린 가림막 근처에서. 그러다 슬쩍 가림막 뒤로 숨어들어 궤짝의 뚜껑을 열고 칼을 찔러 넣었습니다. 대담한 행동이긴 하지만 어려운 일은 아니었습니다!"

"그랬다면 클레이턴이 비명을 질렀을 겁니다!"

"약에 취해 있지 않았다면 그랬겠지요. 하인의 말에 따르면, 시체는 '잠든 사람처럼' 누워 있었습니다. 그렇습니다. 그날 밤, 클레이턴은 잠들어 있었습니다. 자신에게 약을 먹일 수 있었던 유일한 남자에 의해서 말입니다. 그 남자는 클럽에서 클레이턴과 함께 술 마실 기회가 있었던 사람입니다."

"조크?"

마르가리타가 아이처럼 놀란 목소리로 물었다.

"조크가요? 우리 친구 조크가 그랬을 리 없어요. 어째서, 평생 그를 알고 지냈는데! 조크가 도대체 왜……?"

푸아로가 그녀에게로 시선을 돌렸다.

"왜 2명의 이탈리아인이 결투를 벌였을까요? 왜 그 젊은이가 스스로 목숨을 끊었을까요? 조크 매클래런은 과묵하고 소극적인 남자입니다. 그는 자신의 처지를 받아들이고 당신네 부부의 충실한 친구가 되기로 결심했습니다. 하지만 리치 소령이 나타났습니다. 참을 수가 없었습니다! 증오와 욕망의 어두운 구렁텅이 속에서 그는 거의 완벽한 살인 계획을 세웁니다. 그것도 이중 살인 계획을 말입니다. 리치 소령이 클레이턴의 살인범으로 유죄 판결을 받을 게 거의 확실했습니다. 그렇게 리치 소령과 부인의 남편이 둘 다 사라지고 나면 부인이 마침내 *자신에게* 오리라 생각한 겁니다. 어쩌면 말입니다. 마담, 부인은 그렇게 했을지도 모르죠. ……아닙니까?"

마르가리타는 푸아로를 뚫어져라 쳐다보았다. 두려움이 서린 눈을 크게 뜨고서…….

그러다 거의 무의식적으로 숨을 헐떡이며 답했다.

"어쩌면요……. 아니 잘 모르겠어요……."

그때 밀러 경감이 권위 있는 목소리로 끼어들었다.

"다 좋습니다, 푸아로 선생님. 하지만 선생님의 이야기는 그저 가설일 뿐입니다. 증거가 전혀 없습니다. 어쩌면 그 추리가 전부 틀렸을 수도 있습니다."

"모두 사실입니다."

"하지만 증거가 없다니까요. 그러면 우리 경찰이 할 수 있는 일이 없습니다."

"그렇지 않습니다. 내 생각에는 매클래런이 오늘 이야기를 들으면 자신이 한 짓을 인정할 겁니다. 즉, 마르가리타 클레이턴이 모든 걸 알게 되었다는 사실을 그에게 똑똑히 전해 준다면……."

푸아로는 잠시 말을 멈췄다가 덧붙였다.

"일단 그가 그 이야기를 들으면, 자신이 이미 졌다는 사실을 깨달을 겁니다. ……완벽한 살인을 저질렀지만 아무 소용이 없어졌으니까요."

〈끝〉

옮긴이 | 김유미 「크리스마스 푸딩의 모험」, 「그린쇼의 저택」, 「약자」, 「꿈」, 「노란 아이리스」, 「두 번째 종소리」, 「성역」, 「마플 양의 이야기」

서강대 영어영문학과를 졸업하고 전문 번역가로 활동 중이다. 번역한 책으로는 『무엇으로 읽을 것인가』, 『지식애』, 『오만과 편견』, 『피카소의 책』, 『즐거운 라디오』, 『프로작네이션』 등이 있다.

옮긴이 | 박민정 「스페인 궤짝의 미스터리」

서울대학교 인문대학을 졸업하고 동 국제대학원을 수료했다. 책과 함께 하는 삶을 살고 싶어 번역가가 되었다. 현재 바른번역 소속 번역가로 활동중이다. 한가한 시간에는 '레몬 양'의 취미처럼 (다만 서류가 아닌) 완벽한 잡동사니 정리법을 궁리하기를 즐긴다.

애거서 크리스티 전집
크리스마스 푸딩의 모험

3판 1쇄 펴냄 2016년 4월 11일
3판 4쇄 펴냄 2024년 5월 1일

지은이 | 애거서 크리스티
옮긴이 | 김유미, 박민정
발행인 | 박근섭
편집인 | 김준혁
책임편집 | 장은진
펴낸곳 | 황금가지

출판등록 | 2009. 10. 8 (제2009-000273호)
주소 | 06027 서울 강남구 신사동 506 강남출판문화센터 5층
전화 | 영업부 515-2000 편집부 3446-8774 팩시밀리 515-2007
홈페이지 | www.goldenbough.co.kr

도서 파본 등의 이유로 반송이 필요할 경우에는 구매처에서 교환하시고
출판사 교환이 필요할 경우에는 아래 주소로 반송 사유를 적어 도서와 함께 보내주세요.
06027 서울 강남구 도산대로 1길 62 강남출판문화센터 6층 민음인 마케팅부

ⓒ ㈜민음인, 2015. Printed in Seoul, Korea
ISBN 978-89-6017-174-9 04840
ISBN 978-89-8273-700-8 04840 (set)

㈜민음인은 민음사 출판 그룹의 자회사입니다.
황금가지는 ㈜민음인의 픽션 전문 출간 브랜드입니다.